Liane Wilmes

Das Glück tanzt aus der Reihe

AF197181

atb aufbau taschenbuch

Liane Wilmes, geboren 1979 in Niedersachsen, studierte Allgemeine Sprachwissenschaft, Psychologie und Neuere Deutsche Literatur- und Medienwissenschaft in Kiel. Viele Jahre arbeitete sie als Redakteurin im Online-, Print- und TV-Bereich sowie als Lektorin und Übersetzerin in Hamburg. Heute lebt sie als freie Autorin mit ihrem Mann und ihren beiden Kindern in der Nähe von Lübeck.

Im Aufbau Taschenbuch sind ihre Romane »Hinter den Wolken leuchtet ein neuer Tag« und »Erst der Regen verzaubert das Licht« erschienen.

Als die Freundinnen Ava, Ellie und Susanna am Silvesterabend ihre Neujahrsvorsätze fassen, ist Schluss mit den immer selben, gut gemeinten, aber doch belanglosen Vorjahresversprechen. In den nächsten zwölf Monaten wird in die Hände gespuckt und das Leben und die Liebe endlich auf Linie gebracht! Doch kaum steht der März vor der Tür, erwischt Ava ihren Freund mit seiner angeblich kranken Ehefrau und sie bekommt mit Max Jones, dem skandalumwitterten Rockstar mit den kornblumenblauen Augen, den schlimmstmöglichen Klienten vorgesetzt. Ellie nimmt ihr Chemiestudium wieder auf und will frischen Wind in ihre Ehe bringen – dass dieser in Form ihres Professors daherkommt, war jedoch nicht geplant. Und als Susanna verspricht, erstmals eine monogame Beziehung einzugehen, ahnt sie noch nicht, dass ein neuer Kollege im Hotelmanagement ihren zweiten Vorsatz, die erste Frau im Vorstand zu werden, zu Fall bringen könnte …

LIANE WILMES

Das Glück tanzt aus der Reihe

ROMAN

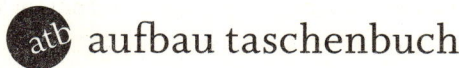 aufbau taschenbuch

ISBN 978-3-7466-3969-7

Aufbau Taschenbuch ist eine Marke der Aufbau Verlage GmbH & Co. KG

1. Auflage 2023
© Aufbau Verlage GmbH & Co. KG, Berlin 2023
Umschlaggestaltung www.buerosued.de, München
unter Verwendung einer Illustration von © Angelo Cerantola / Arcangel
Satz LVD GmbH, Berlin
Druck und Binden CPI books GmbH, Leck, Germany
Printed in Germany

www.aufbau-verlage.de

Silvester

»Halb zwölf. Zeit für die Bucket-List.« Ellie schnappt Susanna und Ava übermütig am Ärmel und bahnt sich einen Weg durch die schwitzenden, dicht gedrängten Leiber hindurch von der winzigen, behelfsmäßigen Tanzfläche in Avas handtuchgroße Küche. Und das ausgerechnet, als »Funky New Year« von den Eagles aus den viel zu kleinen Boxen dröhnt. Aber Tradition ist Tradition. Also wischt Ava flüchtig ein paar Luftschlangen, Chipskrümel und Knallerbsen von den dunkelgrünen Barhockern und bedeutet ihren Freundinnen, Platz zu nehmen.

»Fünf Dinge, die wir im nächsten Jahr getan haben müssen. Los, Susanna, du fängst an«, fordert Ellie sie lautstark auf, um die Musik zu übertönen.

»Pünktlich aufstehen, ohne zu snoozen, einen Klassiker lesen, weniger Alkohol trinken, mit einem Hund aus dem Tierheim Gassi gehen, meine Mutter anrufen.« Die Antwort kommt wie aus der Pistole geschossen. Susanna grinst schelmisch.

»Das gilt nicht! Du sagst jedes Jahr das Gleiche und hältst dich doch nie daran.« Ellie klingt vorwurfsvoll. Ava nimmt ihr das leere Glas aus der Hand, holt ein paar Eiswürfel aus dem Gefrierfach und mixt ihr einen neuen, bis zum Rand gefüllten Moscow Mule. Bestimmt den fünften heute Abend.

»Aber was soll ich denn mit neuen Vorsätzen? Wie du schon richtig erkannt hast, Ellie, sind die alten noch so gut wie unberührt.« Ava stimmt in ihr Lachen ein. »Außerdem ist mein Leben perfekt, wie es ist. Super Job, super Sex, super Freundinnen, super Figur. Das einzig Unperfekte ist meine Nase. Ersetzt den Klassiker durch eine Rhinoplastik«, fährt sie fort und wuschelt grinsend mit ihren perfekt manikürten Händen durch ihren blonden Bob. »Der Undone-Style kommt zurück«, hat sie ihre beiden Freundinnen erst heute Nachmittag mit todernster Miene aufgeklärt, während sie Zwiebeln für den Reissalat schnippelten.

»Perfekt ist langweilig, Susanna.«

»Mehr Mut zum Unmut«, stimmt Ellie schmunzelnd ein.

»Jaja, Schönheit liegt im Auge des Betrachters, jede Epoche hat ihre eigenen Vorbilder, Hauptsache glücklich. Ich kenne eure Weisheiten.«

»Du bist viel zu sehr auf Äußerlichkeiten fixiert.«

Susanna setzt ihr unschuldigstes Lächeln auf. »Vielleicht liegt es daran, dass ich früher immer die Klamotten meiner Brüder auftragen musste. Die verfärbten Pullis und ausgebeulten Cordhosen mit den albernen Fußballflicken auf den Knien haben mich traumatisiert. Ava, du bist jetzt dran.«

Ava nimmt einen Schluck von ihrem Cocktail und lässt sich der Form halber einen Moment Zeit zum Nachdenken, während sie gleichzeitig ihrer in die Küche taumelnden Lieblingskollegin Elif und deren Freund Arvid zwei Flaschen Bier in die Hand drückt und sie anschließend freundlich, aber bestimmt wieder in den Flur zurückschiebt. »Zuerst werde ich diese ganzen To-do-Apps von meinem Handy entfernen, die machen mir immer so ein schlechtes Gewissen. Außerdem will ich ab sofort am Wochenende nicht mehr für Stalin erreichbar sein. Dann müsste ich dringend mal wieder meine Fenster putzen. Und ich will nie wieder einen Coffee-to-go-Becher kaufen. Wusstet ihr, dass allein in Deutschland jedes Jahr 2,8 Milliarden dieser Einwegbecher im Müll landen?« Sie streicht die dunkelblonden Locken zurück, die ihr wie immer störrisch ins Gesicht fallen, schiebt sich ein achtlos auf der Fensterbank liegengelassenes Toffifee in den Mund und fährt mit Blick auf ihren zerbrochenen geblümten Lampenschirm fort: »Ansonsten nehme ich mir fest vor, nächstes Jahr rechtzeitig mit der Silvesterplanung zu beginnen und eine passende Location zu reservieren, um nicht wieder hilflos dabei zusehen zu müssen, wie Dutzende besoffene Sonderlinge meine Wohnung demolieren. Und, ach ja, ich will ab sofort nur noch nüchtern die Nächte durchfeiern.«

»Du bist aber ehrgeizig – das waren schon sechs Vorsätze.«

»Der letzte Punkt fiel mir gerade ein, als ich daran dachte, was mir morgen zu unchristlicher Zeit bevorsteht«, entgegnet sie und nimmt noch einen großen Schluck von ihrem Moscow Mule. »Neujahrsfrühstück bei meinen Eltern mit einem ausgewachsenen Kater. Streich dafür die Fenster. Jetzt du, Ellie.«

Aber anstatt im Stakkato ihr übliches »Weise sein wie Buddha, gütig sein wie Buddha, geduldig sein wie Buddha, sich an die Verkehrsregeln halten und meine Kinder zur Adoption freigeben« herunterzurattern, erklärt Ellie nach einer kurzen, aber bedeutungsschweren Pause nachdrücklich: »Vorher muss ich noch etwas Wichtiges mit euch besprechen.« Sie leert ihr Glas in einem Zug, schüttelt sich kurz und fährt dann fort: »Daniel meint, ich hätte neuerdings irgendwas Verkniffenes an mir. Ich! Was sagt ihr dazu?« Es ist nicht zu überhören, dass ihre Zunge immer ungelenker wird und sie zu lallen beginnt.

Betretenes Schweigen. Sicherheitshalber schließt Ava die Tür, um sie vor neugierigen Zuhörern abzuschirmen.

Daniel ist Ellies Mann und Vater ihrer drei Kinder. Susanna und Ava nennen ihn *Dan* – für *Der Arme Narr*.

Doch Ellie lässt sich nicht beirren. »Kommt schon, Mädels! Wie würdet ihr mich beschreiben? Und seid bitte ehrlich.«

Avas ausweichender Blick landet auf einer Schüssel dieser fettigen Rosmarin-Cracker, die irgendjemand auf ihrer Dunstabzugshaube vergessen hat, und sie langt tüchtig zu. Morgen wird sie ihr Gewissen plagen.

»Frustriert, neurotisch, unbefriedigt«, beginnt Susanna schließlich schonungslos. Auch sie ist nicht mehr ganz nüchtern. Nach kurzem Grübeln ergänzt sie, bevor Ava ihr warnend die Hand auf den Arm legen kann: »Enttäuscht, verspannt, desillusioniert.«

»Aber natürlich hast du auch ein riesiges Herz, bist loyal, fürsorglich, voller Humor, und deine Technik, auf zwei Fingern zu pfeifen, ist legendär«, fügt Ava tröstend hinzu, ehe Susanna richtig in Fahrt kommen kann, und hält ihr die Cracker unter die Nase. Sie kennt Ellie schon fast ihr ganzes Leben, und sie ist zweifellos einer ihrer Lieblingsmenschen.

»Du meinst wohl Galgenhumor«, wirft Susanna unbeirrt ein.

»Vielen Dank, das reicht schon, Susi«, entgegnet Ellie mit leicht säuerlichem Gesichtsausdruck. Susanna hasst es, so genannt zu werden. »Wie auch immer, Daniel hat vorgeschlagen, ich solle mal was nur für mich tun. Meine inneren

Spannungen lösen. Zum Beispiel einen Nähkurs an der Volkshochschule belegen. Als könnte mir das mein Leben zurückgeben!«

»Wärst du mal lieber bei Sekt geblieben, Ellie, Wodka macht dich immer so schwermütig«, stellt Susanna lapidar fest.

»Das ist nicht der Wodka. Zumindest nicht nur. Das ist das hohlköpfige Dienstmädchen-Leben an der Seite eines Mannes, der anscheinend lieber Überstunden macht oder in seinem getunten, polierten und gewachsten Auto unterwegs ist, als Zeit mit seiner Familie zu verbringen. Das sind die drei kleinen Quälgeister, die vor keiner Herausforderung zurückschrecken und mir damit eine schlaflose Nacht nach der anderen bescheren. Es ist der permanente Geruch nach Fischstäbchen in meiner Küche, die immer gleichen Wäscheberge, die grässliche Schwiegermutter, die mir im Nacken sitzt, dieses Und-täglich-grüßt-das-Murmeltier-Dasein ... Ich meine, seht mich an, all das verschenkte Potenzial! Himmel, ich hab schon damit angefangen, mich selber zu loben, weil es sonst keiner tut. Was soll denn jetzt noch kommen? Pampers, Gespräche beim Rektor, einzelne Socken? Und mein Bindegewebe ist auch nicht mehr ganz taufrisch.«

Ava verschluckt sich fast an ihrem Cracker. »Ellie! Wovon redest du? Gut, Dan pinkelt im Stehen und ist ein bisschen sparsam mit Komplimenten, und die Kinder sezieren Frösche mit deinem Filetiermesser, aber –«

»Mit dem *Filetiermesser*? Als du uns da vor Kurzem diesen Wolfsbarsch vorgesetzt hast –« Susanna schüttelt sich, doch bevor sie ihren Satz beenden kann, fällt Ava ihr ins Wort.

»Ellie, in deinem Haus trägt schon lange niemand mehr Windeln, und deine Bindehaut ist zum Neidischwerden. Und glaub mir bitte, bei mir grüßt auch jeden Tag das Murmeltier.«

Als hätte sie den Einwand ihrer Freundin nicht gehört, fährt Ellie ungerührt fort: »Was ich eigentlich sagen will: Mit dreiunddreißig bin ich noch nicht bereit, mich bei lebendigem Leib begraben zu lassen. Und wann könnten wir uns besser vornehmen, unsere Leben wirklich grundlegend zu verändern, als in der Silvesternacht im Kreise der besten Freundinnen?«

»*Wir?*« Susanna hebt eine ihrer perfekt gezupften Augenbrauen.

»Natürlich. Ihr wollt mich mit einer solchen Mammutaufgabe wohl kaum allein lassen. Ich mache den Anfang. Ich tue also etwas nur für mich, ganz so, wie es mein Göttergatte vorgeschlagen hat. Daher werde ich erst einmal zu Ende studieren, mir fehlen schließlich nur noch ein, zwei Kurse und die Masterarbeit. Und danach suche ich mir einen richtigen Job als Chemikerin. Wer will schon bis zur Rente siebeneinhalb Stunden die Woche Bücher in irgendwelche Regale sortieren oder hirnlose ›Bibliotheksführerscheine‹ mit verrotzten Kindergartenkindern machen?«

Ellie hat vor knapp zwei Jahren nach siebenjähriger Elternzeit einen Aushilfsjob in der nahe gelegenen Gemeindebücherei angetreten. Seither ergötzt sie sich zwar an der Ruhe dort, stöhnt aber auch regelmäßig über Totalabstürze des Ausleihverbuchungssystems, klebrige Schokoladen-Fingerabdrücke an Kinderbüchern oder Mahngebühren, die keiner bezahlt. Sie grinst schief und fährt sich mit den Händen durch die schulterlangen dunkelbraunen Haare, die heute ausnahmsweise mal nicht in einem praktischen Mutti-Bun gefangen sind. »Ich will einfach mal raus aus dem Familienalltag. Und dadurch meinen Horizont erweitern und etwas von meiner früheren Unbefangenheit und Lässigkeit zurückgewinnen. So wird es mir ganz nebenbei vielleicht auch gelingen, wieder etwas Schwung in meine müde Ehe zu bringen.«

»Das ist ja großartig, Ellie. Eine tolle Idee.« Bei dem stürmischen Versuch, beide gleichzeitig ihre Freundin zu umarmen, stoßen Susanna und Ava sie versehentlich vom Stuhl, verlieren ebenfalls das Gleichgewicht und landen direkt neben ihr auf den vollgekrümelten Schachbrett-Fliesen. Der letzte Cocktail war eventuell einer zu viel.

»Seit wann planst du das schon? Und warum hast du vorher nichts erzählt?«, fragt Ava, nachdem sie sich von ihrem Lachanfall wieder erholt haben.

»Ich plane es, seit mich vorletzte Woche in der Bücherei aus heiterem Himmel die Erkenntnis traf, dass ich selbst nur Bücher über Erste Hilfe oder die Gebrauchsanleitung für meinen Thermomix lese. Und ich wollte mir den Lagebericht natürlich für die Silvesternacht aufheben, damit ich am Ende mit meinen guten Vorsätzen nicht allein dastehe.« Sie wirft einen kurzen Blick auf die überdimensionale Bahnhofsuhr über der Tür, bevor sie eifrig anordnet: »Du machst weiter, Ava. Was möchtest du im nächsten Jahr wirklich und wahrhaftig erreichen? Coffee-to-go-Becher und To-do-Apps sind zu gehaltlos.«

Zwei erwartungsvolle Augenpaare schauen Ava dabei zu, wie sie im blau angestrichenen Küchenschrank nach einer neuen Packung Karamellpralinen sucht. Zum Glück hat sie vor der Party die halbe Süßwarenabteilung im Supermarkt leer gehamstert. Sie nimmt sich ein paar Minuten Zeit und denkt angestrengt über diese Frage nach. »Wir finden also heraus, was wir mit unserem Leben anfangen wollen«, murmelt sie wie zu sich selbst. Und vielleicht ist es nur der Alkohol, doch je länger sie grübelt, desto besser gefällt ihr Ellies Vorschlag. Schließlich drängt sich ihr nicht erst seit heute das unerfreuliche Gefühl auf, ihr Leben würde kopfstehen und wäre voller Fragezeichen. Sowohl beruflich als auch privat.

Ava hatte bisher kein übertrieben großes Glück in der Liebe. In ihrem Leben ist sie fast nur Männern begegnet, die entweder verrückt waren oder emotional obdachlos. Die plötzlich schwul wurden oder noch bei Mama wohnten. Oder die verheiratet waren.

So wie Oskar.

Und so liegt die eine Sache, die sie wirklich und wahrhaftig will, unglücklicherweise nicht in ihrer Hand: Dass Marlene, die magersüchtige, depressive zukünftige Ex-Frau ihres Freundes, wahlweise wieder gesund wird oder einen Ersatzmann trifft, der sich aufopferungsvoll um sie kümmert, und Oskar in Frieden ziehen lässt. Denn andernfalls würde Oskar die Sache mit ihr, Ava, auch nach fast einem Jahr heimlicher Beziehung niemals offiziell machen.

Seufzend reißt sie die Plastikfolie des Konfekts auf. Sie schiebt sich eine Praline in den Mund und starrt gedankenverloren aus dem Fenster in die Dunkelheit, ohne etwas von den bunten Silvesterraketen oder dem winzigen Ausschnitt der Außenalster wahrzunehmen, den sie von ihrer Wohnung aus erkennen kann. Irgendetwas muss ihr doch einfallen, um ihr Leben in Sachen Liebe im nächsten Jahr zum Positiven wenden zu können.

Ellie räuspert sich ungeduldig, und Ava schiebt diese Überlegung erst mal beiseite. Denn bei der anderen Sache, die sie sich schon seit Langem wünscht, lässt sich mit ein bisschen Kraftanstrengung schon eher etwas machen. Also eröffnet sie, als sie sich wieder zu ihren Freundinnen an den Tisch setzt, feierlich: »Wenn ich schon keine uneingeschränkten Erfolge in der Liebe feiern kann, will ich das wenigstens im Job tun.« Sie legt eine kurze Spannungspause ein, bevor sie betont zuversichtlich fortfährt: »Ich bin wild entschlossen, nächstes Jahr bei unserem *Medienrummel-Contest* ganz oben auf dem Treppchen zu stehen. Und Stalin und diesem aufgeblasenen Wichtigtuer Timon endlich zu beweisen, dass Erfolg und Leistung nicht männlich sind.« Der interne Wettbewerb in ihrer PR-Agentur kürt alljährlich auf der Weihnachtsfeier denjenigen Kollegen zum Sieger, der seinem Kunden innerhalb eines Jahres die meiste Publicity eingebracht hat. Frontpage gibt Extrapunkte. Stalin, beziehungsweise Robert Stahl, der Oberchef, tendiert dazu, den Gewinner bei der nächsten anstehenden Beförderung wohlwollend zu berücksichtigen. Und Timon, Stalins Adjutant, Unsympath und Speichellecker vom Dienst, hat es sich in den vergangenen Jahren zur Aufgabe gemacht, seine Kollegen und vor allem Kolleginnen mit nicht immer fairen Mitteln auszustechen.

»Das ist ein hochgestecktes Ziel, Ava. Aber durchaus machbar – dir liegen die C-, D- und E-Promis ja bekanntlich zu Füßen«, bemerkt Susanna lächelnd und schlingt ihren langen, in Michael Kors gewandeten Arm um sie. »Und für diesen Milchbubi Timon fällt uns bestimmt etwas ein.«

Auch Ava lächelt breit. »Mit vierunddreißig Jahren habe ich Anlass, sie davon zu überzeugen, dass ich alles andere als eine nichtsnutzige Quereinsteigerin bin. Vielleicht brauchte ich nur Ellies kleinen Schubs, um mir etwas vorzunehmen, das ich mir sonst nie zugetraut hätte.«

»Das freut mich wirklich. Ich finde aber, uneingeschränkter Erfolg in der Liebe sollte auch für dich drin sein, Ava.« Das kommt natürlich von Ellie. Bevor Ava etwas entgegnen kann, fährt sie fort: »Wie wäre es, wenn du zusätzlich Anstalten machst, endlich einen Mann zu finden, der keine kranke Frau zu Hause und sich nicht auf Blumen von der Tanke zur Abbitte spezialisiert hat?«

Ellie hat Oskar von Anfang an ein wenig argwöhnisch beäugt. Ihrer Meinung nach hat Ava etwas Besseres verdient, als seit nunmehr zehn Monaten zwei Abende die Woche damit zuzubringen, auf einen Mann zu warten, der entweder auftaucht oder auch nicht. Und Susanna konnte sich ohnehin noch nie erschließen, wie eine Frau ihre Zeit damit verschwenden kann, nach irgendeinem Typen Ausschau zu halten, ob nun liiert oder nicht.

»Oskar ist großartig, wirklich. Warmherzig, sexy, galant. Und ich bin sicher, er liebt mich. Nur kann er ja schlecht eine hochgradig depressive Frau sitzenlassen, die gedroht hat, sich vom Dach zu stürzen, wenn er nicht bei ihr bleibt.«

»Aber er kann dafür sorgen, dass sie schnellstmöglich professionelle Hilfe in Anspruch nimmt.« Die Missbilligung in Ellies Stimme ist nicht zu überhören.

Ava seufzt schwer. »Du hast recht. Ich habe schon so oft darüber nachgedacht. Oskar kommt ebenfalls mit auf die Liste. Ich werde mir im neuen Jahr also auch in dieser Hinsicht eine Lösung überlegen müssen.« Sie hat nur noch keinen blassen Schimmer, wie die aussehen könnte. Aber schließlich bleiben ihr zwölf volle Monate Zeit für einen

Geistesblitz. Um vom Thema abzulenken, wendet sie sich an Susanna. »Du bist dran. Was willst du im nächsten Jahr in deinem Leben verändern?«

»Du meinst sicherlich nicht meinen Wunsch, einen Pixie Cut auszuprobieren. Ich denke aber, kurze Haare würden meiner Gesichtsform schmeicheln.« Feixend streicht sich Susanna über ihren Undone-Bob.

»Nein, den meine ich nicht.«

»Zehn Minuten«, ertönt es in dem Moment aus dem Wohnzimmer, und lautes Rufen und Gläserklirren verraten, dass ein wilder Ansturm auf die Sektflaschen beginnt, die auf dem badewannengroßen Balkon gekühlt werden.

»Okay, dann überlege ich mir etwas anderes.« Sie setzt ihr Cocktailglas an die knallrot geschminkten Lippen und bemerkt, dass es schon wieder leer ist. Mit langen Fingern fischt sie einen halb geschmolzenen Eiswürfel heraus und schiebt ihn sich in den Mund.

Ava verzieht theatralisch das Gesicht. »Aber lass dir damit bitte nicht allzu viel Zeit – wie ich meinen Bruder und seine kopflosen Handballhomies und Bandkollegen kenne, ist sonst kein einziger Schluck Sekt mehr für uns übrig. Und wir haben gleich immerhin einen guten Grund, anzustoßen.«

Dank Eiswürfel im Mund und reichlich Alkohol in der Blutbahn klingt Susannas Stimme so undeutlich, dass ihre Freundinnen sich weit nach vorne beugen müssen, um sie zu verstehen, als sie ein bisschen entnervt entgegnet: »Ich versuche es ja, aber mir fällt nichts ein. In den paar Minuten ist es eigentlich so gut wie unmöglich, lebensverändernde Entschlüsse zu fassen. Ellie, du hattest zwei Wochen Vorlauf, und Ava liegt uns ständig in den Ohren damit, dass sie nur Oskars Mätresse ist und auch in der Agentur nicht gerade in der ersten Liga mitspielt. Da lagen ihre Vorsätze doch nahe.«

»Danke, Susi! Nimm bloß kein Blatt vor den Mund! Ich glaube, jeder wünscht sich eine Freundin wie dich«, wirft Ava trocken ein.

»Sorry! Aber nur, weil ihr beide vielleicht den Verstand verloren habt, heißt das noch lange nicht, dass ich nun ebenfalls durchdrehen muss. Können wir jetzt bitte mal ernst bleiben und das Thema wechseln?«

»Das ist unser Ernst. Wir ziehen das durch.«

»Sieben Minuten, Susanna! Denk nach!« Auch Ellie lässt sich nicht aus dem Konzept bringen.

Schwer seufzend greift Susanna nach den Karamellpralinen und überlegt es sich im letzten Moment doch anders. Sie hat sich immer fest im Griff. »Ich weiß, ihr wollt am liebsten von mir hören, dass ich mich im nächsten Jahr endlich nieder- und auf eine einzige Person einlassen werde. Doch das wird nicht passieren. Niemals!«

»Aber dazu sind unsere Vorsätze doch da: um über uns selbst hinauszuwachsen und unser Leben wirklich zu verändern. Du musst einfach nur deine Bindungsphobie überwinden.« Ellie legt Susanna beschwichtigend die Hand auf die Schulter, ganz so, wie sie es immer bei ihren Kindern versucht, wenn sie ihrer Meinung nach mal wieder störrisch oder uneinsichtig sind.

Susanna rümpft die Nase. »Nur, weil ich keine Kostverächterin bin, habe ich noch lange keine Bindungsphobie. Und nicht jede Frau bekommt Alpträume von verschrumpelnden Eierstöcken, sobald die große Vierzig am Horizont auftaucht.«

»Nee, eine Kostverächterin bist du wahrhaftig nicht«, schnaubt Ellie.

Susanna gehört zu der Sorte Frau, die auch mit neunundreißig Jahren noch im Kartoffelsack eine ausgezeichnete Figur abgibt – und das stets zu ihrem Vorteil einzusetzen weiß. Vor allem bei den Männern, die ihr reihenweise zu Füßen liegen. Mit Ausnahme von einer zweijährigen Beziehung kurz nach dem Studium dauerte ihr längstes Techtelmechtel bisher knapp sechs Monate. Nicht selten bandelt sie mit zwei oder mehr Typen parallel an, und meistens hat sie bereits nach wenigen Tagen bis Wochen genug von einer neuen Liebschaft.

»Dein Leben kommt gänzlich ohne Liebe und Nähe aus – und damit meine ich keine körperliche Nähe oder die Liebe zu deinen Eltern oder Freundinnen«, fügt Ellie hastig hinzu, ehe Susanna Protest erheben kann.

»Die Wahrscheinlichkeit, dass du heiliggesprochen wirst oder einen Hole-in-one beim Golf landest, ist höher, als dass du eine langfristige monogame Beziehung eingehst«, stimmt Ava ihrer Freundin zu.

»Oder dass du vom Blitz getroffen wirst, während du ertrinkst.«

»Oder eine Perle in einer Auster findest.«

»So spät ist es schon?« Susanna blickt demonstrativ zur Bahnhofsuhr.

»Wo bleibt die huldvolle Gastgeberin?«, ertönt es in diesem Moment wie zur Bestätigung lautstark aus dem angrenzenden Wohnzimmer und zieht ein ohrenbetäubendes Echo nach sich.

»Ich denke, wir müssen das Ganze hier etwas abkürzen, damit wir doch noch zu unserem Sekt kommen«, erklärt die huldvolle Gastgeberin augenzwinkernd und erhebt sich leicht schwankend von ihrem dunkelgrünen Barhocker.

»Susanna, vielleicht fällt dir ja nachher noch irgendetwas Passendes ein, irgendeine Kleinigkeit, die du in den nächsten zwölf Monaten gerne ändern würdest –«

»Okay, ihr lasst ja doch nicht locker. Ich weiß jetzt, wie ich mein Leben verbessern kann: Ich werde die Karriereleiter eine Sprosse weiter hinaufklettern.« Ihr steht förmlich ins Gesicht geschrieben, dass ihr auf die Schnelle nichts Originelleres eingefallen ist.

Mit der Hand an der Türklinke bleibt Ava stehen und tauscht einen vielsagenden Blick mit Ellie.

»Genau wie du mit deinem *Medienrummel-Contest*, Ava«, betont Susanna wie zur Rechtfertigung. »Erfolg ist nicht männlich und so weiter.«

»Aber geht das überhaupt? Welche Sprosse bleibt denn noch über dir?«

»Und selbst *wenn* da noch Luft nach oben ist: Das ist kein lebensverändernder Vorsatz wie bei Ava, sondern unvermeidbar, Susanna. Seitdem du damals mit deinem hochbetagten Chef diese zweifelhafte Geschäftsreise nach Dubai unternommen hast, wirst du doch jedes Jahr befördert. Die nächste Stufe ist dir also sowieso sicher.« Ellie klingt vorwurfsvoll. »Außerdem bin ich immer noch der festen Überzeugung, dass du mit deinem übertriebenen Arbeitseifer eine innere Leere füllen willst. Womit wir wieder bei der fehlenden Liebe und Nähe in deinem Leben angekommen sind.«

»Ich habe mir jede Beförderung hart erarbeitet und redlich verdient«, schnaubt Susanna mit leicht säuerlicher Miene, ihre Stimme nicht minder vorwurfsvoll als Ellies.

»Natürlich, das wissen wir.« Ava drückt beschwichtigend ihre Hand, kann sich ein verschmitztes Grinsen aber nicht verkneifen.

»Außerdem geht mein Chef demnächst in den Ruhestand. Also, selbst wenn an deinem Märchen etwas dran wäre, wäre mir ab sofort gar keine Stufe mehr sicher«, fügt Susanna hinzu.

»Zehn, neun, acht –«, dröhnt in dem Moment ein vielstimmiges Gegröle aus den übrigen Teilen der Wohnung.

»Ich werde mir den Vorstandsposten sichern, als erste Frau überhaupt«, ruft Susanna über den Lärm hinweg, während Ava nur noch Zeit bleibt, in Windeseile eine angefangene Wodkaflasche, die auf dem hohen, runden Esstisch für den nächsten Moscow Mule bereitsteht, aufzudrehen und hektisch ihre drei Gläser aufzufüllen. Die Hälfte spritzt daneben. Susanna hebt ihr Glas. »Wenn mein Chef in ein paar Monaten erst mal das Zepter aus der Hand gibt, werde ich seine Nachfolge antreten.«

»Drei, zwei, eins –« Von draußen sind die ersten Raketen zu hören, dicht gefolgt von einem dutzendfachen, markerschütternden »Frohes neues Jahr!«.

Ava schließt ihre beiden Freundinnen nacheinander fest in die Arme, bevor sie ebenfalls ihr Glas hebt. »Ich wünsche euch ein glitzerndes und funkelndes neues Jahr! Und uns, dass wir es irgendwie hinbekommen, unsere brandneuen, glanzvollen Pläne bis zum Ende des Jahres umzusetzen.«

»Und tausend kleine Zaubersterne, die uns den Weg zum Ziel unserer Träume erhellen.«

»Und ich wünsche uns allen ein Netz, das uns auffängt, wenn es nicht so läuft, wie wir uns das vorstellen.« Susanna zieht eine Schnute.

»Auf uns! Darauf, dass Ellie ihren Horizont erweitert, die Welt der Bunsenbrenner und Stehkolben und Lieblingskühler wiederentdeckt, dabei zu ihrem unverkrampften alten Selbst zurückfindet und ihre Ehe wiederbelebt, ich mir nach Jahren der Verunglimpfung ein wenig berufliche Anerkennung sichere und den Mann meiner Träume dazu bewege, endlich zu mir zu stehen, und Susanna … nun ja … befördert wird.«

»Auf unseren Pakt! Darauf, dass die nächsten zwölf Monate die bedeutendsten, erhellendsten unseres Lebens werden! Und es heißt Liebigkühler.« Ellie leert ihr Glas in einem Zug und verzieht das Gesicht.

»Na ja, vielleicht nicht unbedingt die *bedeutendsten* −«, beginnt Susanna gedehnt.

»Ich hoffe, es bringt besonderes Glück, mit Wodka anzustoßen.« Auch Ava stürzt den Inhalt ihres halb vollen Cocktailglases hinunter und schneidet eine Grimasse.

»Pech wird es schon nicht bringen. Oder?«

»Macht euch nicht immer so viele Gedanken. Los, Mädels, stürzen wir uns lieber ins Getümmel!« Wie immer lässt Susanna sich nicht aus der Ruhe bringen. Schwungvoll reißt sie die Küchentür auf und prallt zurück, als sie beinahe einen etwa fünfundzwanzigjährigen Adonis mit Gelfrisur und zerrissener Jeans über den Haufen gerannt hätte, den Avas kleiner Bruder Hannes angeschleppt hat. Wie angewurzelt bleibt sie stehen und mustert ihn aus halb geschlossenen Augen von oben bis unten.

»Ist es so heiß hier, oder bist du das?«, fragt der Adonis und sieht wirklich aus, als würde ihm der Schweiß ausbrechen. Wo bei jeder anderen Frau in ohrenbetäubender Lautstärke der Ekelpaket-Alarm losgeschrillt hätte, lächelt

Susanna nur nachsichtig und legt sich ihren Zeigefinger auf die leicht geöffneten Lippen, so, als ob sie tatsächlich über seine Frage nachdenken würde. Mit einem flüchtigen Seitenblick auf Ava fügt er mit schwerer Zunge breit grinsend hinzu: »Denkst du, dass wir vielleicht eine gemeinsame Freundin haben, die uns einander vorstellen kann?«

Ava verdreht die Augen. »Mensch, Ollie, du glaubst doch nicht ernsthaft, dass du mit so einem platten Spruch bei Susanna landen kannst.«

»Wow, *Susanna*, das klingt sexy.«

»Ollie, das klingt nach einem Skateboard-Trick.« Susanna lacht ihr besonderes, heiseres Lachen, und Ava und Ellie tauschen einen Blick.

»Ollie Suhrmann. Ich finde, mein Nachname passt wirklich gut zu deinem Vornamen.«

Ellie nimmt Avas Arm und zieht sie ins Wohnzimmer, wo die Party noch immer in vollem Gang ist und sie jubelnd mit bis zum Rand gefüllten Sektgläsern empfangen werden. »Nie im Leben würde sie es schaffen, sich auf nur einen Typen zu beschränken«, schmettert sie feixend über den Lärm von Pink hinweg, deren kratzige Stimme gerade aus den kleinen Boxen dröhnt. »Da würdest du es schon eher fertigbringen, deinen Hang zum Single-Dasein zu überwinden und dich auf eine richtige Beziehung einzulassen.« Sie nippt an ihrem Sekt.

Ava runzelt schnaubend die Stirn. »Bei dir klingt es, als würde ich freiwillig immer an die Falschen geraten. Es ist aber kein *Hang*, sondern eine Verkettung unglücklicher Umstände, dass die letzten Typen allesamt ziemliche Bruchlandungen waren. Doch bei Oskar ist das anders.« Sie hebt den Blick und sieht sich seufzend in ihrem mittlerweile reichlich verwüsteten Wohnzimmer um. Alle sind hier, ihr Bruder, ihre Freunde, ihre Lieblingskollegen. Nur eine Person fehlt.

Wie immer.

Doch bevor sie sich den Kopf darüber zerbrechen kann, was Oskar in diesem Moment treibt – und vor allem mit wem –, schlingt Ellie ihr den Arm um die Schulter und kräht ihr ins Ohr: »Ich weiß natürlich, dass du nicht aus freien Stücken Liebeskummer hast. Was ich aber sagen will, ist, dass du manchmal den Eindruck erweckst, vor allzu viel Nähe zurückzuschrecken und dir deswegen immer die Nieten herauszupicken. Damit es früher oder später einfach schiefgehen muss und du trotzdem nicht zu sehr leidest.«

Avas Hand mit dem Sektglas verharrt auf halbem Weg zum Mund mitten in der Luft. »Was willst du eigentlich mit einem Master in Chemie? Du hättest Psychologin werden sollen, Ellie. Eine mit einer Flasche Wodka unter dem Schreibtisch: Betrunken gibst du immer die originellsten Statements zum Innenleben anderer Leute ab.«

»Das habe ich dir auch schon oft genug nüchtern gesagt.« Ellie lässt sich nicht beirren. »Dass es kein Zufall ist, dass du an ein schwarzes Schaf nach dem anderen gerätst.«

»Das hört sich an, als würde ich es genießen, allein zu sein. Aber so ist es nicht, das weißt du.«

»Ich weiß, dass die Sache damals mit Samuel –« Ellie bricht ab.

»Das hat mich ziemlich hart getroffen. Aber lass uns jetzt nicht darüber reden. Ich möchte lieber noch mal mit Sekt anstoßen, falls der Wodka nicht wirkt. Darauf, dass wir im nächsten Jahr herausfinden, was wir mit unserem Leben anfangen wollen. Und dass wir ein unerschrockenes Leben führen und uns tollkühn für unsere Ziele einsetzen.« Ava wischt sich eine Ladung Konfetti aus den langen Locken und hebt ihr Glas.

»Ich will überhaupt erst mal ein Leben führen«, sagt Ellie schon wieder grinsend und präsentiert dabei die breite Lücke zwischen ihren Schneidezähnen.

In diesem Moment erklingen die ersten Töne von Madonnas »Like A Prayer«, und Ellie und Ava lassen sich widerstandslos von Elif und den anderen weiblichen Gästen auf die behelfsmäßige Tanzfläche schleifen. Susanna ist weit und breit nicht zu sehen.

Es ist schon fast vier Uhr morgens, Avas Wohnung ist noch immer gerammelt voll mit Menschen, als sie wieder auftaucht, dicht gefolgt von dem Adonis von vorhin. Ellie kneift die Augen zusammen. Wie schafft Susanna es nur, um diese Zeit – und mit so viel Promille im Blut – noch immer wie aus dem Ei gepellt auszusehen?

»Ich gehe jetzt besser mal nach Hause«, murmelt Ava gedehnt, den Kopf an die kühle Fensterscheibe gelehnt. »Ich muss morgen früh fit sein. Thea wird wahrscheinlich bald schon aufstehen, um noch eine Runde joggen gehen zu können, bevor sie meiner Mutter, natürlich perfekt gestylt und mit pastellfarbenem Twinset und Perlenohrringen, beim Brötchenbacken und Obstsalatschnippeln zur Hand gehen kann.«

»Du bist zu Hause«, erinnert Ellie sie stockend und lehnt sich neben sie ans Fenster.

»Oh. Stimmt!« Aber auch nur, weil kein anderer sich bereit erklärt hatte, eine private Silvesterparty zu schmeißen, und niemand Lust hatte, sich auf der »Party des Jahres« mit Tausenden ausgehungerter Touristen an der Alster

oder in einem der »angesagten« Clubs um einen Quadrat-
millimeter Platz zu raufen. »Komm, Susanna, wir gehen
zu dir«, lallt sie mit einem misstrauischen Seitenblick auf
Ollie. »Bei Ellie versinke ich knietief in Pampers und Lego
und werde morgen früh um spätestens halb sechs von drei
forschen Bälgern geweckt, die mein Bett ungeniert als
Trampolin missbrauchen. Mein Gott, ist das in eineinhalb
Stunden?«

»Du hast vorhin noch selbst betont, dass bei mir zu
Hause niemand mehr Windeln trägt.« Ellie macht eine
kurze Pause und fügt dann stirnrunzelnd hinzu: »Aber der
Rest kommt betrüblicherweise hin.«

»Hier, nimm meinen Schlüssel, Ava. Ich komme dann zu
gegebener Zeit nach.« Susanna zwinkert Ollie vielsagend
zu, und er sieht aus, als würden seine Beine jeden Moment
unter ihm nachgeben.

»Warte, Ava, nimm mich mit!«, wirft Ellie hektisch ein.
»Lego und Trampolinsprünge finde ich gerade echt zum
Abgewöhnen. Außerdem tut es Daniel mal ganz gut, wenn
er morgen früh merkt, dass man doch nicht ›so nebenbei‹
die Bande im Zaum halten und ›das bisschen Haushalt‹
schmeißen kann.«

Ava taumelt in ihr winziges Schlafzimmer, das für den
Abend als Garderobe herhält, bahnt sich zwischen einem
Berg aus Jacken und Taschen einen Weg zum Kleiderschrank hindurch, reißt wahllos ein paar Klamotten heraus
und stopft sie zusammen mit ihrer Zahnbürste in einen
kleinen Rucksack. »Darauf wird er noch früh genug kommen. Wenn du wieder zur Uni gehst, muss er zu Hause
schließlich mehr mit anpacken, ob es ihm gefällt oder
nicht«, knüpft sie übergangslos an ihr Gespräch an, als sie

ins Wohnzimmer zurückkommt, und beginnt, sich von ihren Gästen zu verabschieden.

Ellie stürzt den letzten Rest ihres Cocktails hinunter und zeigt ihr breites Zahnlückengrinsen. »Hach, Mädels, das wird absolut großartig! Mein Studium, Susannas Chefposten, Avas *Medienrummel-Contest* und nicht zuletzt ihre Traummann-Fahndung –«

»Traummann-*Was*? Ellie, ich hab dir doch gesagt, dass ich keinen anderen als Oskar –«

»Endlich tun wir mal etwas nur für uns. Ich freue mich so!«

Ava schüttelt den Kopf und nimmt ihren Rucksack. »Ich freu mich gerade vor allem auf das riesige weiße Himmelbett mit den flauschigen Daunenkissen in Susannas Gästezimmer. Und darauf, zur Abwechslung mal nicht in aller Herrgottsfrühe von vorbeidonnernden Bussen und den Rammlern von oben geweckt zu werden.«

Januar

Avas Kopf dröhnt und ihre Zunge fühlt sich an wie Schmirgelpapier, als sie ihren mintgrünen, dank eines Zusammenstoßes mit einem Stoppschild ziemlich zerbeulten Fiat Panda hinter der soliden schwarzen C-Klasse ihrer Schwester Thea abstellt. Natürlich ist sie viel zu spät dran. Ungestört von den unliebsamen neuen Nachbarn, die mit Vorliebe nicht nur am Abend, sondern auch in den frühen Morgenstunden mit quietschendem Lattenrost und Bettpfosten, die rhythmisch gegen die Wand knallen, die ganze Nachbarschaft wach rütteln, und der vierspurigen Straße vor ihrem Haus, die sie sonst immer dann, wenn oben endlich wieder Ruhe eingekehrt ist, endgültig allmorgendlich aus dem Schlaf reißt, hat sie in Susannas riesigem, flaumigem Gästebett geschlafen wie ein Baby und wurde erst dadurch geweckt, dass Ellies vibrierendes Handy vom Nachttisch rutschte und dumpf auf dem harten Parkettboden aufschlug.

»Neun entgangene Anrufe. Dabei habe ich ihm doch geschrieben, wo ich bin und dass ich ausnahmsweise mal ausschlafen will. Oder weiß er nicht, wie man Haferflocken in drei Schalen verteilt?«, hat Ellie schlaftrunken gemurmelt, das Telefon in die Schublade gestopft und sich auf die andere Seite gedreht. Ava aber ist mit einem Blick auf die Uhr aufgesprungen und, so schnell es ihr schmerzender Schädel zuließ, ins Bad gewankt.

Langsam, mit schweren, etwas unsicheren Schritten legt

sie nun die wenigen Meter bis zur dunkelbraun gestrichenen Haustür ihres Elternhauses zurück. Darauf konzentriert, tief die frische Tangstedter Landluft einzuatmen, versucht sie, die heftige Übelkeit zu vertreiben. Noch ehe sie auf den Klingelknopf drücken kann, wird die Tür schwungvoll aufgerissen.

»Horch, was kommt von draußen rein«, trällert ihre Mutter ihr viel zu laut entgegen. Ava zuckt zusammen.

»Hollahi, hollaho«, fällt ihr Vater, der direkt hinter ihr auftaucht, mit seiner Bassstimme ein.

»Ich habe etwas Kopfschmerzen«, versucht sie ihre Eltern zu bremsen, bevor sie gemeinsam die nächste Zeile anstimmen können.

»Wird wohl mein Feinsliebchen sein«, schmettert ihre Mutter unbeirrt weiter und zieht Ava so heftig an ihren ausladenden Busen, ohne dabei aufzuhören, in ihr Ohr zu flöten, dass Ava befürchtet, neben einem Trommelfellriss noch diverse Rippenprellungen davonzutragen.

»Mach mit, Avalein«, singt ihr Vater enthusiastisch. Sie verdreht die Augen, und ihr wird schon im Hausflur bewusst, dass heute wieder so ein Tag ist, an dem sie sich besonders stark am Riemen reißen muss. Dieses ewige Singen, diese schwungvolle Heiterkeit passen nicht zu ihrem Kater.

»Frohes neues Jahr, mein Schatz! Die anderen sind schon da, und das Frühstück steht auch schon bereit. Rührei mit Speck, Würstchen, Bagels, und Thea hat noch schnell Pfannkuchen und einen Obstsalat gemacht.«

Ava dreht sich der Magen um. »Tut mir leid, dass ich euch warten lassen habe. Ihr hättet ruhig schon ohne mich anfangen können.« Angemessen zerknirscht schlurft sie hinter ihren Eltern her, durch den dunklen, langen Flur, dessen geblümte Tapeten noch aus ihrer Kindheit stammen, ins Esszimmer, wo sich der Rest der Familie bereits an dem großen, runden Tisch versammelt hat – ebenfalls ein Relikt aus ihren Mädchenjahren, genau wie der abgenutzte graue Teppich und die ebenfalls geblümten Vorhänge – und sie mehr oder weniger geduldig erwartet. Nacheinander schließt sie ihren kleinen Bruder Hannes, der, wenn überhaupt möglich, noch zerraufter und zerknitterter aussieht als sie selbst, ihre große Schwester Thea, wie erwartet in einem blassblauen Cardigan und mit überdimensionalen Perlensteckern im Ohr, ihren hochgewachsenen, in den letzten Jahren etwas in die Breite gegangenen Schwager Thomas und ihre beiden neunjährigen Nichten, die adretten, perfekt erzogenen Zwillinge Alma und Florentine, in die Arme. Nur Stine fehlt. Wie erwartet.

»Stine lässt herzliche Grüße ausrichten. Sie konnte nun doch keinen Urlaub nehmen«, erklärt Thea mit ihrer kräftigen, immer etwas strengen Stimme, als hätte sie Avas Gedanken gehört. Ihr Blick bleibt an Avas dunkelrotem, leicht gespanntem Kleid hängen, dessen gewagten Ausschnitt sie allzu gründlich ausfüllt. Heute Morgen beim Anziehen ist ihr aufgegangen, dass sie gestern Nacht aus Versehen statt einer vorzeigbaren Bluse ein uraltes Pyjamaoberteil eingepackt hatte, und sie war gezwungen, sich an Susannas Kleiderschrank zu bedienen. Doch zum Glück erspart Thea sich jeden Kommentar. Erschöpft lässt Ava sich auf den harten Holzstuhl zwischen Hannes und ihrem Vater fallen und füllt sich pechschwarzen Kaffee in ihre geblümte Tasse.

»Vielleicht können wir Tante Stine ja im Sommer in Frankreich besuchen«, schlägt Florentine vor.

»In den Ferien wollten wir doch unbedingt dieses Thalasso-Hotel auf Norderney ausprobieren«, entgegnet Thea entschieden und beginnt, für ihre Kinder Melone mit Quark in kleine Schüsseln zu füllen. »Darauf haben wir uns alle schon so lange gefreut.«

Thomas hebt eine Augenbraue, sagt aber nichts. Er weiß es besser, als vor versammelter Mannschaft eine zermürbende Diskussion mit seiner Frau anzuzetteln. Das wird er später hinter verschlossener Tür tun, auch wenn er von vornherein weiß, dass er nicht gewinnen kann.

»Aber Thea, was sollen denn die Kinder in einem Wellnesshotel?«, lacht ihr Vater unbeirrt, während er sich eine gewaltige Portion gebratenen Speck auf den Teller häuft und sich dafür einen strafenden Blick seiner Gattin einfängt. Selbst wenn sie einen missbilligenden Blick aufsetzt, grinst sie noch über das ganze Gesicht.

»Denk daran, was der Doktor gesagt hat, Alfi«, tadelt sie ihn fröhlich und beginnt, sich ebenfalls den Teller randvoll zu laden.

»Auch Kinder wissen heiße Algenpackungen oder ein wohltuendes Dampfbad zu schätzen.« Thea lässt sich nicht aus der Ruhe bringen, während Alfred gleichmütig einen anschaulichen Berg Rührei neben seinen Frühstücksspeck schaufelt.

»Leni, so ein bisschen Cholesterin wird mich nicht gleich umpusten. Es ist Neujahr – und wann sonst haben wir denn mal fast die gesamte Familie beisammen?«

»Ständig! Zu Weihnachten, an *allen* Geburtstagen, sogar an eurem Hochzeitstag zwingt ihr uns herzukommen.« Hannes setzt sein typisches ironisches Grinsen auf, und seine Mutter zwinkert ihm nachsichtig zu.

»Ach, du«, säuselt sie zärtlich. Ihr Nesthäkchen darf sich wie immer alles erlauben. Ava verdreht die Augen und massiert sich die wild pochenden Schläfen. Misstrauisch beäugt sie die Berge von fettigen Speisen, die sich vor ihrer Nase ausbreiten.

»Außerdem ist Thalasso so viel mehr als nur Wellness«, wirft Thea hartnäckig ein.

Bevor sie die Gelegenheit ergreifen kann, das Thema weiter zu vertiefen, wendet Thomas sich an Hannes. »Apropos ›die gesamte Familie‹: Wo steckt überhaupt Anne?«

Anne ist Hannes' langjährige On-off-Freundin, die mit ihrer Energie und den verträumten dunkelbraunen Rehaugen schon bei der ersten Begegnung die Herzen von Avas Familie erobert hat. Nach Oskar fragt niemand. Weil niemand weiß, dass es ihn gibt. Ihre Eltern und Thea würden im Dreieck springen, wenn sie wüssten, dass Ava sich einen verheirateten Mann geangelt hat. Lieber macht sie ihnen weis, seit Ewigkeiten überzeugter Single zu sein, und lässt nahezu klaglos jegliche ironische Sprüche über tickende Uhren und quälend einsame Sonntagnachmittage über sich ergehen.

»Anne hat gestern zu lange gefeiert«, antwortet Alfred übermütig für Hannes und nickt seinem einzigen Sohn schalkhaft zu.

»Die jungen Leute«, feixt Leni und beginnt, summend den Obstsalat umzurühren.

Ava scheint als Einzige zu bemerken, wie Hannes' ganzer Körper sich versteift. Erst einige Sekunden später murmelt er leise: »Nicht so ganz. Sie hat mich verlassen.«

»Schon wieder?« Argwöhnisch legt Ava sich ein Croissant auf den Teller. Zumindest die kleinen Speckröllchen an ihrem Bauch werden es ihrem Kater danken. Leider hat sie die Rubensfigur ihrer Mutter geerbt – und ebenso das fehlende Durchhaltevermögen bei Diäten. Sie hat schon alles ausprobiert, von der Atkins-Diät über Intervallfasten bis hin zum guten alten FdH, aber jedes Mal schon nach kurzer Zeit die Segel gestrichen.

»Diesmal ist es endgültig. Anne hat mich vor die Tür gesetzt.«

»Aber warum?« Ein wenig nervös geworden, lässt Leni den Löffel sinken und blickt zu dem dunkelgrünen Seesack und dem schwarzen Gitarrenkoffer hinüber, die bisher unbeachtet neben dem Fenster an der Wand lehnten. »Bestimmt wird sich schnell alles wieder einrenken.« Ein untypischer Anflug von Panik in ihrer Stimme ist nicht zu überhören.

»Sie hat mich mit Henning erwischt«, murmelt Hannes und sieht ein bisschen betreten aus.

»Wenn du *erwischt* sagst –«, beginnt Thomas vorsichtig. Leni saugt scharf die Luft ein.

»Henning ist doch ein Männername?« Theas Stimme klingt unnatürlich hoch, beinahe schrill. »So wie der Torwart aus deiner Handballmannschaft?«

»Dürfte ich bitte ein Quarkbrötchen haben, Oma?«, piepst Alma unbeeindruckt dazwischen, und Leni reicht ihrer Enkelin mit einem erstarrten Lächeln auf den Lippen ein Schokoladencroissant. Man kann förmlich dabei zusehen, wie ihr Gesicht jegliche Farbe verliert, während ihr Gehirn verzweifelt versucht, die Tragweite von Hannes' knapper Bekanntmachung zu erfassen.

»Aber ich dachte, du und Anne, ihr plant Nachwuchs?«, stammelt sie ungläubig.

»Ich wollte ein Quarkbrötchen«, bemerkt Alma, beißt dann aber achselzuckend in ihr Croissant.

»Stattdessen ist euer einziger Sohn neuerdings nicht nur schwul und wird euch vielleicht nie euren lang ersehnten Enkelsohn schenken, wenn ich schon nicht daran denke, sondern zieht ganz offensichtlich in Betracht, auf der Suche nach einem neuen Dach über dem Kopf wieder Asyl im Haus seiner Kindheit zu fordern. Das nennt man Generation Boomerang. Ein weiteres schwarzes Schaf in der Familie«, hört Ava sich sagen und bereut ihre Gehässigkeit sofort. Manchmal gehen einfach die Pferde mit ihr durch, wenn sie auf ihre stetig singende und jubilierende Mutter trifft und wittert, dass Leni, die scheinbar mühelos vier Kinder und eine erfolgreiche Karriere als Musiklehrerin unter einen Hut gebracht hat, sich für ihre Nachkommen einen anderen Lebensweg erhofft hat, als dass die eine Tochter im besten gebärfähigen Alter scheinbar ewiger Single und ständig pleite ist, die zweite Tochter seit Jahren allein in der Weltgeschichte herumgondelt, um ihrer Vergangenheit zu entfliehen, und nun auch noch der einzige Sohn seinen sicheren Platz an der Seite ihrer Traumschwiegertochter geräumt hat. Nur die Älteste, das weiße Schaf neben drei schwarzen, macht, was man von ihr erwartet.

»Ich dachte eigentlich, ich kann erst mal bei dir einziehen, Schwesterherz«, holt Hannes' heisere Stimme Ava ins Esszimmer ihrer Eltern zurück.

»Bei *mir*? Meine Wohnung ist so groß wie ein Handtuch. Nur die allernotwendigsten Dinge zum Leben finden darin Platz.«

»So wie deine Strandgutsammlung?«, bemerkt Thomas trocken.

Hannes nimmt die Hand seiner Schwester fest in seine. »Du hast doch so ein schönes Gästezimmer und wohnst zentral direkt an der Alster –« Und vor allem so schön weit weg von Tangstedt.

»Du hörst dich an wie ein Makler, mein Sohn«, feixt Alfred, erhebt aber keine Einwände. Stattdessen spießt er unbeeindruckt den Rest seines gebratenen Specks auf die Gabel.

»Ich habe doch schon diesen süßen Strampler gekauft, den Anne und ich neulich im Schaufenster gesehen haben.« Leni hat sich nicht so schnell erholt. »*Ich kann Musik hören, ohne dabei joggen zu müssen*, stand darauf.«

Avas Schläfen pochen immer stärker. *Bei so einer Familie braucht man wirklich ein gutes Nervenkostüm.* »In dem sogenannten Gästezimmer lässt sich die Tür nicht mehr öffnen, sobald man das Schlafsofa ausklappt.«

»Das spart den Schlüssel«, hat Hannes eine passende Antwort parat.

»Es ist ja nicht für ewig«, fängt nun auch Thea an. »Und Mama und Papa wollen ihren zweiten Frühling genießen. Sie wollen singen, Klavier spielen und tanzen, ohne wieder Struktur in ihr Leben oder zumindest in ihren Ernährungsplan bringen oder einem ihrer Kinder die dreckigen Socken hinterherräumen zu müssen.«

»Aber ich will auch niemandem seine dreckigen Socken hinterherräumen!«, empört sich Ava.

»Warum glaubt hier jeder, ich könnte meine Wäsche nicht alleine wegräumen?«

Keiner geht auf Hannes' Protest ein. Stattdessen murmelt Leni, endlich wieder zumindest zaghaft lächelnd, mit leiser Stimme: »Außerdem bist du dann nicht immer so allein,

Schätzchen.« Sie scheint ihr inneres Gleichgewicht nach dem Schock wiederhergestellt zu haben.

»Aber ich bin nicht allein«, hört Ava sich antworten. Und fügt dann hinzu, ehe sie sich auf die Zunge beißen kann: »Ich habe einen Freund. Es ist etwas Ernstes.«

»Einen festen Freund?«

»Das ist ja wundervoll.«

»Wie lange kennt ihr euch?«

»Wie heißt er?«

»Was macht er beruflich?«

»Ist er geschieden?« Das kommt natürlich von Thea. Fortlaufend liegt sie Ava damit in den Ohren, dass es nur noch eine Frage der Zeit ist, bis für sie lediglich die Sitzengelassenen übrig bleiben werden, die mit Kindern und Ex-Frauen und jeder Menge Ballast.

»Bring ihn das nächste Mal mit«, schlägt Leni vor und sieht jetzt wieder so lebendig aus wie vor Hannes' Enthüllung.

»Mach ich, Mama. Bald könnt ihr ihn kennenlernen, versprochen«, nuschelt Ava etwas kleinlaut und schiebt sich ihr gebuttertes Croissant in den Mund. Stresshormone haben schon immer ihren Appetit verstärkt.

»*Nehm' Träume für bare Münze, schwelge in Phantasien*«, stimmt Leni ihren Lieblingssong »Halt mich« von Herbert Grönemeyer an und schnippt mit den Fingern den Takt dazu.

Und natürlich steigt Alfred direkt mit ein. »*Hab' mich in dir gefangen, weiß nicht, wie mir geschieht. Wärm' mich an deiner Stimme.*« Thea verdreht die Augen.

Ava weiß, dass ihre Eltern mit ihrem ständigen Gesinge und Getanze auf Außenstehende manchmal etwas merkwürdig wirken. Sie weiß auch, dass Leni und Alfred nur schwer verkraften können, dass ihre jüngste Tochter nichts von ihrem musikalischen Genie geerbt hat. Nichts. Während Thea schon im Grundschulalter Brahms auf dem Klavier geklimpert hat, Stine mit ihrer glockenreinen Stimme für die Soli im Kirchenchor auserwählt wurde und Hannes als Gitarrist seiner Schülerband kurz davor war, einen Plattenvertrag zu unterschreiben, ist bei Ava Hopfen und Malz verloren. Dabei wird der Name Ava im persischen Sprachraum mit ›Stimme‹, ›Gesang‹ oder ›Ton‹ übersetzt, wie Leni nicht müde wird zu betonen. Thea arbeitet heute immerhin als Musiklehrerin, wie ihre Mutter, aber Hannes hofft noch immer auf seinen großen Durchbruch als Musiker. Wenn er nicht gerade als zweitklasiger Handballspieler übers Feld rennt, steht er mit seiner Band in der Fußgängerzone, um sich über Wasser halten zu können.

»Fühl' mich bei dir geborgen, setz' mein Herz auf dich –« Leni und Alfi sind inzwischen aufgestanden und tanzen ausgelassen um den Tisch herum.

»Was ist denn jetzt mit deinem Gästezimmer?« Hannes blickt Ava mit seinen großen dunklen Augen inbrünstig an. Sie und Stine haben früher immer gemutmaßt, dass er diesen treuen Dackelblick verbissen vor dem Spiegel einstudiert hat.

Ava seufzt schwer, während sie ihre Hände an der geblümten Serviette abwischt. Wie soll sie denn ihren hehren Silvestervorsatz, Oskar ganz für sich zu gewinnen, in die Tat umsetzen, wenn sie noch nicht einmal einen privaten Rückzugsort hat, an dem sie ihre Verführungskünste spielen lassen kann? Und jetzt, da sie den anderen einen festen Freund versprochen hat, muss sie sich dafür besonders ins

Zeug legen. »Nicht mehr als einen Monat. Du lässt keine Pizzateller herumstehen. Gepinkelt wird nur im Sitzen, ohne Ausnahme. Kein nächtliches Gitarreüben. Und kein Herrenbesuch. Die Rammler von oben sind laut genug.«

»Geht klar. Und übrigens, ich bin nicht ›neuerdings schwul‹. Ich war schon immer hin- und hergerissen. Das wusste nur keiner.«

Als Ava einige Zeit später völlig gerädert in ihren Fiat steigt, sind die Kopfschmerzen, wenn überhaupt möglich, noch stärker geworden. *Ein Erfolg auf ganzer Linie.*

Gerade lässt sie den Motor an, als ihr Handy in der Tasche vibriert.

»Die letzte Nacht war himmlisch, sage ich dir! Diese jungen Typen können einfach nicht genug bekommen. Und erst dieses Sixpack!« Susanna fällt wie immer mit der Tür ins Haus.

»Ich habe mir dein rotes Kleid geborgt.« Ava weiß aus Erfahrung, dass sie ihrer Freundin besser direkt das Wort abschneidet, bevor die sich über allzu schlüpfrige Details auslässt. Sie klemmt das Telefon zwischen Ohr und Schulter, setzt den Blinker und macht sich im einsetzenden Nieselregen auf den Heimweg nach Harvestehude.

»Ach ja, für dein Neujahrsfrühstück. Hat Alfi wieder seine bemerkenswerte Version von Roy Blacks ›Ganz in Weiß‹ zum Besten gegeben?«

Ava seufzt. »Dazu ist er nicht gekommen.« In knappen Sätzen setzt sie Susanna darüber in Kenntnis, dass sie sich in weniger als zwei Stunden nicht nur einen neuen Mitbewohner für ihre kaum fünfzig Quadratmeter messende Wohnung, ihre kleine, aber feine Oase der Freiheit und Ruhe, aufgehalst, sondern auch in die Zwangslage manövriert hat, ihrer Familie möglichst bald einen neuen, unverheirateten Freund zu präsentieren. Obwohl der einzige Ort, an dem sie ihren absolut verheirateten Freund ungestört treffen und mühsam davon überzeugen kann, ihren Eltern offiziell gegenüberzutreten, die Privatsphäre ihrer Wohnung ist.

»Du hast *was*?« Susanna klingt ungläubig, aber auch irgendwie abgelenkt.

»Ich habe das enttäuschte Gesicht meiner Mutter nicht ertragen. Und ich kann meinen Bruder ja schlecht im Regen stehenlassen.«

»Hmm.« Ja, sie ist definitiv abgelenkt.

»Sag mal, ist da jemand bei dir?« Aus dem leichten Nieselregen ist mittlerweile ein Wolkenbruch geworden, und Ava stellt fest, dass die Scheibenwischer ihres uralten Panda den Geist aufgegeben haben. Unwillig fährt sie an den Fahrbahnrand und rammt dabei um ein Haar einen Radfahrer, der es offenbar eilig hat, nach Hause zu kommen.

»Ich hab dir doch von dem Sixpack erzählt. Er hat mir gerade Kaffee ans Bett gebracht.«

»Du bist noch in seiner Wohnung? Ich dachte, eine Dame bleibt nie die ganze Nacht. Das predigst du uns seit Jahren.« Der Radfahrer zeigt Ava einen Vogel und fährt dann zum Glück schnell weiter.

»Die Nacht ist noch nicht vorbei.« Gurrendes Gekicher, das darauf hindeutet, dass Kaffee gerade auf Platz zwei ihrer Wünsche abgerutscht ist. »Eigentlich rufe ich nur an, um dich daran zu erinnern, dass heute Montag ist und wir uns abends noch auf einen schnellen Absacker in der *Reizbar* treffen.«

»Ich weiß, dass Montag ist, aber ich kann heute nicht. Falls ich es bei diesem Mistwetter ohne Wischer überhaupt rechtzeitig nach Hause schaffe, will Oskar noch vorbeikommen, um mit mir das neue Jahr zu zelebrieren. Und wer weiß, wann das wieder ungestört möglich sein wird.« Und wenn Ava an Alkohol auch nur denkt, kommt ihr das Croissant wieder hoch – und die Spiegeleier und die helle Schokoladenmousse, die sie im Anschluss verdrückt hat, natürlich nur, um Stress abzubauen.

»Ellie kommt auch. Du weißt nicht, was dir entgeht!«

Schon seit einer geschlagenen halben Stunde ist Ellie damit beschäftigt, den Flur zu wischen, die Waschmaschine in Gang zu bringen und ihrem jüngsten Sohn Emil kiloweise Sand und Dreck aus den Ohren zu spülen. Am frühen Abend ist er von den Haarspitzen bis zu den Fußsohlen schwarz wie ein Schornsteinfeger vom Spielplatz nach Hause gekommen und hat zu seiner Rechtfertigung mit todernster Miene erklärt: »Herummatschen ist wichtig für meine Entwicklung und besonders für die Reifung meiner Sensik.«

»Sensorik«, hat seine siebenjährige Schwester Pauline gezischt und sich ebenfalls mitten in der Diele die durchweichten Klamotten von ihrem sehnigen Leib gerissen.

Gerade hat Ellie zu einer Predigt ansetzen wollen, als Anton, der Neunjährige, sie unterbrach: »Mama, wo versteckt ihr euren Alkohol?«

»Euer Vater und ich trinken niemals Alkohol!«

»Stimmt nicht! Und wir brauchen wirklich dringend welchen. Bitte, bitte!«

»Wofür denn?«

»Für unseren Chemiekasten.«

Sie lachte ungläubig. »Denk nicht mal dran!«

»Da, ich hab ihn! Ich hab dich lieb, Mama!«

»Wann werdet ihr nur endlich erwachsen?«

Jetzt wirft sie Emil ein Handtuch um die schmalen Schultern und murmelt vor sich hin: »Wie kam es eigentlich dazu, dass ein so nettes Mädchen wie ich in so einem Affenstall gelandet ist?«

Emil guckt sie mit tellergroßen Augen fragend an, schlingt kurz seine mageren Ärmchen um ihren Hals und rennt dann, eingewickelt in sein viel zu großes Badetuch, seinen Geschwistern hinterher, um nichts von dem chemischen Schauspiel zu verpassen. An der Tür dreht er sich noch mal um. »Ich hab dich auch lieb, Mama.«

»Wie die Mutter, so die Kinder«, hört sie in dem Moment Daniel sagen, der in Jogginghose und ausgewaschenem Shirt im Türrahmen aufgetaucht ist: »Du hattest doch auch immer eine Schwäche für Chemiekästen.« Er schweigt einen Moment und fügt dann hinzu: »Ich habe noch mal über deine Idee nachgedacht, dein Studium wieder aufzunehmen –«

»Das ist nicht nur so eine *Idee*, Daniel. Wir haben doch darüber geredet –«

»Ich frage mich nur, ob du dir das auch wirklich gut überlegt hast. Ich meine, du stöhnst schon jetzt jeden Tag über den ganzen Stress, den du hast.« Kurz hält er inne. Ganz offensichtlich fällt ihm – ebenso wie Ellie – siedend heiß ein, wie er bei mehr als einer Gelegenheit ihr Jammern über »das bisschen Haushalt« mit einem verständnislosen Kopfschütteln abgetan hat. Ein wenig verlegen nimmt er ihre Hand in seine. »Ich will doch nur das Beste für dich und unsere Familie.«

»Ich weiß. Aber wieder zur Uni zu gehen, ist für mich das Beste. Ich meine, was mache ich schon den ganzen Tag lang? Aufräumen, am laufenden Band Mahlzeiten zubereiten, die Kinder durch die Gegend kutschieren. Was passiert mir schon Wichtiges?«

Er beginnt, mit dem Daumen ihre Handfläche zu massieren. »Das, was du machst, ist doch wichtig. Und ich verdiene genug. Was ist denn, wenn du nicht mehr genug Zeit für die Kinder findest, sobald du erst mal studierst und irgendwann auch arbeitest?«

Unwillkürlich weicht Ellie einen Schritt zurück. »Kannst du bitte aufhören, mir ein schlechtes Gewissen zu machen, und mir stattdessen etwas Unterstützung entgegenbringen? Wenn ich mich recht erinnere, warst du doch derjenige, der meinte, ich solle endlich mal etwas nur für mich tun. Weil ich so *verkniffen* geworden wäre und mal rausmüsse.«

»Aber doch nicht so! Ich dachte an einen Kurs in der Volkshochschule, zwei Abende die Woche ›Tausend Worte Alltagsgriechisch‹ oder ›Aquarellmalen für Blindgänger, die nie zuvor einen Pinsel in der Hand gehalten haben‹.« Was als Witz gemeint ist, klingt in Ellies Ohren beinahe wie eine Standpauke.

»Zumindest Ava und Susanna freuen sich für mich!« Sie wirft einen Blick auf ihre Armbanduhr, ein Geschenk von Daniel zu ihrem ersten Weihnachtsfest vor elf Jahren. »Susanna treffe ich gleich in der *Reizbar*. Kannst du bitte dafür sorgen, dass die Kinder nicht auf die Idee kommen, mit Wassermelonen Fußball zu spielen oder Spülmittel zu gurgeln?«

»Ihr habt euch doch gestern erst gesehen. Und heute Morgen. Ich dachte, dafür fällt euer montäglicher Klönschnackabend mal aus.«

»Der fällt niemals aus!«

Die *Reizbar* im Schanzenviertel, ein ehemaliger Waschsalon und seit vielen Jahren ihre gemeinsame Stamm-Bar, hält, was der Name verspricht. Dunkles Holz, reichlich plüschige orangene und blattgrüne Akzente, der permanente Geruch nach Terpentin und Cider, pulsierende Clubmusik und viele Sorten Wein und Cocktails auf der Karte reizen alle Sinne.

Ava erspäht ihre Freundinnen schon am Eingang. Sie sitzen einander gegenüber an ihrem altbewährten Lieblingstisch, jede ein großes Glas Apfelschaumwein vor der Nase, und sind in ein vertrautes Gespräch versunken. Ava beginnt zu strahlen. Schon seit sie im Kindergarten gemeinsam unter jedem Stein und hinter jedem Baum nach zierlichen Elfen geforscht haben, sind sie und Ellie ein Herz und eine Seele. Sie haben alles miteinander erlebt: die erste große Liebe, den ersten Liebeskummer, die erste Liebesnacht. Susanna ist hinzugekommen, als sie Ava fast zwanzig Jahre später in einer schummrigen Bar sachdienliche Anregungen zu den besten Flirt-Spots und zum Thema »weibliche Alphatiere« angeboten hat. Und auch wenn Ava diese Tipps bisher nie in die Tat umgesetzt hat, sind die drei Freundinnen heute trotz – oder vielleicht wegen – ihrer unterschiedlichen Charaktere und Lebenseinstellungen unzertrennlich. Nicht zum ersten Mal fragt Ava sich, wie sie ohne den Austausch mit den Mädels über die Runden kommen sollte.

Susanna, in hautengen Jeans und einem weit ausgeschnittenen weißen Wickeltop, das wenig Raum für Phantasie lässt, legt gerade den Kopf in den Nacken, um ihr typisches raues Gelächter erklingen zu lassen, und Ava registriert, dass eine ganze Reihe von Männern lechzend vom Tresen herüberglotzt. Ächzend lässt sie sich in ihrem dicken

Wollmantel neben Ellie auf einen Stuhl sinken. »Bevor ihr fragt: Oskar hat mich versetzt.«

Susanna mustert kurz Avas Gesicht und winkt dann ohne Umschweife einen Kellner herbei, einen baumlangen Rothaarigen mit übergroßen Zähnen, den sie noch nie hier gesehen hat – und der binnen Sekunden neben ihr auftaucht, als hätte er nur darauf gewartet, ihr einen Wunsch erfüllen zu können –, um einen weiteren Cider zu ordern.

»Schon wieder, Ava?« Skeptisch hebt Ellie eine Augenbraue.

»Ich weiß, was ihr jetzt denkt. Aber so ist es nicht. Oskar leidet mindestens genauso sehr darunter wie ich, dass wir so selten zusammen sein können. Er musste heute nur absagen, weil Marlene einen Schwächeanfall hatte, aber er ist –« Ava bricht ab und schält sich aus ihrem dunkelgrünen Mantel. Sie weiß, dass sie morgen früh im Treppenhaus wieder über einen Blumenstrauß oder eine Schachtel Pralinen stolpern wird. Ebenso sicher ist sie, dass sie Oskar – wie von ihm erwartet – Absolution erteilen wird. Meistens schickt er pinke Rosen und Nougat, dabei hat sie ihm immer wieder zu verstehen gegeben, dass sie Gerbera und Karamell den Vorzug gibt.

Schwer seufzend beugt sich Susanna weit nach vorne und gewährt damit einen so freizügigen Blick auf ihr Dekolleté, dass ein paar Männer an den umliegenden Tischen zum Unmut ihrer weiblichen Begleiterinnen Stielaugen bekommen. »Du solltest einem Mann nie das Gefühl geben, derjenige zu sein, der dich in der Hand hat, Ava. Hast du denn gar nichts gelernt?«

»Oskar hat mich nicht in der Hand. Er weiß, dass ich nur mit den Fingern zu schnipsen bräuchte und schon würden die Typen bei mir Schlange stehen.« Natürlich ist Ava sich bewusst, dass sie vielleicht ein bisschen dick aufträgt, aber es ist ja nicht so, als hätte sie überhaupt keine Auswahl.

»Du hast recht, es gibt wirklich keinen Grund, dich zu beschweren. Du bist wahnsinnig klug, charmant, loyal und kannst echt witzig sein, wenn du es darauf anlegst. Und sieh dich nur an, deine Nase ist in Ordnung, dein Mund ist sogar richtig hübsch. Deine Figur, also, du bist ja nicht dick. Und deine meergrünen Augen sind umwerfend, wirklich außergewöhnlich. Fast schon geheimnisvoll. Nur deine Haare, nun ja, ich denke, die könnten vielleicht ein bisschen mehr Leuchtkraft vertragen. Damit du mehr auffällst.«

»Red keinen Quatsch, Susi, Ava ist wunderschön!«

»Was ich eigentlich sagen will: Wie hat es dazu kommen können, dass du die heimliche Geliebte eines verheirateten Mannes wurdest? Du hast so viel mehr verdient!«

In diesem Moment kehrt der eifrige Kellner zurück, und Ava entgeht einer Antwort. Dankbar nimmt sie ihr Getränk entgegen und gestattet sich trotz der hämmernden Kopfschmerzen, die sie schon den ganzen Tag über plagen, einen kräftigen Schluck.

»In diesem Jahr wird sich alles ändern, wisst ihr noch?«, murmelt sie schließlich, nachdem sie ihr halb leeres Glas abgesetzt hat. »Dazu gehört auch, dass ich Oskar dazu bewegen werde, endlich Hilfe für seine Frau zu suchen und sich zu mir zu bekennen.«

»Wen solltest du auch sonst deinen Eltern präsentieren, die so wild auf weitere Enkelkinder sind?«, wirft Susanna trocken ein. Dabei zieht sie gewohnheitsmäßig einen koketten Schmollmund.

Ohne auf ihren Kommentar einzugehen, fährt Ava fort: »Und nächste Woche bei der Arbeit werde ich einen Weg finden, mir den Erfolg versprechendsten Job zu sichern, um dem Contest-Sieg einen Schritt näher zu kommen. Hoffentlich hälst Stalin mir nicht so einen machtbesessenen, selbstverliebten Narzissten auf, der es einem unmöglich macht, mit ihm zusammenzuarbeiten. Dann kann ich meine Beförderung vergessen.«

»Auf Stalin ist doch immer Verlass.« Ellie lehnt sich zurück und verschränkt grinsend die Arme vor der Brust. »Eigentlich ist es reine Formsache, aber ich habe heute übrigens meine Bewerbungsunterlagen an die Uni geschickt.«

»Das ist toll, Ellie!« Ava nimmt noch einen kleinen Schluck von ihrem Cider. »Was sagt denn Dan zu deinen Studienplänen?«

»Manchmal denke ich, dass ich damals vielleicht besser den Ethnologiestudenten genommen hätte, der mittlerweile für Amnesty International um die halbe Welt reist.«

»So schlimm?«

Ellie lacht künstlich auf. »Wer weiß, möglicherweise wäre Daniel ein bisschen verständiger, wenn ich noch meine berühmt-berüchtigte Sanduhrfigur von früher hätte.« Sie hebt die Hand, um dem Kellner ein Zeichen zu geben, doch er ignoriert sie geflissentlich. »Aber vielleicht nimmt er es mir auch einfach immer noch übel, dass ich Silvester lieber mit euch gefeiert habe, als zu dieser sterbenslangweiligen Veranstaltung seines Vorgesetzten mitzukommen. Wieder eine dieser endlosen Partys, bei der die Frauen sich in der Küche treffen, um Storys über ihre Entbindungen oder Low-Carb-Rezepte auszutauschen, während die Männer im Wohnzimmer Whisky trinken und über den Syrienkrieg,

Megafusionen in der Wirtschaft, gefrierende Elektronen und den Bitcoin-Kurs schwafeln.«

»Ich sag es ja immer: Das Einfachste ist, unabhängig zu bleiben und sich gar nicht erst emotional an einen Mann zu binden!« Das kommt natürlich von Susanna. Sie winkt dem Kellner zu, der innerhalb von Millisekunden neben ihr steht. Ellie verdreht die Augen.

»Sich nicht festzulegen, bringt so viele Vorteile. Freiheit, niemals Liebeskummer, und denkt nur mal an den Sex, der unmöglich eintönig werden kann«, knüpft Susanna übergangslos an ihr Gespräch an, nachdem sie ihre Bestellung aufgegeben haben.

»So kann man das auch betrachten«, entgegnet Ellie und klingt in Susannas Ohren ein bisschen herablassend. »Ich glaube aber, dass das Einfachste nicht immer das Beste sein muss.«

Gereizt verschränkt Susanna die Arme vor der Brust und zwingt sich zu einem Lächeln. »Da stimme ich dir zu. Aber man muss es sich auch nicht unbedingt unnötig schwer machen.«

»Eine intakte Beziehung ist so viel wertvoller als bedeutungsloser Sex. Nur, weil du es nicht durchhalten würdest, nur einen einzigen —«

»Ihr glaubt, dass ich es nicht durchhalte? Dann lasst euch sagen, dass ich mich jederzeit auf nur einen Mann festlegen könnte. Wenn ich wollte!«

»Natürlich, Susanna!« Ellie hebt hochmütig lächelnd ihre Augenbrauen.

Lange Zeit sagt keiner ein Wort. Susanna leert ihr Glas in einem Zug und schüttelt sich. »Okay, gerade habe ich meine Meinung geändert«, eröffnet sie schließlich verwegen.

»Wovon redest du?«

»Ich habe noch mal nachgedacht. Ich mach's! Ich werde euch beweisen, dass ich durchaus in der Lage bin, eine monogame Beziehung einzugehen«, hört sie sich sagen, als hätten ihre Lippen sich verselbstständigt. Sie saugt scharf die Luft ein.

Ava verschluckt sich hustend und prustend an ihrem Getränk, so dass sich ein Sprühnebel aus Apfelwein über die Tischplatte legt. »*Du* willst es mit Monogamie probieren?«

»Was ist passiert?«, fragt Ellie argwöhnisch. »Hat dein Sinneswandel was mit dem jugendlichen Adonis von gestern zu tun?«

Susanna seufzt dramatisch. »Ich hätte nie gedacht, dass ich mal etwas Derartiges von mir geben würde, aber ehrlich gesagt wird mir dieses Bäumchen-wechsel-dich-Spiel manchmal ein bisschen zu anstrengend. Auch wenn ich, wie ihr wisst, meine Freiheit und Unabhängigkeit liebe, kommt es vor, dass ich es satthabe, mir immer neue Gesichter und immer neue Namen merken zu müssen, auf immer neue Vorlieben einzugehen, ständig den vergessenen Rasierschaum und die liegengelassenen Socken irgendwelcher Typen entsorgen zu müssen.« Schon während sie die Sätze ausspricht, weiß Susanna, dass sie wahr sind. Aber das ist nicht der einzige Grund: Plötzlich wird ihr klar, dass tatsächlich Ollie ihr die Augen dafür geöffnet hat, dass sie ihren Lebensstil überdenken könnte – jedoch nicht auf die Weise, wie Ellie vermutet. Ihr fünfundzwanzigjähriger Lover der vergangenen Nacht hat sie heute Morgen unverblümt gefragt, warum sie keinen Mann und keine Familie hat.

»Ich wusste gar nicht, dass Promiskuität auch noch bei Frauen in deinem Alter angesagt ist«, hat er ungeheuerlicherweise noch hinzugefügt und dabei schmunzelnd ihre Ohrläppchen geknetet.

»Was meinst du damit?«, ist es ihr entfahren, und im selben Moment hat sie ihre Frage bereut. Was sollte er schon meinen? Sie weiß, dass sie noch immer blendend aussieht, aber Ollie hat einen äußerst wunden Punkt getroffen. Ist sie langsam zu alt für diese Spielchen?

Sie lässt den Blick durch die mittlerweile rappelvolle Bar schweifen, wobei sie erleichtert registriert, dass ihr ein Großteil der männlichen Gäste in den Ausschnitt schielt.

»Außerdem werden wir bald vierzig –«, setzt sie an.

»Du meinst, *du* wirst bald vierzig! Ava und ich haben noch ein paar Jahre Aufschub«, wirft Ellie breit grinsend ein.

»Danke für die Erinnerung, Eleonore! Jedenfalls bin ich gerade zu dem Schluss gekommen, dass es sich unter Umständen als immer schwieriger erweisen könnte, einen attraktiven und wohlhabenden Mann in unserem Alter zu finden. Egal, ob für eine Nacht oder für die Ewigkeit.«

»Mein Gott, du redest schon wie Thea!« Ava und Ellie tauschen einen schnellen Blick, und Susanna drängt sich das unangenehme Gefühl auf, dass die anderen ihr Vorhaben nicht ganz ernst nehmen.

»Willst du unsere Vorsätze übertrumpfen, Susanna?«, erkundigt sich Ava und fügt nach einer kurzen Pause hinzu: »Wir sind nun schon seit dreizehn Jahren befreundet, und manchmal habe ich das Gefühl, dich besser zu kennen als mich selbst. Und ich weiß, dass du dich nie für eine ernsthafte Zweierbeziehung interessiert hast.«

»Aber jetzt tue ich das vielleicht. Zumindest will ich ausprobieren, ob dieses Konzept doch nicht so abwegig ist, wie ich immer vermutet habe. Bevor Kummerfalten, Pigmentstörungen, Tränensäcke und künstliche Beißerchen es mir erschweren können«, verkündet sie, ehe sie sich bremsen kann. »Und bevor die Schwerkraft über mein Bindegewebe siegt.«

Ava streicht sich ihre störrischen dunkelblonden Locken aus dem Gesicht. »Du denkst wie immer zu oberflächlich, Susanna. Ich glaube nicht, dass Krähenfüße es kniffliger machen, deinen passenden Romeo zu finden, sondern ich glaube an die Liebe und daran, dass der eine irgendwo auf dich wartet.«

Susanna verzieht die Mundwinkel, und auch Ellie lächelt milde, wie sie immer ihre Kinder anlächelt, wenn sie zur Abwechslung mal folgsam die Legosteine wegräumen.

In diesem Moment kommt der dienstbeflissene Kellner an ihren Tisch zurück, auf einem Edelstahltablett eine Flasche Dom Perignon und drei bauchige Gläser balancierend. »Von einem heimlichen Bewunderer«, murmelt er leicht verstimmt und deutet mit einer knappen Kopfbewegung in Richtung Bar. Das sagt er tatsächlich: *Von einem heimlichen Bewunderer.*

Ellie hebt eine Augenbraue und blickt dann zum Tresen hinüber, wo ein Anzug tragender Männermodeltyp Susanna mit einem halb leeren Schwarzbier zuprostet.

»Möchten Sie den Herrn an Ihren Tisch einladen?«, fragt der rothaarige Kellner und klingt dabei beinahe vorwurfsvoll.

Susanna mustert den großzügigen Wohltäter aus halb geschlossenen Augen. Dabei legt sie aus reiner Gewohnheit den Zeigefinger an ihre angefeuchteten Lippen und gurrt: »Der sieht doch sehr nett aus. Findet ihr nicht, Mädels? Lasst ihn uns herüberwinken.«

»Weißt du nicht mehr, was du dir gerade vorgenommen hast?« Ellie sieht wenig begeistert aus. »Oder meinst du etwa, ein hübscher Banker kann der eine sein?«

Susanna legt den Kopf in den Nacken und lacht ihr heiseres Lachen. »Gute Vorsätze beginnen immer erst am nächsten Montag, das weiß doch jeder.«

Februar

Es ist doch wirklich ungerecht: Wochenlang hat Ava ihres Neujahrsvorsatzes wegen um einen prestigeträchtigen, medienwirksamen Kunden geradezu gebettelt, anstatt sich um das jugendliche Image einer von zu vielen Beauty-Eingriffen entstellten, ausgemusterten Soap-Darstellerin zu kümmern – doch nun, da er ihr direkt gegenübersitzt, wünscht sie sich kilometerweit fort.

»Du wolltest einen großen Job, jetzt hast du ihn«, hat Robert Stahl, genannt Stalin oder der Stählerne, gefürchteter Chef von *Kommunikationskontor Stahl*, der allen Mitarbeitern mit seinen Ambitionen zum Diktator-Dasein das Leben schwer macht, heute Morgen, sobald sie ein wenig verschlafen das Büro im Karolinenviertel betrat, gebrummt und mit einem vorwurfsvollen Blick auf seine protzige Rolex hinzugefügt: »In einer Viertelstunde im Konferenzraum.«

Fünfundvierzig Minuten später rutschte sie noch immer vollkommen unvorbereitet, mit müden Augen, fahler Haut und zerzausten Haaren auf einem dieser superstylischen, aber wahnsinnig unbequemen Chromstühle hin und her, in der Hand die dritte Tasse Kaffee an diesem Tag, und fragte sich, wer dieser wichtige Jemand war, der Stalin und sie so lange warten ließ. Ihr gegenüber saßen ein kleiner, beinahe kahlköpfiger Mann mit Schmerbauch und Nerdbrille, der sich ein wenig übereifrig verbeugt und als Thor Ringelnatz vorgestellt hat, und eine rothaarige Assistentin mit abweisendem Gesichtsausdruck, die problemlos als internationales Topmodel durchgegangen wäre.

Alle am Tisch verstummten, als dieser Jemand endlich eintrat. Schlagartig war jeder Winkel des Konferenzraumes von seiner Präsenz ausgefüllt. Schon seit zwei Jahren arbeitet Ava mit Promis jeder Art zusammen, doch nie zuvor hat sie etwas Derartiges erlebt. Sie bemerkte erst, wie sie ihn anstarrte, als er seinen Blick auf sie richtete und ihr zuzwinkerte. Irritiert? Geschmeichelt? Sofort begannen ihre Wangen heiß zu glühen, doch trotz ihrer Verunsicherung rang sie sich ein möglichst freundliches und – wie sie hoffte – selbstbewusstes Lächeln ab, während Stalin sie einander vorstellte.

Natürlich hat sie ihn sofort erkannt. Er sieht noch besser aus als auf all den Bildern, die die Hochglanzmagazine in den letzten Jahren von ihm abgedruckt haben. Rabenschwarze, zerstrubbelte Haare, ein nachlässiger Dreitagebart, der sein markantes Kinn umspielt, makellose Haut, schneeweiße, gerade Zähne. Groß, breite Brust, muskulöse Schultern, die unter einem schwarzen T-Shirt spannen. Und seine Augen sind tatsächlich so blau wie eine Kornblume, ganz so, wie Ava es erst vor ein paar Tagen in einem dieser Boulevardblättchen gelesen hat, nachdem ihr Blick an einem hochauflösenden Bild von ihm in nassen Badeshorts an einem Postkartenstrand hängengeblieben war. Max Jones, eigentlich Maximilian Johansen, gefallener Rockstar und seit Wochen tägliches Futter für die Regenbogenpresse. Ava sah auf den ersten Blick, warum ihre Geschlechtsgenossinnen bei seinen Konzerten wahlweise Spitzenhöschen auf die Bühne warfen oder in Ohnmacht fielen.

Und nun sitzt Max Jones ihr in einem überheizten Konferenzraum gegenüber am Fenster und zieht sein iPhone aus der Tasche. Er wirkt, als würde ihn dieses ganze Treffen nicht das Geringste angehen.

Thor Ringelnatz ist laut Stalin sein Manager und zugleich auch Bruder, auch wenn Ava darauf im Leben nicht gekommen wäre. Er muss ihre Überraschung bemerkt haben, denn mit einem unterdrückten Seufzer erklärt er: »Max und ich sind Halbbrüder.«

»Du kannst dir sicher vorstellen, warum Herr Jones und Herr Ringelnatz hier sind«, bemerkt Stalin sachlich und erhebt sich schwerfällig von seinem Chromstuhl. Der Blick, mit dem er Ava bedenkt, spricht Bände. »Dann lasse ich euch mal allein, damit ihr in Ruhe das weitere Vorgehen besprechen könnt.« Und damit verschwindet er durch die satinierte Glastür, zweifellos, um irgendjemanden aus seinem Geschwader zur Schnecke zu machen.

Ava räuspert sich. Natürlich hat sie eine ziemlich konkrete Ahnung, warum Max Jones die Dienste einer Image-Beraterin in Anspruch nehmen will – das ganze Land weiß es. Spätestens, seit vor einigen Wochen eine ganze Reihe von Fotos von seiner exotischen, blutjungen Verlobten mit geschwollener, aufgeschlagener Lippe, dunkelblauem Veilchen und wildem, verstörtem Blick in den Medien aufgetaucht sind. Die Bandbreite der Schlagzeilen reichte von »Eifersüchtiger Rockstar verprügelt Schauspiel-Freundin« über »Jones' Verlobte verliert nach Prügelattacke ihr Baby« bis zu »Tiana Perez von der Bildfläche verschwunden – hat Max Jones seine Finger im Spiel?«.

»Wir bitten Sie um Hilfe, weil die Plattenfirma drauf und dran ist, den Vertrag mit Max zu lösen. Das darf natürlich nicht passieren, Frau Heyse! Nach dieser Hetzjagd der Journaille könnten wir nie wieder einen neuen Deal für ihn aushandeln. Wir dürfen nicht zulassen, dass er wegen dieser haltlosen Anschuldigungen alles verliert, was ihm etwas bedeutet. Zeigen Sie der Welt, dass Max ein guter Kerl ist!«, bestürmt Thor sie.

Ava kann sich eine ungläubige Lachsalve gerade noch verkneifen. Ein guter Kerl? Haltlose Anschuldigungen? Die Beweislast ist erdrückend! Es sind nicht nur die erschütternden Bilder von Tiana, sondern auch die tränenreichen Interviews über häusliche Gewalt, Besessenheit, fanatische Eifersucht und Narzissmus, die die aufstrebende Schauspielerin großzügig so gut wie allen Medien des Landes gegeben hat und die selbst die größten Skeptiker überzeugt haben.

»Ich verstehe selbstverständlich Ihre Aufregung, Herr Ringelnatz –«

»Bitte nennen Sie mich Thor.«

Sie räuspert sich kurz. »Nun geht es erst mal darum, Herrn Jones in den nächsten Monaten öffentlich wieder in ein möglichst positives Licht zu rücken.« Mit Schwung stellt sie ihre Kaffeetasse auf den Tisch und greift nach einem Block, um sich ein paar Notizen zu machen. Max Jones fixiert noch immer sein Handy. »Ich werde mein Möglichstes geben und eine Strategie ausarbeiten, die seine … Sanftmut und Besonnenheit und sein, nun ja, gutes Herz unterstreicht. Denkbar wäre beispielsweise, ihn in einer ausgelassenen Spielsituation mit Kindern oder Tieren zu zeigen, so etwas lieben die Menschen.«

Endlich blickt Max von seinem Handy auf. Er mustert sie aus halb zusammengekniffenen Augen. Und sie weiß, er ist einer von denen, die die Menschen in ihrem Dunstkreis wie die Lemminge hinter sich herlaufen lassen. Bis in den Abgrund. »Und Sie rufen dann rechtzeitig die Aasgeier von der Presse an, damit ganz *zufällig* ein paar sanftmütige und besonnene Fotos geschossen werden?« Offenbar hat er doch zugehört. Seine Stimme ist tief und rau und melodisch.

Die Assistentin verzieht die Schnute, blickt Ava schief an und gibt ein missbilligendes Geräusch von sich.

»Du weißt doch, wie der Hase läuft, Max.« Thor verschränkt die Arme vor der massigen Brust. »Jeder macht das so.«

Ava setzt ihr professionellstes Lächeln auf. »Es wäre auch sinnvoll, Herr Jones, wenn Sie sich medienwirksam für einen guten Zweck engagieren, zum Beispiel in einer gemeinnützigen Organisation, die Gewalt gegen Frauen bekämpft.«

»Gewalt gegen Frauen? Das ist ein bisschen plakativ, meinen Sie nicht? Irgendwie käme das doch einem Schuldeingeständnis gleich. Für wie blöd halten Sie die Leute?« Max klingt ruhig und sachlich, und Ava gibt sich alle Mühe, den Ausbruch nicht allzu persönlich zu nehmen – auch wenn er deutlicher nicht hätte ausdrücken können, dass er sie offenbar für komplett unfähig hält. Er schiebt sein iPhone in die Tasche seiner schwarzen Jeans zurück, während die Assistentin leise Worte der Zustimmung säuselt.

»Willst du nun deinen Ruf retten oder nicht, Max?«, wirft Thor ein wenig ungehalten ein.

»Du weißt genau, dass ich nur hier bin, weil du keine Ruhe gegeben hast. Ich halte von dem ganzen Quatsch hier nichts. Fotos mit glücklichen Kindern? Oder mit flatternden Spruchbändern vor einem Frauenhaus?«

»Niemand kann erfolgreich sein eigenes Lob singen –«

»… ohne wie ein Rindvieh auszusehen, ich weiß. Das predigst du mir seit Wochen«, schnaubt Max unwillig.

»Wir könnten vielleicht darüber hinaus einen geeigneten Werbepartner finden, der Ihrem Ruf –« Ava bricht ab, als sie seinen Blick sieht. Es dürfte sich ohnehin als schwierig bis unmöglich erweisen, jemanden ins Boot zu holen, der sich einen Frauen schlagenden Rockmusiker als Aushängeschild vorstellen kann.

»Ich würde ja liebend gerne noch weiter über Ihre fabelhaften, originellen PR-Ideen fachsimpeln, aber ich fürchte, ich habe noch einen Termin.« Abrupt steht Max Jones auf und greift nach seiner schwarzen Lederjacke, die er über einen Stuhl geworfen hat. Obwohl Ava nicht gerade klein ist, überragt er sie um mindestens einen halben Kopf. Sein Händedruck ist fest.

Er hat schon die Hand am Türgriff, als sie ihn zurückhält. »Eine Sache noch, Herr Jones: in den nächsten Wochen und Monaten bitte keine Gewaltausbrüche, keine Kneipenschlägereien, keine öffentlichen Frauengeschichten, vorzugsweise überhaupt keine Frauengeschichten, keine ausgestreckten Mittelfinger für die Fotografen« – das wäre nicht das erste Mal – »und am besten nicht mal ein Bier oder eine Zigarette in der Öffentlichkeit. Sie brauchen eine Weste, die so weiß ist wie Schnee. Kriegen Sie das hin?«

Die Assistentin saugt scharf die Luft ein.

Max Jones blickt Ava mit undurchdringlichen Augen konzentriert an, und ihr wird bewusst, dass ihre Jeans kneift. Wie kann das sein? Die ist brandneu. Es bringt auch nichts, den Bauch einzuziehen und die Luft anzuhalten.

Dann verzieht sich sein Mund zum ersten Mal an diesem Vormittag zu einem schmalen Lächeln. »Ich werde mein

Möglichstes geben«, wiederholt er ihre Worte von vorhin, bevor er mit einem leichten Kopfnicken in die Runde den Raum verlässt.

Auch Thor erhebt sich. »Diese Tiana mit ihren manipulierten Fotos und geheuchelten Tränen ist eine Hexe. Sie hat ihn in eine Falle gelockt, und nun droht, wie ich eingangs schon erklärt habe, seine Plattenfirma, sich von ihm zu trennen, wenn er seine Unschuld nicht beweisen kann. Sie kümmern sich doch darum?« Er starrt sie lange und intensiv an, mit Augen, die plötzlich nicht mehr freundlich und offen, sondern kompromisslos, fast schon stechend wirken, und ihr schwant, dass er nur auf den ersten Blick so harmlos wirkt. In Wahrheit ist er ein Schakal.

Ava schluckt schwer. Wie soll sie das anstellen? Sie ist schließlich PR-Beraterin und nicht Miss Marple. »Nun, Herr Ringelnatz ... Thor ... ich werde selbstverständlich mein Möglichstes geben.«

Als er sich verabschiedet, drückt er ihr eine Karte mit einer Mobilnummer in die Hand. Leute wie Max Jones haben mindestens drei verschiedene Handys, dazu eine Auswahl an Büro-, Studio- und Festnetznummern, aber Ava klemmt die kleine Karte in ihr Notizbuch. Sie weiß, dass es ausreichen muss, um mit ihm in Kontakt zu treten.

Als sie wenige Minuten später an Stalins Büro vorbeihastet, bemüht, einen geschäftigen Eindruck zu erwecken, streckt er seinen Kopf zur Tür heraus, als hätte er nur auf sie gewartet.

»Wie war das erste Meeting?«, bellt er, während er gleichzeitig einen kritischen Blick über ihre Schulter in Richtung der winzigen Kaffeeküche wirft. Ihre Kolleginnen Elif und Galina seufzen tief, feuern ein paar Würfel Zucker in ihre

Tassen und marschieren dann bedauernd zurück an ihre Schreibtische.

»Ich bin mir nicht sicher, ob Max Jones nicht ein paar Leichen im Keller hat«, setzt Ava vorsichtig an.

»Und wennschon, dann schließ einfach die Tür zu! Das ist dein Job!« Stalin sieht sie an, als hätte sie vorgeschlagen, im Büro Kaninchenbabys zu züchten. »Wenn ich jemand anderen, Erfahreneren für diesen wichtigen Klienten hätte, würde ich den nehmen. Aber Timon ist an der Credo-Sache dran, und auch alle anderen sind bis über beide Ohren ausgebucht.«

Wie auf Kommando streckt Timon, wie immer in perfekt sitzendem Anzug, mit einem überlegenen Lächeln auf den schmalen Lippen und dabei dennoch wie ein Teenager aussehend, den Kopf aus seinem Büro. »Robert«, winkt er. »Wir müssen über die neuen Galerie-Fotos sprechen. Ich glaube, ich habe da mal wieder eine grandiose Idee.« Er wirft Ava einen triumphierenden Blick zu.

Stalin dreht sich noch ein letztes Mal zu ihr um. »Also, nun hast du endlich deine lang ersehnte Chance, zu zeigen, was du draufhast. Und versau es nicht, Ava!«

Zurück in ihrem winzigen Büro an ihrem leicht chaotischen Schreibtisch starrt sie auf den immer höher werdenden Stapel unbearbeiteter Aufgaben. Kurz denkt sie daran, das Kinn auf die Hand gestützt, was sie zu Hause erwartet: haufenweise dreckiges Geschirr, überall verteilt einzelne Socken und Pizzakartons und mittendrin ihr kleiner Bruder, der auch nach sechs Wochen noch keine eigene Bleibe gefunden hat. Wenn sie nachher die Wohnungstür aufschließt, wird er aller Voraussicht nach wieder auf ihrer Couch sitzen, auf dem Schoß seine Gitarre und vor sich auf dem Tisch ein Notenheft, in das er Ideen für neue Songs kritzelt, seinen pubertierenden Welsh Corgi Pembroke namens Herr Schmidt, den Anne dankenswerterweise ebenfalls vor die Tür gesetzt hat, treu ergeben zu seinen Füßen. Oskar hat sie schon seit eineinhalb Wochen nicht mehr gesehen. Er hat sich alles andere als begeistert und verständnisvoll gezeigt, als sie ihm ihren neuen Mitbewohner vorgestellt hat. Aber heute, am Valentinstag, wird sie ihn endlich treffen. Sie hat den Klönschnackabend mit den Mädels abgesagt und stattdessen ein Hotelzimmer am Stadtrand gebucht. Sogar neue Spitzenunterwäsche hat sie sich für diesen Anlass gekauft.

Gerade macht sie sich seufzend daran, einen neuen Ordner namens »Max Jones« anzulegen, als ihr Telefon klingelt. Ihre Mutter.

»Avalein, ich habe für Sonntag Rouladen gekauft, die magst du doch so gerne. Kommst du? Und bring doch diesmal ruhig deinen neuen Freund mit.«

»Am Wochenende bin ich mit den Mädels auf dem Flohmarkt, Mama. Ich muss Platz schaffen in meiner Wohnung, jetzt, da Hannes mein Zusatzzimmer in Beschlag nimmt. Zu schade.« *Und wie kommst du überhaupt darauf, ich würde Rouladen mögen?*

Leni wird in regelmäßigen Abständen von Wellen akuter Torschlusspanik gepackt. Allerdings geht es dabei nicht um sie selbst, sondern um ihre Tochter. Schließlich haben alle in der Nachbarschaft ihre Kinder schon ein- bis zweimal unter die Haube gebracht, während bei Ava Hopfen und Malz verloren scheint. Umso wichtiger ist es, dass sie ihren Silvestervorsatz, Oskar ganz für sich zu gewinnen, zügig in die Tat umsetzt.

Nachdem sie ihre Mutter abgewimmelt und aufgelegt hat, wendet sie sich wieder ihrem Max-Jones-Ordner zu. Im Hinblick auf den *Medienrummel-Contest* kommt ihr ein Auftrag in dieser Liga wie gerufen, denn üblicherweise traut Stalin ihr eher die ausrangierten D-Promis oder selbst ernannten VIPs zu, die ihre Seele dafür verkaufen würden, ein letztes Mal ein Bild von ihren glatt gebügelten Gesichtern in der Zeitung zu finden. Max Jones dagegen ist eine echte Berühmtheit, eine Musikgröße, die in den vergangenen Jahren viele Preise eingeheimst hat und sogar für einen Grammy nominiert war.

Wenn sie aber an sein Misstrauen und seine offensichtliche Ablehnung denkt, mit ihrer Hilfe seinen Ruf aufzupolieren, obwohl er es so bitter nötig hat, könnte das einige Probleme aufwerfen.

Aber noch eins ist ihr klar, auch wenn sie selbst nicht weiß, woher sie die Sicherheit nimmt: Max Jones ist unhöflich, spröde und ungeduldig, und die Zusammenarbeit mit ihm wird sie viel Zeit und Nerven kosten, doch wie ein Frauenschläger wirkt er nicht.

Heute hat Susanna sich mit einem besonders fröhlichen Lächeln auf den korallenrot geschminkten Lippen auf den Weg zur Arbeit gemacht. Denn heute verabschiedet sich ihr hochbetagter Chef, geschäftsführender Unternehmensvorstand und Vorstandssprecher der Luxushotelkette Vivera und entgegen Ellies pikanten Vermutungen keineswegs ihr glutvoller Zeitvertreib auf einsamen Geschäftsreisen, in den Ruhestand. Nun werden sich ihr jahrelanger harter Arbeitseinsatz, all die Überstunden, die Geschäftsreisen und langen Tage – und, wenn sie ganz ehrlich ist, das hemmungslose Flirten – endlich auszahlen.

Natürlich wird sie zu seiner Nachfolgerin ernannt, zumindest als Vorstandssprecherin. Sie hat den Mädels in der Silvesternacht vorgegaukelt, dass sie nicht längst als geeignetste Kandidatin feststünde, dass sie kämpfen müsste, um den Job zu bekommen, dabei weiß sie aus zuverlässiger Quelle, dass es keinen anderen passenden Bewerber für diese Position gibt. Zumindest keinen, der über ausreichend Erfahrung – und die richtigen Beziehungen – verfügt. Bei Vivera ist es ein offenes Geheimnis, dass sie bereits seit Jahren hinter verschlossenen Türen für die Leitung des gesamten Kommunikationsbereichs zuständig ist.

Sie hat sich schon eine kurze Rede zurechtgelegt. Überrascht, aber angemessen souverän und würdevoll wird sie sich geben. Auch ein wenig Bescheidenheit und Demut können nicht schaden, so viel hat sie in den letzten Jahren gelernt.

Im Foyer auf dem Weg zu ihrem Büro nickt sie gut gelaunt dem übergewichtigen, livrierten Pagen zu, dessen Namen sie sich nie merken kann und der vor Verwirrung über ihre ungewohnte Aufmerksamkeit die Fahrstuhltüren schließt, bevor die empörten Gäste die Gelegenheit hatten einzusteigen.

»Du weißt schon, wie du es anstellen musst, Susanna«, raunt ihre Assistentin Nele, klein und plump und gutmütig, ihr mit unverhohlenem Neid in der Stimme zu, als Susanna schwungvoll die Tür zu ihrem großzügigen Büro öffnet. »Dein Arbeitsplatz gleicht mal wieder einem Blumenladen.«

Ihr Schreibtisch und die Fensterbänke quellen über vor roten und pinken Rosen, üppigen Tulpen, Lilien und Amaryllis in Glasvasen, zwischen deren Blüten Karten und Briefumschläge stecken.

Glückwünsche? Hat die Nachricht über ihre Beförderung so schnell die Runde gemacht? Automatisch streicht sie ihr eng anliegendes rotes Kostüm glatt und fährt sich durch den neuen blonden Pixie Cut, der ihren Hals schwanenlang und ihre Gesichtszüge elfengleich wirken lässt. Sie würde daran denken müssen, Martin, der für die Hauspost zuständig ist, nachher bei der Abschiedsfeier ihres Chefs für seinen Extraeinsatz zu danken.

»Die alljährliche Flut von Valentinsgrüßen«, unterbricht Nele ihre Gedanken.

Natürlich. Geschmeichelt, aber zugleich auch ein bisschen ernüchtert, macht Susanna sich daran, ihren Schreibtisch frei zu räumen, um vor dem Umtrunk am Mittag noch ein paar Dinge erledigen zu können. Unter anderem, um im Kopf ein letztes Mal ihre Dankesrede durchzugehen.

Gerade hält sie inne und atmet den betörenden Duft eines riesigen Margeritenstraußes ein, als Rüdiger Meißen, ihr Chef und ab morgen glücklicher Pensionär, den Kopf samt dunkelblondem Echthaar-Toupet zur Tür hereinstreckt.

»Frau Järvinen, hätten Sie einen Moment?«

Sie ist überrascht, als er mit zittriger Hand direkt vor Neles Nase die Tür schließt. Seit vor einigen Jahren diese Ammenmärchen um eine Romanze aufgekommen sind, haben sie beide streng darauf geachtet, die Flüsterpropaganda auf den Hotelfluren nicht weiter unnötig zu befeuern und die Türen, wann immer sie zu zweit im Raum waren, sperrangelweit offen zu lassen.

Aber was macht das jetzt schon noch?

Seufzend lässt er seine morschen Knochen auf das große cremefarbene Ledersofa sinken, das Susanna, sobald sie ihren neuen Posten bezogen hat, in ihrem zukünftigen, weitläufigen Büro mit Blick auf die Elbe gegen zwei in gedeckten Naturfarben gehaltene Exemplare im Retrostil auszutauschen gedenkt.

»Ich bin nicht aus der Welt, Susanna, das weißt du. Du kannst weiterhin jederzeit zu mir kommen, wenn Fragen oder Probleme auftauchen sollten.« Seine Stimme klingt knarrend und kraftlos, und er spricht so langsam, wie er läuft. Eigentlich hätte er das Zepter schon vor Jahren abgeben müssen.

»Nur nicht sentimental werden, Rüdi.« Lächelnd setzt sie sich neben ihn und schlägt aus alter Gewohnheit lasziv die langen Beine übereinander. »Und mach dir keine Sorgen, ich werde deinem Namen alle Ehre machen.«

Schweigend nimmt er ihre Hand mit den passend zum Lippenstift korallenrot lackierten Nägeln in seine faltige Klaue, wie er es sich seit ihren vertraulichen Gesprächen auf der Geschäftsreise nach Dubai zur Gewohnheit gemacht hat, wenn er etwas sagen will, das entweder sehr persönlich oder unangenehm ist.

»Susanna, du weißt, ich mag dich sehr.« Das weiß sie. Sie weiß auch, dass er hochgradig impotent ist, was ihr in der Vergangenheit viele unerwünschte Annäherungsversuche erspart hat. »Und mir ist klar, dass du dich darauf einstellst, in den Vorstand berufen zu werden.«

»Nun, die Annahme liegt natürlich nahe, schließlich hast du selbst gesagt, dass ich die einzige infrage kommende Anwärterin für den Kommunikationsbereich bin, nicht wahr?« Sie lächelt vielsagend und fährt sich mit der Zunge über die Lippen.

Rüdiger räuspert sich verlegen und fühlt sich sichtlich unwohl in seiner kalkweißen Haut, so dass er sogar vergisst, ihr wie üblich lechzend in den Ausschnitt zu glotzen. Susanna entzieht ihm ihre Hand.

»Nicht wahr, Rüdiger?«, wiederholt sie, und die Schärfe in ihrer Stimme ist nicht zu überhören. Sie ringt sich ein Lächeln ab, denn auf einmal ist die Opiat-ähnliche Euphorie, die gerade noch jedes ihrer Nervenenden zum Glühen gebracht hat, wie weggeblasen.

Er sieht gebrechlich und ein wenig verloren aus, als er zögernd entgegnet: »Nun, manchmal können sich die Dinge ändern.«

»Wovon redest du, Rüdi?« Ihre Stimme klingt unnatürlich hoch, beinahe schrill.

»Bevor es nachher auf der Feier in großer Runde bekannt gegeben wird, sag ich es dir lieber gleich.« Die Worte scheinen ihm noch schwerfälliger als üblich über die Lippen zu kommen. »Wir haben eine Bewerbung bekommen, die so überzeugend war, dass wir sie nicht einfach übergehen konnten.«

»Was? Was soll das heißen? Eine externe Bewerbung? Für den Vorstand?«

Bekümmert reibt er sich die geschwollenen Gelenke seiner linken Hand. »Es gibt nun also doch einen weiteren Kandidaten für den Job.«

»Für *meinen* Bereich?«, fragt sie automatisch, obwohl sie die Antwort längst kennt. Aber vielleicht hat Rüdiger etwas falsch verstanden? Zuzutrauen ist es ihm mittlerweile. »Oder meinst du Strategie? IT? Finanzen? Recht? Human Resources?«

»Kommunikation, Verbands- und Lobbyarbeit«, entgegnet er mit schwerer Zunge. »Ich weiß es selbst erst seit dem Wochenende.«

»Was? Was soll das heißen?«, wiederholt sie aufgebracht. »Wer ist er? Wessen Schwager? Bruder? Geliebter?« Sie ist außer sich, auch wenn sie sich darüber im Klaren ist, dass Nele direkt vor ihrer Bürotür Position bezogen hat und jedes Wort mitbekommt.

»Herr Thomsen bringt, ebenso wie du, trotz seines geringen Alters sehr viel Erfahrung mit, er war schon im Vorstand von –«

»Zehn Jahre, Rüdiger! Seit zehn Jahren rackere ich mich für diesen Laden ab! Und nun soll ein Neuling mir meinen wohlverdienten Posten streitig machen? Den du mir so gut wie versprochen hast? Ist es, weil ich eine Frau bin?«

»Natürlich nicht!«

»Natürlich doch! Noch nie hat es hier eine Frau so weit geschafft. Weil sie bei euren dubiosen Treffen keine Zigarren rauchen und über Großwildjagden palavern will? Und solange es für Vorstände keine Frauenquote gibt, soll das auch schön so bleiben! Ihr steinalten Chauvinisten!«

Ihr Chef sieht aus, als hätte sie ihm eine Ohrfeige versetzt. Behäbig stemmt er sich vom Sofa hoch und wirkt dabei so steif und ungelenk, dass sie für einen Moment in Erwägung zieht, ihm zu assistieren. Auf wackligen Beinen wankt er im Schneckentempo zur Tür.

»Du weißt genau, wie viel ich von dir und deinen beachtlichen Talenten halte, Susanna.« Seine Mundwinkel verziehen sich zu einem schiefen Grinsen, und plötzlich erkennt sie wieder den jungen Mann, der er einst gewesen sein muss. Bis er sich mit seiner von Gicht gezeichneten Hand an der Klinke festkrallt, um nicht zu Boden zu gehen. Auf dem Flur hört man eilige Schritte und das Schlagen einer nahe gelegenen Bürotür. Mühsam fährt er fort: »Und die Susanna, die ich kenne, lässt sich von keinem noch so großen Hindernis ins Bockshorn jagen. Sie nimmt jede Herausforderung an und kämpft. Und Konkurrenz belebt bekanntlich das Geschäft.«

Sie atmet ein paarmal tief ein, sagt aber nichts. Rüdiger hat recht. Wie soll dieser unselige Herr Thomsen ihr denn schon das Wasser reichen? Er hat keine Ahnung von den komplexen Strukturen dieser Hotelkette – und, noch wichtiger, er wird die, die hier hinter den Kulissen die Strippen ziehen und mit denen sie, Susanna, spätestens seit der Weihnachtsfeier vor drei Jahren per Du ist, abgesehen vom Bewerbungsgespräch, gar nicht erst persönlich kennenlernen. Was hat sie sich überhaupt so aufgeregt? Soll er doch auf dem Papier ein Musterschüler sein, aber der Austausch von Mensch zu Mensch …

»Fast hätte ich es vergessen: Vivera wollte sich die Möglichkeit nicht entgehen lassen, Herrn Thomsen und seine Arbeitsweise persönlich kennenzulernen. Im März fängt er an. Über meine Nachfolge wird dementsprechend nicht heute, sondern erst kurz nach der großen Vivera-Jubiläumsfeier im September entschieden.«

»Im September? Was soll das heißen? Das ist in sieben Monaten!« Schnaubend fährt Susanna vom Sofa hoch.

Ihr Chef öffnet die Tür und tritt auf den Flur, ehe sie ihm den Fluchtweg abschneiden kann. »Sieh es mal so: Das gibt dir ausreichend Zeit, dir eine Strategie zu überlegen, deinen Konkurrenten auszustechen. Du wirst ihn übrigens heute Mittag bei der Verabschiedung schon mal kennenlernen. Also sei bitte pünktlich!«

Um fünf Minuten vor eins betritt Susanna den großen Konferenzsaal des Vivera Hamburg, nur um festzustellen, dass die vorderen Plätze längst besetzt sind. Viele ihrer Kollegen stehen lachend und plaudernd in kleinen Grüppchen zusammen, jeder von ihnen ein bauchiges Champagnerglas in den Händen, während dienstbeflissene Kellnerinnen, die extra für diesen Anlass aus dem angrenzenden Restaurant ausgeliehen sind, den Gästen einen unablässigen Strom winziger Hors d'œuvres kredenzen. Der Ehrengast ist noch nicht aufgetaucht.

»Susanna! Hier drüben sind wir!« Nele, umringt von den üblichen Jüngerinnen, winkt ihr von der anderen Seite des Raumes aus zu. Sie hat das unbestimmte Gefühl, dass jeder sie mit den Blicken verfolgt, während sie den Saal durchquert, und nimmt dankbar den Schampus entgegen, den Melanie, die im Haus nicht nur die Gäste frisiert, sondern auch Susannas Pixie Cut zu verantworten hat, ihr in die Hand drückt.

»Hast du schon den Neuen gesehen?«, fragt Petra, Chefrezeptionistin und oberste Klatschbase, mit unverhohlener Sensationsgier in der Stimme. Nele untersucht möglichst unbeteiligt ihre perfekt manikürten nudefarbenen Fingernägel.

Mit unbewegter Miene nimmt Susanna einen tiefen Schluck aus ihrem Champagnerglas. »Den Neuen?«

»Er heißt Friedrich Thomsen. Er fängt demnächst im oberen Management an und wird also dein neuer Kollege. Hast du noch nichts von ihm gehört?«

»Ach, den meinst du. Friedrich heißt er? Was ist denn das für ein Name?« Sie lacht künstlich auf. »Aber doch, ich glaube, Herr Meißen hat ihn kürzlich erwähnt.«

»Er ist heute hier. Da vorne, bei Herrn Jäger und Herrn Wollseif.« Melanie zeigt hilfreich mit einer rundlichen Hand Richtung Fensterfront.

»*Das* ist Herr Thomsen?«, entfährt es Susanna etwas zu laut. *Der hat ja keine Zeit zu verlieren.* Wilfried Jäger wurde kürzlich erst in den Aufsichtsrat gewählt, und Conrad Wollseif ist der Vivera-Personalchef.

Gerade bricht der greisenhafte Wilfried Jäger, der sich normalerweise noch nicht mal dazu hinreißen lässt, seine schmalen Lippen zu einem winzigen Lächeln zu verziehen, in schallendes Gelächter aus. Vielleicht hat ihr Konkurrent ihm irgendeinen unanständigen Witz ins Ohr genuschelt.

Um ein Haar verschluckt Susanna sich an ihrem Champagner. Eine heiße Woge der Wut packt sie. »Großer Gott, wie sieht dieser Thomsen denn aus? Was für ein Outfit!«, platzt sie ungehalten heraus. Und, etwas lauter: »Die Neunziger haben angerufen, sie wollen ihr Hemd zurück. Und erst recht die Hose.«

Keiner lacht, stattdessen blicken mindestens zehn Augenpaare konsterniert in ihre Richtung. Dabei hätte sie noch viel mehr Witze auf Friedrich Thomsens Kosten reißen können. Die dunklen Haare sind zu lang, die Schuhe so groß wie kleine Kanus, die Nase zu breit, die Brille zu rund. Das Lachen zu laut.

»Er kommt rüber«, murmelt Nele, und Susanna reißt die Augen auf, als sie erkennt, wie ihre Kollegin sich durch die Haare streicht und in die Wangen kneift, um sich etwas mehr Farbe ins Gesicht zu zaubern. Haben die denn alle keine Augen im Kopf?

Ihr wird übel, als sie dabei zusehen muss, wie Thomsen sich mit einer Selbstverständlichkeit durch die Menge bewegt, als würde er alle Welt kennen, und jedermann mit Händeschütteln, Schulterklopfen oder Wangenküsschen begrüßt. War er schon mal hier? Woher nimmt er dieses Selbstbewusstsein? Und das trotz dieses albernen, viel zu weiten Anzugs und der wild gemusterten, schreiend hässlichen Krawatte. Und zieht er das linke Bein nach?

Susanna verfolgt aus den Augenwinkeln jeden seiner Schritte. Bis er plötzlich direkt neben ihr steht.

»Guten Tag, Sie müssen Susanna Järvinen sein. Ist das ein finnischer Name?« Betont höflich reicht er ihr seine Pranke, die, ebenso wie die Füße, viel zu groß für den Rest seines eher schmächtigen Körpers scheint. Seine Stimme ist kräftig und klingt beinahe heiser. »Ich habe schon einiges von Ihnen gehört.«

»Ich nehme an, nur Gutes«, murmelt sie einfältig. Ungläubig fragt sie sich, wohin ihre ganze Schlagfertigkeit verschwunden ist. Seine Hand ist viel zu rau und schwielig für einen Schreibtischtäter, und sie unterdrückt den drängenden Impuls, sich zu schütteln.

Er grinst schief und präsentiert dabei Zähne so groß wie Würfel.

Schlimmer kann es wirklich nicht mehr kommen.

Denkt sie.

»Jedenfalls gut genug, dass ich davon ausgehe, dass wir hervorragend miteinander auskommen werden, wenn wir uns erst mal im Büro gegenübersitzen.« Friedrich Thomsen zwinkert ihr scheinbar gutmütig zu. Hinter der Fassade erkennt sie aber ein seltsames Zucken in seinen Mundwinkeln.

Sie schnappt hörbar nach Luft. Soll das ein schlechter Scherz sein? »Wovon reden Sie? Herrn Meißens Büro? Ich

denke, Sie haben da etwas falsch verstanden.« *Sie* wird sich
Rüdis fast hundert Quadratmeter großes Büro im elften
Stockwerk mit Glasfassade und bester Panoramasicht auf
die Elbe und den Hafen mit seinen blauen Kränen und
leuchtenden Schiffsbrücken unter den Nagel reißen – und
es sicher nicht mit diesem dahergelaufenen Abstauber mit
seinem grotesken Sinn für Humor und Ästhetik teilen. Jetzt
ist sie entschlossener denn je.

»Ich dachte, Sie wären informiert?«

»Wovon reden Sie?«, wiederholt sie geistlos. Sie ist sich
nur allzu bewusst, dass Nele, Melanie und einige der anderen Gäste sie mit Stielaugen beäugen und sich kein
Wort entgehen lassen. Alle Gespräche im Umfeld sind
verstummt.

»Darf ich Sie auf einen Drink einladen? Dann können
wir alles in Ruhe besprechen.«

»Danke, aber ich trinke nicht.« Ungerührt lässt sie ihr
leeres Champagnerglas auf der Fensterbank hinter dem
Vorhang verschwinden.

Als hätte er ihre Worte nicht gehört, greift er nach zwei
Gläsern, die eine vorbeieilende Serviererin auf einem Tablett balanciert.

»Ich trinke –«

»… nicht, ich weiß. Das ist Zitronenwasser.« Ohne weiter
auf ihren Widerstand einzugehen, drückt er ihr eines der
mundgeblasenen Kristallgläser in die Hand. Dabei bemerkt
sie ein wenig unwillig, wie langgliedrig seine Finger sind,
wie sauber die Nägel.

Friedrich Thomsen nimmt einen Schluck von seinem eigenen Zitronenwasser. »Rüdigers Büro steht uns vorläufig
leider nicht zur Verfügung.«

Rüdiger?

Beschwingt fügt er hinzu: »Wir werden für die Vorbereitung des Jubiläums ein paar zusätzliche Sekretärinnen und Assistentinnen einstellen müssen. Die brauchen etwas mehr Platz und werden sich daher sein Büro teilen.«

Wir?

Susanna bemerkt, dass ihre Wangen anfangen zu glühen. Was geht hier vor?

»Herr Thomsen –«

»Bitte, nennen Sie mich Friedrich.«

Äußerlich gelassen verstaut sie ihr Wasserglas unangetastet neben dem Champagnerkelch auf der Fensterbank. »Mir mag etwas entgangen sein, aber mir leuchtet immer noch nicht ganz ein, warum Sie mir künftig im Büro gegenübersitzen sollten, *Herr Thomsen*.«

»Nun, ich dachte, Sie wüssten Bescheid, aber vielleicht ist Rüdiger nicht dazu gekommen, Sie vorab zu informieren. Ich werde bei Ihnen einziehen.« Andächtig stellt er sein Glas direkt neben ihres.

»Wie bitte? Bei *mir*?« Susannas Wangen sind mittlerweile so heiß, dass sie dem Drang widerstehen muss, ihr Gesicht gegen die kühle Fensterscheibe zu drücken.

»In Ihr Büro, meine ich natürlich.« Er zeigt wieder seine Würfelzähne.

»Dein Büro ist doch groß genug, darin finden locker ein zweiter Tisch und ein paar zusätzliche Regale Platz. Du müsstest nur dein Ledersofa gegen etwas Kleineres eintauschen. Und so können du und Herr Thomsen noch enger zusammenarbeiten, damit –«, plappert Nele und bricht abrupt ab, als sie Susannas vernichtenden Blick auffängt.

»Nennen Sie mich doch Friedrich.«

In diesem Moment betritt Rüdiger mit schleppenden Schritten den Raum, und alle Augen richten sich auf die bejahrte Hauptperson dieser Veranstaltung. Applaus brandet auf, während Susanna ihren Kontrahenten unauffällig von der Seite mustert. Sie wird sich nicht unterkriegen lassen. Sie wird sich den Vorstandsposten sichern, als erste Frau überhaupt, genau, wie sie es sich an Silvester vorgenommen hat. Und wenn sie dafür bei diesem befremdlichen Bürohengst ihre geschickteste, meisterhafteste Charmeoffensive auffahren muss.

Nur hat sie das unbestimmte Gefühl, dass Friedrich Thomsen gegen ihren Charme immun ist.

Blumen aus dem Supermarkt – schon wieder. Nicht mal am Tag der Liebe hat Daniel es zu ihrem Lieblingsfloristen in der Hagenbeckallee geschafft. Missmutig rührt Ellie im Topf mit dem Milchreis herum, den die Kinder sich gewünscht haben, zum dritten Mal innerhalb einer Woche, und starrt dabei mit hochgezogenen Augenbrauen auf die billigen Tulpen aus irgendeinem holländischen Gewächshaus.

»Kinder brauchen Vitamine«, hört sie hinter sich eine allzu vertraute Stimme.

Wo kommt die schon wieder her?

Seit Daniel seiner Mutter vor einigen Monaten – nachdem Ellie von der Dachbodenleiter gestürzt war – einen Ersatz-Haustürschlüssel gegeben hat, natürlich nur für den Notfall, taucht sie am laufenden Band uneingeladen in Ellies Küche auf.

Schwer seufzend dreht Ellie sich um.

»Wie siehst du denn aus, Eleonore?« Ihre stets perfekt gestylte Schwiegermutter Renate schüttelt tadelnd den

Kopf, während sie ungefragt ein paar Karotten und Äpfel aus der Schale nimmt und den Schrank nach einer Vierkantreibe durchwühlt. Die Kinder hassen Omamas Karottensalat wie die Pest.

»Fällt es auf? Ich musste mir mit der Schere den Kaugummi aus den Haaren schneiden. Einen Friseurtermin habe ich erst für Mittwoch bekommen.« Dabei wollte Ellie sich gerade die Haare wachsen lassen. Im Gegensatz zu Susanna wird ein Kurzhaarschnitt ihrem runden Gesicht und dem kurzen Hals nämlich gar nicht schmeicheln.

»Diese Unordnung in deinem Haushalt!«, brummt Renate abwesend, als hätte sie Ellie nicht gehört. »Wie wäre es, wenn du mal deine viele freie Zeit nutzt und dieses ungeheuerliche Chaos beseitigst? Und gleich noch einen vernünftigen Haushaltsplan erstellst, wenn du schon mal dabei bist?«

Ellie schnappt nach Luft. »Ich hole erst mal ein Glas Kirschen für den Milchreis aus dem Hauswirtschaftsraum«, murmelt sie und lässt die Küchentür hinter sich zufallen. Im Flur greift sie zum Telefonhörer. »Ava? Bist du schon im Hotel? Ich will nicht lange stören, ich brauche nur gerade ein bisschen –«

»Du störst nicht. Oskar ist gar nicht erst aufgetaucht.«

»Was? Warum?«

»Marlene hat im letzten Moment ihre stationäre Therapie abgesagt. Wahrscheinlich ahnt sie etwas.« Ava klingt so niedergeschlagen, dass Ellie ihre Wut auf Daniel und Renate sofort vergisst.

»Wo bist du?« Aus der Küche ertönt lautes Geklapper, als hätte ihre Schwiegermutter einen ganzen Stapel Töpfe umgeworfen, gefolgt von einem wüsten Fluch. Ellie schleicht den langen Flur entlang und schließt leise die Tür des Hauswirtschaftsraums hinter sich.

»Ich sitze in meinem nagelneuen schwarzen Passionata-Spitzenhöschen in diesem extravaganten Hotel. Wenn Oskar das Zimmer schon mal bezahlt hat, wäre es doch Verschwendung, es nicht zu nutzen. So kann ich wenigstens für eine Nacht meinem Bruder und seinem ständigen Gitarrengeklimper entkommen.«

»Ava, vielleicht solltest du –«

»Ich weiß, was du sagen willst. Aber können wir jetzt bitte nicht darüber reden?«, unterbricht Ava sie. »Erzähl mir lieber, wie dein Valentinstag bisher verlaufen ist. Schlimmer als meiner kann er wohl kaum sein.«

Ächzend lässt Ellie sich auf die Waschmaschine sinken, die zur Abwechslung mal nicht läuft. »Heute Morgen habe ich Daniel gesagt, dass ich fürchte, ich hätte meine Identität verloren. Und weißt du, was er geantwortet hat?« Ehe Ava Zeit hat zu reagieren, fährt sie mit monotoner Stimme fort: »Dass ich sie bestimmt schon wieder mit den Autoschlüsseln verlegt hätte und doch mal gründlich suchen sollte. Lustig, oder?«

»O Ellie! Komm einfach zu mir ins Hotel. Der Barkeeper mixt hier ziemlich geniale Cosmopolitans, und meine Minibar ist randvoll mit Schokolade und Piccolo-Sekt. Und die Bademäntel sind mindestens so flauschig wie ein Entenküken.«

Ellie stellt sich vor, wie Daniel und die Kinder reagieren würden, wenn sie nachher, sobald alle von der Arbeit und dem Sportplatz nach Hause kämen, nur Renate mit ihrem Karottensalat vorfinden würden. Plötzlich packt sie eine Welle des Zorns über Daniels Nachlässigkeit. »Ich fahre gleich los. Die Rechnung lassen wir einfach aufs Zimmer schreiben. Das wird Oskar eine Lehre sein, dich immer wieder zu versetzen.«

»Schade, dass Susanna einen ihrer zahlreichen Beaus trifft. Zu dritt wäre es noch schöner.«

Ava hat kaum aufgelegt, als Ellies Telefon klingelt. »Susanna!«, ruft sie erfreut. Sie trabt die Treppe hoch ins Schlafzimmer, um Pyjama und Zahnpasta zusammenzusuchen. »Gerade haben wir von dir gesprochen. Bist du etwa noch nicht bei einem Date? Wie viele sind es denn heute Nacht?«

Susanna hält sich nicht mit langen Vorreden auf. »Wo seid ihr? Dahin komme ich auch.« Ihre Stimme klingt schrill und aufgeregt.

Perplex lässt Ellie die Tube mit der überteuerten Nachtcreme sinken und presst das Telefon dichter ans Ohr. »Was ist passiert? Hast du getrunken?«

»Ich glaube, Oscar Wilde hatte recht, als er sagte: ›Alle guten Vorsätze haben etwas Verhängnisvolles. Sie werden beständig zu früh gefasst.‹«

»Du sprichst in Rätseln, Susanna. Meinst du unsere Silvestervorsätze?«

»Ich hätte mich gar nicht erst von euch zu diesem Quatsch überreden lassen sollen.«

»Du meinst doch wohl kaum einen Mann? Wurdest du heute Abend etwa von deiner Valentinsverabredung sitzengelassen? Und weißt jetzt, wie wir Normalsterblichen uns fühlen?«

»Red keinen Unfug, natürlich nicht! Ganz im Gegenteil, ich musste schon mein Handy abschalten, weil es ununterbrochen geklingelt hat. Glaubst du, wenn jemand die Kunst der Liebe und der körperlichen Vereinigung in all ihren Facetten –«

»Lalalalala! Hör bitte auf mit deinem Sex-Gequatsche. Ich habe neulich gelesen, dass Promiskuität das Immunsystem der Frau stresst. Und wenn du schon mal von guten Vorsätzen anfängst: Wolltest du dich nicht eigentlich von deinem Lotterleben abwenden und dir einen geeigneten Mann für eine richtige Beziehung suchen?«

»Aber das Jahr hat doch noch gar nicht richtig angefangen.«

»Es ist Mitte Februar.«

»Du bist doch sonst nicht so kleinkariert.«

»Wie auch immer.« Ellie stößt hörbar die Luft aus. »Wenn allerdings kein Mann für deine Laune verantwortlich ist, weiß ich immer noch nicht, wovon du überhaupt redest. Ich weiß aber, dass Oscar Wilde auch gesagt hat: ›Am Ende wird alles gut. Und wenn es nicht gut ist, ist es noch nicht das Ende.‹«

Susanna schnaubt verächtlich.

Während sie ihre Zahncreme in den Kulturbeutel wirft, fügt Ellie geduldig hinzu: »Oskar hat Ava mal wieder versetzt. In dem Hotel, das sie für heute Nacht gebucht haben, gibt es haufenweise Cosmopolitans und Piccolo-Sekt. Auf seine Rechnung. Ich texte dir gleich die Adresse. Und bring mir unbedingt deinen Hut mit. Den mit dem blau-weißen Band.«

»Klar, kein Problem«, entgegnet Susanna, ohne weitere Fragen zu stellen.

»Du bist eine wahre Freundin. Wer braucht da schon einen Mann?«

März

Ellie ist heilfroh, dass ihre Wahl heute Morgen trotz des Schietwetters auf ihr dunkelgrünes A-Linien-Kleid mit der mittigen Knopfleiste gefallen ist, das ihren Bauch kaschiert und ihre Beine extralang wirken lässt. Sie streicht den Rock glatt und preist ihre Voraussicht, sich ausnahmsweise auch die Zeit genommen zu haben, eine Schicht Wimperntusche aufzutragen und ihre nach dem Kaugummi-Malheur viel zu kurzen Haare mit Wachs in Form zu bringen. Denn sonst würde sie wohl direkt an den Einführungstagen an der Uni zwischen all den neunzehnjährigen, gertenschlanken Grünschnäbeln mit ihren unschuldigen, porenfreien Gesichtern als etwas aus dem Leim gegangene Mittdreißigerin auffallen. Der zwischen Brei pürieren und Leo Lausemaus vorlesen jeglicher Stil abhandengekommen ist.

Aber nun mischt sie sich optisch mit den anderen. Fast könnte sie als eine von ihnen durchgehen. Zumindest, bis sie heute Nachmittag in ihrer praktischen Mutti-Jeans, die dunkelgraue mit den vielen Taschen, schweißgebadet und mit hektischen Flecken im Gesicht die letzten Vorbereitungen für Emils fünften Geburtstag treffen muss, die Mitgebseltüten füllt, die raffinierten Spiele- und Requisitenlisten durchgeht und das gesamte Haus dekoriert, bevor die anspruchsvollen kleinen Gäste auftauchen. An die Back- und Putzorgie gar nicht erst zu denken. Emil hat sich Stopptanz, Eierlauf und eine GPS-geführte naturkundliche Schatzsuche durch den Wald gewünscht – im strömenden

Regen. Ihre sonstige Strategie – kämpfen, fliehen oder sich tot stellen – hilft ihr bei dieser eventisierten, interaktiven, erlebnisorientierten und damit zumindest für die leidenden Eltern stresserfüllten Veranstaltungsreihe, die sie dreimal pro Jahr an den Rand des Wahnsinns treibt, betrüblicherweise nicht weiter. Was war denn früher so falsch an Rührkuchen, ein paar bedürfnislosen Gästen und bescheidenen Geschenken?

»Entschuldigung, können Sie mir bitte sagen, wo ich die Fachschaft finde?«, reißt eine ungefähr dreizehnjährige Blondine mit skandalösem Make-up sie aus ihren Gedanken. »Und wo man sich für das Orientierungspraktikum anmelden kann?«

»Und ich würde gerne wissen, wie ich mich als Hiwi bewerbe«, fügt ihre gleichaltrige Freundin mit großen Kulleraugen hinzu.

Woher soll ich das wissen? Ich bin eine von euch!

So viel zur optischen Mischung.

»Die Fachschaft Chemie ist ein Stockwerk höher, direkt gegenüber von den Toiletten«, entgegnet Ellie automatisch. *Es sei denn, in den letzten neun Jahren hat sich hier etwas geändert.* »Und um dich erfolgreich als Hiwi zu bewerben, solltest du vielleicht erst mal anfangen zu studieren und ein paar Erfahrungen sammeln, das steigert deine Chancen ungemein.« Sie kann sich ein herablassendes Lächeln gerade noch verkneifen. »Was das Orientierungspraktikum betrifft –«

»Ich habe mein Grundstudium in achtzehn Monaten an der Edinburgh University abgeschlossen, wo ich nebenher eine anodenfreie Lithium-Schwefel-Batterie entwickeln durfte. Anschließend habe ich, um ein weiteres Feld der

Chemie kennenzulernen, ein Jahr lang im Helmholtz Zentrum nach chemischen und biologischen Wirkstoffen gegen Krankheitserreger gesucht. Möglicherweise liege ich falsch, aber ich meine, das sollte an Erfahrung für einen simplen studentischen Hilfsjob vielleicht reichen?«

Mit gerümpften Nasen und hocherhobenen Häuptern machen die beiden Mädchen auf dem Absatz kehrt und schlagen tuschelnd den Weg Richtung Fachschaft ein.

Ellie ächzt. Auslands-Semester? Anodenfreie Lithium-Schwefel-Batterien? Helmholtz Zentrum? Und das alles im Grundstudium?

»Wann sind die Studenten denn zu solchen Strebern mutiert?«, brummt sie, doch die beiden sind längst im Treppenhaus verschwunden. »Was ist mit dem guten alten Ausschlafen, Vorlesungen sausen lassen und Prüfungen im zwanzigsten Semester beliebig oft wiederholen passiert?«

»Tja, seit der Umstellung durch die Bologna-Reform ist das Studentenleben eben kein Zuckerschlecken mehr«, hört sie hinter sich eine sonore, ziemlich raue Stimme. Eine Gänsehaut-Stimme. Verdutzt dreht sie sich um.

Vor ihr steht ein schlanker, hochgewachsener Mann um die sechzig mit silbernen Schläfen und braun kariertem Tweed-Sakko, der sie aus bernsteinfarbenen Augen vergnügt anblitzt. Er strahlt eine natürliche Autorität aus, wie sie erfolgsverwöhnte Personen versprühen, die von jedermann als Wissens- und Entscheidungsträger respektiert werden.

Er mustert sie mit unverhohlener Neugier.

»Sie sehen zwar auch nicht gerade so aus, als hätten Sie noch das Diplom kennengelernt –«

»Nun, genau genommen –« Ellie grinst schief und fährt

sich durch die kurzen Haare. Endlich jemand, der sie nicht für eine angegraute Dozentin hält.

»… aber die neue Bachelor-Studi-Generation hat keine Zeit mehr, nach rechts und links zu schauen und sich erst mittags in der Uni blicken zu lassen, weil es am Abend zuvor später geworden ist. Die Schlagzahl hat sich erhöht.« Seine Stimme trieft vor bissiger Ironie. »Oder wann haben Sie zuletzt einen Radiomoderator um zwölf Uhr ein süffisantes ›Guten Morgen, liebe Studenten‹ ins Mikrophon spotten hören?«

»WDR Mittagsmagazin? Klaus Jürgen Haller?«

»Wer hätte gedacht, dass Sie den noch kennen?« Seine schmalen Lippen verziehen sich zu einem beschwingten Lächeln.

Für sein Alter sieht er unverschämt gut aus, stellt sie irritiert fest. Warum ist die Natur zu den Frauen eigentlich so viel gemeiner, wenn es ums Altern geht? Warum werden Männer mit den Jahren immer interessanter und attraktiver, während Frauen Spinnweben ansetzen? Außer Susanna natürlich.

Entgeistert wendet sich Ellie ab, als ihr bewusst wird, dass sie sich mit der Zunge über die leicht geöffneten Lippen fährt. Wie Susanna, wenn sie in Flirtlaune ist. Was ist bloß los mit ihr?

»Ich habe seine Show natürlich nicht persönlich gehört«, entgegnet sie mit einem möglichst unbeteiligten Unterton und ärgert sich, als sie registriert, wie seine Augen schalkhaft aufblitzen. Betont gleichgültig wendet sie sich dem Vorlesungsverzeichnis in ihrer Hand zu, das sie extra ausgedruckt hat.

Als sie wieder aufblickt, steht er immer noch direkt neben ihr und betrachtet sie offenherzig, ein neugieriges Funkeln im Gesicht. Plötzlich sieht er aus wie ein Teenager.

»Ich habe Sie hier noch nie gesehen«, murmelt er, und seine tiefe, klangvolle Stimme hört sich in Ellies Ohren beinahe wie Musik an. Ohne Vorwarnung läuft ihr ein Schauer über den Rücken.

Irritiert von der sonderbaren Wirkung, die er auf sie ausübt, verschränkt sie die Arme vor der Brust und erwidert schnippischer als beabsichtigt: »Ich habe Sie auch noch nie hier gesehen.«

Er lässt sich nicht aus der Ruhe bringen. »Das liegt wahrscheinlich daran, dass Sie gerade erst mit dem Studium anfangen. Ich bin hier der Institutsleiter.«

»Ich fange nicht an. Ich habe nur ein paar Jahre Pause gemacht.«

»Pause? Dann machen Sie also beim Wettrüsten um die besten Plätze nicht mit? Sie schlafen lieber aus, lassen Vorlesungen sausen und wiederholen im zwanzigsten Semester beliebig oft Ihre Prüfungen?«, gibt er breit lächelnd ihre eigenen Worte wieder, und tausend Lachfalten breiten sich sternförmig um seine Augen aus.

Gegen ihren Willen muss auch Ellie schmunzeln. Sofort beißt sie sich auf die Lippen. »Als ich das gesagt habe, wusste ich nicht, dass ich belauscht werde. Erst recht nicht vom Institutsleiter persönlich.«

»Ich weiß Ihre Direktheit zu schätzen«, entgegnet er amüsiert.

Kurz denkt Ellie daran, wie Anton, ihr Ältester, kürzlich seine Lehrerin vor der ganzen Klasse gefragt hat, ob sie gerade zahnt, weil sie immer so miserable Laune hat. Mit neun Jahren weiß man Direktheit offensichtlich auch zu schätzen. Zwei Telefonate und ein Entschuldigungsbrief waren notwendig, um die Wogen zu glätten.

Sie ist noch dabei, sich eine möglichst scharfsinnige, abweisende Entgegnung einfallen zu lassen, als ein blondiertes Mädchen, dünn wie ein Streichholz, mit magentarot geschminkten Lippen und einem Ausschnitt bis zum Bauchnabel, die Treppe heraufstürmt und im Laufschritt direkt auf sie zukommt.

»Professor Mook! Endlich! Ich habe Sie schon überall gesucht.« Unverzagt drängt das Mädchen sich zwischen Ellie und den Professor. »Der Direktor des Zentrums für Laboratoriumsdiagnostik ist Ihr Golfpartner, richtig? Dann bitte ich Sie inständig, mir ein Empfehlungsschreiben für mein Berufspraktikum in den übernächsten Semesterferien auszustellen!«

Ein wenig befremdet tritt Ellie ein paar Schritte zurück, während Professor Mook mit den Schultern zuckt und ihr über den Kopf des Mädchens hinweg seufzend einen unwilligen Blick zuwirft. »Ein Empfehlungsschreiben? Dann kommen Sie bitte am Donnerstagnachmittag in meine Sprechstunde, Katharina.«

»Aber am Donnerstag absolviere ich das Qualifizierungstraining für das Zertifikatsprogramm für Tutoren. Bitte, Professor Mook, mein ganzes Leben hängt von dieser Empfehlung ab.« Katharina tritt noch einen Schritt dichter an den Professor heran und fährt sich wie zufällig mit der Zunge über die Lippen. Möglicherweise ist das Empfehlungsschreiben nicht der einzige Programmpunkt auf ihrer Agenda, schießt es Ellie durch den Kopf.

»Da bin ich sicher.« Der stechende Sarkasmus in Professor Mooks Stimme scheint komplett an Katharina vorbeizugehen. »Ohne prompte Empfehlung werden Sie später bei potenziellen Arbeitgebern bestimmt leicht in Erklärungsnot geraten.«

Er streicht sich mit den Händen eine silberne Strähne aus der Stirn. Irritiert stellt Ellie fest, dass er langgliedrige, schmale Finger hat, wie ein Konzertpianist. Kopfschüttelnd hängt sie sich ihre Tasche über die Schulter und wendet sich zum Gehen. Gerade hat sie die Tür zum Treppenhaus erreicht, als Professor Mook ihr hinterherruft: »Vergessen Sie nicht, sich zeitnah für Quantenchemie anzumelden. Die Seminarplätze sind rar und heiß begehrt.«

Als Ellie sich überrascht umdreht, erhascht sie noch einen letzten kurzen Blick in seine aufblitzenden bernsteinfarbenen Augen, bevor er mit Katharina in einem angrenzenden Raum, anscheinend seinem Büro, verschwindet. Dieser Blick lässt sie entgeistert innehalten, die Hand auf halbem Weg zur Türklinke und die Augen starr auf seine verschlossene Bürotür gerichtet.

Quantenchemie. Bei Professor Mook. Sie braucht die Credit Points nicht für ihren Abschluss. Und warum sollte sie sich mehr Arbeit aufhalsen als unbedingt notwendig? Sie wird ohnehin schon in Zeitnot geraten, damit im nächsten Jahr ihre Kinder nicht zu kurz kommen.

Und, viel wichtiger: Sie wird wohl kaum das Risiko eingehen, mehrmals pro Woche einem Mann zu begegnen, der eine derart befremdliche Wirkung auf sie ausübt.

Während sie zerstreut im Strom der anderen Studenten die Treppe hinabtrottet, fischt sie ihr veraltetes Handy aus der Rocktasche.

»Baby? Was gibt's?« Daniel klingt gehetzt, wie eigentlich immer, wenn sie ihn bei der Arbeit stört.

»Ich wollte nur deine Stimme hören. Und dich daran erinnern, dass du später auf dem Heimweg noch hellgrüne Luftschlangen für Emils Geburtstag besorgst.«

Das kurze Zögern am anderen Ende der Leitung kennt sie schon. Es hat nie etwas Gutes zu verheißen.

»Ich wollte dich sowieso gerade anrufen. Was die Geburtstagsparty betrifft ... Mir ist hier etwas Wichtiges dazwischengekommen. Ich schaffe es leider nicht rechtzeitig.« Er gibt sich sichtlich Mühe, einen angemessen zerknirschten Tonfall anzuschlagen.

»Wie bitte? Daniel, was sollte denn wichtiger sein als der Geburtstag deines Sohnes?« Wie angewurzelt bleibt sie mitten auf der Treppe stehen, so dass ihr Hintermann überrascht gegen sie prallt.

Während die nachfolgenden Studenten sich mühevoll um sie herumdrängen und sie mit vernichtenden Blicken bedenken, entgegnet Daniel beschwichtigend: »Sein richtiger Geburtstag war doch schon gestern. Heute fallen nur diese ganzen kleinen Quälgeister aus dem Kindergarten ein. Sind wir doch mal ehrlich, Ellie, Kindergeburtstage sind die Pest!«

»Eine derartig reduzierte Begeisterung für das Geburtstagsfest deines Sohnes, dem er schon seit Weihnachten voller Ungeduld entgegenfiebert, sollte eigentlich das Jugendamt anlocken.« Schleppend setzt Ellie, das Telefon fest ans Ohr gepresst, sich wieder in Bewegung.

»Ich meine natürlich nicht die Pest. Nur irgendwie –«

»Nervenzermürbend? Anstrengend? Mühsam? Aber hast du bei alldem auch mal an Emil gedacht?«

»Ist doch nicht so wild, Ellie. Er wird nicht gleich an meiner elterlichen Liebe zweifeln, nur weil ich einmal zu spät komme. Dafür gehe ich am Wochenende mit ihm auf den Fußballplatz.«

»Na, wenn das so ist!«

»Du schaffst das mit links, Baby. Es sind ja auch nur ein paar Kinder.« Er klingt abgelenkt. Wahrscheinlich kritzelt er nebenbei ein Memo für seine muffige Sekretärin.

»Zehn! Es sind zehn Kinder! Und was ist mit dem Hochgefühl danach, wenn wir unser verwüstetes Haus begutachten, überhitzt und wahlweise mit Löwen- oder Piratenschminke im Gesicht, und uns diebisch darüber freuen, es wieder einmal geschafft zu haben? Gemeinsam? Und dass es ein voller Erfolg war? Wirst du das nicht vermissen?«

»Ich mach es wieder gut, versprochen.« Ehe sie weiter auf dem Thema herumreiten kann, fügt er hastig hinzu: »Wie ist denn der erste Tag an der Uni? Hast du in eurer Hexenküche schon brodelnde Töpfe mit farbigen Flüssigkeiten explodieren lassen?«

»Es ist nur ein Orientierungstag. Vielleicht werde ich Quantenchemie belegen.«

»Klingt spannend. Tut mir leid, Baby, ich muss jetzt Schluss machen. Bis heute Abend.«

Kurz davor, die Fassung zu verlieren, starrt Ellie lange auf den schwarzen Bildschirm. Fünf Minuten später sitzt sie, eng in ihren quietschgelben Regenmantel gewickelt, auf einer kleinen Mauer unter einer noch winterlich kahlen Linde vor dem Verwaltungsgebäude und scrollt auf ihrem Handy durch das Kursangebot fürs Sommersemester. Ohne zu wissen, warum, und als hätten ihre Finger sich selbstständig gemacht, klickt sie auf »Quantenchemie bei Professor Dr. rer. nat. L. Mook«.

Es ist die Mutter aller schlechten Tage. Nach einem demoralisierenden Meeting mit Stalin und Timon zu einem neuartigen Potenzmittel, für das sich – welch eine Überraschung – auf Teufel komm raus kein passender C-Promi als Werbegesicht finden lassen will, hat Ava – schon wieder – Stunde um Stunde damit verschwendet, diesen verdammten Max Jones zu erwischen. Tagelang hat sie sich beinahe ein Bein ausgerissen, um ihn aufzuspüren und mit ihm gemeinsam ihre Vorschläge für die Kampagne zu besprechen, doch er war wie vom Erdboden verschluckt. Sein Bruder nehme sich »eine kurze kreative Auszeit« und sei »morgen fraglos wieder erreichbar«, hat Thor Ringelnatz ihr gestern schließlich entschuldigend mitgeteilt – allerdings klang er in Avas Ohren merklich überrascht, als er in Erfahrung brachte, dass Max angeblich spurlos verschwunden sein sollte.

Natürlich hat der Typ einfach keine Lust, sich mit der Rettung seines angeschlagenen Rufs zu befassen. Das wird Ava spätestens klar, als sie ihn auch heute nicht ans Telefon bekommt.

Gereizt überlegt sie gerade, einen Marsriegel als Nervennahrung in der Hand, wie sie Stalin möglichst diplomatisch vermitteln kann, dass Max Jones anscheinend nicht das geringste Interesse an einer Zusammenarbeit hat, als Hannes seinen ungekämmten Wuschelkopf zur Tür ihres winzigen fensterlosen Büros hereinsteckt.

»Das ist ja eine Überraschung! Willst du mich in die Mittagspause entführen? Überredet! Ich könnte jetzt einen Burger vertragen.« Schwungvoll springt sie auf und nimmt ihren Regenmantel von dem kleinen Haken hinter der Tür. Ohne Gewissensbisse lässt sie den letzten Rest ihres Schokoriegels im Mund verschwinden und zielt mit der zerknüllten Verpackung auf den Mülleimer. An einem Tag wie diesem könnte ihr der neueste Diätplan nicht gleichgültiger sein.

»Keine Zeit. Dafür will aber Herr Schmidt von Herzen gern seine Mittagspause mit dir verbringen.« Erst jetzt nimmt Ava ein leises, fiependes Winseln wahr, das sie nur allzu gut kennt und das manchmal auf Langeweile und meistens auf Hunger hinweisen soll. Hannes hat zumindest den Anstand, ein wenig schuldbewusst dreinzuschauen.

Ohne zu überlegen, packt sie ihren Bruder am Arm, zieht ihn, seinen stämmigen Corgi an der Leine hinter sich herschleifend, in ihr Büro und schlägt die Tür zu. Zu dritt ist es so eng in dem Raum, dass Ava den Hund auf den Arm nehmen muss, damit niemand versehentlich auf seinen Schwanz tritt.

»Hat ihn jemand gesehen?«, erkundigt sie sich, während sie den kleinen Hund hinterm Ohr krault, wo er es besonders gernhat.

»Natürlich nicht. Ich weiß doch, dass Stalin Tiere noch mehr hasst als Menschen. Aber ich habe einen Termin mit einem Makler für eine kleine Wohnung hier um die Ecke, und ich dachte, es ist wahrscheinlicher, den Zuschlag zu bekommen, wenn ich da ohne jaulendes, haarendes Haustier auftauche.«

Ava gibt sich alle Mühe, sich jeglichen Kommentar zu verkneifen. In den letzten zweieinhalb Monaten hat Hannes mehr Besichtigungstermine wahrgenommen als dreckige Socken auf Avas Wohnzimmerboden verteilt. Alle vergeblich.

»Wenn ich erst mal eingezogen bin, kann ich Herrn

Schmidt immer noch irgendwie in die Wohnung schmuggeln«, trällert er gerade zuversichtlich, und Ava bringt es nicht übers Herz, seinen Enthusiasmus auszubremsen.

»Okay, in einer Stunde bist du zurück«, willigt sie ein. »Länger kann ich keine Pause machen. Und denk daran, wenn ich nachher mit Herrn Schmidt im Schlepptau zu meiner Teambesprechung auftauche, kann ich hier meine Kartons packen.«

»Du bist mehr wert als alle Perlen! Ich werd pünktlich zurück sein, versprochen!« Er drückt Ava einen Kuss auf die Wange, wuschelt noch mal kurz durch Herrn Schmidts rotes Fell und ist zur Tür hinaus.

Ächzend schultert Ava ihre Tote Bag und versucht angestrengt, den kleinen Hund unter ihrem Mantel verschwinden zu lassen. Vergeblich.

»Ich mache heute schon ein bisschen früher Pause. Bin in einer Stunde zurück«, ruft sie im Vorbeigehen Elif zu, die hinter einem Stapel von Ordnern kaum zu sehen ist.

Passend zum restlichen verkorksten Vormittag beginnt gerade, als sie das Bürogebäude in der Glashüttenstraße verlässt, der morgendliche Nieselregen zu einem ausgewachsenen Platzregen anzuschwellen. Zögernd bleibt Ava im Hauseingang stehen, Herrn Schmidt noch immer auf dem Arm, und erwägt, ihr viel zu laut klingelndes Diensthandy einfach zu ignorieren.

Schließlich meldet sie sich doch.

»Ich hatte Ihre Nummer auf meinem Display. Ungefähr dreitausendmal. Das hat mich zu der Schlussfolgerung veranlasst, es könnte sich um etwas eminent Wichtiges handeln.« Die Stimme klingt tief und rau und melodisch. Und trieft vor Sarkasmus.

»Herr Jones. Ich hoffe, Sie hatten eine schöne ›kreative Auszeit‹!«

»Ein bisschen kurz war sie.« Sie kann sein schiefes Grinsen förmlich vor sich sehen.

»Vielleicht erinnern Sie sich, Herr Jones, dass wir noch ein bisschen Arbeit vor uns haben. Wann kann ich Ihnen denn am besten meine Ideen für Ihre Imagekampagne unterbreiten?« Sie wappnet sich innerlich für eine Abfuhr. Schon malt sie sich die überlegene, höhnische Schadenfreude auf Timons Milchbubigesicht aus, deren offene Zurschaustellung er sich ohne Zweifel nicht verkneifen können wird.

»Heute zum Lunch kann ich es einrichten. Um halb zwei im *Flavor*?«

Ava ist so perplex, dass sie es unbewegt über sich ergehen lässt, dass Herr Schmidt mit seiner feuchten Zunge eifrig über ihren Hals schleckt. »Ich werde da sein«, entgegnet sie schließlich möglichst souverän und legt auf. Und blickt direkt in die wässrigen Augen von Timon.

»Was ist das denn?«, fragt er angewidert und zeigt auf Avas Arm.

»Ein roter Waschbär, Timon. Ist das nicht offensichtlich?«

Ohne seine Reaktion abzuwarten, rennt sie mit energischen Schritten in den strömenden Regen hinaus Richtung U-Bahnhof in der Feldstraße.

Sie sieht aus wie ein begossener Pudel, als sie knapp vierzig Minuten später schnaufend im Winterhuder Szenelokal *Flavor* ankommt.

Normalerweise genießt sie es, sich in aller Öffentlichkeit mit Promis zu verabreden, vor allem, wenn es sich um Hochkaräter wie Max Jones handelt, denn so nehmen alle im Raum an, sie sei ebenfalls ein VIP. Als sie aber mit fünfminütiger Verspätung, Herrn Schmidt möglichst unauffällig hinter sich herziehend, das Lokal betritt, darauf eingestellt, noch eine Ewigkeit auf ihn warten zu müssen, stellt sie fest, dass er völlig unerkannt, versteckt hinter einer dunklen Sonnenbrille, einem Zehntagebart und einem Baseballcap, das er sich tief in die Stirn gezogen hat, an einem kleinen Tisch im hinteren Teil des Raumes sitzt und auf seinem Smartphone herumtippt. Vor ihm steht ein halb leeres Bierglas. Zumindest haben sowohl Thor Ringelnatz als auch seine abweisende Unterwäschemodel-Assistentin heute offenbar etwas Besseres zu tun, als hier ihre unerwünschten Statements abzugeben, registriert Ava mit Genugtuung.

Max Jones erhebt sich, als er sie entdeckt. »Ich wusste nicht, dass Sie in Begleitung sind. Dann hätte ich einen Food Truck als Treffpunkt vorgeschlagen«, begrüßt er sie lapidar. »Oder am besten einen öffentlichen Park.«

Ava lässt sich ihm gegenüber auf einen weich gepolsterten Stuhl sinken. »Sie mögen wohl keine Hunde.«

»Ich sehe hier keinen Hund. Nur eine dicke Ratte ohne Beine, dafür mit Fuchsgesicht.«

Herr Schmidt scheint die Beleidigung geflissentlich überhört zu haben. Wie ein Schmusekater reibt er sich an Max Jones' Hosenbein und bedenkt ihn mit seinem klassischen Streichel-mich-Blick.

»Wenn das Vieh mich anpinkelt, ziehe ich ihm das Fell ab.«

Ein ganz in Schwarz gekleideter Kellner nähert sich ihnen, wirft einen kurzen Blick auf den Hund, dann auf

Max, dann wieder auf den Hund, aber er sagt nichts. Vollkommen inkognito ist Max anscheinend doch nicht unterwegs.

»Ich weiß, dass Sie viel zu tun haben, daher kommen wir besser gleich zur Sache«, leitet Ava das Gespräch ein, nachdem sie ihre Bestellung aufgegeben hat. Einen italienischen Salat ohne Oliven, dafür mit milden Peperoni und separatem Dressing, und dazu ein Ginger Ale mit einem Schuss Zitronensaft, aber ohne Eiswürfel. Max Jones ordert ein weiteres Bier und Rumpsteak.

»Unbedingt.« Ohne seine Miene zu verziehen, schiebt er Herrn Schmidt, der es sich gerade auf seinen Sneakern bequem machen will, zur Seite.

»Die Analyse der Ist-Situation überspringen wir jetzt einfach mal. Sie wissen so gut wie ich, dass Ihr Ruf im Eimer ist.«

»Deswegen sitzen wir hier.« Er gibt sich nicht die geringste Mühe, zu verbergen, dass er sich tausend andere Dinge vorstellen kann, die er in diesem Moment lieber tun würde.

»Das Vertrauen der Öffentlichkeit in Sie ist erschüttert, Ihre Platten bleiben im Regal stehen, das Musiklabel will den Vertrag mit Ihnen kündigen, Mütter warnen ihre unverheirateten Töchter eindringlich davor, Ihnen ohne Pfefferspray in der Hand zu nahe zu kommen.«

»Ich dachte, diesen Teil überspringen wir, aber schön, dass Sie so präzise Worte finden.«

Ava ist selbst überrascht über ihre Wortwahl. Normalerweise übt sie sich im Beisein ihrer Klienten unentwegt in professioneller Zurückhaltung – egal, was sie insgeheim denken mag –, doch bei Max Jones scheinen einfach die Pferde mit ihr durchzugehen. Sie nimmt einen Schluck von ihrem Ginger Ale und fährt ein wenig beherrschter fort: »Ich will Sie dabei unterstützen, Ihr Image aufzupolieren und diesen Skandal aus der Welt zu räumen. Daher wäre es sinnvoll, wenn ich etwas darüber wüsste, was wirklich passiert ist.«

Verständnislos blickt er sie mit seinen stahlblauen Augen an.

»Was ist zwischen Ihnen und Tiana Perez vorgefallen? Wo ist sie jetzt? Warum ist sie von der Bildfläche verschwunden?«

Der Laut, den er von sich gibt, klingt wie eine Mischung aus ungläubigem Lachen und Schnauben. »Ich will keine Schlammschlacht«, murmelt er schließlich.

Nach einer kleinen Pause, in der Ava klar wird, dass er sich zu dem Thema nicht weiter äußern wird, fährt sie fort: »Gut, vielleicht beginnen wir dann am besten direkt mit der Frage, wie wir Ihre Glaubwürdigkeit steigern und das Vertrauen in ihren guten Kern wiederherstellen können.« Sie zögert einen Moment, bevor sie mit monotoner Stimme hinzufügt: »Oft ist es die simpelste und klügste Strategie, die Verantwortung zu übernehmen.«

»Die Verantwortung wofür?«

»Nun, diese Geschichte mit Tiana war –«

»Wofür bezahle ich Ihnen eigentlich einen Haufen Geld, wenn Ihre Beratung sich darin erschöpft, in der Welt zu verbreiten, ich hätte eine schutzlose Frau krankenhausreif geschlagen?«

»Der Haufen Geld geht bei uns leider in der Hierarchie verloren, denn mein Lohn ist nicht höher als der eines südostasiatischen Kulis. Aber abgesehen davon wollen wir es natürlich nicht so hinstellen, als würden Sie schutzlose

Frauen attackieren, nicht einmal so, als wäre ein Streit unter Liebenden aus dem Ruder gelaufen.« Für wie blöd hält er sie eigentlich? »Der Name Tiana Perez wird mit keiner Silbe erwähnt, wir wollen schließlich keine verblassten Erinnerungen auffrischen.«

»Was dann?«

»Wir betten Ihre Arbeit und Ihre Geschichte in einen verantwortungsvollen Zusammenhang ein und schaffen einen größeren gesellschaftlichen Kontext, der die Leute mitreißt.«

»Was soll das heißen?« Ungeduldig runzelt er die Stirn, während er Herrn Schmidt, der sich nicht ganz unbemerkt immer näher an Max' Hosenbeine herangeschoben hat, erneut beiseiteschiebt.

»Sie geben ein Konzert, das sich für die Gleichstellung von Frauen starkmacht, das Frauen in der Musikbranche unterstützt und die Lohnungerechtigkeit in Deutschland anprangert.« Gespannt hält Ava die Luft an und streicht dabei abwesend über den Kopf des kleinen Corgi, der sich nach Max' Zurückweisung wieder an sie wendet.

Der schwarz gekleidete Kellner wählt genau diesen Moment, um das Essen zu bringen, und Max entgeht einer Stellungnahme. Ava kann förmlich dabei zusehen, wie es in ihm arbeitet.

»Männer zahlen den vollen Eintritt, Frauen achtzehn Prozent weniger, weil sie in gleichen Berufen unfairerweise noch immer durchschnittlich achtzehn Prozent weniger verdienen. Der gesamte Erlös kommt dem weiblichen Musikernachwuchs zugute, der sich mit so vielen haltlosen Vorurteilen in der Branche herumschlagen muss«, erklärt sie, während sie etwas Dressing über ihren überteuerten

Salat verteilt. Herr Schmidt fixiert sie mit seinem typischen ausgehungerten Bettelblick, der suggerieren soll, in den letzten drei Tagen hätte niemand daran gedacht, seinen Napf zu füllen.

Max Jones leert sein halb volles Bierglas – so viel zu »In den nächsten Monaten bitte keinen Alkohol in der Öffentlichkeit« – in einem Zug und blickt sie lange Zeit schweigend an.

Als sie es nicht mehr aushält, räuspert sich Ava vernehmlich. »Sie beziehen klar Stellung und übernehmen Verantwortung.« Eigentlich sollte das jeder tun, dem die Menschen geneigt sind zuzuhören, denkt sie, beißt sich aber gerade noch auf die Zunge. Ihr ist klar, dass selbst die genialste Idee nichts wert ist, wenn der Klient nicht kooperiert. Timon wird sich ins Fäustchen lachen.

Schon stellt sie sich darauf ein, von dem ungebremsten öffentlichen Interesse an Geschlechter- und Gleichberechtigungsdebatten anzufangen, von dem internationalen Aufsehen, das ein solches Konzert erregen könnte, als Max Jones schließlich knapp nickt und nüchtern erklärt: »Okay, machen wir es.«

»Was? So einfach?«

»Warum nicht? Sie sind der Profi. Wenn Sie meinen, Frauentickets, um den Gender-Pay-Gap ins Blickfeld zu rücken, würden meine Plattenfirma davon abhalten, mich rauszuschmeißen, dann bitte.«

Natürlich entgeht ihr der beißende Spott in seiner melodischen Stimme nicht. Aber zumindest scheint er endlich die Notwendigkeit erkannt zu haben, nicht länger untätig herumzusitzen und dabei zuzusehen, wie die Medien über ihn herziehen.

»Wahrscheinlich werden wir mit dem Konzert allein kaum in der Lage sein, alles Nachteilige umzukehren, denn negative Publicity in gute PR zu verwandeln, ist eine ziemliche Herausforderung. Wir brauchen also noch zusätzliche Maßnahmen.« Vorsichtig spießt sie eine Kirschtomate mit der Gabel auf.

»Jetzt kommen wohl wieder die ›sanftmütigen, besonnenen Fotos‹ mit Tierheimhunden oder vernachlässigten Kindern ins Spiel oder die gemeinnützige Organisation, die Gewalt gegen Frauen bekämpft. Oder vielleicht ein geeigneter Werbepartner?«

Sein herablassendes, selbstgefälliges Lächeln wirkt auf Ava wie ein rotes Tuch. Mit honigsüßer Stimme säuselt sie: »Großartige Idee, Herr Jones! Ich hätte da auch schon jemanden im Kopf. Wie wäre es mit GoSpeed? Die suchen gerade händeringend nach einem Aushängeschild und sind nicht besonders wählerisch.«

»Was ist das?«

»Ein Potenzmittel.« Sie kann sich ein Grinsen kaum verkneifen. »Sie wissen schon, eine Romanze wie zwischen Ed Sheeran und Heinz Ketchup. Vielleicht lassen Sie sich ja sogar das Firmenlogo auf den Oberarm tätowieren.«

Mister Pokerface hebt kaum merklich seine linke, perfekt geschwungene Augenbraue. »Ich werd es mir durch den Kopf gehen lassen. Welche anderen PR-Stunts haben Sie parat?«

Mit großen Augen blickt sie ihn unschuldig an. »*Promi Big Brother* hat angefragt.«

»Wow, Sie haben Ihre Hausaufgaben gemacht.« Ein kaum merkliches Lächeln umspielt seine Lippen. Oder hat sie sich das nur eingebildet? Herr Schmidt hat sich nach erfolglosen Bettelversuchen bei Ava mittlerweile wieder an Max und sein Steak gewandt und bedenkt ihn mit ausgehungerten Blicken aus seinen dunklen Corgiaugen. Max beachtet ihn nicht.

Ava schluckt eine Scheibe Mozzarella runter und wird wieder ernst. »Wir brauchen in den nächsten Monaten Disziplin und Geduld. Ich dachte, wir planen das Konzert für August, das lässt uns ausreichend Zeit für Strategie, Werbung und Vorbereitung. Wir nutzen die Publicity durch Interviews, Pressegespräche, Branchenevents −«

»Ich höre immer *wir,* Frau Heyse. *Ich* gehe jetzt nicht zu jeder Coladosen-Eröffnung. Und mein Privatleben bleibt privat.«

Dass er sein Privatleben konsequent unter Verschluss hält, hat sie schon in Erfahrung gebracht. Bei ihrer Recherche über ihren neuen Klienten hat sie kaum persönliche Details über ihn und seine Biographie herausgefunden. Erst mit Tiana Perez tauchte sein Name fernab der Musik plötzlich tagtäglich in allen Medien auf. Noch immer würde sie zu gerne wissen, was zwischen den beiden vorgefallen ist. »Sie sollen gar nichts zur Schau stellen, es geht ausschließlich um Ihren Job und Ihr soziales Engagement. Keine Homestorys.« Sie legt eine kleine Pause ein und fährt dann mit einem strahlenden Lächeln fort: »Aber Sie brechen sich auch keinen Zacken aus der Krone, wenn Sie in einem Interview mal ein paar unwichtige private Informationen fallenlassen. Welche Musik hören Sie beim Autofahren? Was essen Sie gerne zum Frühstück? Damit verraten Sie doch nicht zu viel, oder?«

»Wie ist eigentlich Ihr Grünzeug? Das Steak ist jedenfalls ziemlich gelungen«, lenkt er zwinkernd ab. Mit einem kurzen Kopfnicken Richtung Herrn Schmidt, der ihn noch immer mit seinen gierigen Hundeblicken durchbohrt, fügt er hinzu: »Dieser Meinung wäre wohl auch Ihre gebeutelte Fuchsratte.«

Ava lässt sich nicht beirren. »Es wäre außerdem sinnvoll, wenn Sie, wie ich Ihnen schon bei unserem ersten Treffen geraten habe, damit aufhören würden, sich in aller Öffentlichkeit mit halb nackten Frauen zu treffen. Die Meldungen der letzten Monate tragen nicht unbedingt zu einer weißen Weste bei.«

»Glauben Sie nichts von dem, was Sie in der Zeitung lesen. Höchstens die Hälfte davon ist wahr.«

»Nun, die Hälfte ist immer noch genug, um den Harem eines orientalischen Sultans aufzufüllen. Oder wurden Ihnen diese ganzen Affären auch nur angedichtet?«

»Erinnern Sie mich daran, Ihnen davon zu erzählen, wenn ich das nächste Mal betrunken bin.«

»Wenn dann überhaupt noch ein Fan übrig ist!«

Wie aufs Stichwort hören sie in dem Moment, wie jemand direkt neben ihnen donnernd gegen die Scheibe trommelt. Der kleine Corgi springt erschrocken zur Seite. Auf dem Bürgersteig direkt vor dem Fenster stehen zwei schwarz gekleidete junge Frauen, deren hysterische Stimmen bis an den Tisch zu hören sind: »O mein Gott, du bist Max Jones! Ich liebe ›Honey Bee‹ und ›Endless September‹! Du bist mein Idol! Ich liebe dich! Können wir ein Selfie machen?« Die beiden Mädchen machen sich schon auf den Weg Richtung Eingang.

»Gut, ein oder zwei wird es vielleicht noch geben«, stellt Ava lapidar fest und greift den aufgeregten Herrn Schmidt am Halsband.

»Das ist mein Stichwort, zu gehen«, sagt er mit Blick auf die anderen Gäste, die dank des Aufruhrs neugierig in seine Richtung starren, und steht abrupt auf. Aus den Augenwinkeln sieht Ava, wie einer der Kellner mit Max' abgenutzter schwarzer Lederjacke zu ihnen herübereilt, während ein anderer am Eingang die beiden übereifrigen Fans abfängt. »Schade, ich hätte zu gerne noch weiter mit Ihnen über mein Privatleben geplaudert. Oder über Ihre dicke Ratte.«

»Das holen wir gerne in absehbarer Zeit nach.«

»Nach meiner nächsten ›kreativen Auszeit‹.«

»Das habe ich befürchtet.«

»Dann treffen wir uns am Food Truck oder im Park. Ich will das *Flavor* als Stammlokal behalten.«

»Und neben Ihrem Privatleben besprechen wir dann den Interviewmarathon, den ich bis dahin für Sie organisiert habe.«

»Ich kann es kaum erwarten.«

Als Ava wenige Minuten später noch immer grinsend auf die regennasse Straße tritt, vibriert ihr Handy in der Jeanstasche. »Endlich, Ava. Du bist schon seit Stunden nicht zu erreichen. Timon sagt, du hättest einen Waschbären mit ins Büro gebracht?« Stalin klingt, als würde er sich für einen seiner explosiven Anfälle vorbereiten.

»Ich wollte dich auch gerade anrufen, Robert. Eben habe ich mich mit Max Jones getroffen und mit ihm die Kampagne besprochen. Er ist mit dem Konzert einverstanden. Wir planen es für August.«

»Okay«, sagt er nach einer kurzen Pause mit merklich ruhigerer Stimme. Zu einem Lob lässt Stalin sich niemals hinreißen.

»Und natürlich gibt es keinen Waschbären. Was ist denn mit Timon los?« Sie lacht kurz auf. »In vierzig Minuten bin ich wieder im Büro.« *Vorher muss ich nur noch diesen Hund loswerden.*

»Hannes?«, ruft sie kurz darauf ins Telefon. Es hat wieder angefangen, in Strömen zu regnen, und sie sprintet in einer Gegend von Hamburg, die sie kaum kennt, Richtung Bushaltestelle.

»Ich hab die Wohnung. Der Mietvertrag ist schon unterschrieben.«

»Glückwunsch! Hannes, das ist hervorragend. Heißt das, ich bin ab sofort wieder Alleinherrscherin über die Fernbedienung und deine Haare verstopfen nicht länger meinen Abfluss?«

»Es sind deine Haare, die den Abfluss verstopfen.« Hannes zögert kurz. »Es gibt da nur einen winzigen Haken.«

»Sag nichts. Die Wohnung wird erst im Juli 2026 frei? Du musst eine exorbitante Ablöse für einen abgenutzten Kühlschrank zahlen? Die Nachbarn bestehen darauf, dass du dich an der Treppenhausreinigung beteiligst?«, scherzt sie, während sie sich alle Mühe gibt, den unwilligen, wasserscheuen Corgi an der Leine hinter sich herzuziehen, ohne das Tempo zu drosseln.

»Hunde sind verboten, und der Vermieter wohnt direkt unter mir. Ich kann Herrn Schmidt nicht mitnehmen.«

»Du machst Witze.« Abrupt bleibt sie mitten auf dem Bürgersteig stehen. Herr Schmidt, sichtbar erleichtert über die unverhoffte Verschnaufpause, sucht Schutz unter der Markise eines kleinen Geschäfts.

»Ich wünschte, es wäre so. Mama kann ihn wegen ihrer Allergie nicht nehmen, Thea kann Tiere nicht ausstehen, und ein Fremder kommt nicht infrage. Natürlich könnte ich auch noch drei weitere Monate morgens ungeduldig gegen deine Badezimmertür hämmern oder vergessen, den Müll runterzubringen. Oder sechs.« Hannes verleiht seiner Stimme einen angemessen zerknirschten Unterton.

»Lieber nicht. Ich dachte, der Mietvertrag ist sowieso schon unterschrieben?« Mittlerweile gießt es wie aus Kübeln, und Ava folgt dem Hund unter die Markise.

»Ava, du bist meine absolute Lieblingsschwester.«

»Ich habe nicht gesagt, dass ich ihn nehme. Außerdem sagst du das Gleiche immer zu Thea, wenn sie dir ihr berühmtes Tiramisu macht.«

»Das schmeckt aber auch lecker!«

»Bis zu deinem Umzug überlegen wir uns eine Lösung. Gleich treffen wir uns erst mal vor meinem Büro, damit du deinen Miniaturterminator einsammeln kannst.«

Erst jetzt registriert Ava, dass sie vor einer kleinen Patisserie stehen geblieben ist. Halbwegs vor dem Regen geschützt, bewundert sie die bunten Petit Fours, Pralinés und Soufflés im Schaufenster. Kurz kommt ihr der Zeitschriftenartikel in den Sinn, den sie vor einigen Tagen bei Ellie gelesen hat: *Ist deine Figur schon bikinifit?* Aber leider hat sie auch dieses Jahr wieder nicht die richtige Figur für den Bikini. »Dann gehst du eben nackt baden«, hat Ellie versucht, sie aufzumuntern. Trotzdem hat sie versucht, sich selbst beim Ehrgefühl zu packen, und ein Bild von Karlie Kloss an die Kühlschranktür gehängt, auf das sie mit Rotstift das kurz gefasste Kommando *Denk nach!* gekritzelt hat. Seither hat sie zwei Kilogramm zugelegt. Wahrscheinlich hat sie einfach chronisches Pech, dass Formen nicht mehr en vogue sind.

Wie von allein finden ihre Beine den Weg zum Eingang.

Als sie die Tür öffnet, steigt ihr der unwiderstehliche Duft von Marzipan, Apfel und frisch gebackenen Keksen in die Nase, und sie ist schon dabei, sich gedanklich über die Köpfe des wartenden Pärchens vor ihr in der Auslage ein paar dieser herrlichen süßen Macarons für den Rückweg auszuwählen – ganz ähnlich denen, die Oskar ihr so oft mitbringt –, als sie plötzlich zur Salzsäule erstarrt.

Der Mann vor ihr in der Schlange *ist* Oskar. Und er hat den Arm fest um die Taille einer kleinen, honigblonden Frau geschlungen.

Seine Cousine? Eine enge Freundin?

In dem Moment stellt die Frau sich auf die Zehenspitzen und haucht ihm einen flüchtigen Kuss mitten auf den Mund.

Ava muss einen erstickten Laut von sich gegeben haben, denn neugierig drehen Oskar und seine Begleiterin sich um. Und der Ausdruck in seinen Augen, die Verwirrung, das Entsetzen und schließlich die würgende Angst, sagen mehr als tausend Worte. Schlagartig wird Ava klar, wer da vor ihr steht.

Sie kann nicht aufhören, ihren Freund, ihren Geliebten und Vertrauten, und seine Ehefrau anzustarren. Seine strahlende Ehefrau mit ihrer Pfirsichhaut und den Pausbäckchen, die so gar nicht krank, hilfsbedürftig, depressiv und magersüchtig aussieht.

»Oskar, Liebling, was ist hier los?« Ein wenig verunsichert und gleichzeitig besitzergreifend legt Marlene ihre Hand auf seinen Arm.

Das Gleiche könnte Ava auch fragen.

»Nichts. Komm, Schatz, wir müssen noch die Blumen für deine Mutter abholen.«

»Aber was ist mit unseren Macarons?«

Ohne seiner Frau eine Antwort zu geben, zieht er sie mit sich fort auf die Straße. Ava würdigt er keines weiteren Blickes.

»Guten Tag, was wünschen Sie?«, erkundigt sich die pummelige Verkäuferin bei Ava.

Es dauert einen Moment, bis die ungeduldige Stimme an ihr Ohr dringt. »Ich fürchte, so etwas haben Sie nicht«, entgegnet sie schließlich wie betäubt. Mit schweißnassen Händen und wild pochendem Herzen nimmt sie Herrn Schmidt auf den Arm und rennt in den strömenden Regen hinaus.

Sie weiß, auch wenn heute nicht Montag ist, werden die Mädels alles stehen und liegen lassen und zu einem außerplanmäßigen Klönschnackabend in der *Reizbar* auflaufen. Der Gedanke liftet zumindest einen Teil der schwarzen Balken, die ihr die Sicht versperren.

Zwei Wochen sitzt er ihr nun schon direkt gegenüber. Schreibtisch an Schreibtisch, wie in der Behörde. Und nach diesen vierzehn langen Tagen hat Susanna es satt, von morgens bis abends seine schlecht sitzenden Hemden, die kreischend bunten Achtziger-Jahre-Krawatten, die klobige Nerdbrille und die viel zu langen, dünnen Haare ansehen und sich seine überflüssigen Vorschläge und gönnerhaften Anregungen anhören zu müssen. Wenn er wenigstens nicht so viel lachen und dabei seine würfelgroßen Zähne präsentieren würde. Wie kann jemand, der so aussieht, so hart arbeitet, ein hinkendes Bein und eine Allergie gegen Grapefruits, ihren favorisierten Fettkiller, hat, permanent gute Laune haben?

Noch mehr aber hat sie es satt, dass ihre Kollegen nicht zu bemerken scheinen, dass dieser Herr Thomsen ihnen allen seine Sanftmut und Freundlichkeit, sein Engagement und die Hingabe nur vorspielt. Dass er ein Aufschneider und Wichtigtuer ist, der alles daransetzt, sich mit dem geringstmöglichen Arbeitsaufwand und zweifelhaften, arglistigen Maßnahmen ihren hochverdienten Vorstandsposten zu sichern. Viel schlimmer noch: Irgendwie hat er es fertiggebracht, sowohl die Vorstands- und Aufsichtsratsmitglieder als auch die Personalchefs um den kleinen Finger zu wickeln.

Erst heute Morgen, als sie gemeinsam auf den Fahrstuhl gewartet haben, hat sie zufällig aufgeschnappt, wie Wilfried Jäger und Conrad Wollseif sich in den höchsten Tönen über Friedrich unterhalten haben. Darüber, wie effizient er in der kurzen Zeit das aktuelle Vermarktungsspektrum analysiert hat und keine Mühe scheuen will, es nachhaltiger zu gestalten. Wie er neue, unkonventionelle Wege auftut, die Hotelkette von der niemals schlafenden Konkurrenz abzuheben und die Gäste an sie zu binden. Wie beispielhaft er es in die Hand genommen hat, die interne Kommunikation zu modernisieren und zu digitalisieren.

»Dafür will er extra eine eigene Mitarbeiter-App entwickeln«, schwärmte Wilfried Jäger mit leuchtenden Augen, als hätte Herr Thomsen das Internet erfunden, und drängte seinen Schmerbauch hinter Susanna in den Lift. »Moderne Mitarbeiterkommunikation müsse keine Einbahnstraße sein, hat er gesagt. Jeder Kollege wird mit einer individuell gebrandeten App über aktuelle Themen informiert und kann sich gleichzeitig mit Diskussionsbeiträgen und weiteren Themenvorschlägen beteiligen.«

»Großartige Idee, nicht wahr? Warum ist darauf vorher noch keiner gekommen?«

Zähneknirschend hat Susanna, scheinbar tief in eine Nachrichtenseite auf ihrem Handy versunken, im zweiten Stockwerk den Aufzug verlassen und ist rasend vor Wut in ihr Büro gehastet, in der vergeblichen Hoffnung, es noch einige Zeit für sich allein zu haben. Dabei stünde ihr, würde es in der Welt einigermaßen gerecht zugehen, eigentlich ein Büro mit Panoramablick und zwei Sofas im elften Stock zu.

Jäger und Wollseif haben es so klingen lassen, als würde Herr Thomsen es quasi im Alleingang in Angriff nehmen, den Kommunikationsbereich von Vivera von Grund auf umzukrempeln. Als hätte er Nachhaltigkeit als Erfolgsfaktor ersonnen und würde die App höchstpersönlich im Schweiße seines Angesichts entwickeln, anstatt die ganze Arbeit an eine externe IT-Firma abzugeben. Und als hätte sie, Susanna, vollkommen untätig danebengestanden.

Dabei ist zumindest der letzte Teil eigentlich ihre Idee. Sie hat in seinem Beisein mit der IT-Abteilung über diese vermaledeite App gesprochen, obwohl sie persönlich an PDF-Newslettern und gedruckten Mitarbeiterzeitungen nichts Falsches finden kann. Ihr Ziel war es, mit internen Kommunikationsmaßnahmen die Mitarbeiterzufriedenheit zu steigern, um die Fluktuation in den unteren Gehaltsklassen zu verlangsamen. Weil die IT ihren Enthusiasmus aber mit Gerede von endlosen, aufwendigen Entwicklungsprozessen und explodierenden Kosten ausgebremst hat, hat sie die Idee erst mal zur Seite geschoben, um ein überzeugendes Konzept zu entwickeln. Und Nachhaltigkeit hat sie sich auch schon immer auf die Fahnen geschrieben. Nur schien es bis jetzt niemanden sonderlich zu interessieren.

Als Friedrich Thomsen ihr zwischen Tür und Angel seine eigenen, »kostensparenden« Vorschläge für die App und das Nachhaltigkeitskonzept unterbreiten wollte, hat sie das einfach abgebügelt. Doch der Fehler, ihn zu unterschätzen, wird ihr kein zweites Mal unterlaufen.

»Warte nur ab, Wilfried, der Friedrich wird irgendwann mal den ganzen Laden hier übernehmen«, hat Conrad Wollseif noch lächelnd hinzugefügt, wie um Salz in Susannas offene Wunde zu streuen.

Nach *zwei Wochen*.

Susanna rackert sich seit über zehn Jahren für Vivera ab.

Dieser Thomsen will sie mit allen Mitteln ausbooten, so viel steht fest. Und er scheint damit Erfolg zu haben. Und das, obwohl er gestern mit rosarot lackierten Fingernägeln ins Büro kam, Herrgott nochmal!

»Natürlich ist die Energiewende eine kommunikative Herausforderung«, ruft er gerade mit seiner heiseren Stimme überlaut ins Telefon und reißt sie damit aus ihren trüben Gedanken. »Aber wenn wir unsere grüne Bilanz verbessern, hebt uns das von der Konkurrenz ab – und darüber müssen wir selbstverständlich auch sprechen, mit emotionaler Ansprache und Storytelling. Ich habe dazu schon ein Konzept entwickelt.«

Natürlich hat er das. Genau wie sie selbst. Susanna haut angestrengt auf ihre Tastatur ein, als er Minuten später endlich den Hörer auflegt.

»Ich muss jetzt ins Meeting. Soll ich Ihnen aus dem Konferenzraum ein paar dieser kleinen Knusperriegel mitbringen?«, fragt er über den Rand seiner Nerdbrille lugend.

Irritiert hebt sie ihren Blick. Er klappt gerade sein MacBook zu und guckt sie erwartungsvoll an. »Ach ja, Ihre

Diät«, ruft er dann gut aufgelegt, ehe sie eine Antwort geben kann, und erhebt sich ein wenig schwerfällig von seinem Drehstuhl. Sie würde zu gerne wissen, was mit seinem Bein passiert ist.

Sie setzt eine verständnislose Miene auf. »Ich mache keine Diät«, entgegnet sie mit monotoner Stimme. Normalerweise hätte sie mit den langen Wimpern geklimpert, sich auf die schmalen Schenkel geklopft und hinzugefügt: »So etwas habe ich doch gar nicht nötig. Aber vielleicht bringen Sie mir einen koffeinfreien Cappuccino mit fettarmer Milch mit?« Aber das spart sie sich bei Friedrich Thomsen. Aus irgendeinem Grund ist sie sich darüber klar, dass sie bei ihm mit ihrem legendären Charme nicht weiterkommt.

Er hat kaum die Bürotür hinter sich zugezogen, als Susanna auch schon aufspringt und auf möglichst leisen Sohlen – kein leichtes Unterfangen bei ihren Absätzen – den Raum bis zu seinem Schreibtisch durchquert. Wäre doch gelacht, wenn sie nicht herausfinden könnte, was er als Nächstes vorhat. Und welche ihrer Ideen er diesmal geklaut hat.

Sein Schreibtisch ist, genau wie ihrer, so aufgeräumt, dass er beinahe unbenutzt aussieht. Nur ein paar gelbe Haftnotizen kleben am Telefon neben seinem Laptop. Ein einzelner Silberrahmen zeigt eine überraschend hübsche, schwarzhaarige Frau, die ihre Arme schützend um zwei kleine Mädchen legt. Die Ähnlichkeit zwischen den Kindern und Friedrich Thomsen ist frappierend. Sie wusste gar nicht, dass er Familienvater ist. Aber das könnte zumindest eine harmlose Erklärung für seine pink lackierten Fingernägel sein.

Die Post-its bieten keine interessanten Informationen. Kurz zögert sie, dann klappt sie mit klopfendem Herzen und einem letzten, schnellen Blick auf die verschlossene Tür den Rechner auf. Wer hätte gedacht, dass sie mal so weit gehen wird, in den Unterlagen ihrer Kollegen herumzuschnüffeln? Aber wenn Herr Thomsen mit schmutzigen Tricks arbeitet, kann sie das schon lange.

Kein Passwortschutz. Wie naiv.

Sofort taucht auf dem Bildschirm das Dokument auf, an dem er zuletzt gearbeitet hat. Auf den ersten Blick nichts Auffälliges. Es ist ein Dossier über Energieeffizienz und Nachhaltigkeit als Wettbewerbsvorteil und Imagegewinn in der Hotellerie.

Als sie weiter nach unten scrollt, stockt ihr der Atem. Unter »Gästekommunikationskonzept im Bereich Umwelt« und »Die Methode Storytelling« steht stichwortartig zumindest in Teilen genau das, was sie vor einiger Zeit in ihrem eigenen Dokument abgefasst hat. Beinahe wortwörtlich. Hat dieser Typ etwa schon wieder ihre Ideen geklaut? Und wie ist er überhaupt an ihre Aufzeichnungen gekommen? Sie würde den Raum nie verlassen, ohne ihren Rechner mit einem Passwort zu schützen.

Der schreckt ja vor überhaupt nichts zurück. Gerade überlegt sie, vor Wut schnaubend, was sie tun soll, als sie unvermittelt eine verschnupfte Stimme hochfahren lässt. »Was suchst du da?« Für einen Moment hört ihr Herz auf zu schlagen.

Im Türrahmen steht ihre Assistentin Nele, gegenwärtig überflüssigerweise auch Interimssekretärin für ihren ungeliebten Schreibtischnachbarn, und starrt sie mit geröteter Nase und unverhohlener Neugier an. »Musst du dich immer so anschleichen?«, will Susanna brüllen, murmelt aber stattdessen mit heißen Wangen, doch betont locker: »Ich wollte nur noch mal die Zahlen vergleichen, bevor wir sie absegnen lassen. Sicher ist sicher.«

Natürlich wird die leichtgläubige Nele nicht auf den Gedanken kommen, nachzuhaken, von welchen Zahlen Susanna redet.

»Welche Zahlen?«, fragt sie.

Susanna zögert kurz. Sie weiß, sie sollte erst weitere Anhaltspunkte sammeln, um sich ganz sicher zu sein, doch plötzlich hört sie sich zu ihrer eigenen Überraschung sagen: »Dieser Herr Thomsen will meine Arbeit sabotieren und mein Nachhaltigkeitskonzept als sein eigenes ausgeben.«

Nele wird erst rot und dann blass. Susanna ist gerührt von so viel Anteilnahme.

Ihre Assistentin wirft einen schnellen Blick in den Flur und schließt dann leise die Tür hinter sich. »Bist du sicher? So eine Anschuldigung stellt man nicht einfach ohne Beweise in den Raum.«

»Glaubst du, das weiß ich nicht? Ich brauche jetzt nur einen Plan, wie ich ihn glaubwürdig auffliegen lassen kann, ohne als Denunziantin oder schlechte Verliererin dazustehen.« Und ohne zugeben zu müssen, dass sie seinen Laptop durchkämmt hat.

Während es in ihrem Hirn noch auf Hochtouren arbeitet, erklärt Nele: »So jemanden wie Friedrich schlägt man am besten mit seinen eigenen Waffen. Und ich weiß auch schon, wie wir es anstellen können.« Verdutzt schaut Susanna sie an.

Neles Plan ist so einfach wie genial. Wenn Friedrich Thomsen ihr das Dossier zum Abtippen und Weiterleiten gibt, wird sie es einfach als Susannas Arbeit ausgeben. Um ihn als Betrüger zu entlarven, der die Arbeit seiner Konkurrentin unterschlägt, wird sie einige Tage später ein im Wortlaut nur leicht abgeändertes Dokument unter seinem Namen abschicken.

So viel Arglist und Raffinesse hätte Susanna ihrer plumpen und gutmütigen Assistentin gar nicht zugetraut.

Einen Augenblick starrt Nele mit abwesendem Blick ins Leere. »Dabei hatte er es in der Vergangenheit so schwer«, murmelt sie wie zu sich selbst.

»Vielleicht hätte er es einfacher gehabt, wenn er sich nicht hartnäckig gegen jeden Ausdruck von Ästhetik wehren würde.« Susanna lacht leise, doch als Nele nicht mit einstimmt, fügt sie hinzu: »Vielen Dank, Nele. Ich weiß deine Hilfe wirklich sehr zu schätzen.«

»Wir wollen doch alle nur das Beste für unser Unternehmen«, entgegnet Nele gedehnt, bevor sie mit zögernden Schritten wieder an ihren eigenen Schreibtisch zurückkehrt.

»Natürlich, was sonst?«, ruft Susanna ihr hinterher. Das Letzte, das sie will, ist, als berechnend und eigennützig dazustehen. Sie fühlt sich wie gerädert, als sie Friedrich Thomsens MacBook zuklappt und sich mit bleischweren Gliedern auf seinen Drehstuhl sinken lässt. Erst jetzt fällt ihr ein, dass sie keinen Schimmer hat, worauf Nele gerade angespielt hat. Was war denn so schwer für diesen Thomsen?

Sie kann es kaum erwarten, Feierabend zu machen. Eigentlich wollte sie sich heute Abend mit Alf aus der Flughafenlounge in der Sauna treffen. Nein, mit Jermaine, ihrer Biergartenbekanntschaft. Schließlich ist bis Dezember noch massenhaft Zeit, und vielleicht haben die Mädels ihren absurden Neujahrsentschluss, sich auf einen einzigen Mann festzulegen, ja bis dahin sogar vergessen.

Kurz vor ihrer Veronica-Mars-Aktion aber hat Ava angerufen und irgendwas von Oskar und Macarons und davon, dass ihr Vorsatz Nummer eins gerade flöten gegangen ist und was sie jetzt nur ihrer Mutter erzählen soll, ins Telefon gejammert. Natürlich hat Susanna kurzerhand die *Reizbar* als abendlichen Treffpunkt vorgeschlagen – mit Jermaine kann sie sich immer noch an einem anderen Tag amüsieren – und auch Ellie dazu eingeladen, die anscheinend froh war, dass Susanna ihr nach irgendeiner Geburtstagsfeier einer ihrer Satansbraten noch die ruhevolle Gesellschaft Erwachsener in Aussicht gestellt hat.

Jetzt ist Susanna dankbar, heute Abend vertraute, geliebte Gesichter um sich und eine Flasche Cider vor sich zu haben.

April

»Habt ihr bemerkt, dass meine Hüften ein wenig breiter geworden sind?« Schwer seufzend nimmt Ava einen großen Schluck von ihrem Screwdriver und lehnt sich in ihrer schweren hölzernen Gartenliege zurück, die sie mit großem Kraftaufwand auf Ellies Terrasse in die Sonne gerückt hat. Zum ersten Mal seit Wochen hängen heute, am Karfreitag, keine schweren dunkelgrauen Wolken mehr am Himmel.

»Ja, das ist mir aufgefa– Au, Ellie, warum trittst du mir gegen das Schienbein?« Susanna reibt sich entrüstet ihr gertenschlankes Bein, das in engen Leopardenleggings steckt, bevor sie die Hand nach ihrem sonnengelben Cocktail ausstreckt.

Den Kommentar ihrer Freundin geflissentlich ignorierend, murmelt Ava verträumt: »Fünf Kilo abnehmen, das wäre mal ein sinnvoller Silvestervorsatz gewesen. Und vor allem ein zu erreichender. Stattdessen nehme ich mir vor, einen verheirateten Mann ganz für mich zu gewinnen.« Gedankenverloren streckt sie die Hand aus, um Herrn Schmidt hinter den Ohren zu kraulen. Der kleine Corgi hat es sich treu ergeben neben ihrer Liege bequem gemacht und lässt sie nicht aus den Augen.

»Na ja, ob das mit den fünf Kilogramm zu erreichen gewesen wäre … Du probierst doch seit Jahren eine Diät nach der anderen, alles vergeblich.«

»Darum geht es doch gar nicht, Susanna. Es geht um Oskar. Trotzdem, du siehst toll aus, Ava! Deine Kurven sind sexy, sagt Daniel«, beeilt Ellie sich, ihr zu versichern, und stopft sich eine weitere Mini-Rumkugel in den Mund.

»Das hat er gesagt?« Ava hebt überrascht die Augenbrauen. Für einen kurzen Moment plagen sie Gewissensbisse, dass sie und Susanna keine Gelegenheit auslassen, über Dan herzuziehen.

»Er kann sprechen? Ich dachte immer, er ist kurz nach der Hochzeit verstummt.« Susanna kichert närrisch über ihren eigenen Witz.

Ava wirft ihr einen kurzen Blick zu und erkundigt sich dann versöhnlich: »Wie geht es ihm denn mit seiner Mandelentzündung?«

»Frag lieber, wie es *mir* geht!« Ellie stößt einen schweren Seufzer aus und lässt sich in die Kissen sinken. »Seit fünf Tagen ist er von morgens bis abends um mich herum und fällt mir fürchterlich auf die Nerven. Ich stürze auf den leisesten Ruf hin aus allen Ecken des Hauses herbei, schüttele sein Kissen auf, bringe ihm abwechselnd Tee, Eis und die Tageszeitung und massiere seinen Rücken, während er mir lautstark und detailliert sein Weh klagt und schon drauf und dran ist, ein Testament aufzusetzen. Lieber gehe ich mit einem hungrigen Krokodil schwimmen, als dieses Theater weitere fünf Tage durchzustehen.« Mit Blick Richtung Himmel fügt sie gedehnt hinzu: »Bitte, lieber Gott, sorg dafür, dass mein Mann niemals in Rente geht. Amen.«

»Ich hätte auch nichts dagegen, wenn er schnell wieder auf dem Damm ist und wir das nächste Mal nicht die Babysitter spielen müssen, sondern uns wieder auf neutralem Boden treffen können«, stimmt Susanna zu, den Blick auf die matschige Sandgrube zum Buddeln, das selbst gebaute Insektenhotel, in dem es schon unermüdlich kreucht und fleucht, den morschen, halb zerfallenen Spielturm und die quietschbunten, selbst bemalten Ostereier aus Plastik gerichtet, die ungleichmäßig in den unteren Zweigen der Bäume und Büsche verteilt wurden – offensichtlich das Werk der Kinder. Schon in der Diele standen sie knietief in schlammigen Gummistiefeln, Playmobilfiguren und Spielzeugautos, und als sie sich auf die Gartenliegen setzen wollten, mussten sie nicht Bücher und Zeitungen zur Seite schieben, sondern Schokoriegelpapier, Kekskrümel und Wachsmaler. Susanna erinnert sich kopfschüttelnd, Ellies Kinder schon früh in die Geheimnisse von Duplo und Kinderriegel eingeführt zu haben, weil Ellie sie mit staubigen Dinkelstangen und Leinsamencrackern gefoltert hat.

Aus dem Haus ertönt gerade ein Getöse wie von einer stattlichen Armee, die sich donnernd ins Gefecht stürzt. Türen knallen, Schubladen werden zugeschmettert, Pfiffe ertönen, irgendwo drischt jemand mit voller Wucht auf ein Xylophon ein, dumpfes Gepolter lässt erahnen, dass etwas Schweres aus großer Höhe zu Boden gefallen ist.

»Glaub mir, Ava«, seufzt Ellie theatralisch, »eigentlich ist es ganz schön, auch mal allein zu sein und nur auf dich selbst zu hören. Ansonsten bist du noch so jung und so schön und wirst sicher irgendwann wieder einem tollen Mann begegnen. Der weder verheiratet noch Falschspieler ist.«

»Nur, dass die tollen Männer bis dahin alle längst weg sind. Für mich bleiben dann die, die keiner wollte. Das predigt Thea mir seit Ewigkeiten.«

»Und wenn ich es mir recht überlege, so toll ist es nun auch wieder nicht, allein zu sein.« Susanna zwinkert Ava scherzhaft zu.

»Aber zumindest jung und schön bist du!«, beharrt Ellie und stellt ihr leeres Glas neben ihrer Liege auf dem Boden ab. Sofort springt Herr Schmidt neugierig auf und beginnt zu schnüffeln.

»Na ja, mit vierunddreißig ist man jetzt auch kein Jungspund mehr«, platzt Ava heraus, ehe sie sich bremsen kann.

»Warum haben wir uns noch mal heute hier versammelt, liebe Ava?«, erinnert Ellie sie. »Ach ja, um Susannas vierzigsten Geburtstag im nächsten Monat zu besprechen. Den vierzigsten!«

»Frauen ab vierzig strotzen nur so vor sexueller Energie, das weiß doch jeder.« Susanna lässt sich nicht aus der Ruhe bringen. Ungerührt nippt sie mit gespitzten Lippen an ihrem Cocktail.

Ellie verzieht das Gesicht. Um Susanna mit ihrem ständigen Sex-Gequatsche einen Dämpfer zu verpassen, erklärt sie: »Das muss an der Menopause liegen. Ein letztes Aufbäumen der Libido.« An Ava gewandt, fügt sie hinzu: »Ich weiß, du bist in der Zeit mit Oskar vielleicht um einiges an Selbstwertgefühl und Stolz ärmer geworden. Aber doch auch um viele Erfahrungen, Erkenntnisse und Lebensweisheiten reicher.«

»Erfahrungen und einen Vorrat an Zynismus.« Ava klaubt sich eine grellrosa Spange mit lila Perlen aus den Haaren. Pauline, Ellies Siebenjährige, vom Scheitel bis zur Sohle in variierende Pink- und Rosatöne gekleidet, hat sich Ava bei ihrer Ankunft voller Begeisterung an den Hals gehängt und gebettelt: »Kann ich dir die Haare schön machen?« Hinter ihr stand ihr Bruder Anton, der Ava mit leuchtenden Augen aufforderte: »Komm, wir spielen lieber Fußball. Du stehst im Tor.« Ava hat kurz überlegt, was das geringere Übel wäre – sich von einem Einhornfan, der nach Erdbeerkaugummi roch, in eine Barbiepuppe verwandeln oder von einem neunjährigen Torschützenkönig einen Lederfußball ins Gesicht schießen zu lassen. Ava entschied sich für die Barbie, selbst wenn sie wusste, dass sie dabei einige Haare verlieren würde. Das mit dem Lederball im Gesicht hat Ellie übernommen, während Susanna derweil mit ihren frisch manikürten Händen unbehelligt die Cocktails zusammengemixt und dabei mit Emil über die Vorzüge von Orangensaft gegenüber Apfelsaft diskutiert hat.

»Zynismus ist meine Lieblingssprache«, stellt Susanna gerade nüchtern fest. »Zusammen mit Sarkasmus.«

Ava verdreht die Augen. »Ich hätte auf die Erfahrung, meinen Freund aus heiterem Himmel knutschend mit seiner doch nicht so kranken, entfremdeten Ehefrau zu ertappen, gerne verzichtet.« Schwer seufzend massiert sie ihre Schläfen.

»Also, das sage ich jetzt nicht nur, weil ich deine beste Freundin bin und denke, es ist meine Pflicht – obwohl ich deine beste Freundin bin und natürlich denke, es ist meine Pflicht –, aber so heiter war euer Himmel doch nun wirklich nicht, oder? Es lohnt sich nicht, ihm hinterherzutrauern, Ava. Ich meine, er war *verheiratet* und hat sich zweimal die Woche aus dem Haus geschlichen, um hinter dem Rücken seiner Frau seiner gutgläubigen Geliebten irgendwelche Lügenmärchen aufzutischen.«

»Außerdem ist das Ganze doch nun schon vier Wochen her«, wirft Susanna ein.

»Was, so lange?«, fragt Ava ironisch. »Und dann hat er immer noch nicht aufgegeben?«

Ellie schnaubt verächtlich. »Wie kann er nur so vermessen sein, dich seither fast rund um die Uhr mit Anrufen und Nachrichten zu bombardieren und dir weismachen zu wollen, dass er dich liebt und Marlene nun wirklich für dich sitzenlassen will? Wie kann er nur meinen, dass du dumm genug bist, darauf reinzufallen?«

Susanna zieht die linke Augenbraue hoch, verkneift sich aber jeden Kommentar, denn in diesem Moment kommen Anton und Pauline unter lautem Gejohle in den Garten gerannt und ersticken jeden Gesprächsbeitrag im Keim. Einige Sekunden später folgt Emil mit einer armlangen, geladenen Wasserpistole. Herr Schmidt flüchtet vorsorglich unter Avas Liege.

»Es sind fünfzehn Grad. Wann werdet ihr nur endlich erwachsen?«, ruft Ellie ihren Kindern hinterher, als alle drei wenig später triefnass ins Haus zurückstürmen, ohne Zweifel, um einen neuen Plan auszubrüten. Sofort hört man aus der Küche das Geräusch von platschendem Wasser und zerbrechendem Porzellan. An ihre Freundinnen gewandt, fügt sie kopfschüttelnd hinzu: »Glaubt mir, Frauen leben gar nicht länger als Männer. Es kommt ihnen nur so vor.«

Susanna lacht kurz auf. »Ich weiß schon, warum ich mir niemals Mann und Kinder ans Bein gebunden habe. Männer gehen fremd und werden krank, Kinder machen Dreck, werden in der Schule gemobbt, rauchen und trinken heimlich, werden mit vierzehn schwanger, verschlingen Unsummen an Kosten für Essen, Vergnügungen, Vitamine, Fahrräder, Fahrradhelme, Versicherungen, Schwimmkurse, kieferorthopädische Behandlungen, noch mehr Fahrräder, das Studium. Da lob ich mir doch meine Freiheit und Selbstbestimmung und die Möglichkeit, zu jeder Zeit des Tages machen zu können, was ich will.«

»Gute Idee. Du bist noch so jung, leb dich ruhig aus. Wer will sich mit vierzig schon festlegen?«, bemerkt Ava trocken.

»*Du* willst dich mit vierzig endlich festlegen, erinnerst du dich, Susi?« Ellie erhebt sich schwerfällig, um das Ausmaß des Schadens in ihrer Küche zu begutachten, Dan einen Tee zu kochen und ihre leeren Cocktailgläser wieder aufzufüllen.

»Ich bin erst neununddreißig. Außerdem hat das Jahr kaum angefangen«, verteidigt sich Susanna.

»Hast du denn schon einen Mann mit Potenzial getroffen? Vielleicht diesen Friedrich Thomsen? Aussehen ist nicht alles, denk daran!« Zwinkernd streichelt Ava die kleinen Speckrollen am Hals von Herrn Schmidt, der es sich mittlerweile auf ihrem Schoß bequem gemacht hat und sie aus schwarzen Augen hingebungsvoll anblickt.

»Wie witzig! Dieser Beutelschneider hat versucht, mich mit unfairen Mitteln auszustechen und mir meinen Job zu klauen. Und mal von allem anderen abgesehen, ist er verheiratet und hat Kinder. Obwohl das so manchen Mann natürlich nicht davon abhält, in fremden Gewässern zu fischen.«

»Was ist denn eigentlich aus dieser Sache mit dem Nachhaltigkeitskonzept geworden? Hat Nele ihn entlarvt?« Ava hat keine Lust mehr, über Oskars Betrug und Heuchelei zu sprechen oder auch nur daran zu denken.

»Pah!« Susanna verschränkt schnaubend die Arme vor der heute in Luisa Cerano gewickelten Brust. »Irgendwas ist da leider schiefgelaufen. Nele hat wohl versehentlich versäumt, seinen Namen aus dem Dokument zu löschen, und einfach nur mich als Verfasserin hinzugefügt. Jetzt sind wir angehalten, das Konzept *gemeinsam* auszuarbeiten, schließlich ist es angeblich unsere gemeinsame Idee.« Sie sieht aus, als würde sie sich lieber ohne Betäubung die Weisheitszähne ziehen lassen, als mit Friedrich Thomsen zusammenzuarbeiten.

»Genau genommen war es ja auch eure gemeinsame Arbeit. Du hast den Teil mit der Gästekommunikation im Umweltbereich und der Storytelling-Methode beigesteuert, er den Rest.«

»Trotzdem. Irgendwas ist da faul. Aber ich konnte beim Vorstand ja schlecht nachfragen, ohne mich selbst verdächtig zu machen.« Insgeheim hegt sie den Verdacht, dass der machohafte Frauenverächter Wilfried Jäger seine Finger im Spiel haben könnte, der das bürgerliche Ideal des starken und des schwachen Geschlechts erfunden zu haben scheint. Doch sie wird schon noch herausbekommen, was da los ist. Und wenn sie dafür im Alleingang das Passwort für Friedrich Thomsens E-Mail-Account knacken muss. Nach einer kurzen Pause fügt sie hinzu: »Natürlich wollte ich Rüdi fragen, doch er ist in die Karibik geflogen und seit Wochen nicht zu erreichen, kannst du das glauben? Was tut er da? Er kann sich kaum aufrecht fortbewegen.«

»Cocktails schlürfen und den exotischen, milchkaffeebraunen Damen schöne Augen machen natürlich. Jetzt, da er dich kaum mehr zu Gesicht bekommt.«

In diesem Moment tritt Ellie, schwer beladen mit einem übervollen Holztablett, wieder auf die schmale Terrasse. »Irgendein Witzbold hat ›Kinder brauchen die liebevolle Aufmerksamkeit der Mutter und eine ausgewogene Kost‹ in den Staub auf dem Herd geschrieben. Ist das zu fassen?« Polternd stellt sie das Tablett auf dem verwitterten Gartentisch ab und greift nach ihrem randvollen Cocktailglas. »Nur, weil ich jetzt weniger Zeit für Haushalt und Nachwuchs übrig habe, heißt das noch lange nicht, dass ich meine Familie vernachlässige. Andere Mütter kriegen das doch auch irgendwie hin.«

»Das pendelt sich schon alles ein, Ellie. Das Semester hat doch erst vor ein paar Wochen angefangen.«

»Trotzdem, ihr müsst jetzt gehen.« Ein wenig misstrauisch beäugt Ellie ihren gelben Longdrink.

»Was? Ich dachte, wir holen nachher noch Antons Discokugel hervor. Und Susannas rauschendes Geburtstagsfest müssen wir auch noch planen. Wir haben noch gar nicht über den Stripper geredet.«

»Was für ein Stripper?«

»Das geht nicht, Ava. Anton hat morgen früh eine Fußballfeier, und ich muss noch einen Kuchen backen.« Augenscheinlich hat der Anblick des Gekritzels sie an ihre mütterlichen und hausfraulichen Pflichten erinnert.

»Jetzt?«

»Was für ein Stripper?«

»Vorhin hatte ich keine Zeit. Ich musste Pauline dabei helfen, die Ränder der Schatzkarte für ihren Geburtstag nächste Woche mit dem Feuerzeug auf alt zu trimmen, und anschließend dafür sorgen, dass der Rauchmelder nicht die Nachbarn dazu bringt, die Feuerwehr zu alarmieren.«

»Wir kaufen einfach einen Kuchen.« Susanna, sichtlich stolz auf ihren konstruktiven Vorschlag, schnappt sich ebenfalls ihr aufgefülltes Glas und lehnt sich wieder entspannt auf ihrer Liege zurück.

»Das geht nicht, er muss in Fußballform sein. Und welche Konditorei öffnet schon an Karfreitag?«

Ava stößt einen Seufzer aus. »Ich hab noch Windbeutel im Tiefkühlfach. Komm schon, Ellie, trau dich, tu etwas

Gefährliches. Denk an deine guten Vorsätze, auch mal etwas nur für dich zu tun!«

»Du hast recht, ich bin der Sklave meiner Familie.« Ellie seufzt schwer.

»Ich bin der Sklave meines teuflischen Vorgesetzten, das muss ebenfalls besser werden.«

»Und ich bin der Sklave meiner Triebe. Apropos: Ich glaube, was dir wirklich guttun würde, ist eine unbeschwerte Affäre.« Susanna kann sich ein anstößiges Grinsen nicht verkneifen.

»Susanna!«, ruft Ava empört.

Ellie sagt nichts.

»Sie meint das nicht so. Wir wissen, dass du Dan nie im Leben betrügen würdest. Dazu ist dir deine Familie viel zu wichtig.«

Ellie schweigt noch immer.

»Ellie?«

»Haben wir dich etwa ganz falsch eingeschätzt? Aber wer kann es dir verdenken – diese jungen Studienanfänger sind auch wirklich zu knackig. Und so ausdauernd«, stellt Susanna trocken fest.

»Psst!« Ellie legt warnend den Zeigefinger auf die Lippen und wirft einen bestürzten Blick Richtung halb offener Terrassentür. Aus dem Haus ist nichts zu hören.

»Jetzt wird es interessant.« Susanna lehnt sich verschwörerisch nach vorne, und auch Ava scheucht Herrn Schmidt von ihrem Schoß und platziert sich so auf ihrer Liege, dass sie kein Wort verpasst.

»Ihr wisst ja, dass vor ein paar Wochen die Uni losging«, beginnt Ellie zögerlich. »Und dass ich diesen Kurs bei unserem Institutsleiter belegt habe.«

»Quantenchemie. Dafür hast du einen anderen Kurs sausen lassen.«

»Ellie! Sag bloß, deine Affäre ist kein junger, knackiger Kommilitone, sondern einer dieser greisenhaften, dickbäuchigen Professoren?«, fällt ihr Susanna ins Wort. Ihre Augen spiegeln blankes Entsetzen wider.

»Jetzt beruhig dich mal wieder, es gibt keine Affäre«, beeilt sich Ellie zu versichern. Ihre Wangen laufen karmesinrot an.

»Dann verstehe ich die ganze Aufregung nicht.«

Ellie versteht es auch nicht. Was hat sie schon groß zu verbergen? Außer, dass ihr Herz anfängt, verrücktzuspielen, wenn Professor Leopold Mook mit seiner sonoren Stimme über die Schrödingergleichung in ihrer generischen Form oder die Born-Oppenheimer-Approximation philosophiert. Dass sie den Blick nicht von seinen klugen bernsteinfarbenen Augen und den schmalen Lippen abwenden kann und sich daran weidet, dass er sie ebenfalls mit heimlichen Blicken verschlingt, trotz seines jugendlichen weiblichen Fanclubs in der ersten Reihe. Dass sie ihn bei Facebook gestalkt hat und vor Erleichterung durchs Zimmer getanzt ist, als sie herausfand, dass er offenbar weder verheiratet noch in festen Händen ist.

»Es ist nichts passiert.« Und dabei muss es auch bleiben. »Wahrscheinlich suche ich nur irgendwo anders nach Bestätigung, weil ich für Daniel mittlerweile nur noch die Limousine und nicht mehr das Cabrio bin.« Schwer seufzend leert sie ihren zweiten Screwdriver.

Ava legt ihr tröstend die Hand aufs Bein. »Vielleicht weiß Dan seine Gefühle für dich gerade nur nicht so recht auszudrücken.«

»Tja, die Frage ›Wie führe ich eine glückliche Ehe auf Augenhöhe, während er an den Wochenenden arbeitet oder in seinem polierten Auto die Gegend unsicher macht?‹ wird leider in keiner meiner Frauenzeitschriften beantwortet. Und ich habe zwölf davon abonniert, das wisst ihr. Dabei sieht Vorsatz Nummer zwei doch vor, dass ich wieder neuen Schwung in meine ausgeleierte Ehe bringe.«

Selbst Susanna hält sich angesichts Ellies bedrückter Miene mit einer Erwiderung zurück, obwohl ihr zweifelsohne ein bissiger Kommentar auf der Zunge liegt. »Kommt, wir suchen Antons Discokugel«, schlägt sie schließlich vor. »Und ich mixe uns noch einen Longdrink. Was haltet ihr zur Abwechslung von einem Cuba Libre?«

»Aber was ist mit dem Fußballkuchen?«, will Ava wissen.

»Ich komm nachher bei dir vorbei und hol mir die Windbeutel ab«, entgegnet Ellie mit undurchdringlicher Miene. »Wirf mir mal eine Tüte Chips rüber, das passt gut zu Cuba Libre.«

»Noch eine?«

»Nervennahrung.«

»Das sieht deine Hüfte bestimmt anders.« Mit großer Geste hält Susanna ihr die Tüte hin, bevor sie aufsteht, um die Drinks vorzubereiten.

»Und eine Tafel Nougat – bitte.«

Als Ava in dieser Nacht leicht schwankend ihre Wohnungstür aufschließt, kommt ihr das Apartment zum ersten Mal seit Hannes' Auszug am vergangenen Wochenende plötzlich leer und verlassen vor, obwohl Herr Schmidt nach einem ausgiebigen Nickerchen auf Ellies Lieblingssessel an ihrer Seite wie ein Flummi auf und ab springt.

Sie lässt sich mit einem großen Glas Wasser in der Hand neben dem kleinen Hund auf ihr gemütliches dunkelgrünes Samtsofa fallen und wartet auf den mittlerweile vertrauten Schmerz, der sie in einsamen Momenten seit jenem Tag in der Patisserie durchzuckt. Umso überraschter ist sie, dass sie, als ihr wie üblich das Bild von Oskars bestürzter Miene und Marlenes fragendem Gesichtsausdruck in den Sinn kommt, zum ersten Mal nicht das Bedürfnis überkommt, sich wie ein Igel zusammenzurollen und die Decke über den Kopf zu ziehen. Stattdessen sagt sie laut in die Stille hinein: »Wenn ich nicht das gleiche Glück in der Liebe habe wie meine Eltern oder wie Goldie Hawn und Kurt Russell, will ich künftig lieber ganz darauf verzichten. Es muss schon die große, einzig wahre Liebe sein, damit ich mich wieder auf jemanden einlasse.« Herr Schmidt schleckt ihr freudig über die Hand.

Ihr Blick fällt auf die kleine metallene Vintageuhr mit den römischen Ziffern, die Hannes ihr zu Weihnachten geschenkt hat. Drei Uhr morgens und keine Geräusche von den Rammlern von oben. Wie spät ist es jetzt in Südafrika? Wahrscheinlich mitten am Tag.

Ohne sich länger mit dieser Frage aufzuhalten, nimmt sie ihr Handy vom Couchtisch und wählt. Wie immer dauert es eine halbe Ewigkeit, bis er abnimmt.

»Was ist passiert?«, meldet er sich schließlich mit belegter Stimme.

»Hallo, Max, hier spricht Ava. Ich habe Ihnen gestern per Mail die Bilder geschickt, die für die Werbeplakate infrage kommen. Hatten Sie schon die Möglichkeit, sie sich anzusehen? Denn ehrlich gesagt läuft uns ein bisschen die Zeit davon, daher –«

»Ava? Was soll das? Sind Sie komplett übergeschnappt?«, fährt er sie unbeherrscht an. Hat er vergessen, dass sie sich heute wegen der Fotos melden wollte?

Seufzend sinkt sie in die weichen Kissen zurück. Max Jones sieht umwerfend aus, das prachtvollste Exemplar Mann, das ihr je zu Gesicht gekommen ist. Bis er seinen Mund aufmacht – und seinem Ruf als sarkastischer Bastard sofort wieder gerecht wird. Es ist für ihn anscheinend unvorstellbar, irgendwas auch nur ansatzweise Nettes von sich zu geben. Zumindest ihr gegenüber. Bei anderen ist er wahrscheinlich der perfekte Gentleman, sonst würden die Supermodels ja nicht bei ihm Schlange stehen.

»Max, wie gesagt –«

»Es ist drei Uhr morgens! Am Karfreitag!«

»Aber doch nicht bei Ihnen. Sie sind in diesem Studio in Kapstadt, um den neuen Song aufzunehmen. Den ersten Song seit Monaten. Die Zeitverschiebung –«

»Es gibt keine Zeitverschiebung zwischen Deutschland und Südafrika. Sagen Sie bloß, Sie sind betrunken?« Lacht er etwa?

»Natürlich nicht!« Offensichtlich doch. Wie sonst hätte es zu diesem blamablen Schnitzer kommen können? »Es tut mir leid, wenn ich Sie geweckt habe –«

»Sie haben mich nicht geweckt.«

Wie aufs Stichwort nimmt sie im Hintergrund ein leises Geräusch wahr. Ein Frauenkichern? Ava stemmt sich vom Sofa hoch und durchquert ihr winziges Wohnzimmer bis zum Fenster, wo sie ihre Stirn an die kühle Scheibe lehnt. Auf ihrer vom Mond und reichlich Laternen beleuchteten Straße sind auch um diese Zeit noch haufenweise Autos und ein paar Nachtschwärmer unterwegs, die sich zwischen den leeren Stühlen vor der Kneipe gegenüber hindurch einen Weg nach Hause bahnen. Sie liebt die Hamburger Nächte. Nicht nur, weil man dann den Schmutz nicht sieht.

Ja, Max redet nebenbei eindeutig mit einer Frau. Wahrscheinlich einer exotischen Schönheit, die er in irgendeiner schummrigen Bar aufgabelt hat. Der Skandal um Tiana Perez scheint seiner Popularität bei den Damen keinen Abbruch zu tun.

»Ich werde jetzt auflegen.« Ehe sie sich bremsen kann, fügt Ava hinzu: »Ich habe den Eindruck, Sie haben heute Abend schon sehr viel ›geredet‹ und sind jetzt sicher müde. Vielleicht verschieben wir unser Gespräch besser auf morgen. So anregend wie das vorherige wäre es ohnehin nicht geworden.«

Ohne auf ihre Anspielung einzugehen, entgegnet er gelassen: »Morgen bin ich den ganzen Tag im Studio. Wenn es also nur um diese Fotos für den Konzert-Werbefeldzug geht, kann ich Ihnen auch jetzt schon sagen, dass ich die allesamt zu schnöselig finde.«

Natürlich. Alles andere wäre ja auch zu einfach gewesen. »Rüpelhafte Rowdy-Bilder sind gerade nicht das Mittel der Wahl, um Ihren Ruf zu sanieren«, erklärt sie nachsichtig.

Max schweigt. Wer weiß, was er nebenher tut.

»Es gibt noch eine zweite Sache, wegen der ich anrufe.« Sie zögert kurz und wappnet sich für seine Reaktion, die unweigerlich kommen muss. »Es ist keine richtige Homestory, ich weiß ja, dass Sie das strikt ablehnen –«

»Ich muss jetzt Schluss machen!«

»… Aber es gibt da in der Nähe Ihres Landhauses diese Musikschule, die ein Projekt für Kinder aus schwierigen Verhältnissen ins Leben rufen will.«

»Ist das so?«

Er mag keine Hunde und bestimmt auch keine Kinder. Aber sie muss es wenigstens probieren. »Und wenn ich Thor richtig verstanden habe, haben Sie hinter dem Haus eine riesige Wiese, auf der ausreichend Platz ist, um mit den Kleinen ein bisschen Musik zu machen. Und natürlich, um nebenbei herzerwärmende Bilder schießen zu lassen.«

Er gibt ein brummendes Geräusch von sich.

»Geben Sie sich einen Ruck, Max! Diesen armen Kindern hilft sonst niemand, und sie verdienen ein bisschen kurzweilige Unterhaltung.« Sie sagt lieber nicht, wie viel Überzeugungsarbeit es sie gekostet hat, bis die Leiterin der Musikschule bereit war, Max eine Chance zu geben. »Außerdem ist die Berichterstattung über den Skandal in den letzten Wochen langsam abgeflaut. Das müssen wir unbedingt nutzen, bevor sich die Medien auf einen neuen Aufreger stürzen wie die Möwen auf ein am Strand vergessenes Fischbrötchen.«

Er lacht kurz auf. »Machen Sie sich da bloß keine Illusionen. Sie waren doch selbst jahrelang eine von denen, da müssen Sie doch am besten wissen, wie diese Schreiberlinge sich auf alles stürzen und aus jeder Mücke einen Elefanten machen. Nichts von dem Schrott, den diese Aasgeier verzapfen, ist wahr.«

Ava tut so, als hätte sie diese Beleidigung ihres Berufsstandes überhört. Wollte er andeuten, dass die Sache mit Tiana von der Presse seiner Ansicht nach falsch dargestellt wurde? Er hat zu diesem Thema in den letzten Wochen kein Wort verloren, und sie hat es nicht gewagt, ihn auszuquetschen. »Sie wollen doch nicht schon wieder ablenken, Max?«, fragt sie nun betont unbefangen. Sie beobachtet einen Betrunkenen, der auf der anderen Straßenseite alles daransetzt, einen der mit Stahlseilen gesicherten Kneipenstühle wegzuzerren.

»In Ihrer Phantasiewelt mag es eine brillante Idee sein, sich mit ein paar kleinen Hosenscheißern ablichten zu lassen, die aller Wahrscheinlichkeit nach das musikalische Genie von Holzlöffeln mitbringen, aber in der Realität ist das Ganze ein bisschen komplexer.«

»Ich glaube, der Sieger unseres heutigen Charmewettbewerbs steht fest«, erklärt sie lapidar. Aber sie hört an seiner Stimme, dass er zustimmen wird. Die positiven Meldungen kann er sich nicht entgehen lassen. Außerdem, was ist die Alternative? Erst mal nichts tun und dann abwarten?

Sie kann sein Grinsen förmlich vor sich sehen. In den vergangenen Wochen hat sie immer wieder festgestellt, dass es ihn zu amüsieren scheint, zur Abwechslung mal jemanden vor sich zu haben, der dem großen Rockstar keinen Honig ums Maul schmiert. Wie könnte sie ihn auch hofieren, wenn er sie permanent so herablassend behandelt?

»Warum arbeiten Sie überhaupt um diese Zeit, Ava? Haben Sie gar kein Privatleben?«

»Selbstverständlich habe ich ein Privatleben. Ein sehr erfülltes sogar.« Aber was kann sie schon ausrichten, wenn ihr teuflischer Vorgesetzter ihr ein unmenschliches Arbeitspensum aufbrummt, obwohl ihr Schreibtisch schon überquillt?

Als hätte er ihre Gedanken gelesen, meint er: »Ab und zu muss man auch einfach mal für seine eigenen Interessen einstehen. ›Nein‹ ist ein kompletter Satz, da brauchen Sie weder eine Erklärung noch eine Rechtfertigung.«

»Man kann natürlich der größte Prinzipienreiter sein, wenn man ein millionenschweres Bankkonto hat«, entfährt es ihr, bevor sie laut in den Raum ruft: »Oskar, ich bin gleich bei dir.« Sie weiß selber nicht, warum sie das getan hat. Wahrscheinlich, weil sie nicht will, dass er sie für eine einsame, frustrierte Arbeitsbiene hält. Oder weil sie das lebhafte Frauengekicher im Hintergrund darauf aufmerksam macht, wie sehr sie selbst sich so durch ihr Leben improvisiert.

»Stört es Oskar gar nicht, dass Sie es zulassen, dass die Arbeit Ihre Work-Life-Balance aus dem Gleichgewicht bringt?«

»Was ist nun mit den Musikschulen-Kindern?«, seufzt sie gereizt, bevor er noch anfängt, über seinen eigenen Witz zu lachen.

»Sie lassen ja doch nicht locker.«

»Ich wusste, unsere Agentur rehabilitiert nur Leute, die es auch verdienen. Und denken Sie bitte daran, sich mit Ihrer neuesten Eroberung nicht in der Öffentlichkeit blicken zu lassen!«

Als Ava eine Viertelstunde später in ihrem Bett liegt, erschöpft und beschwipst, gelten ihre letzten Gedanken nicht wie üblich Oskar. Aus unerfindlichen Gründen denkt sie daran, wie Max ihr bei ihrer letzten Begegnung mit einem überheblichen Grinsen zugeraunt hat: »Wenn ich es nicht besser wüsste, würde ich meinen, meine Nähe macht Sie nervös.« Und dass sie mit hochroten Wangen vergeblich versucht hat, eine schlagfertige Antwort zu finden.

Mai

Ellies Leben war nie betriebsamer. Die Satansbrut, die immer im falschen Moment aus der Rolle fällt, der teilnahmslose Ehemann, der anscheinend das Gefühl hat, es wäre angemessen, wenn sein Beitrag zu Kindererziehung und Haushalt sich darin erschöpft, sie darauf aufmerksam zu machen, was alles erledigt werden muss, ihre neue Besessenheit davon, auch als Dreifachmutti nicht zum alten Eisen zu gehören und mindestens fünf Jahre jünger auszusehen, als sie ist, und nicht zuletzt das Studium. Und all das, was damit einhergeht.

Kein Augenblick darf mehr verschwendet werden. Während der Vorlesungen schreibt sie Einkaufslisten und entwirft den wöchentlichen Essensplan. Auf dem Weg von der Zahnputzschule, wo sie Pauline eingeladen hat, zum Fußballturnier, wo sie Anton auslädt, nutzt sie die erzwungene Pause vor einer roten Ampel dazu, ihre E-Mails zu checken. Beim Fensterputzen nimmt sie über Kopfhörer an Onlinekursen teil, während sie gleichzeitig Emil berät, wie er am besten einen Elefanten zeichnet. Vor dem Spiegel, während sie neuerdings penibel Mascara und Rouge aufträgt und ihre leider immer noch viel zu kurzen Haare in Form bringt, wiederholt sie lautlos die Dichtefunktionaltheorie.

Heute hat sie zum ersten Mal seit Wochen einen freien Abend, schließlich feiert eine ihrer besten Freundinnen ihren vierzigsten Geburtstag mit einer rauschenden Party. Ein Blick auf die Uhr verrät ihr, dass das letzte Seminar der

Woche in sieben Minuten überstanden ist und sie in ein feuchtfröhliches Wochenende starten kann.

Gerade ist Leopold Mook dabei, die letzten Referatsthemen zu verteilen. Ein Raunen geht durch die hinteren Reihen, als er mit todernster Miene abschließt: »Sie meinen jetzt vielleicht, ihr Studium ist ein Marathonlauf. Und Sie haben recht. Also, liebe Studierende, die Jagd auf die ersehnten Credit Points ist eröffnet. Und denken Sie bitte jeden Tag daran: Die Konkurrenz schläft nicht.«

Wäre sie nicht so angespannt, hätte Ellie sich ein Lachen kaum verkneifen können, als sie umständlich Stift, Einkaufsliste und Notebook in ihrer schwarzen Kuriertasche verstaut. Es fühlt sich unausweichlich an, dass sie es möglichst unauffällig hinauszögert, den Raum zu verlassen. Ungeduldig überprüft sie ihre Textnachrichten, während die üblichen berockten Blondinen aus der ersten Reihe den Professor mit Fragen überhäufen und alles daransetzen, mit ihm zu kokettieren.

Er wirft ihr einen schnellen, resignierten Blick zu und zuckt kaum merklich mit den Achseln. Seufzend lehnt Ellie sich auf ihrem harten Holzstuhl zurück, ringt kurz mit sich und holt dann ihre Einkaufsliste wieder hervor. Dabei schweifen ihre Gedanken wie von allein zu letztem Freitag, als Leopold sie nach dem Seminar fragte, ob sie ihm ihr letztes Übungsblatt noch einmal zeigen könne. Sie haben sich angestarrt, das Übungsblatt unbeachtet auf dem Tisch zwischen sich, und die Stille im Hörsaal schien plötzlich immer dichter zu werden, gleichzeitig wohltuend und gefährlich. Das irritierende Gefühl, das Ellie in den vergangenen Wochen immer schwerer fiel zu unterdrücken, umfing sie ohne Vorwarnung mit einer solchen Macht, dass sie sich nur knapp davon abhalten konnte, aufzuspringen und davonzulaufen.

Ein Teil von ihr wollte ihm die Wahrheit sagen, aber natürlich ging das nicht. Wie hätte sie ihm sagen können, dass sie seit diesem Tag in der Orientierungswoche nach Kräften versucht, ihn nicht zu mögen? Dass sie verheiratet ist und drei Kinder hat und nicht einmal andeutungsweise zu benennen wagt, was sie für ihn empfindet? Denn ihr ist klar, dass es zu viel ist.

Sie hat gewusst, was sie aufs Spiel setzt. Eigentlich alles, was ihr etwas bedeutet. Und trotzdem hat sie es zugelassen, dass Leopold Mook seine feingliedrigen Hände um ihre Schultern legte und sich langsam zu ihr hinabbeugte.

Das Quietschen der Tür hat sie aus ihrer Trance gerissen. Wie von einem Stromschlag getroffen, sind sie auseinandergesprungen, bevor die nächsten Kursteilnehmer hereinkommen konnten. Seither haben sie sich bei jeder flüchtigen Begegnung, auf dem Flur, im Hörsaal oder im Labor, mit heimlichen Blicken durchbohrt. Und die Schuldgefühle schnüren ihr beinahe die Luft ab.

Sie versucht nach Kräften, nicht ausgerechnet jetzt an Daniel zu denken und an seine unerschütterliche Weigerung, den Müll rauszubringen. Oder mit den Kindern zum Zahnarzt zu gehen. Oder seine Lippen in den vergangenen Monaten auch nur ansatzweise zu einem Lächeln zu verziehen, es sei denn, er blickt in den Spiegel.

Ellie stößt einen Seufzer aus und nimmt ihr vibrierendes Handy aus der Hosentasche. Eine neue Nachricht auf der Mailbox. »*Ava hier. Ich hatte gerade die telepathische Eingebung, dass du die Absicht hast, etwas wahnsinnig Unüberlegtes zu tun. Ruf mich bitte an.*«

Kopfschüttelnd schiebt Ellie ihre Siebensachen in die Tasche zurück und steht abrupt auf. Was tut sie hier? Vielleicht ist Daniel nicht gerade das, was sie sich vor der Hochzeit erhofft hat, aber er ist ihr Mann. Der Vater ihrer drei Kinder. Sie sollte nicht hier sitzen und darauf warten, dass ihr Professor, der ihr Vater sein könnte, zu ihrem romantischen Helden mutiert, der sie erlösen wird. Vielmehr sollte sie die verbleibende Zeit vor Susannas Party nutzen und die Seitentriebe des Apfelbaums zurückschneiden, dazu ist sie im letzten Monat nicht gekommen. Oder Emil beibringen, sich selbst die Schnürsenkel zu binden.

Aber als sie den Blick hebt, steht er plötzlich direkt vor ihr, viel zu dicht, und lässt seine bernsteinfarbenen Augen über ihr Gesicht gleiten. Außer ihm und ihr ist der Hörsaal jetzt menschenleer. Das Handy gleitet aus ihrer schweißnassen Hand und landet mit einem ohrenbetäubenden Donnerschlag auf dem hellen Laminat. Und sie weiß, es ist zu spät, um zu gehen.

Aus unerfindlichen Gründen hat Ava ein Haus erwartet, das an das Zuhause eines mittelalterlichen Edelmannes erinnert, mit dunklen Mauern, riesigen, offenen Kaminen, jeder Menge Holzverkleidungen, Kronleuchtern und in Leder eingebundenen Büchern, doch weit gefehlt. Als sich das schwere schmiedeeiserne Tor mit den unübersehbaren Kameras vor ihrem winzigen mintgrünen Fiat öffnet, erspäht sie am Ende einer langen, von hohen Linden gesäumten Auffahrt ein stattliches, weiß getünchtes Gebäude im Bauhausstil, das sich aus unterschiedlich großen Würfeln zusammensetzt und durch unzählige Glasflächen viel Sonnenwärme und Tageslicht ins Innere lässt. Alles sieht stylisch, extravagant und kostspielig aus.

»Läuft wohl ganz gut, das mit dem Musizieren, was?«, murmelt sie laut, als sie auf einem weitläufigen runden Kiesplatz, auf dem schon mehrere andere Autos parken, zum Stehen kommt. Herr Schmidt gibt aus dem Kofferraum ein jaulendes Geräusch von sich.

Der Corgi entdeckt ihn zuerst. Sobald Ava die Heckklappe öffnet, springt er wie ein junges Känguru heraus und jagt eifrig mit dem Schwanz wedelnd und unter lautem Gebell auf Max zu, so schnell ihn seine kurzen Beine tragen. Ein paar Meter vor ihm bleibt der kleine Hund plötzlich wie angewurzelt stehen. Anscheinend hat er zeitgleich mit Ava den ungeheuer hochgewachsenen, dickleibigen Rottweiler erspäht, der gerade hinter der Hausecke hervorkommt und gemächlich in ihre Richtung joggt. Das riesige kohlrabenschwarze Tier fixiert seinen überraschten Artgenossen mit seinen mandelförmigen Augen und nimmt dabei langsam an Fahrt auf. Grundgütiger, diese Beißmaschine wird Herrn Schmidt doch wohl nichts tun?

Max tut, als würde ihn das Ganze nichts angehen. Er wirft den beiden Hunden einen kurzen, unbeteiligten Blick zu, schiebt dann die Hände tief in die Taschen seiner schwarzen Jeans und kommt gelassen auf Ava zu.

»Willst du nicht mal deinen zu groß geratenen Köter zurückpfeifen?«, brüllt sie ihm anstelle einer Begrüßung entgegen.

Fragend legt er den Kopf schief. »Warum sollte ich?« Die nervtötende Ruhe in seiner Stimme reizt sie zusätzlich.

Aber jetzt sieht sie es auch. Die beiden ungleichen Hunde fangen nach kurzem Beschnüffeln an, wie Ziegenböcke in die Luft zu hüpfen, und rollen sich anschließend gemeinsam über den Boden. Spielen die etwa zusammen?

»Du hast einen Hund«, stellt Ava fest, sobald Max neben ihr steht, und es klingt beinahe vorwurfsvoll. »Dabei magst du gar keine Hunde.«

»Hab ich nie gesagt«, entgegnet er und zeigt sein schiefes Grinsen, das sie in den letzten Wochen immer häufiger zu Gesicht bekommen hat. »Ich mag nur keine Schoßhündchen, die permanent kläffen und mir nervös zwischen den Beinen herumwuseln.«

Argwöhnisch mustert sie ihn von der Seite, während sie wie selbstverständlich hinter dem Haus, vorbei an leicht verwilderten Blumenrabatten, Wasserspielen und sogar einem kleinen Kräuterbeet, nebeneinander in einen schmalen, unebenen Sandweg einbiegen. Der Rottweiler läuft voraus, und Herr Schmidt bleibt seinem neuen Freund dicht auf den Fersen. In der Ferne glitzert ein dunkelblauer See in der Maisonne.

»Ist es sehr weit? Ich fürchte, ich habe nicht das passende Schuhwerk für einen Querfeldeinmarsch eingepackt.« Mit ihren feuerroten Ballerinas, die sie wegen der frühlingshaften Temperaturen aus den Untiefen ihres Kleiderschranks hervorgekramt hat, weicht Ava einem Schlagloch aus und macht dann einen kleinen Satz über eine Pfütze, einem Überbleibsel der Regengüsse aus den vergangenen Tagen.

»Wir müssen zu der Wiese auf der kleinen Anhöhe da vorne. Die kleinen Kinder haben es mit ihren Instrumenten bis dahin geschafft, dann wirst du den Weg wohl auch meistern können.«

Kleine Anhöhe? Ava hat gar nicht gewusst, dass es in Schleswig-Holstein solche Berge gibt. Dennoch hält sie sich mit einer Beschwerde wohlweislich zurück und richtet ihre Aufmerksamkeit lieber auf die vielen Stolpersteine auf dem Weg.

Sie haben es kaum bis zu einem kleinen Wäldchen am Fuß der Anhöhe geschafft, als Max ihr einen langen Blick zuwirft und spottet: »Ein Fitnessstudio würde dich wahrscheinlich nicht unbedingt als Werbegesicht engagieren.«

»Benimm dich, oder ich hetze dir Herrn Schmidt auf den Hals!«

Als hätte sie nichts gesagt, fährt er fort: »Soll ich dir ein Golfcart besorgen? Oder reicht eine Sauerstoffflasche?« Seit sie vor ein paar Wochen zum Du übergegangen sind, haben sie ihre Hemmschwelle massiv herabgesetzt, das verbale Feuer auf den anderen zu eröffnen.

»Wie witzig. Du hast schließlich auch keine tonnenschwere Tasche zu schleppen.« Demonstrativ wischt Ava sich den Schweiß von der Stirn.

Ohne ein Wort zu verlieren, nimmt er ihr den Shopper aus der Hand. Es dauert trotzdem noch weitere zehn Minuten, bis sie die Wiese erreichen, auf der die hochglanzfototaugliche Jamsession mit Max und den Kindern stattfinden soll. Wie kann jemand ein so riesiges Grundstück besitzen?

Auf der basketballfeldgroßen Grasfläche herrscht schon reger Betrieb. Überall laufen Kinder im Grundschulalter herum, die Fangen spielen, sich mit ihren Musikinstrumenten beschäftigen, auf Bäume klettern, die die Wiese säumen, oder sich auf die beiden Hunde stürzen, die all die Aufmerksamkeit sichtlich genießen. Dazwischen eilen geschäftig wirkende Erwachsene mit Kameras und Clipboards umher. Ava entdeckt die junge Leiterin der Musikschule, die neben einem breiten Tisch, der beinahe unter dem Gewicht von Obst, Müsliriegeln und Getränken zusammenbricht, mit mehreren handverlesenen Reportern und Fotografen plaudert. Ava läuft ein kalter Schauer über den Rücken, als sie direkt dahinter Thors kahlen Kopf und die Haarspraymähne von Max' Assistentin ausmacht.

Schließlich fällt ihr Blick auf zwei kleine Golfcarts, die am Rand der Wiese geparkt sind. Fragend und noch immer außer Atem blickt sie Max an.

»Die Kinder sind gelaufen«, grinst er. »Nur ohne Gepäck. Aber die Erwachsenen waren zu träge.«

»Ich war auch zu träge! Vor allem mein Puls hätte sich über einen fahrbaren Untersatz sehr gefreut.«

Bevor Max zu einer zweifellos provokanten Antwort ansetzen kann, vernimmt Ava hinter sich eine tiefe, selbstbewusste Frauenstimme. »Vielleicht solltest du weniger trinken, Ava? Oder ein, zwei Kilo abspecken? Dann klappt es auch mit dem Wandern.« Widerwillig dreht sie sich um. Wer hat die denn eingeladen? Vor ihr steht Martha, Redakteurin beim Abendblatt, dünn wie ein Streichholz und mit hellblonder, in perfekte Wellen gelegter Wallemähne, die ein aufgesetztes, watteweißes Lächeln präsentiert und mit unschuldigem Augenaufschlag zu Max aufblickt. Ava hatte schon mehrmals das zweifelhafte Vergnügen, ihr bei der Arbeit über den Weg zu laufen, und kann sie und ihren herausfordernden Humor nicht ausstehen.

»Abspecken? Das habe ich schon! Mein Gewicht ist das Ergebnis rigorosen Verzichts auf alles, was Kohlehydrate enthält. Seit Ostern!«, hätte Ava am liebsten geschrien. Vielleicht sollte sie es einfach aufgeben und stattdessen all den ungesunden Kram machen, der einen zu früh ins Grab bringt, aber zumindest glücklich macht.

Sie ist noch dabei, eine einigermaßen verträgliche Entgegnung zu konstruieren – schließlich soll Martha in ihrem Blättchen in den höchsten Tönen über Max und seinen selbstlosen Einsatz für die Schwächsten dieser Gesellschaft berichten –, als Max unvermittelt erklärt: »Ava ist ein absoluter Hingucker. Ich hab ja nie verstanden, warum die heutige Modewelt Sanduhrfiguren anscheinend aus ihrem Repertoire streichen will. Denn wer läuft schon gerne wie ein Stock herum?«

Ungläubig starrt Ava ihn an. Ein Kompliment aus Max' Mund? Nur, um sie gegen die Unhöflichkeit und Indiskretion einer Wildfremden zu verteidigen? Denn natürlich kann er es unmöglich ernst gemeint haben, schließlich erinnert sie sich genau an die Hochglanzbilder in all den Magazinen und Zeitungen, die ihn mit einer endlosen Reihe gesichtsloser, unterernährter Models aus aller Welt am Arm zeigen.

Martha gibt einen scheinbar beifälligen Laut von sich und zeigt noch einmal ihr künstliches Lächeln, bevor sie ihrem schmerbäuchigen Fotografen folgt, der sich am Büfett gerade über die belegten Brötchen hermacht.

»Nun, so einen Körper wie meinen bekommt niemand in die Wiege gelegt. Hier sind viel Schokolade, Müßiggang und Konsequenz gefragt«, versucht Ava zu scherzen, doch es klingt hölzern und gezwungen.

Eine steile Falte bildet sich auf Max' Stirn, während er sie konzentriert mit seinen stahlblauen Augen mustert. Er sieht aus, als ob er etwas sagen will, scheint es sich aber im letzten Moment wieder anders zu überlegen. Stattdessen ertönt die Stimme der Musikschulleiterin, die gemeinsam mit Thor Ringelnatz und Max' Assistentin die Kinder zusammentrommelt.

»Es kann losgehen«, stellt Ava fest und nimmt seinen Arm. »Denk daran, Max, das Ganze muss fröhlich und möglichst natürlich wirken. Als hättest du Spaß mit den Kindern. Als würdest du die kleinen Rabauken mögen und wärst hocherfreut, den Benachteiligten dieser Gesellschaft einen Dienst erweisen zu können.«

Wieder fixiert er sie mit diesem seltsamen Blick. Sie sind mittlerweile bei den Kindern angekommen, die es sich schon – Gitarren, Trommeln, Querflöten und ein Keyboard auf dem Schoß – in einem großen Kreis aus bunten Stühlen bequem gemacht haben.

»Was hast du da?«, begrüßt ihn ein vielleicht siebenjähriges Mädchen, ehe Ava weitere Appelle loswerden kann, und zeigt auf Max' kurzärmeliges schwarzes Shirt, das den Blick auf eine ganze Reihe von Tattoos freigibt.

Ava kann kaum glauben, als er lächelnd vor dem Kind in die Hocke geht und erklärt: »Jede meiner Tätowierungen markiert einen anderen Lebensabschnitt. Und was ist mit dir? Bist du in eine Regenbogenpfütze getreten?« Er deutet auf ihre nackten Füße, deren Zehennägel jeder in einer anderen Farbe lackiert sind. Die Fotografen drücken auf den Auslöser, als hätten sie die Beatles beim Überqueren der Abbey Road vor sich. Hochzufrieden streicht Ava sich eine ihrer störrischen Haarsträhnen aus dem Gesicht.

Das kleine Mädchen fängt an zu lachen und zeigt dabei seine vielen Zahnlücken. Auch Max' Assistentin kichert wie ein Teenager. Aber offensichtlich hat das nicht viel zu bedeuten. Genauso gut hätte Max den Monatsbericht des

Bundesfinanzministeriums oder die Geschmacksunterschiede diverser Kaffeebohnen herunterbeten können. Sie wirft ihm einen Blick zu, als wäre er Herr über Mond und Sterne, während sie gedankenverloren über ihr eigenes Tattoo auf der knabenhaften Hüfte streicht. Wahrscheinlich irgendein Sanskrit-Symbol, vom dem sie meint, es würde »Lebensenergie« heißen, dabei bedeutet es in Wahrheit »Gib niemals nicht auf«.

Ava zwingt sich, den Blick abzuwenden. Seit wann ist sie derart gehässig? Sie kramt ihr Notizbuch hervor und konzentriert sich auf die unerwartete Inszenierung, die sich vor ihren Augen abspielt.

Der Nachmittag wird ein voller Erfolg. Fast wirkt es, als würde es Max Spaß machen, mit den Kindern zu singen und zu musizieren, herumzualbern und sich ihre Geschichten anzuhören. Die Reporter stellen eifrig Fragen und kritzeln ihre Schreibblöcke voll. Niemand würde auf die Idee kommen, dass dieser Mann, der die Kinder mit Schabernack und improvisierten Liedtexten zum Lachen bringt, noch vor wenigen Monaten die landesweiten Negativschlagzeilen dominiert hat.

»Ich glaub, ich schmeiß alles hin und werde Rockstar«, eröffnet ein etwa zehnjähriger Junge, als die Kinder am frühen Abend die Instrumente auf die Golfwagen laden.

»Ich auch. Als Gott mich schuf, brauchte er eine klasse Gitarristin«, pflichtet ihm das Mädchen mit den Regenbogen-Zehennägeln bei, die heute das erste Mal in ihrem Leben eine Gitarre in der Hand gehalten hat. Max wuschelt ihr in einer etwas unbeholfenen Geste durch die feuerroten Haare.

Es ist schon nach sechs, als Ava gemeinsam mit Max und Thor vor dem Haus alle Kinder, Reporter und Fotografen verabschiedet. Martha bedenkt sie mit einem besonders heiteren Lächeln.

Nach weiteren zehn Minuten hat sie Herrn Schmidt, der sich nur schwer von seinem neuen Freund trennen lassen wollte, sicher im Kofferraum verstaut. Ein Blick auf die Uhr verrät ihr, dass sie zu spät zu Susannas Party kommen wird. »Denk daran, Max, Montag hast du das Interview mit dem Kurier, Dienstag den Radio-Talk, Mittwoch das Shooting für die neuen Bilder auf deiner Website und Donnerstag die Online-Fragerunde. Die könnte ein bisschen unangenehm werden, da sprechen wir vorher noch mal eine Strategie ab.«

»Soll das etwa heißen, Freitag habe ich frei?«

»Natürlich nicht. Am Freitag gehen wir die Pressemappe für das Konzert durch.«

Er verzieht gequält das Gesicht. »Du genießt das, nicht wahr?«, seufzt er.

»Mehr, als du dir vorstellen kannst.« Sie kann sich ein Grinsen kaum verkneifen, während sie die Fahrertür öffnet.

»Wie geht es eigentlich Oskar, dem Verlierer?«, fragt er spitzzüngig, um es ihr heimzuzahlen. Seit ihr vor Kurzem unabsichtlich herausgerutscht ist, dass Oskar nicht länger ihr Freund ist, und sie sich anschließend sogar aus der Nase ziehen ließ, dass er glücklich verheiratet ist, hat Max ihm diesen wenig schmeichelhaften Beinamen verpasst. Ava war für einen Moment gerührt, bis ihr einfiel, dass Max ihr nicht beispringen wollte, sondern einfach nur gehässig war. Zumindest hat Oskar es aber offenbar aufgegeben, zu Kreuze zu kriechen, nachdem er eingeräumt hat, den schlimmsten Fehler seines Lebens gemacht zu haben.

»Sag mir lieber, wie weit du mit deinem Lied bist«, kontert sie verstimmt. In Südafrika hat er einen neuen Song aufgenommen, den ersten Song seit Monaten, seit dieser Sache mit Tiana Perez. Doch ist er nicht bereit, ihn zu spielen, weil noch »irgendetwas fehlt«. Die »Magie«. Dabei braucht er für das Konzert in drei Monaten unbedingt etwas Neues, am besten einen ganzen Haufen neuer Songs.

Max brummt etwas Unverständliches und reicht ihr unerwartet ritterlich ihre Tasche. Er riecht nach Sauvage von Dior und etwas noch viel Exklusiverem – einer Lkw-Ladung voller gebrochener Frauenherzen. Hastig steigt Ava in ihren Fiat und startet den Motor.

Schon den ganzen Tag hat sie sich von einem Meeting zum nächsten gehangelt. Ihr letzter Termin zieht sich ins Unermessliche. Jeder Kollege, ob befugt oder nicht, scheint etwas dazu beizutragen zu haben, wie man der großen Jubiläumsfeier im September den letzten Schliff verpassen kann. Dabei steht der Ablauf im Prinzip schon seit Monaten fest, nur noch ein zweiter Ersatz-Showact für die unerwartet mit Drillingen schwangere Schlagersängerin Helena Berg, deren langweilige Musik Susanna noch nie leiden konnte, muss gefunden werden.

»Ich denke, wir sollten dringend noch mal über die Lichteinstellung während des Essens sprechen«, schlägt Nele mit todernster Miene vor.

Viel lieber hätte Susanna sich mit den gewünschten Funktionalitäten der Mitarbeiter-App beschäftigt, schließlich muss sie diesem Thomsen um jeden Preis zuvorkommen.

»Spätestens im August müssen auch mit den lokalen Taxiunternehmen entsprechende Absprachen für unsere vierhundertfünfzig Gäste getroffen werden«, fügt Conrad Wollseif hinzu.

Susanna unterdrückt ein Gähnen und linst verstohlen auf ihre Omega. Sie kann doch nicht zu spät zu ihrer eigenen Party kommen. Nicht, dass sie das tiefe Bedürfnis verspürt hätte, diesen denkwürdigen Tag überhaupt zu feiern, aber ihre Einwände hatten Ava und Ellie trotz aller Stichhaltigkeit nicht überzeugt.

Wie gern hätte sie ihre Jubiläumsfeier-Trumpfkarte schon jetzt mit großem Tamtam ausgespielt, um die größtmögliche Aufmerksamkeit zu erregen. Und natürlich, um diesen unsäglichen Herrn Thomsen zu übertreffen. Leider hat sich aber die neue, aufstrebende Hamburger Girl Group *Miraculous Sign*, bei der sie in aller Heimlichkeit angefragt hat, ob sie die Feier nicht als zweiter, sondern als wichtigster Showact aufpeppen können, noch nicht zu einer Zusage durchgerungen. Wahrscheinlich fürchtet die Gruppe, ein alteingesessenes Luxushotel passe nicht ganz zu ihrem Image. Aber natürlich hat Susanna schon eine klare Vorstellung, wie sie die Mädels auf ihre Seite ziehen wird.

Sie ist so gelangweilt, dass sie aus purem Missmut um ein Haar nach einem der mundgerecht geschnittenen Kanapees gegriffen hätte, die sie auf einem ausladenden Tablett in Versuchung zu führen scheinen. Erst im letzten Moment zieht sie ihre Hand zurück. Seit wann lässt sie sich denn von solchen kleinen Appetithäppchen ködern?

Natürlich wird keiner die kleinen Brote anrühren, die irgendein talentierter Praktikant in der Küche so liebevoll zubereitet hat – schließlich ist es allgemein ein Zeichen von Schwäche, während der Arbeitszeit Hunger zu haben. Gleichzeitig wären alle tödlich beleidigt, wenn nichts angeboten werden würde.

Irritiert zieht sie die perfekt gezupften, in Form gebürsteten und nachgezogenen Augenbrauen hoch, als Friedrich Thomsen beherzt aufs Tablett greift und sich gleich drei Schnittchen mit Schokocreme und Haselnusskrokant auf einen kleinen Teller lädt.

»Schokocreme hat nicht besonders viele Vitamine, daher muss man ein bisschen mehr davon essen«, grinst Friedrich Thomsen ungeniert, und alle am Tisch stimmen in sein Lachen ein. Alle außer Susanna. »Und falls auch unsere Jubiläumsgäste etwas mehr essen wollen, würde ich vorschlagen, wir organisieren das Büfett noch mal um und ordnen es in mehreren Inseln an, die von allen Seiten zugänglich sind, um lange Warteschlangen zu vermeiden. Köche könnten beim Belegen der Teller helfen, dann geht es noch schneller. Nele, bezüglich der Beleuchtung während des Essens, der Reden und der Showacts habe ich schon einen kleinen Regieplan in Auftrag gegeben, den Inga mir heute Morgen gemailt hat. Es sieht alles sehr zeitgemäß und trotzdem harmonisch aus. Auch die Taxiunternehmen wurden schon kontaktiert, so dass ausreichend Wagen zur Verfügung stehen sollten, um alle Gäste nach Hause oder in ihre Unterkünfte zu bringen.«

Schlagartig ist Susanna wieder putzmunter. Hat Nele ihr nicht Mitte der Woche erst versichert, dass Friedrich Thomsen noch immer an einer Korrektur des Nachhaltigkeitskonzepts arbeitet, das sie zähneknirschend mit ihm gemeinsam entwickelt hat, und daher die Organisation der Jubiläumsfeier komplett vernachlässigt? Wie kommt dieser Blender dazu, sie schon wieder abhängen und ihr mit seinem Übereifer ihr wohlverdientes Büro im elften Stock streitig machen zu wollen?

»Außerdem schlage ich vor, dass wir das Jubiläumslogo als Vorlage nehmen, um auch das Firmenlogo zu verjüngen. Ich hätte da schon ein paar Ideen, habe aber noch nicht mit der Marketingabteilung gesprochen, denn natürlich wollte ich das Thema erst mal in diese Runde bringen«, fährt Friedrich Thomsen selbstgefällig fort, als der allzu übertriebene Zuspruch der Kollegen endlich abgeflaut ist. »Und nun das Wichtigste: Ich weiß, die Zeit ist äußerst knapp, aber damit die Feier noch lange in aller Munde bleibt, müssen wir die ausgetretenen Pfade verlassen und für eine Überraschung sorgen. Das kann zum Beispiel ein aufwendig inszeniertes Dessert, ein unangekündigter Showact oder ein besonderer Wein sein, den wir mit unserem Logo keltern lassen. Bei Hitchcock weiß man auch erst ganz am Schluss, wer der Mörder ist.« Entschlossen schiebt er sich sein letztes Kanapee in den Mund.

Susanna schüttelt ungläubig den Kopf. Ihr bleiben nur noch sechzehn Wochen Zeit, der Chefetage zu vermitteln, dass sie die bessere Wahl für den Vorstandsposten ist. Dass sie kompetenter, passionierter und pflichteifriger ist. Sie zögert nur den Bruchteil einer Sekunde. »Danke für die Überleitung, Herr Thomsen, denn zu dieser fulminanten Überraschung wollte ich gerade kommen. Es ist mir nämlich gelungen, einen ganz besonderen Showact für die Veranstaltung an Land zu ziehen«, platzt es aus ihr heraus, ehe sie sich bremsen kann. »Eine musikalische Inszenierung der Extraklasse, kein Vergleich zu Helena Berg.«

Schlagartig ist ihr die Aufmerksamkeit der gesamten Tischrunde sicher.

»Wer ist es denn?«

»Was für ein Showact?«

»Warum hast du nichts erwähnt?«

»Hast du das Budget im Blick, Susanna?« Das kommt natürlich von Wilfried Jäger.

»Ich darf an dieser Stelle noch keine näheren Details nennen, denn ich befinde mich noch in den letzten Zügen der Verhandlung und die Band besteht auf strenge Geheimhaltung, aber ich kann verraten, dass es unsere kleine Feier auf so manche Titelseite katapultieren wird. Und natürlich achte ich penibel darauf, dass der finanzielle Rahmen nicht gesprengt wird, Wilfried.«

Sie kann sich einen schnellen Blick auf Herrn Thomsen nicht verkneifen. Bildet sie es sich nur ein, oder lächelt er?

Gefasst streicht sie sich eine imaginäre Haarsträhne aus dem Gesicht. Natürlich wird *Miraculous Sign* letztlich einem Auftritt zustimmen. Vor vierhundertfünfzig Zuschauern zu singen kann der Karriere schließlich nur förderlich sein. Nicht wahr?

Mit einem etwas eingefrorenen Lächeln auf den Lippen greift sie zu einem Kanapee. Sie kann es kaum erwarten, Feierabend zu machen und gemeinsam mit den Mädels dieses merkwürdige Gefühl, das sich in ihrer Magengegend ausbreitet, mit dem ersten Prosecco wegzuspülen.

Es ist schon zwanzig nach acht, als Ellie die extra für diesen Abend gemietete, über und über mit silbernen Girlanden und goldenen Luftballons dekorierte *Reizbar* betritt. Sie wirft Daniel einen genervten Seitenblick zu, während sie sich, immer wieder aufgehalten von anderen Gästen, die sie voller Enthusiasmus begrüßen, durch das dichte Getümmel Richtung Bar vorkämpfen. Nur seinetwegen kommt sie zu spät zur Geburtstagssause ihrer besten Freundin. Nur, weil sie sich schon wieder streiten mussten wegen nichts und wieder nichts.

»Was soll das Theater, Ellie? Das ist doch nur eine kleine Spinne. Was kann sie dir schon tun?«, hat er behauptet.

»Die ist nicht klein, und sie sieht giftig aus. Hier ist die Zeitung. Und klatsch nicht daneben.«

»Ich klatsch doch keine harmlose Spinne tot. Kannst du dir vorstellen, wie die Wand danach aussieht?«

»Umso besser, dann haben wir endlich einen Grund, diese wahnsinnig hässliche Strukturtapete zu ersetzen.«

»Die wolltest du doch unbedingt haben. Ich hätte die einfache weiße genommen.«

»Geht das schon wieder los? Das war vor mehr als zehn Jahren, Daniel! Meinst du nicht, Vorlieben können sich ändern?«

Er hat sie mit einem merkwürdigen Blick bedacht und sie einfach stehen gelassen, wahrscheinlich, um seinen Frust an Antons neuem Boxsack abzureagieren. Sie war gezwungen, sich mit Wasserglas und Papier selbst um die giftige Spinne zu kümmern.

Endlich entdeckt sie Ava und Susanna, die neben der Bar, jede ein großes Glas Cider in der Hand, in ein vertrautes Gespräch vertieft sind. Bei ihrem Anblick fragt sie sich nicht zum ersten Mal, wie Frauen, die keine Freundinnen haben, im Leben zurechtkommen. Aus den Augenwinkeln nimmt sie wahr, dass eine ganze Reihe von männlichen Besuchern, ob mit oder ohne weibliche Begleitung, den heutigen Ehrengast in seinem weißen, weit ausgeschnittenen Wickelkleid mit Stielaugen begafft.

Ava macht Ellie als Erste aus und winkt ihr überschwänglich zu.

»Ich bin gleich zurück«, ruft sie Daniel zu und lässt ihn einfach stehen.

»Endlich bist du da! Susanna kann es kaum erwarten, mit uns gemeinsam mit Tequila anzustoßen«, kräht Ava über die Musik hinweg, nachdem Ellie ihre Freundinnen begrüßt hat. »Irgendwas ist bei der Arbeit nicht ganz rund gelaufen, und jetzt braucht sie ein bisschen Ablenkung.«

»Was ist denn passiert?« Ellie kann Ablenkung ebenfalls gut gebrauchen. Auch wenn sie weiß, dass Tequila für sie keine glänzende Idee ist, greift sie, ohne zu zögern, nach dem Salzstreuer.

»Der Act, den ich heute vor versammelter Mannschaft in großen Tönen als Top-Überraschungsgast für unsere Jubiläumsfeier angekündigt habe, hat einen Rückzieher gemacht. Wenn mir nicht schnell etwas einfällt, wen ich als Ersatz aufs Tapet bringen könnte, kann ich mir den Vorstandsposten abschminken und Friedrich Thomsen lacht sich ins Fäustchen.« Susanna hält sich nicht mit Salz auf, sondern legt den Kopf in den Nacken und kippt die klare Flüssigkeit hinunter. Irgendwie bringt sie es fertig, auch mit gequält verzogenem Gesicht noch adrett und würdevoll auszusehen. Die Zitrone rührt sie nicht an.

Susanna hat ihren Ohren nicht trauen wollen, als die Managerin von *Miraculous Sign*, die vor wenigen Wochen mit ziemlicher Sicherheit noch ganz wild darauf gewesen wäre, ihren Klientinnen einen Auftritt auf der Feier einer namhaften Luxushotelkette zu verschaffen, ihr vorhin am Telefon mit entschlossener Stimme erklärt hat: »Wie Sie sicher wissen, Frau Jarnen, geht die Karriere der Girls gerade steil nach oben. ›What A Boy‹ hat schon Gold erreicht.

Wie viele Leute erwarten Sie noch gleich zu Ihrem kleinen Fest, sagten Sie?«

»Ungefähr siebenhundert«, hat Susanna gelogen. Aber die Mädchen werden sich wohl kaum die Mühe machen, von der Tribüne aus Zuschauer zu zählen. Wenn sie überhaupt so weit zählen können. »Und es ist Järvinen.«

Die Managerin hat kurz aufgelacht und voller Herablassung gesagt: »Ich denke, dann kommt unser Geschäft nicht zustande. In so kleiner Runde aufzutreten, lohnt sich für die Girls nicht mehr. Und ich bin mir auch nicht sicher, ob so ein altmodisches Hotel ihrem modernen, lässigen Stil entspricht.« Einfach so. Eingebildete Zicke.

Mit einem kurzen Nicken bedeutet Susanna dem Barkeeper, ihnen drei neue Tequila Shots zu bringen. Hätte sie sich bloß nicht von diesem Thomsen provozieren lassen und etwas so Unüberlegtes getan. Es ist doch sonst nicht ihre Art, nicht auf ihren Verstand zu hören. Verstohlen äugt sie zu einem der Fenster hinüber, wo Nele und Melanie angeregt mit ein paar gut aussehenden Typen aus der Vivera-Küche plaudern.

Um Susanna auf andere Gedanken zu bringen, schlägt Ava vor: »Jetzt packst du erst mal dein Geschenk aus. Bevor du zu betrunken zum Lesen bist.«

»Lesen? Ein Buch? Oder ein Gutschein für eine Rhinoplastik?«

»Eine Rhinoplastik ist es nicht. Zu teuer. Und weißt du überhaupt, was da alles schiefgehen kann?«, mischt sich Ellie ein. »Außerdem hast du sie von der Liste deiner guten Vorsätze gestrichen.«

»Wir jagen doch dieses Jahr nicht ausschließlich unseren guten Vorsätzen hinterher, oder? Ich meine, du hast dir doch an Silvester nicht vorgenommen, dich in deinen uralten Professor zu vergucken. Oder erinnere ich mich da falsch?«

»Psst«, schnaubt Ellie und blickt sich entgeistert um. Daniel steht wenige Meter entfernt Bier trinkend neben den Männern von Susannas Pilates-Freundinnen und starrt sie finster an. Gut, dass sie Ava und Susanna noch nicht erzählt hat, was heute im Hörsaal passiert ist.

Sie hofft inständig, dass ihre Freundinnen ihr ihre Gedanken und Gefühle zur Abwechslung mal nicht ansehen können. Denn heute will sie nicht darüber reden. Nicht mit der lauten Musik, die aus den Boxen dröhnt, oder mit Daniel im Hintergrund, der sie mit seinen Blicken durchbohrt. Und nicht, wenn sie sie nicht mal sich selbst erklären kann – die verwirrenden Gedanken an diese bernsteinfarbenen Augen, die sie voller Begehren angesehen haben, diese Lippen, die sie erst ganz sanft, dann immer fordernder geküsst haben, diese fremden Hände, die sie an Stellen berührt haben, die sie nicht einmal kannte. Diese Spannung, die ihren gesamten Körper durchfahren hat, von den Haarspitzen bis zum kleinen Zeh, so als hätte sie in eine Steckdose gefasst. Dieses Neue, Prickelnde, Ungewohnte, Sinnliche. Diese Leidenschaft. Dieses Verbotene.

Sie weiß, sie ist verliebt. Und verheiratet. Nur handelt es sich um zwei verschiedene Männer.

»Die Kirschen in Nachbars Garten schmecken immer süßer«, unterbricht Susanna schmunzelnd Ellies Gedankenkarussell und fängt sich dafür einen warnenden Blick von Ava ein.

»Um noch mal auf das Geschenk zurückzukommen –«, beginnt Ava eilig, greift mit einer fließenden Bewegung hinter die Bar und zieht einen kleinen Reisekoffer hervor, der über und über mit Aufklebern aus unterschiedlichen Ländern beklebt ist.

Dankbar für die Ablenkung ergänzt Ellie ein wenig übereifrig: »Eine Nasenkorrektur ist nichts dagegen.«

Wenige Sekunden später hält Susanna ein Flugticket in der Hand, das sie aus dem Koffer gezogen hat.

»Batumi?«

»Im Juni. Wir drei. Ist das nicht toll?«

»Georgien?«

»Es sollte ein Ort sein, an dem du noch nie warst. Und der Strand und Sightseeing verbindet«, erklärt Ava. Dass die Hotels in Georgien eher zu ihrem Budget passen als in Barcelona, muss sie nicht extra hinzufügen.

»Los, darauf trinken wir«, frohlockt Ellie und streut sich Salz auf den Handrücken.

»Und dann ab auf die Tanzfläche.«

Es ist schon beinahe Mitternacht, Susanna lässt mittlerweile in einer schummrigen Ecke die Bekanntschaft mit einer ehemaligen Liebschaft wieder aufleben, während Ellie, Ava und einige andere vornehmlich weibliche Gäste zu der Stimme von David Bowie auf der kleinen Tanzfläche noch immer die Hüften schwingen, als unvermittelt die Musik abbricht. Bevor ein entrüstetes Raunen durch die Menge gehen kann, ist aus Richtung der kleinen hölzernen Bühne, die normalerweise den freitäglichen Livebands vorbehalten ist, ein verlegenes Räuspern zu hören.

Ava erspäht Hannes als Erste. Unsicher tritt er, umringt von seinen leicht zerzaust aussehenden Bandkollegen, von einem Fuß auf den anderen und hält sich an seiner Gitarre fest.

»Susanna, wo versteckst du dich?«, ruft er in das vor ihm aufgebaute Mikrophon. Ohrenbetäubendes Gejohle ertönt, als Susanna einen Augenblick später mit souveränen Schritten vor die Bühne tritt, trotz allem mit tadellos sitzender Frisur und einem Kleid, das aussieht wie frisch gebügelt, während Ellie und Ava mittlerweile aussehen wie Statistinnen aus *Les Misérables*.

»Wir hatten bisher noch keine Gelegenheit, dir dein Geschenk zu überreichen«, fährt Hannes fort, sobald der Lärm abgeebbt ist. »Es heißt ›Wicked Girls Don't Cry‹, und wir sind sehr stolz darauf.«

Marten, der schlaksige Sänger, tritt neben Hannes ans Mikrophon und setzt lautstark hinzu: »Ihr seid die Ersten, die es hören dürfen. Seid ihr bereit?« Und sofort geht das Gejohle wieder los. Niemand ist mehr ganz nüchtern.

Ava bekommt eine Gänsehaut, sobald die ersten Gitarrenklänge den Raum erfüllen. Ganz im Gegensatz zu früher, im Anschluss an die ruhigen Töne der Schülerband, als die Musik von Hannes' neu gegründetem Ensemble mit einem schlichten Muster aus wütendem Gitarrengeschrabbel und donnernden Schlagzeugsalven eher an eine unausgegorene Krach-Melange erinnert hat, präsentieren die vier Jungs jetzt Party-Punk der freundlichen Art mit satten Beats, Tempo, Melodie und Energie. Die Menge tobt.

»Was ist mit diesem scheppernden Bassgewummere passiert?« Ellie, eine kalte Bierflasche gegen die erhitzte Wange gepresst, springt wie ein Flummi vor der Bühne auf und ab. »Wann ist dein kleiner Bruder denn so gut geworden?«

Daniel steht am Rand der Tanzfläche und ist angestrengt damit beschäftigt, eine von Susannas aufgebrezelten Arbeitskolleginnen zum Lachen zu bringen. Ellie nimmt keine Notiz von ihm.

In dem Moment tritt Hannes neben Marten ans Mikrophon, um mit ihm zusammen den Chorus anzustimmen.

»Ist es nur der Alkohol, oder kann er sogar singen? Wusstest du, dass er singen kann?« Auch Susanna kann sich dem Wipp- und Tanzfaktor der Musik nicht entziehen und wirbelt mit geschmeidigen, eleganten Bewegungen zwischen ihren Freundinnen herum.

»Ich hatte keine Ahnung.« Für einen Moment wünscht Ava, ihre Eltern könnten hier sein und ihren Sohn jetzt sehen, denn trotz ihrer toleranten Laissez-faire-Haltung und Hannes' Nesthäkchen-Bonus hat vor allem Leni in den vergangenen Wochen vor Ava wiederholt Bedenken geäußert, was den eingeschlagenen Lebensweg ihres Jüngsten betrifft. Straßenmusik zu machen, ohne Plattenvertrag in Sicht, scheint ihr nicht mehr sonderlich erstrebenswert, wenn der dreißigste Geburtstag schon ein Weilchen zurückliegt. Zumindest aber mit seinem Schwulsein und der Konsequenz, dass er ihr in naher Zukunft keine weiteren Enkelkinder schenken wird, hat sie sich inzwischen arrangiert. Schließlich geht sie noch immer davon aus, auch wenn die Nachfragen von Monat zu Monat nervöser und ungeduldiger werden, dass immerhin Ava in festen Händen ist und ihnen schon bald ihren festen Freund und potenziellen Vater ihrer Kinder vorstellen wird.

Ava wartet auf den vertrauten Stich, der sie bei dem Gedanken an Oskar durchfährt, doch er kommt nicht.

»Wollt ihr noch einen?«, ruft Marten gerade ins Mikrophon, und das Publikum grölt seine unmissverständliche

Zustimmung. Schon lässt Hannes die ersten stimmungs-vollen Akkorde erklingen.

Ava streicht sich die verschwitzten Locken hinters Ohr. »Wie wäre es denn mit meinem Bruder und seiner Band? Für dein Jubiläumsfest? Die sind echt wahnsinnig gut geworden und geben dir bestimmt Rabatt.«

»Wie witzig, Ava. Du hast zu viel Tequila getrunken. *The Band Formerly Known As The Psychedelic Mandarins?* Ich habe meinen Kollegen einen Topstar angekündigt! Und strähnige Haare in Kombination mit schlabberigen Trainingsjacken sind bei den meisten unserer Gäste auch nicht gerade der letzte Schrei.« Es ist wohl der Alkohol, der dafür sorgt, dass Susanna trotz ihres Unwillens losprustet.

»Sie könnten sich umbenennen und ein paar deiner Stylingtipps einholen. Ich denke, um vor siebenhundert Leuten spielen zu können, würden sie das glatt tun.« Auch Ava bricht in wieherndes Gelächter aus.

»Eigentlich sind es nur vierhundertfünfzig. Außerdem bleibt noch der winzige Haken, dass niemand jemals etwas von dieser Band gehört hat.« Noch immer lachend setzt Susanna sich wieder in Bewegung.

»Das wird sich sicher bald ändern«, ruft Ava fröhlich über die Musik hinweg und schleudert unkontrolliert ihre Arme durch die Luft.

Die nächsten Stunden vergehen wie im Flug. Es ist schon fast vier Uhr morgens, als die letzten Gäste sich zum Gehen bereit machen. Auch Susanna, Ava und Ellie suchen ihre Siebensachen zusammen.

Daniel verdreht genervt die Augen. »Warum suchst du denn deine Autoschlüssel, Ellie?«

Ellie, gerade noch heiter und ausgelassen, fühlt sich

schlagartig nüchtern und missgestimmt. Mit spitzer Zunge entgegnet sie: »Was meinst du wohl, Schatz? Dass ich lieber mein Motorrad nehmen soll? Oder vielleicht spanne ich einfach meinen Schirm auf und stelle mir vor, ich bin Mary Poppins.«

»Ich meine, du lässt die Autoschlüssel, wo sie sind. Du bist betrunken, und wir nehmen ein Taxi.« Mit diesen brüsken Worten zückt er sein Handy und stiefelt mit ausholenden Schritten zur Tür, um einen Wagen zu bestellen.

Ellie blickt ihm mit gerunzelter Stirn hinterher. Sie schwankt leicht und hält sich an einem der Stehtische fest.

»Es ist der Professor, stimmt's?«, flüstert Ava ihr ins Ohr. Sie gibt sich alle Mühe, nicht zu lallen. »Deswegen hast du Dan den ganzen Abend ignoriert. Was ist denn passiert?«

Ellie schließt für einen Moment die Augen. Und öffnet sie schnell wieder, als sich alles zu drehen beginnt. Dennoch konnte sie in diesem kurzen Augenblick den Hörsaal vor sich sehen und das Handy, das ihr aus den schweißnassen Händen gleitet. »Ich erzähle es euch. Nur nicht jetzt.«

»Ich hoffe, du weißt, was du tust, Ellie.« Ava legt ihr die Hand auf den Arm. Mit der anderen Hand stützt sie sich schwer auf dem Tisch ab.

»Natürlich weiß ich das nicht. Woher auch? So was ist mir vorher noch nie passiert.« Sie atmet ein paarmal tief durch. »Und seit wann brichst du für Daniel eine Lanze? Du und Susanna, ihr könnt ihn doch nicht mal leiden.«

»Was ist mit mir?« Susanna, wie immer strahlend schön und auf den ersten Blick stocknüchtern, umarmt gerade Nele zum Abschied und wendet sich dann ihren beiden Freundinnen zu.

Ava ignoriert ihre Frage und reibt sich seufzend die blutunterlaufenen Augen. »Das ist es nicht, Ellie. Aber ich weiß jetzt, wie es sich anfühlt, die Betrogene zu sein. Und das gönne ich niemandem.«

Abgelenkt linst Susanna auf ihr Handy. »Geht es um deinen Professor, Ellie? Ich bin neugierig und würde das liebend gerne noch weiter diskutieren, aber ich fürchte, das müssen wir verschieben. Matteo wartet draußen auf mich. Danke für die Party! Ich liebe euch!«

»Matteo? Denk an deine guten Vorsätze!«, ruft Ellie ihr nach.

»Ha! Fangt mit euren Ratschlägen lieber erst mal bei euch selber an. Deine müde Ehe retten, Ellie? Und Oskar ganz für dich gewinnen, Ava? Das klappt ja ganz wunderbar. Außerdem brauche ich heute Abend dringend Ablenkung von diesem Reinfall mit *Miraculous Sign*. Wir sehen uns am Montag beim Klönschnack.« Damit wirft sie sich ihren gestreiften Trenchcoat über und verschwindet durch die Tür.

»Sie hat recht. Das halbe Jahr ist fast um, und wo stehen wir?« Ellie sieht sich nach dem Barkeeper um, der schon das Licht angeschaltet hat und mit Unterstützung einer Kellnerin die letzten Gläser einsammelt.

»Keinen Tequila mehr, Ellie!« Ava versucht, ihrer lallenden Stimme einen autoritären Klang zu verleihen.

»Wer weiß, wann ich wieder in den ausufernden Genuss des Kulturlebens unserer schönen Metropole kommen werde.« Ellie hebt den Arm, um den Barkeeper heranzuwinken. Der verdreht die Augen und ignoriert sie geflissentlich. Kopfschüttelnd dreht sie sich wieder zu Ava um. »Was tun wir denn jetzt?«, fragt sie ausdruckslos.

»Manchmal muss man seine Vorsätze vielleicht einfach noch mal überdenken und anpassen. Ich weiß inzwischen, dass es gut war, dass ich Oskar mit Marlene erwischt habe. Weil er ein Falschspieler ist und wir eh keine Zukunft gehabt hätten.« Das stimmt zwar nicht ganz, aber Ava fällt nichts Besseres ein, um Ellie zu besänftigen.

»Was heißt das für mich? Dass ich meine müde Ehe nun doch nicht retten, sondern mit Leopold in den Sonnenuntergang reiten soll?«

»Das meinte ich natürlich nicht! Du und Dan, ihr habt gerade nur eine ziemlich miese Phase —«

»Ellie, kommst du? Das Taxi ist da!« Daniel steht an der Tür und sieht fuchsteufelswild aus. Wahrscheinlich, weil er offenbar gerade einen Regenguss abbekommen hat.

Ellie schließt Ava in die Arme und hält sie fest umklammert. »Wir reden am Montag weiter.«

»Ich verspreche dir, wir finden eine Lösung, Ellie. Ich denke mir einen neuen Vorsatz aus, aber deiner bleibt bestehen.«

Juni

Nun ist sie gerade einmal zwei Stunden aus Batumi zurück, und schon ist die ganze Entspannung durch das unverhoffte Nichtstun, die bunten Cocktails am Strand und die himmlische Gewissheit, mal nur für sich selbst die Verantwortung zu tragen und nicht argwöhnen zu müssen, dass eines der Kinder sich klammheimlich davonstiehlt, um sich wahlweise auf die Suche nach dem Kaukasischen Leoparden zu machen oder den anderen Badegästen einen dieser kleinen Knallkrebse unter die Handtücher zu schmuggeln, dahin. Und das nur, weil Daniel unbedingt seine grässliche Mutter zum »Willkommenskaffee« einbestellen musste. Als wäre sie drei Monate und nicht nur ein verlängertes Wochenende fort gewesen.

Irritiert fährt Ellie sich durch die schwarzen Haare, die ihr mittlerweile schon wieder ein wenig in die Stirn hängen. Dabei hat alles so gut angefangen. Daniel und die Kinder haben sie vom Flughafen abgeholt, und Emil ist stürmisch auf sie zugerannt und in ihre Arme gefallen, wie er es eigentlich immer tut, wenn sie länger als eine Stunde voneinander getrennt sind. Selbst Daniel schien angemessen erfreut, sie zu sehen. Wenn auch aller Wahrscheinlichkeit nach nur, weil er nun Staubsauger, Kochlöffel und Kühlpad wieder aus der Hand legen und das häusliche Zepter an sie übergeben kann.

Doch nun verbreitet Ellies Schwiegermutter Renate mit ihrem hektischen Herumgerenne, um das Milchkännchen aufzufüllen und die Keksdose heranzuschaffen, und ihrer gewohnt nervtötenden Fragerei Spannung und Unruhe.

»Seit wann malst du dir eigentlich die Lippen an, Eleonore?«, fragt sie gerade betont beiläufig, während sie Anton ein Stück ihres hausgemachten Butterkuchens aufdrängt, doch Ellie entgeht ihr misstrauischer, skeptischer Gesichtsausdruck nicht. »Mit kleinen Kindern im Haus hatte ich damals für Make-up-Arien und solchen Firlefanz keine Zeit. Und ständig hast du neue Klamotten an.«

Ellie kann sich gerade noch davon abhalten, einen genervten Seufzer auszustoßen. Es liegt außerhalb ihrer Vorstellungskraft, dass ihre schon sonntags um sechs Uhr morgens aufwendig geschminkte und gestylte Schwiegermutter einst mit Milchkotze auf der Schulter und fahler, ungepuderter Haut durch die Gegend gelaufen sein könnte.

»Mama sieht schön aus mit blutroten Lippen«, stellt Pauline fest und setzt nach kurzem Nachdenken mit todernster Miene hinzu: »Wie Anna von Schlotterstein, nur in alt. Und mit kurzen Haaren.«

»Nur die Zähne sind leider ein bisschen kleiner. Und so eine große Zahnlücke hat Anna auch nicht. Aber Mama ist trotzdem schön«, steuert Emil bei und wischt sich mit dem Handrücken den Milchbart von der Oberlippe. Daniel rührt mit undurchdringlicher Miene in seiner Kaffeetasse herum.

»Malte sagt, Mama sieht mit der neuen Frisur aus wie Pink in diesem einen Musikvideo. ›Family Portrait‹ heißt es, glaub ich«, mischt sich nun auch Anton ein. Er blickt sich prüfend um, als wolle er sichergehen, dass sich keiner seiner Freunde unter der Küchenbank oder hinter der Tür versteckt und ihn hören kann, dann räumt er ein: »Ich finde aber, Mama sieht jetzt viel besser aus als Pink.«

»Das Video ist aber cool«, erklärt Emil mit Kennermiene.

»Wo hast du denn Musikvideos geschaut?«, will Daniel wissen.

»Danke der Nachfrage, mein Urlaub war ganz wunderbar«, informiert Ellie niemanden im Besonderen und tunkt einen mürben Keks in ihren Kaffee. Sie verabscheut Renates trockenen Butterkuchen. »Wer hätte gedacht, dass Georgien ein so vielseitiges Reiseziel ist? Ava hat uns in einem Anflug von Aktionismus sogar zu dieser spätrömischen Festung und in den Botanischen Garten geschleppt.«

»Hast du einen Gladiator gesehen? Hatte er bunte Federn am Helm?« Emil blickt mit tellergroßen Augen zu ihr auf.

»Woher weißt du, was Gladiatoren sind?«, fragt sie beunruhigt.

»Fast hätte ich es vergessen! Ich habe noch ein tolles Willkommensgeschenk für dich, Mama«, bemerkt Emil, um vom Thema abzulenken, und galoppiert auf dünnen Beinen ins angrenzende Wohnzimmer. Er platzt beinahe vor Stolz, als er kurz darauf wieder auftaucht und ihr mit großer Geste sein Präsent überreicht. »Ich hab etwas für dich gebastelt. Ganz allein, Pauline hat nur ein bisschen beim Schere-in-den-Karton-Reinstechen geholfen.«

»Das ist aber schön, vielen Dank, mein Schatz!« Es ist ein undefinierbares Gebilde aus halbierten, mit lachenden Gesichtern bemalten Milchpackungen und Klopapierrollen, die auf ein Stück Pappe geklebt worden sind. »Was ist das?«, kann sie sich nach sorgfältiger Musterung nicht verkneifen.

»Ein Roboter-Utensilo natürlich«, konstatiert Emil das Offensichtliche. Er strahlt übers ganze Gesicht. »Damit in meinem Zimmer nicht immer die ganzen Stifte und Radiergummis und Kleber rumliegen, sondern du sie ganz bequem wegräumen kannst. So eins haben wir doch noch nicht, oder?«

»Nein, ich glaube nicht.« Wenn ihre Nase sie nicht täuscht, hat er es versäumt, die Milchtüten vor dem Festkleben auszuspülen.

»Gefällt es dir?«

»Sehr sogar! Ich … weiß gar nicht, was ich sagen soll.« Gerührt drückt sie ihren Jüngsten an sich.

Endlich gibt Renate ihr lästiges Herumgeschwirre auf und lässt sich neben ihrem Sohn auf einen Stuhl sinken. »Ich habe gerade in einem Artikel gelesen, dass Mädchen, deren Mütter sich übertrieben, fast schon maskenhaft schminken, irgendwann ebenfalls kiloweise Make-up auftragen.« Sie kann das Thema offensichtlich nicht fallenlassen. »Und das würden wir doch bei unserem Paulinchen nicht billigen.«

»Maskenhaft?«, fragt Pauline.

»Wie an Halloween?« Emil blickt Ellie forschend ins Gesicht. »Aber Mama hat doch nur ihre Lippen ein bisschen rot angemalt.«

Vielleicht liegt es daran, dass Daniel nicht aufhört, unbeteiligt in seinem Becher zu rühren, und zu diesem Thema anscheinend nichts zu sagen hat, oder daran, dass Renate ein missbilligendes Geräusch von sich gibt, dass das Fass überläuft.

Ohne etwas dagegen tun zu können, platzt Ellie heraus: »Wenn ich mich recht erinnere, Renate, hast du, ebenso wie dein Sohn, noch vor ein paar Wochen unablässig an meinem ›nachlässigen, schludrigen‹ Mutti-Look herumgemäkelt. Jetzt nörgelst du darüber, dass ich zu viel shoppen gehe und mir zu viel Mühe mit meinem Äußeren gebe. Vielleicht solltest du dich einfach mal entscheiden.« Äußerlich gefasst erhebt sie sich von ihrem Stuhl, das Utensilo noch immer fest umklammert. Nur das kleine Beben in ihrer Stimme verrät ihren Unmut.

Daniel verharrt mitten in der Bewegung, und Renate stiert sie mit ihren wässrigen, mit dunklem Kajal umrahmten Augen ungläubig an.

Ellie atmet ein paarmal tief durch, bevor sie hinzusetzt: »Ich würde liebend gern noch weiter mit euch über die Farben meiner Lidschattenpalette diskutieren, aber ich muss noch mal in die Uni. Mitten im Semester wegzufahren, bedeutet zwar leerere Strände und billigere Hotels, aber leider auch, ein paar Kursinhalte nachzuholen. Danke für das tolle Geschenk, Emil!« Mit diesen Worten dreht sie sich um und verlässt fluchtartig die Küche. Gut, dass offenbar keiner auf die Idee kommt nachzuhaken, warum sie sich die Skripte nicht einfach online beschafft.

Gerade ist sie dabei, noch immer schnaubend vor Wut, ungeduldig Notebook und Handy in ihre Kuriertasche zu stopfen, als Daniel hinter ihr die Schlafzimmertür aufstößt. An seiner gerunzelten Stirn und den zusammengekniffenen Augen erkennt sie sofort, dass er ihren kleinen Ausbruch für unangemessen hält.

Bevor er zu einer seiner langatmigen Predigten ansetzen kann, schimpft sie gereizt: »Solltest du nicht zu deiner Frau halten, wenn deine Mutter, dieser Drachen, solche abfälligen Kommentare von sich gibt? Vor den Kindern?« Angriff ist immer noch der beste Weg der Verteidigung, so viel hat sie von ihren Sprösslingen gelernt. »Stattdessen stehst du stramm und tust so, als wenn dich das alles nichts anginge.«

Er sieht aus, als hätte sie ihm einen Schlag in die Magengrube versetzt. Hatte er schon immer so einen selbstmitleidigen Glanz in den Augen? Genau wie sein verstorbener Vater, stellt sie mit großem Unbehagen fest.

»Natürlich geht es mich etwas an. Aber Ellie, du hast doch kürzlich gesagt, du magst meine Mutter. Sonst hätte ich sie heute natürlich nicht eingeladen. Ich dachte, du freust dich.«

»Ich mag sie nicht! Ich sagte, ich bin ihr dankbar, dass sie in letzter Zeit so häufig mit den Kindern hilft. Das ist ja wohl kaum das Gleiche. Und übrigens: Wenn hier jemand ›maskenhaft‹ herumläuft, dann bin das bestimmt nicht ich. Hast du mal die Farbe ihrer Foundation gesehen?«

»Was ist denn los mit dir, Ellie? Warum bist du in letzter Zeit so wütend? Das hat doch nicht nur mit meiner Mutter und ihrer Kritik an deinen Smokey Eyes zu tun.« Leise schließt er die Tür hinter sich und lässt sich schwer aufs weiche Bett sinken. »Und dabei hattest du doch gerade erst Urlaub und konntest dich von deinem ganzen Stress erholen. Während meine Mutter und ich hier alles am Laufen gehalten haben, durftest du dir träge die Sonne auf deinen Bauch scheinen lassen.«

Sie hat erwartet, dass er ihr das nach ihrer Rückkehr unter die Nase reiben würde. Natürlich könnte sie ihn darauf hinweisen, dass sie die übrigen dreihundertsechzig Tage des Jahres die Arbeit, die Daniel in den letzten fünf Tagen aller Wahrscheinlichkeit nach größtenteils an seine Mutter abgegeben hat, ganz allein verrichtet – neben ihrem

Studium. Und dabei bleiben keine schmutzigen Wäscheberge liegen. Aber dazu fehlt ihr plötzlich jegliche Energie.

Mit matten Bewegungen holt sie eine dünne Strickjacke aus dem Schrank und zieht sie über ihr neues karmesinrotes Sommerkleid. »Woher kennst du eigentlich die Bezeichnung ›Smokey Eyes‹?«, fragt sie schließlich und wuchtet ihre Tasche von der kleinen weißen Kommode. »Denn das, was ich mache, nennt man Wimpern tuschen.«

Er seufzt schwer und greift nach ihrer Hand. »Was ich eigentlich sagen will: Warum tust du dir den ganzen zusätzlichen Stress mit dem Studium überhaupt an? Du musst das nicht tun, Baby. Wem willst du etwas beweisen?« Mit seinem sorgfältig einstudierten Dackelblick schaut er zu ihr auf. Waren die Haare an seinem Hinterkopf letzte Woche auch schon so licht?

»Bitte, Daniel, nicht schon wieder.«

»Du bist in erster Linie Mutter, konzentriere dich einfach darauf. Dann hast du auch endlich wieder mehr zu lachen. Und das Wichtigste: Die drei brauchen dich!«

Sie mustert sein Gesicht, um zu erkennen, ob seine Miene etwas anderes als Ungeduld und Verdruss widerspiegelt. Ist das Unsicherheit? Oder etwa Sorge? Überrascht runzelt sie die Stirn. Ihr ist klar, es bringt nichts, Daniel darauf hinzuweisen, dass er es war, der sie vor einigen Monaten ermutigt hat, ihre Tage mal mit etwas anderem zu füllen als mit Kindern und Haushalt. *Damit sie endlich wieder mehr zu lachen habe.* Und dass sie bereit ist, sich förmlich zu zerreißen, um den Ansprüchen der Kinder neben ihrem Studium gerecht zu werden. Stattdessen versucht sie es aus einer anderen Richtung: »Die Mutter will ich sehen, die bei der Kindererziehung mal aus vollem Halse lachen kann. Vielleicht, wenn dein Neunjähriger auf sein Matheheft schreibt, dass dieses im Falle eines Feuers als Erstes den Flammen übergeben werden soll? Oder wenn die Siebenjährige sich beschämt zur Seite dreht, wenn du es wagst, ihr morgens vor dem Schulbus einen Abschiedskuss zu geben? Oder, mein Favorit, wenn dein Fünfjähriger dich fragt, ob du für dieses Kleid nicht schon ein bisschen zu alt bist?«

Die Pause, die entsteht, ist kurz, aber unbehaglich.

»Apropos Kleid«, sagt Daniel dann gedehnt und mustert sie nachdenklich von oben bis unten, als hätte Ellie nicht gerade den Versuch angestellt, ihrem Herzen Luft zu machen. »Das sieht toll aus, aber meine Mutter hat recht! Warum kaufst du in letzter Zeit ständig neue Klamotten? Du siehst bald aus wie Susanna.«

»Na hoffentlich!« Schnaubend schultert sie ihre Tasche und stapft mit schweren Schritten zur Tür. »Ich habe unsere kleine Unterhaltung sehr genossen, aber leider muss ich jetzt los. Wartet nicht auf mich.«

Sie ist noch immer verstimmt, als sie kurze Zeit später in ihrem staubigen silbernen Sharan die schmale Straße in ihrem gepflegten Hamburger Vorort hinunterrauscht. Rechts und links gleich große Grundstücke, gleich hohe Häuser, glänzende schwarze SUV vor einst zu schmal gebauten Garagen, akkurat gestutzte Buchsbäume in den Vorgärten, die gleichen »home sweet home«-Blechschilder an den weiß gestrichenen Haustüren. Das gleiche selbstzufriedene Grinsen auf den Gesichtern der Hausfrauen und Familienväter mit ihren Bilderbuchkindern und Vorzeigejobs, hinter deren zugezogenen Vorhängen sich Madame Bovary von Rodolphe verführen lassen oder Chucky, die Mörderpuppe, ihr Unwesen treiben könnte.

Aufgewühlt tritt Ellie aufs Gaspedal. Natürlich weiß sie genau, dass es nicht nur Renates Pedanterie oder Daniels Ignoranz und Borniertheit sind, die sie so wütend machen, sondern auch der Umstand, dass sie sich insgeheim maßlos darüber ärgert, wie sehr sie Leopold vermisst, während er sich in den letzten fünf Tagen nicht bei ihr gemeldet und wahrscheinlich keinen einzigen Gedanken an sie verschwendet hat. Aber in spätestens einer halben Stunde wird sie wissen, ob er es ernst meinte, als er sie kurz vor ihrer Abreise im halbdunklen Treppenhaus an sich zog und ihr mit seiner melodischen Stimme ins Ohr flüsterte: »Du und ich, wir sind eins. Ich kann dir nicht wehtun, ohne mich selbst zu verletzen.«

Das war er. Der Moment, in dem sie sich Hals über Kopf in ihn verliebte. Oder in dem sie es sich endlich vollends eingestand.

Ellies Hände umkrallen schweißnass das Lenkrad. Was wird Leopold sagen, wenn er sie sieht? Sie weiß, er mag es nicht, wenn sie unangemeldet in sein Büro platzt, doch sie muss sein Gesicht sehen, um zu wissen, was er denkt. Und Daniel? Hat er einen Verdacht? Ist ihm aufgefallen, dass sie in letzter Zeit zu jeder sich bietenden Gelegenheit magentarot anläuft? Hakt er deswegen so penetrant nach, warum sie seit Neuestem nicht mehr herumläuft wie eine Vogelscheuche, die nicht besonders viel auf sich hält? Obwohl er sonst üblicherweise kaum drei Worte pro Tag an sie richtet, wenn er nicht gerade über sein Auto oder seine Arbeit redet? Jetzt, da sie darüber nachdenkt, ist es nicht nur sein penetrantes Nachhaken, sondern seit ein paar Wochen scheint er insgesamt bemüht, sich weniger einsilbig und hin und wieder sogar in Maßen verständnisvoll zu geben. Und hat er ihr kurz vor dem Urlaub nicht sogar außer der Reihe Blumen mitgebracht? Von ihrem Lieblingsfloristen in der Hagenbeckallee? Aber wenn er einen Verdacht hegen würde, käme er wohl kaum auf die Idee, sie mit Aufmerksamkeiten zu bedenken.

Für einen kurzen Augenblick kommen ihr Zweifel. Was tut sie hier? Zu gut hat sie noch Avas Worte im Kopf, die, als sie sich in ihrer ersten Nacht in Batumi nach einer ausufernden Party bei Sonnenaufgang am menschenleeren Strand wiederfanden, mit lallender Stimme, aber überraschender Klarheit – und rhetorischer Prägnanz – erklärte, dass Ellie den erzwungenen Abstand von Leopold zum Nachdenken nutzen sollte. Darüber, was sie wirklich will. Ob er oder irgendjemand sonst es wert ist, das Vertrauen und die Zukunft ihrer Familie aufs Spiel zu setzen. Ob sie ihre guten Vorsätze so leicht in den Wind schießen kann.

Aber was weiß Ava schon darüber, wie es sich anfühlt, wenn Ellie in Leopolds Armen endlich damit aufhören kann, sich über alles Sorgen zu machen. Wenn es sie in solchen Momenten plötzlich nicht mehr kümmert, ob die Glasfenster richtig mitversichert sind oder was die Nachbarin denkt, wenn Ellie wieder nur leere Spaghettitüten statt Apfel- und Möhrenschalen zur Mülltonne bringt. Oder ob Daniel herausfindet, dass sie ihn seit Wochen mit ihrem Professor hintergeht.

Also tritt sie aufs Gaspedal.

Jetzt ist sie erst seit drei Stunden aus Georgien zurück, und schon sind die Erinnerungen an die dunkelblauen Cocktails in ihrer favorisierten Strandbar, das glasklare Wasser des Schwarzen Meeres, die vielen kleinen Boutiquen mit ihrem überraschend unerschöpflichen Fundus an schweren Ketten, winzigen Bikinis und Hingucker-Taschen und nicht zuletzt diesen entzückenden blonden Surflehrer in weite Ferne gerückt. Warum hat sie sich nur erweichen lassen, an ihrem letzten Urlaubstag auf dem Rückweg vom Flughafen noch im Hotel vorbeizufahren? Das ist doch sonst nicht ihre Art.

»Alarmstufe Rot! Wenn wir nicht umgehend handeln, wird die Jubiläumsfeier, für die wir alle schon so lange, so hart gearbeitet haben, buchstäblich ins Wasser fallen.« Panikmacherin Christa aus der Personalabteilung ist voll in ihrem Element. »Mal davon ganz abgesehen, dass noch in den Sternen steht, wann wir überhaupt wieder vollumfänglich öffnen können. Es ist eine Katastrophe!«

Susanna kann sich nur schwer davon abhalten, einen genervten Seufzer auszustoßen. Stattdessen mustert sie konzentriert ihre Hände mit dem neuen korallenroten Nagellack, den sie im Duty-free-Shop erstanden hat. Wenn sie direkt nach Hause gefahren wäre, könnte sie jetzt behaglich bei Kerzenschein in ihrer nach Lavendel duftenden Badewanne relaxen und dabei den Urlaub, den sie trotz anfänglicher Bedenken, was das Reiseziel betrifft, in vollen Zügen genossen hat, Revue passieren lassen, anstatt sich das überflüssige Gerede verwirrter Kollegen anzuhören. Aber natürlich weiß sie genau, warum sie hier sitzt: Die Entscheidung, wer den Vorstandsposten an Land zieht, rückt mit unaufhaltsamen Schritten näher. Was bleibt ihr da anderes übrig, als zu jeder sich bietenden Gelegenheit Flagge zu zeigen?

Ein Blick in die Runde verrät ihr, dass offenbar niemand Friedrich Thomsen diesen Basistipp anvertraut hat. Umso besser. Zufrieden fährt sie sich durch die kurzen blonden Haare.

»Es sind noch elf Wochen bis zum Jubiläumsfest. Wenn unsere Handwerker sich sofort an die Arbeit machen, ist der Schaden bis dahin längst behoben. Mit Rund-um-die-Uhr-Schichten und ein bisschen Glück lässt sich auch der Zimmerausfall auf ein Minimum beschränken.« Susanna setzt ihr souveränes, zupackendes Lächeln auf. Warum machen alle angesichts eines kleinen Wasserschadens im vierten Stock so bedröppelte Gesichter? So etwas passiert ja nicht zum ersten Mal.

Aus ihrer neuen roten Fransen-Ledertasche, die sie der georgischen Ladenbesitzerin unter Ellies lernbegierigen Augen für einen geradezu lachhaften Preis abgeschwatzt hat – endlich bringt zumindest eine ihrer beiden Herzensfreundinnen ansatzweise Interesse auf, sie bei ihren ausgedehnten Shoppingtouren zu begleiten, wenn auch nur aus dem niederen Beweggrund, mit ihren Errungenschaften einem ergrauten Mann zu imponieren, der nicht ihr eigener ist –, vernimmt sie den Vibrationsalarm ihres Handys. *Finnische Schönheit*, liest sie zufrieden, *erinnerst du dich an unsere sinnliche Begegnung in der Umkleide des Fitnesscenters? Seitdem gehst du mir nicht mehr aus dem Kopf. Komm um acht ins Park Hyatt, Zimmer 325.* Automatisch spitzt sie die Lippen.

»Du weißt es offenbar noch nicht«, holt Conrad Wollseif sie ungeduldig in den Konferenzraum zurück. Auch ihn scheint dieser kleine Rohrbruch übertrieben aus der Ruhe gebracht zu haben. Er seufzt tief und wirft ihr einen befremdeten Blick zu, als wäre es die Obliegenheit eines jeden Mitarbeiters, sich auch während seiner dünn gesäten Urlaubstage genauestens über die Vorgänge im Hotel zu informieren, bevor er mit müder Stimme fortfährt: »Gestern hat sich die Muffe einer Wasserleitung gelöst, so dass Tausende Liter Wasser ausgetreten sind. Das komplette dritte und Teile des vierten Stockwerks sind unbewohnbar. Die Feuerwehr hat den Wasserschaden geortet und Akutmaßnahmen eingeleitet, doch die Sanierung liegt in unserer Verantwortung.« Ein weiteres schweres Seufzen. »Unglücklicherweise legt unsere Handwerksfirma derzeit eine kleine Zwangspause ein: Steuerhinterziehung in großem Stil, wie es aussieht. Ausgerechnet jetzt müssen die sich erwischen lassen! Und als wäre das nicht genug, scheint es, als gäbe es in diesem Land keinen einzigen Ersatzbetrieb, der nicht bis zum Hals in Aufträgen versinkt und sich in der Lage sieht, in absehbarer Zeit in unserem Haus tätig zu werden. Aber du weißt ja selbst, wie überlastet die Handwerker heutzutage sind.« Mit Leidensmiene fasst er sich an seinen Schmerbauch, als würde das alte Magengeschwür sich wieder bemerkbar machen, und greift mit der anderen Hand nach einem der Kanapees, die wie immer, wenn Friedrich Thomsen nicht anwesend ist, unberührt auf dem Konferenztisch aufgetürmt sind.

Überrascht blickt Susanna zu Nele hinüber. Die hat ihr erklärt, dass in einem der Zimmer eine Wasserleitung undicht wäre, so dass aus einem kleinen Riss Wasser herauströpfeln konnte. Aufgefallen sei es, weil ein Zimmermädchen einen feuchten Fleck an der Wand bemerkt habe. Von einem Schaden dieses Ausmaßes war keine Rede. »Unsere Handwerker erledigen das im Nu«, hat Nele betont, als sie Susanna vorhin im Flur über den Weg gelaufen ist.

Verärgert, weil ihre ahnungslose Assistentin sie durch ihre beispiellose Ignoranz um wertvolle Zeit gebracht hat, in der sie, Susanna, der Lösung des Problems einen Schritt näher hätte kommen und im besten Fall bei diesem Notfallmeeting Vorschläge hätte präsentieren können, lässt sie das Handy sinken. Aber es wäre doch gelacht, wenn ihr nicht trotzdem ein Ausweg aus dem Dilemma einfiele. Und sie damit als genau die zupackende, eloquente Mitarbeiterin auftreten würde, die die Position als Vorstandssprecherin einer Luxushotelkette am besten ausfüllt.

»Es gibt da jemanden, der mir noch einen ziemlich großen Gefallen schuldig ist«, mischt sich in dem Moment eine allzu bekannte, tiefe Stimme ins Gespräch. Susanna läuft ein Schauer über den Rücken, als sie auf den großen Bildschirm an der hinteren kahlen Backsteinwand blickt. Wer musste denn unbedingt Thomsen, diesen Angeber, virtuell zuschalten?

»Einen Handwerksmeister, dessen Firma sich unter anderem auf die Trocknung und Sanierung von Wasserschäden spezialisiert hat. Ich habe ihn schon kontaktiert und bin sicher, dass er uns helfen kann.«

Natürlich hat dieser machthungrige Betrüger wieder ein Ass im Ärmel. Wie passend, dass er ausgerechnet jetzt einen Fachmann aus dem Hut zaubert, der das Hotel inklusive Jubiläumsfeier retten kann. Susanna unterdrückt ein irritiertes Schnauben, während ihre normalerweise so beherrschten und geordneten Kollegen sich zu einem ungewöhnlich geräuschvollen Beifallssturm hinreißen lassen.

»Ich komme hier momentan nicht weg, den Kindern geht es nicht gut«, fährt Friedrich Thomsen fort, sobald sich der übertriebene Aufruhr gelegt hat. Ungläubig schüttelt Susanna den Kopf, als sofort wieder ein leises Raunen durch die Menge der Anwesenden geht. Mitleidige Blicke werden getauscht, teilnahmsvolle Phrasen gedroschen. Wegen zweier Schnupfnasen?

»Jemand müsste mir also geeignetes Bildmaterial und die Unterlagen über die Akutmaßnahmen, das Ausmaß des Schadens und die Daten der Versicherung zukommen lassen, damit ich es schnellstmöglich für die Planung weiterleiten kann. Außerdem brauche ich zusätzlich noch, soweit vorhanden, genaue Hintergrundinformationen darüber, wie es zu dem Rohrbruch kommen konnte, so dass ich meine Pressemitteilung vervollständigen kann. Am besten verfasse ich auch schon mal ein Schreiben für die Gäste, die wir vertrösten oder sogar vor die Tür setzen mussten. Vielleicht bieten wir ihnen als Alternative einen kurzen kostenlosen Aufenthalt an, sobald die Sanierung abgeschlossen ist.«

Trägt er eine Schürze? Mit einem hellblauen Einhorn darauf? Ein fassungsloser Blick in die Runde verrät Susanna, dass niemand auf dieses sträfliche Modemalheur zu achten scheint, sondern jeder mit entrücktem Gesicht seinen geltungsbedürftigen Worten lauscht. Sind die denn alle mit Blindheit geschlagen?

Resigniert schließt Susanna die Augen. Sie muss sich dringend etwas einfallen lassen, wenn sie verhindern will, dass dieser karrieregeile Selbstdarsteller die ganzen Lorbeeren allein einheimst. Warum nur ist Nele in letzter Zeit bisweilen so zerstreut und hat sie nicht vorgewarnt?

»Susanna? Kannst du das übernehmen? Susanna?«, holt die Piepsstimme der nervigen Christa sie in den Konferenzraum zurück. Fragend blickt Susanna sie an. »Kannst du Friedrich das Dossier vorbeibringen? Er braucht die Unterlagen möglichst schnell. Sofort, um genau zu sein. Und es liegt beinahe auf deinem Weg.«

»Ich bin doch kein Kurierbote! Und was liegt mir ferner, als für meine persönliche Nemesis die Assistentin zu spielen?«, will sie schreien, aber natürlich kann sie sich unmöglich derart gehenlassen, wenn hochkarätige Hotelmitarbeiter als Zeugen zugegen sind. Auch dämmert ihr, dass sie diesem machthungrigen Thomsen jetzt kaum die ganze Arbeit allein überlassen kann, obwohl sie es ihm von Herzen gegönnt hätte.

»Selbstverständlich übernehme ich das«, entgegnet sie also mit zuckersüßer Stimme, erhebt sich von ihrem unbequemen Stuhl und streicht mit einer bescheidenen Geste ihren Rock glatt. »Und natürlich werde ich auch die Mitteilungen für die Presse und die Gäste gemeinsam mit Friedrich Thomsen erarbeiten. Ich werde Vivera doch in einer solchen Notsituation nicht im Stich lassen, und ich denke, ich habe da auch schon ein paar glänzende Ideen.« Sie hält kurz inne. »Vielleicht sollte ich ihm bei der Gelegenheit auch gleich noch mein überarbeitetes Nachhaltigkeitskonzept erläutern, das ich vor dem Urlaub erfolgreich abgeschlossen habe und dessen positive Resonanz, die es in den Medien zweifelsfrei haben wird, wir gerade wahrlich gut gebrauchen können.« Damit wirft sie noch ein letztes liebenswürdiges Lächeln in die Runde und folgt Inga, einer der Assistentinnen, um den Ordner für Friedrich Thomsen einzusammeln.

Als sie sich schließlich, tief im Inneren vor Wut schnaubend, auf den Weg zur Tiefgarage macht, in der einen Hand ihr Handy, um für zwanzig nach acht – natürlich mit angemessener Verspätung – ein Taxi zum Park Hyatt zu bestellen, in der anderen das schwere Dossier, das den Wasserschaden detailliert nachzeichnet, steht in der Lobby unvermittelt Wilfried Jäger vor ihr. »Susanna Järvinen! Du warst gerade so schnell weg. Noch mal wegen der Musikgruppe für unser Jubiläumsfest –«

»Das habe ich selbstverständlich alles fest im Griff«, ruft sie über ihre Schulter und kann nichts dagegen tun, dass ihre Wangen tomatenrot anlaufen. Wenn überhaupt möglich, sinkt ihre Laune noch weiter in den Keller. »Es tut mir leid, ich habe es schrecklich eilig. Du weißt doch, Herr Thomsen wartet auf die Unterlagen.«

Auf der Fahrt wandern ihre düsteren Gedanken vom Wasserschaden zu dem Auftrittsdebakel für das Jubiläum. Was hat sie sich nur dabei gedacht, für diese vermaledeite Feier, die mehr und mehr an ihren Nerven zerrt, eine große Chartstürmernummer anzukündigen, ohne eine feste Zusage in den Händen zu halten? Alle erhitzten Telefonate, die sie seither mit Managern, Agenten, Produzenten, Musikredakteuren und Plattenbossen geführt hat, haben sie nur noch ratloser zurückgelassen. Und ihr ist klar, dass ihr die Zeit davonrennt.

Sie ist so in Gedanken vertieft, dass sie beinahe einen dieser militanten Fahrradfahrer über den Haufen fährt, die auf der falschen Straßenseite über die rote Ampel rasen und sich trotzdem im Recht wähnen. Zum Glück hat der es offenbar so eilig, dass er es bei wüsten Verfluchungen und dem ausgestreckten Mittelfinger in ihre Richtung belässt und seine Fahrt in halsbrecherischem Tempo fortsetzt, denn Susanna weiß, dass sie heute sonst nur schwer an sich hätte halten können.

Laut Navi ist sie beinahe am Ziel. Mit aller Macht verdrängt sie die Jubiläumsveranstaltung aus ihren Gedanken und versucht, sich stattdessen auf die aktuelle Wasserschadenproblematik zu konzentrieren. Warum wusste dieser Thomsen davon und sie nicht? Was ist nur in letzter Zeit mit ihrer Assistentin los? In den vergangenen Monaten sind Nele auffallend viele Schnitzer unterlaufen. Vielleicht ist sie krank? Oder verliebt? Wahrscheinlich ist es das Beste, ihr in nächster Zeit ein bisschen mehr auf die Finger zu schauen.

Verwundert bremst sie vor einem schmucklosen Nachkriegsbau im Komponistenviertel ab. Natürlich gibt es in dieser Gegend wie immer keinen Parkplatz. Aber kann sie hier wirklich richtig sein? Bei seinem Verdienst hätte sie erwartet, dass dieser Thomsen mit seiner Familie in einem kleinbürgerlichen Reihenhäuschen in Niendorf oder in einer spießigen Eigentumswohnung in einer Eppendorfer Jugendstilvilla residiert, nicht aber in diesem bescheidenen Mehrfamilienhaus in Barmbek.

Ein wenig unwillig fährt Susanna einmal um den Block, bevor sie sich entschließt, ihren MX-5 vor Friedrich Thomsens Haus in zweiter Reihe zu parken. Ewig wird sie ohnehin nicht bleiben. Gerade lange genug, um anschließend behaupten zu können, sich mit Leib und Seele für ihre Kollegen und Vivera engagiert zu haben.

Mäkelä/Thomsen steht auf der Klingel. Sind er und die Mutter seiner Kinder nicht verheiratet? Und stammt seine Nicht-Frau etwa aus Finnland?

»Wer ist da bitte?«, vernimmt sie ein piepsiges Stimmchen aus der Gegensprechanlage.

»Susanna Järvinen, guten Tag. Ich möchte zu Herrn Thomsen, er wartet auf –«

»Der Knopf funktioniert nicht, ich hol dich ab.« Im nächsten Moment schlägt irgendwo im Haus eine Tür zu.

Eine Minute später öffnet sich die dunkelbraun angestri-
chene Haustür, und vor ihr steht ein vielleicht sechsjähriges,
trotz der unverkennbaren Ähnlichkeit mit Friedrich Thomsen bemerkenswert hübsches Mädchen mit tellergroßen
grünen Augen und blickt sie neugierig an. Susanna erkennt
sie sofort von dem Foto auf Thomsens Schreibtisch wieder.
Irgendwie bringt die Kleine es fertig, zugleich vergnügt und
verzweifelt auszusehen.

»Darf ich reinkommen? Mein Name ist Susanna, und ich
bin eine Arbeitskollegin deines Papas. Ich möchte ihm
etwas vorbeibringen.« Susanna setzt ihr freundlichstes
Du-kannst-mir-vertrauen-Lächeln auf und folgt dem Kind
ins Treppenhaus, das, wenn überhaupt möglich, noch reiz-
loser aussieht als die Fassade.

»Papa ist tot«, erklärt das Mädchen wie nebenbei, während sie vor Susanna die Treppe hinaufsteigt. »Und Mama
auch. Deswegen wohnt Onkel Friedi jetzt bei uns. Er ist so
lustig und so cool, aber abends, wenn Maaret und ich im
Bett liegen, bitten wir den lieben Gott, dass er Mama und
Papa wieder zu uns zurücklässt. Das kann er nämlich,
wusstest du das? Er hatte in letzter Zeit bestimmt nur zu
viele andere Sachen zu tun, sagt Maaret.«

Susanna bleibt wie angewurzelt stehen. Sie muss sich
schwer am Geländer abstützen, weil sie plötzlich eine Woge
der Übelkeit überrollt.

»Ich weiß aber eigentlich, dass Mama und Papa nicht zu
Maaret und mir zurückkommen, sondern im Himmel bleiben. Der Unfall ist jetzt schon ein ganzes Jahr her. Aber ich
lasse Maaret die Hoffnung, sonst ist sie wieder so traurig.«
Die Kleine hält kurz inne, als würde sie abwägen, ob Susanna einen hinreichend ehrenwerten und vertrauenswür-

digen Eindruck macht, und fährt dann mit ihrer piepsigen Stimme fort: »Und Maaret darf auch nicht wissen, dass ich eigentlich auch gar nicht mehr so richtig weiß, wie Mamas Haare rochen, wenn sie uns morgens geweckt hat, oder wie sich Papas Stimme anhörte, wenn er uns abends *Petronella Apfelmus* vorgelesen hat.« Susanna schnappt nach Luft, als sie von einer Welle des Mitleids für dieses kleine Geschöpf erfasst wird.

Plötzlich ergibt alles einen Sinn. Neles beiläufige Bemerkung, dass Friedrich Thomsen es in der Vergangenheit so schwer hatte, das Getuschel und die mitleidigen Blicke der Kollegen, weil er zu Hause bei den Kindern bleibt, denen es nicht gut geht. Von wegen Schnupfnasen. Jeder im Hotel wusste Bescheid, nur sie nicht. Weil sie sich lieber darauf konzentriert hat, einen Kampf um ein Büro im elften Stock zu führen.

Einen aussichtslosen Kampf, wie ihr nun schlagartig klar wird. Wer würde, wenn es darauf ankommt, für sie, die unabhängige Single-Frau ohne besondere Verantwortung und Verpflichtungen, die Hand heben, wenn jemand zu berücksichtigen ist, der bekanntermaßen zwei traumatisierte Vollwaisen durchbringen muss? Und würde sie das überhaupt wollen? Jemanden ausstechen, der wegen seiner Nichten in eine andere Stadt zieht, in die Wohnung seiner Schwester oder seines Bruders, damit die verstörten Kinder nicht zusätzlich zu ihrem unermesslichen Schmerz noch eine neue Umgebung verkraften müssen?

»Was … Was sagst du da?«, fragt sie tonlos, als ihr ins Bewusstsein dringt, dass die Kleine offenbar irgendeine Antwort von ihr erwartet. Ihre Zunge fühlt sich ganz taub an.

»Ich wollte wissen, ob du die bist, die mit Onkel Friedi zusammen die Natur retten will? Damit die Eisbären nicht auch noch sterben müssen?«

Für einen Augenblick blickt Susanna ratlos in diese großen, traurigen Augen, die für ihr Alter viel zu erwachsen wirken. »Du meinst sicher das Nachhaltigkeitskonzept für unsere Hotelkette«, dämmert ihr schließlich, und erleichtert, eine Auflösung gefunden zu haben und diesem Kind keine Antwort schuldig bleiben zu müssen, setzt sie sich wieder in Bewegung. »Nun, Herr Th– ... Dein Onkel und ich hatten beide eine ähnliche Idee, wie wir die Natur zumindest ein bisschen entlasten und ins Bewusstsein der Leute rücken könnten. Jetzt muss diese Idee nur noch umgesetzt werden.«

»Zusammen schafft ihr das bestimmt. ›Mit einer Hand kann man keinen Knoten knüpfen‹, hat Mama immer gesagt. Maaret und ich machen auch alles zusammen, dann ist es viel leichter.«

»Deine Mama war eine kluge Frau.« Mittlerweile sind sie im vierten Stockwerk vor einer Holztür angekommen, von der die dunkelgrüne Farbe an etlichen Stellen abgeblättert ist. Ungeduldig hämmert das Mädchen mit seinen kleinen Fäusten dagegen, bis Friedrich Thomsen die Tür mit einem breiten Lächeln auf den Lippen aufreißt.

Er hält einen hölzernen Kochlöffel in der Hand und trägt noch immer diese alberne Einhornschürze. Und was sind das für flauschige Puschen im Pandalook?

»Ich hab Besuch mitgebracht«, verkündet das Kind und schlüpft an ihm vorbei in die Wohnung. »Susanna will mit dir zusammen die Natur entlasten.«

»Guten Abend, Frau Järvinen«, grüßt er überschwänglich und zeigt dabei seine beachtliche Zahnreihe.

»Nun, eigentlich wollte ich Ihnen erst mal nur die Unterlagen zum Wasserschaden vorbeibringen und Ihnen meine Unterstützung bei der Pressemitteilung anbieten. Falls Sie überhaupt Unterstützung brauchen.« Sie drückt ihm den Ordner in die freie Hand und hofft inständig, dass er ablehnen wird. Dass sein Stolz es nicht zulassen wird, Hilfe von seiner Erzfeindin anzunehmen.

»Wunderbar, dann kommen Sie mal rein.« Er tritt einen Schritt zur Seite, um ihr Platz zu machen, und strahlt über das ganze Gesicht. Wie kann jemand mit einem so tragischen Schicksal permanent gute Laune haben? Und ist das Glitzer in seinen Haaren? »Sie können meinen Entwurf gegenlesen und gegebenenfalls ergänzen, bevor wir ihn abschicken.«

Das Erste, das ihr in der Wohnung auffällt, ist der Duft. Es riecht verführerisch nach frisch gebackenem Brot, nach leicht angebrannter Milch, nach geröstetem Kaffee und ausgepressten Orangen. Das Zweite sind die vielen gerahmten Bilder an den bunt gestrichenen Wänden, die Urlaubsreisen, strahlende Gesichter, Halloweenkostüme, Familienfeiern und andere Meilensteine für die Ewigkeit festhalten. Bilder von der ganzen Familie. Aus besseren Zeiten.

Susanna fällt sofort eine gewisse Ähnlichkeit zwischen Thomsen und der bildhübschen Mutter der beiden Mädchen, offenbar seiner Schwester, ins Auge. Bei näherem Hinsehen registriert sie auch die finnischen Gesichtszüge mit den hohen Wangenknochen und den schräg stehenden, mandelförmigen Augen von Friedrich Thomsens Schwager, der anscheinend deutlich älter war als seine Frau. Als sie erkennt, wie bemerkenswert ausgelassen und unbekümmert die beiden Töchter auf den Fotos aussehen, mit leuchtenden

Augen und breitem Zahnlückenlachen und ohne eine Vorstellung davon, was sie erwartet, zieht ihr Magen sich zusammen. Auch Thomsen ist auf ein paar der Bilder zu erkennen, stolz grinsend in voller Fußballmontur und mit einem gewaltigen Pokal in den Händen. Da war sein Bein ohne Zweifel noch unversehrt. Auf einem anderen Foto sitzt sein Schwager mit einem der ungezwungen lachenden Kinder, offensichtlich Maaret, die ein paar Jahre älter zu sein scheint als ihre Schwester, auf einer Schaukel und hat dabei genau den mausgrauen Feinstrick-Opapulli an, den Friedrich Thomsen gerade halb versteckt unter seiner Schürze trägt.

Er scheint ihren Blick zu bemerken.

»Jeden Tag ziehe ich mindestens eines seiner Kleidungsstücke an, am besten aber mehrere«, erklärt er mit seiner rauen, beinahe heiseren Stimme in sachlichem Tonfall. »Ich habe es Maaret und Mervi versprochen. Damit sie morgens aufstehen.«

»Jeden Tag im ersten Jahr. Also nur noch bis morgen.« Mervi klingt, als müsste sie stark an sich halten, um nicht in Tränen auszubrechen.

Ohne den Bruchteil einer Sekunde zu zögern, beugt Friedrich Thomsen sich weit zu seiner Nichte hinunter, legt ihr liebevoll die viel zu große Hand auf die schmale Schulter und fügt mit todernster Miene hinzu: »Ich habe mich inzwischen allerdings so sehr an Toivos Sachen gewöhnt, dass ich mich schon gefragt habe, ob du und Maaret wohl etwas dagegen hättet, wenn ich sie auch weiterhin anziehen würde.« Selbst in seiner lächerlichen Aufmachung strahlt er eine Souveränität und Selbstsicherheit aus, die Susanna stocken lässt. Und schlagartig kommt es ihr gar nicht mehr so lächerlich vor, dass er einen Pullover trägt, der besser zu einem fünfundsechzigjährigen Beamten in der Finanzverwaltung passen würde, oder eine Einhornschürze umgebunden hat, um ebendiesen Pulli nicht vollzuschmieren, wenn er für seine verwaisten Nichten mit einem selbst zubereiteten Essen das Gefühl von Heimat und Stabilität zurückzubringen versucht. Oder dass er aus dem Grinsen und Lachen und Witzereißen gar nicht mehr herauskommt, um seine Schützlinge davor zu bewahren, in ihrem Schmerz unterzugehen.

Sofort beginnt Mervi wieder, auf diese eigentümliche Art zu lächeln, die gleichzeitig Vergnügen und Verzweiflung auszudrücken scheint. »Wirklich, Onkel Friedi? Da wird Maaret sich bestimmt freuen.« Sie macht Anstalten, sich davonzustehlen, wahrscheinlich, um ihrer Schwester die neuesten Entwicklungen in der Klamottenfrage zu schildern, dreht sich dann aber noch einmal um.

»Willst du mit uns Abendbrot essen, Susanna? Onkel Friedi macht Karjalanpiirakka, die kann er inzwischen fast so gut wie Papa.«

Friedrich Thomsen fährt seiner Nichte lachend durch die wuscheligen blonden Haare. »Mervi, wir wollen Frau Järvinen nicht länger aufhalten als notwendig. Sie hat heute Abend sicher noch etwas vor.« Umständlich rückt er seine Nerdbrille zurecht und blickt sie fragend an. Waren seine Augen schon immer so grün? Mit goldbraunen Sprenkeln?

Kurz ziehen die Meersalz-Sole im Spa-Bereich, die flauschigen Bademäntel des Park Hyatt und das Sixpack ihres jugendlichen Dates an ihrem geistigen Auge vorüber. »Ich liebe Karelische Piroggen«, hört sie sich dann zu ihrer eigenen Überraschung mit fester Stimme sagen. Wie kommt sie dazu, freiwillig länger zu bleiben als unbedingt erforderlich? Sie verabscheut Friedrich Thomsen und seine hinterlistigen Versuche, sich ihren zukünftigen Job unter den Nagel zu reißen. Aber vielleicht ist es die perfekte Gelegenheit, um ihm auf den Zahn zu fühlen.

Mervi und Friedrich Thomsen scheinen um die Wette zu strahlen. »Zuerst müssen Frau Järvinen und ich aber noch ein bisschen arbeiten, Mervi, und du kannst in der Zwischenzeit gemeinsam mit Maaret im Kinderzimmer die Legostein-Tretminen einsammeln, damit man wieder von der Tür zum Bett kommt, ohne sich dauernd mit diesen kleinen Folterinstrumenten die Fußsohlen zu ruinieren.«

»Jetzt? Können wir das nicht verschieben? Heute ist kein guter Tag zum Aufräumen. Bitte, ja?«

Er legt den Kopf schief und gibt vor, angestrengt nachdenken zu müssen. »Okay«, willigt er schließlich schwer seufzend ein. »Aber am Samstag wird aufgeräumt! Ich helfe euch.«

»Versprochen!«

Mit zusammengekniffenen Augenbrauen schaut er seiner jüngeren Nichte nach. »Eigentlich geht es den Mädchen schon viel besser. Aber morgen ist der erste Jahrestag, und die beiden erstarren vor Angst und Unruhe, wann immer sie daran denken.«

»Was ist passiert?«, erkundigt Susanna sich zögernd, während sie ihm durch den schmalen Flur in ein handtuchgroßes, aber behagliches Arbeitszimmer folgt. Auf dem Weg nimmt er endlich seine Schürze ab.

»Ein betrunkener Sportwagenfahrer hat uns übersehen.«

»Sie waren dabei?« Daher das hinkende Bein. Susanna dreht sich der Magen um.

»Mervi auch. Nur Maaret war in der Schule und hat, als die Nachricht kam, für vierundzwanzig Tage aufgehört zu sprechen.« Seine Stimme klingt sachlich, während er den Ordner samt Kochlöffel auf den schweren Schreibtisch fallen lässt und seinen Laptop aufklappt. »Da hofft man jahrelang, dass das Kind endlich mal innehält und nicht im Stakkato quasselt, und dann das. Seither wünsche ich mir jeden Tag, dass sie wieder damit anfängt. Aber zumindest die Phase der Ein-Wort-Sätze und einsilbigen Antworten haben wir schon hinter uns gelassen.« Schon wieder breit grinsend zwinkert er ihr zu.

Sie kann nicht anders, sie muss ebenfalls grinsen. Irgendwie bringt er es fertig, dass die Menschen in seiner Umgebung sich in ihrer Haut wohlfühlen. Kein Wunder, dass ihre Kollegen ihn zu schätzen wissen.

Doch wie passen seine Fürsorglichkeit, sein Humor und das Mitgefühl mit seiner Profilneurose, den Machtansprüchen und seinen hinterlistigen Spielchen zusammen, mit denen er sie auszubooten versucht?

Mit plötzlich bleischweren Gliedern lässt Susanna sich ihm gegenüber auf den winzigen blau karierten Lesesessel sinken und schlägt gewohnheitsmäßig ihre langen, dank der vielen Sonnenstunden am Schwarzen Meer herrlich gebräunten Beine übereinander. Ein schneller Blick in seine Richtung verrät ihr, dass er keine Notiz von ihr nimmt und stattdessen einen Bogen Papier aus dem Drucker holt.

»Die Pressemitteilung muss eventuell etwas gekürzt werden«, räumt er ein und reicht ihr den Ausdruck. »Außerdem fehlen noch die Infos, die Sie mitgebracht haben.«

Sein Entwurf ist einwandfrei. Nur, um anschließend behaupten zu können, etwas beigesteuert zu haben, und um ihm die Genugtuung zu nehmen, seine Arbeit allzu sehr wertzuschätzen, ändert sie hier und da ein paar Formulierungen, bevor sie die relevanten Aspekte aus dem Ordner einfügt. Derweil sucht er Bildmaterial und die wichtigsten Informationen für seinen Handwerksmeister heraus.

Irgendwann steckt ein vielleicht neunjähriges Mädchen mit einer ebenso blonden Lockenmähne wie ihre kleine Schwester den Kopf zur Tür herein. »Die Küche brennt«, lässt sie ihren Onkel mit sachlicher, kaum vernehmbarer Stimme wissen.

Sofort springt Friedrich Thomsen fluchend von seinem unbequem aussehenden Schreibtischstuhl auf. Als Susanna hinter ihm und Maaret die überraschend geräumige, heimelige Küche betritt, zieht er gerade ein schweres Blech aus dem qualmenden Ofen. Es riecht heftig nach verbranntem Brot.

»Ich weiß nicht, was Papa dazu sagen würde, dass du sein Lieblingsgericht so verkohlen lässt«, ruft Mervi über ihre Schulter, während sie vier geblümte Teller zum runden Esstisch balanciert.

»Das sind Röstaromen, die machen das Ganze erst richtig geschmackvoll«, lacht Friedrich Thomsen und kratzt mit einem Messer notdürftig die schwarzen Stellen ab, bevor er die Teigtaschen schwungvoll in eine große, bunt gemusterte Schale kippt.

Maaret setzt sich an den Tisch und starrt schweigend vor sich hin.

Die Piroggen sind mit salzigem Milchreis gefüllt und erinnern Susanna an ihre Kindheit in Hämeenlinna. Sie schmecken auch mit dunkelbraunen Stellen vortrefflich. Besonders aber genießt sie zu ihrer großen Überraschung die Gesellschaft am Tisch, die Gespräche, das Lachen und die Neckereien. Friedrich Thomsen gibt sich sichtlich Mühe, seine Nichten auf andere Gedanken zu bringen und vom morgigen Jahrestag abzulenken. Mit Erfolg: Sogar Maaret kommt nach einiger Zeit ein wenig aus sich heraus und beteiligt sich zaghaft an der Unterhaltung.

»Früher habe ich Sachen, die dringend wegmussten, in die Pfanne geworfen und auf das Beste gehofft«, erklärt er gerade und zieht ein Gesicht. So übermäßig groß sind seine Zähne eigentlich doch nicht, fällt Susanna dabei auf. »Aber heute –«

»Heute machst du das immer noch so«, kontert Mervi mit ernster Miene. »Das Einzige, das dir gelingt, sind Karjalan-piirakka. Einigermaßen zumindest«, fügt sie mit Blick auf eine besonders angebrannte Pirogge auf ihrem Teller hinzu.

»Weißt du noch, als er gestern einfach Tannennadeln über unsere Kartoffeln gekippt hat?« Maaret macht eine Geste, als müsse sie sich übergeben.

»Das war Rosmarin!«

»Aber zumindest gibst du dir Mühe«, fährt Mervi fort, als hätte ihr Onkel nichts gesagt. »Du kaufst zum Beispiel nur noch diesen gesunden Bio-Kram, genau wie Mama. Seitdem haben sogar unsere Fruchtfliegen wieder ganz gesunde rote Bäckchen.« Sie hält sich kichernd den Bauch, und auch Susanna stimmt in ihr Gelächter ein. Wer hätte gedacht, dass sie sich mal in Friedrich Thomsens Gesellschaft amüsieren würde? Dass er regelrecht charmant ist, wenn er will, und sie sich das Lachen über seine ganz spezielle Art von Humor nicht verkneifen kann?

»Mit dir ist heute wohl nicht gut Kirschen essen, was, Mervi?«, beklagt er sich in gespielter Verzweiflung.

»Kirschen nicht, aber Eibutter geht«, verkündet Susanna und füllt der Kleinen eine weitere Portion auf ihren Teller. Mervi wiehert vor Lachen, und auch Maaret grinst lautlos vor sich hin. »Die ist eurem Onkel übrigens auch ziemlich gut gelungen. Die Liste wird immer länger.«

Als die Kinder schließlich die leeren Teller abräumen, raunt Friedrich Thomsen ihr zu: »Danke, dass Sie geblieben sind. Ohne Sie wäre die Stimmung hier heute am Boden.«

Susanna blickt ihm direkt ins Gesicht. Erst jetzt wird ihr bewusst, dass sie drei ganze Karelische Piroggen verschlungen hat, dazu Unmengen an Eibutter. Die ganze Mahlzeit über hat sie keine einzige Kalorie gezählt. Und wann hat sie zuletzt etwas gegessen, ohne einen Gedanken an ihre Figur zu verschwenden? Das muss am Anfang ihres Studiums gewesen sein.

»Es ist sicher hart für die Kinder. Umso besser, dass Sie in dieser Woche bei ihnen sein können.« Susanna greift nach ihrem Kaffeebecher. *Anstaltsleitung* steht in großen blauen Buchstaben darauf. »Und dann telefonieren Sie alter Streber trotzdem schon herum, um eine adäquate Handwerksfirma ausfindig zu machen.«

»Natürlich. Sobald Nele mich über den Wasserrohrbruch und das Ausmaß des Schadens informiert hat –«

»Nele?« Ihre Kaffeetasse bleibt auf halber Strecke zum Mund in der Luft hängen.

»Sie hat sich gemeldet und gefragt, ob ich mir nicht schnellstmöglich etwas einfallen lassen könne, um das Problem zu lösen. Schließlich bin ich nicht krank und damit durchaus in der Lage, mich um diese dringende Angelegenheit zu kümmern.«

Susanna kneift die Augenbrauen zusammen. Schlagartig

ist die ausgelassene Stimmung wie weggeblasen. Was spielt Friedrich Thomsen für ein Spiel? Warum sollte Nele, die offensichtlich nichts davon wusste, wie schlimm es wirklich um die dritte und vierte Etage steht, ihn anrufen? Soll sie, Susanna, glauben, ihre plumpe, gutmütige Assistentin wolle sie hintergehen? Bevor sie weiter nachhaken kann, bemerkt Friedrich Thomsen mit Blick auf seine Nichten, die gerade damit angefangen haben, lärmend die Spülmaschine einzuräumen: »Die Mädchen haben hier anscheinend alles im Griff. Vielleicht sollten wir uns dann mal daranmachen, die Meldung für die Gäste zu schreiben. Ich habe noch ein paar Walnusskekse im Schrank – keine Sorge, die habe ich nicht selbst gebacken«, fügt er eilig hinzu, als er ihren Gesichtsausdruck registriert.

»Das ist es nicht. Mir ist nur gerade eingefallen, dass ich noch einen dringenden Termin habe. Wenn es Ihnen nichts ausmacht, würde ich mich lieber direkt auf den Weg machen. Oder brauchen sie mich noch?« Sie kann nicht verhindern, dass ihre Stimme jetzt deutlich kühler klingt.

Er wirkt überrascht, hat sich einen Moment später aber wieder gefangen. »Nein, natürlich, gehen Sie ruhig. Den Rest schaffe ich allein.«

»Ich habe nämlich noch eine Verabredung«, wiederholt sie geistlos und kommt sich auf einmal ziemlich einfältig vor. Was hat sie sich nur dabei gedacht, mit Friedrich Thomsen Karjalanpiirakka zu essen und so zu tun, als dürfe sie in seiner Gegenwart sie selbst sein?

Hastig steht sie auf und greift nach ihrem dünnen, gemusterten Seidenschal, einer weiteren Errungenschaft aus Batumi.

Die beiden Mädchen halten in ihren Bemühungen inne, möglichst viele Teller in die Spülmaschine zu quetschen, und blicken neugierig zu Susanna hinüber. Friedrich Thomsen erhebt sich ebenfalls von seinem Korbstuhl. »Vielen Dank noch mal für die tatkräftige Unterstützung«, sagt er freundlich und lächelt. »Ich wünsche Ihnen einen schönen Abend.«

Aber plötzlich hat Susanna gar keine Lust mehr auf irgendwelche Sixpacks oder das Spa im Park Hyatt. Stattdessen würde sie viel lieber mit vertrauten Menschen beisammen sein, aber sie weiß, dass sowohl Ellie als auch Ava für heute Abend schon Pläne haben. Seufzend zieht sie die Tür hinter sich ins Schloss.

Ihr entfährt ein lauter Wutschrei, als sie auf die Straße tritt und gerade noch die Rücklichter eines Abschleppwagens erkennt, auf dessen Ladefläche ihr schöner MX-5 festgezurrt ist.

Wer hätte gedacht, dass sie sich kaum vier Stunden nach ihrer Rückkehr aus dem Urlaub händeringend wünschen würde, am Morgen nicht den Flieger Richtung Hamburg bestiegen zu haben?

Das halbe Jahr ist schon um, und was hat sie schon groß erreicht? Nichts! Sogar noch weniger als nichts: Im Januar musste sie nach einem weiteren abgebrochenen Diätversuch das Weihnachtsgeschenk von Thea umtauschen, ein blauweißes Seidenkleid, weil sie darin unbestreitbar aussah wie eine Presswurst, im Februar hat Stalin ihr den fürchterlichen Max Jones vor die Nase gesetzt, im März ertappte sie ihren Freund in flagranti mit seiner Ehefrau, woraufhin der April und der Mai mehr oder weniger unbeteiligt an ihr vorbeizogen.

Aber jetzt, im Juni, schien es endlich bergauf zu gehen. Beruflich konnte sie ein paar kleine bis mittelgroße Erfolge verbuchen, und der Mädelsurlaub hat gewirkt wie ein natürlicher Stimmungsaufheller. Und nun das.

Thor Ringelnatz sieht aus, als hätte er in einen dieser knorpeligen georgischen Mzwadi-Spieße gebissen. »Was soll das heißen, der Opening Act hat abgesagt?«

Ava unterdrückt einen Seufzer. »Nun, wie es aussieht, haben *Miraculous Sign* sich aufgelöst. Es gab anscheinend irgendwelche Differenzen, weil ihnen der schnelle Erfolg zu Kopf gestiegen ist. Die Managerin hat vorhin angerufen und war untröstlich. Insgeheim vermute ich aber, dass sie den armen Mädchen ein paar ziemlich unkluge Karrieretipps gegeben hat.«

Mit schweren Schritten läuft Thor Ringelnatz im Konferenzraum auf und ab, bis sein Schmerbauch wippt. »Und wie lösen wir das Problem?«, erkundigt er sich mit einem kaum hörbaren, nervösen Zittern in der Stimme.

Was er meint, ist: »Wie lösen *Sie* das Problem?« Ächzend klemmt Ava sich eine Strähne ihrer störrischen Locken hinters Ohr und wühlt scheinbar konzentriert in ihren Papieren herum, als wüsste sie nicht längst, dass sie dadurch der Lösung dieses Dilemmas keinen Schritt näher kommt. Kaum zu glauben, dass sie gestern um diese Zeit noch im Mtirala-Nationalpark auf der Suche nach Wölfen und Luchsen ihre Füße im kristallklaren Chakvistavi gekühlt hat. Max wäre überrascht zu sehen, wie ihr Fitnesslevel in den letzten Wochen gestiegen ist, schießt ihr unwillkürlich durch den Kopf. Jahrelang war Susanna die Einzige von ihnen, die ihre Dauerkarte fürs Fitnessstudio auch tatsächlich genutzt hat, aber seit dieser Sache mit Oskar und ihren daraus resultierenden Selbstzweifeln ist auch Ava fest entschlossen, etwas für ihren Körper zu tun und damit ihr Selbstwertgefühl zu steigern. Etwas anderes als diese ewigen mühsamen Diäten, die noch nie zu dem gewünschten Ergebnis geführt haben. Leider zeigt die Waage noch keine nennenswerten Fortschritte an, aber zumindest wird sie so beim nächsten Mal auf kein Golfcart mehr angewiesen sein, wenn sie Max' überdimensioniertes Grundstück durchqueren will. Verstohlen wirft sie ihm einen Seitenblick zu, doch er hat sich wie erwartet auf seinem Fensterplatz zurückgelehnt und tippt unbeteiligt auf seinem Handy herum.

Thor Ringelnatz räuspert sich ungeduldig, und auch die Kaugummi kauende Topmodel-Assistentin trommelt nervös mit ihren blutrot lackierten Nägeln auf die Tischplatte. Stalin sitzt mit versteinerter Miene daneben und formuliert vermutlich im Kopf schon mal die Tirade, mit der er Ava im Anschluss an dieses kurzfristig anberaumte Notfall-Meeting herunterputzen will.

Hätte sie nur ihr Handy ausgelassen und wäre vom Flughafen direkt zu ihren Eltern gefahren, die sie mit Hausmannskost und zweifellos einer neuen Version von »Ganz in Weiß« erwarten. Dann hätte sie sich zumindest die wenig beneidenswerte Aufgabe, die unerfreuliche Tatsache über den fehlenden Opener zu teilen, für den nächsten Tag aufheben können. Sie atmet ein paarmal tief durch, bevor sie sich mit überraschend viel Selbstbewusstsein und Souveränität in der Stimme sagen hört: »Warum sollte die Vorgruppe überhaupt einen berühmten Namen tragen? Die Leute kommen schließlich wegen Max und seiner Musik zum Konzert, nicht wegen der einstudierten Tanzmoves irgendwelcher knapp bekleideter Teenager, die gerade zufällig einen Charthit gelandet haben.« Ein kurzer Blick Richtung Fenster verrät ihr, dass Max sein iPhone zur Seite gelegt hat und sie mit mildem Interesse mustert. Hoffentlich kann er sich nicht daran erinnern, dass sie es war, die ihm dazu geraten hat, die vom Label gestellten *Miraculous Sign* als Support Act abzusegnen, um seine hehre Absicht, sich für die Gleichstellung von Frauen starkzumachen und Frauen in der Musikbranche zu unterstützen, glaubwürdig herüberzubringen. Und natürlich, um dank des Über-Nacht-Erfolgs der Band einen Haufen zusätzlicher Tickets, vor allem die lauthals beworbenen Frauentickets, loszuwerden und ein breiteres Medienecho zu generieren. Gut, dass zumindest die neuen Plakate mit dem Namen des Opening Acts noch nicht ausgeliefert wurden.

»Außerdem passt doch eine Rockband ohnehin viel besser ins Programm als diese Spice Girls für Arme«, fügt sie hinzu, als Max keine Anstalten macht, sie entrüstet zu unterbrechen.

»Du hast dich sicherlich schon um Ersatz gekümmert, nicht wahr, Ava?« Stalins Stimme ist wie üblich, wenn er das Wort an sie richtet, kalt wie Stahl. »Jemanden, von dem die Leute zumindest schon mal gehört haben und der bereits vertraglich zugesagt hat?«

Während ihres Urlaubs und ohne überhaupt zu wissen, dass *Miraculous Sign* sie im Stich lassen würden? Ava kann sich gerade noch davon abhalten, genervt die Augen zu verdrehen.

»Ansonsten können wir auch Timon bitten, dich bei der Suche zu unterstützen. Denn wie wir alle wissen, drängt die Zeit ein bisschen. Und kein Künstler will ohne Vorband auftreten, die dem Publikum einheizt, damit der Hauptact nicht bei null anfangen muss.«

Ava ächzt innerlich. Den *Medienrummel-Contest*, für den sie momentan dank Max' Konzertankündigungen, der erfolgreichen Aktion mit der Musikschule und einiger sorgfältig geplanter kurzer Interviews, in denen er sich sogar dazu hinreißen ließ, über seine Lieblingsfarbe – Rot, wer hätte das gedacht? – und die Musik, die er am liebsten im Auto hört – *The Brew* und die *Ramones* –, zu plaudern, zum ersten Mal zumindest nicht allzu schlecht im Rennen liegt, kann sie vergessen, sobald Timon sich hier einschaltet. Denn »Wir können Timon bitten, dich bei der Suche zu unterstützen« bedeutet übersetzt: »Du wirst den Kunden mit sofortiger Wirkung an deinen weitaus fähigeren Kollegen abtreten!« Ganz abgesehen davon könnte sie es nicht ertragen, die Genugtuung auf Timons Milchbubigesicht mit ansehen zu müssen.

»Natürlich habe ich mich schon darum gekümmert«, platzt sie heraus, ehe sie sich auf die Zunge beißen kann. Um ihre heißen Wangen zu kaschieren, versteckt sie sich hinter ihrem Kaffeebecher und verbrennt sich schmerzhaft die Zunge, als sie ihn in einem Zug leert.

»Wie heißt denn die Band?« Es ist nicht zu übersehen, dass Thor Ringelnatz vor Ungeduld beinahe platzt.

Ava bekommt allmählich Kopfschmerzen. Jetzt steht sie dank ihrer eigenen Unbesonnenheit genauso hilflos da wie Susanna, die ihre Vorgesetzten und Kollegen seit Wochen in dem Glauben lässt, der Stargast für die Jubiläumsfeier stünde längst fest. Natürlich ist ihr klar, dass haufenweise Newcomer und auch einige namhafte Bands Schlange stehen würden, um als Max' Support aufzutreten, aber sie würde sich nur noch tiefer hineinreiten, wenn sie jetzt mit irgendwelchen Namen oder schwammigen Ausreden um sich werfen würde.

Doch der Gedanke an Susanna bringt sie auf eine Idee. Bemüht, ihrer Stimme ein wenig Festigkeit zu verleihen, erklärt sie: »Nun, es sind Newcomer, und die Gruppe durchlebt momentan so etwas wie eine Transformation, daher sucht sie gerade nach einem neuen, passenderen Namen. Ich kann aber sagen, dass es ein Geheimtipp mit steigendem Kurswert ist. Ihre Musik ergänzt Max' Stil perfekt, und die Jungs sind wirklich wahnsinnig talentiert.« Sie merkt, dass sie anfängt zu faseln, daher schließt sie knapp: »Und sie sind hoch motiviert.« Hannes und seine Jungs von *The Band Formerly Known As The Psychedelic Mandarins* wären ja auch schön blöd, sich die Gelegenheit entgehen zu lassen, gemeinsam mit einem Weltstar auf der Bühne zu stehen und ihr Material an die Leute zu bringen. Die weitaus größere Hürde wird es sein, Max und die anderen davon zu überzeugen, ihrem Bruder ausreichend Vertrauen entgegenzubringen, um ihn zu engagieren.

Ungläubig zieht Thor Ringelnatz eine buschige Augenbraue hoch. Stalin sieht aus, als würde er sich für einen seiner Tobsuchtsanfälle aufwärmen, den er sich notgedrungen für später aufheben muss, wenn die Gäste das Feld geräumt haben. Mit gepresster Stimme beginnt er: »Das klingt –«

»Das klingt nach guter und vor allem zügiger Arbeit, Ava«, sagt Max unvermittelt mit einer Stimme, die sich anhört, als hätte sie jahrelang in Whisky gebadet, und alle Augen richten sich auf ihn. Er starrt Ava an, und plötzlich fühlt sie sich eigentümlich befangen. »Ich hoffe nur, die Jungs sind nicht zu gut – nicht, dass sie mir noch die Show stehlen wie Jimi Hendrix damals *The Monkees*. Die mussten ihren Support Act mitten auf der Tour aus dem Programm schmeißen, weil das Publikum keine Begeisterung für den Hauptact mehr übrig hatte.«

Es ist Stalin anzusehen, wie schwer es ihm fällt, sich ein Lächeln abzuringen. Thor Ringelnatz erklärt nach einer kurzen Pause: »Der Support unterstreicht dein Image und deinen Wert als Künstler, Max.«

»Dann bin ich umso dankbarer, dass ich nicht in die Verlegenheit komme, mit *Miraculous Sign* auf der Bühne stehen zu müssen.«

Max' verschmitztes Grinsen scheint seinen Halbbruder ein wenig zu besänftigen, denn seine Stimme klingt schon gemäßigter, als er sich Ava zuwendet. »Wann können wir uns Ihre Künstlergruppe denn ansehen? Noch diese Woche, hoffe ich, schließlich müssen wir uns schnell um Ersatz bemühen, falls –«

»Wie jeder weiß, sind die Support Slots bei Nachwuchsbands heiß begehrt, da sollte es keine unlösbare Herausforderung sein, notfalls kurzfristig einen Lückenfüller zu finden«, fällt Max ihm ins Wort. »Und wie ich gehört habe, ist der Name des Opening Acts nicht ausschlaggebend für unseren Ticketverkauf. Nicht wahr, Adriana?«

Die Assistentin wirft ihm wieder einen dieser Blicke zu, als wäre er der liebe Gott persönlich, und Ava wendet gereizt den Kopf ab. »Ganz und gar nicht. Die Menge der Anfragen legt die Vermutung nahe, dass die Karten nach Beginn des Vorverkaufs nächste Woche auch ohne angekündigte Vorband schnell weg sein werden«, gurrt sie augenklimpernd. Wer hätte gedacht, dass sie sich in zusammenhängenden Sätzen verständlich machen kann? Und dass sie bei der ungeheuren Menge an Mascara, die ihre Wimpern beschwert, überhaupt noch klimpern kann? Irritiert streicht Ava sich mit schweißnassen Händen erneut ihre Haare aus dem Gesicht.

»Ich werde mir Avas Band bald ansehen und dann eine Entscheidung treffen.« Max' Stimme duldet keinen Widerspruch. Leichtfüßig erhebt er sich aus seinem Sessel und greift nach seiner schwarzen Lederjacke. »Ich denke, wir haben dann alles besprochen. Bringst du mich nach Hause, Ava? Keine Sorge, nur in meine Stadtwohnung«, fügt er augenzwinkernd hinzu, als er ihren Blick bemerkt.

Ava kann an Stalins sauertöpfischer Miene ablesen, dass er sie gern noch mal in sein Büro zitiert hätte, also springt sie auf und entgegnet prompt: »Natürlich. Wenn du mit Hundehaaren auf dem Sitz und Schokoriegelpapier im Fußraum klarkommst?«

Auf dem Weg zum Fahrstuhl erstarren ihre Lieblingskollegin Elif und die Teamassistentin Galina zu Avas Unmut an ihren Schreibtischen mal wieder zu Salzsäulen und verfolgen Max mit schmachtenden Blicken. Und wie immer tut Max so, als wäre er nicht interessiert an all den weiblichen Bewunderern, die ihm reihenweise ihre Unterwäsche hinterherwerfen. Ava erinnert sich an den Zeitungsartikel mit dem Titel *Max Jones: trotz Rambo-Image auf dem Weg zurück zum begehrtesten Junggesellen des Landes?*, den sie mit einer gewissen Genugtuung heute Mittag am Flughafenkiosk überflogen hat, und schüttelt den Kopf. Wahrscheinlich ist sie die einzige Single-Frau der ganzen Stadt, die kein Interesse an ihm hat.

Als sie auf die Straße treten, verabschieden sie sich von Thor Ringelnatz und Adriana, die Max ein wenig übereifrig ihre Wange hinhält, bevor er sich eine dunkle Sonnenbrille aufsetzt und die Kapuze seines schwarzen Hoodies tief ins Gesicht zieht. Jeder kann aus hundert Metern Entfernung sehen, dass er ein VIP ist. Auf der gegenüberliegenden Straßenseite bleibt augenblicklich eine junge Frau mit feuerrotem Strohhut stehen und zückt ihr Handy.

»Ich parke in der Seitenstraße. Beeil dich!« Ava ist schon dabei, ihre Tasche nach ihrem Schlüssel zu durchwühlen, als sie plötzlich eine allzu vertraute Stimme vernimmt.

»Gut siehst du aus, Ava. Als kämst du gerade aus dem Urlaub zurück.«

Vor ihr steht Oskar und blickt sie erwartungsvoll an. Haben seine Augen schon immer so geleuchtet? Aber die Haare, zumindest die sind seit ihrer letzten Begegnung lichter geworden, oder? Unwillkürlich tritt Ava einen Schritt zurück.

»Ich wollte dich anrufen, aber ich wusste, du würdest wieder nicht rangehen. Und als du nicht zu Hause warst, dachte ich –« Er bricht ab und schenkt ihr einen seiner berüchtigten Hundeblicke. Offensichtlich erwartet er eine Reaktion von ihr.

Die Frau ist mittlerweile näher gekommen und fängt an, Fotos zu schießen. Ava weiß, dass hier jeden Moment das übliche Theater losgeht – die Passanten lassen alles stehen und liegen, um Max anzuglotzen und Schnappschüsse und Videos mit ihren Handys aufzunehmen. Die mutigsten unter ihnen werden nach Autogrammen und Selfies fragen.

»Oskar, ich … Es ist gerade kein besonders guter Moment.«

Oskar dreht sich zu der Amateur-Paparazza um, als würde er erst jetzt registrieren, dass sie nicht allein sind. Für einen Augenblick bleibt sein Blick an Max haften, bevor er sich wieder Ava zuwendet und mit gesenkter Stimme fortfährt: »Ich will dir nur sagen, dass ich weiß, dass ich einen großen Fehler gemacht habe. Denn mir ist klar geworden, dass Marlene und ich keine gemeinsame Zukunft haben. Weil du mir einfach nicht aus dem Kopf gehst, Ava.« Er hält kurz inne. »Ich weiß, das habe ich dir schon tausendmal erklärt. Aber es ist mir ernst, Ava. Ich bin sogar inzwischen aus unserem Haus ausgezogen.«

Hat er das gerade wirklich gesagt? »Das ist nicht fair, Oskar«, beginnt sie nervös. Inzwischen haben sich zwei schlaksige Teenager zu der Frau gesellt und fischen ebenfalls ihre Smartphones aus den Taschen.

»Nicht fair ist, dass du wochenlang meine Anrufe wegdrückst und mir keine Chance gibst, mit dir zu reden. Dir alles zu erklären, damit es zwischen uns wieder gut werden kann, Ava.«

Betroffen schüttelt Ava den Kopf.

»*Das* ist Oskar der Verlierer?« Max' eiskalte Stimme lässt sie zusammenfahren. Er steht plötzlich direkt neben ihr, baumlang und energisch und irgendwie furchterregend. »Sie will nicht mit dir reden, Kumpel. Nicht jetzt und auch sonst nicht. Es liegt nicht an dir, es liegt an ihr. Weil sie einfach etwas Besseres verdient hat.«

»Das sollte sie mir besser selber sagen.« Oskar reckt das Kinn, doch Ava kennt ihn gut genug, um zu erkennen, dass das souveräne, selbstgefällige Grinsen in seinem kantigen Gesicht nur gespielt ist.

Sein Zorn ist ihm deutlich anzusehen, als Max einen Schritt vortritt. Oskar ist groß und kräftig, doch Max überragt ihn um mindestens einen halben Kopf. Es riecht so sehr nach Testosteron, dass Ava kaum Luft bekommt, doch sie hält heldenhaft still. »Ich denke, das hat sie schon versucht, aber du willst es anscheinend einfach nicht begreifen.« Max' Stimme klingt jetzt ruhig und zugleich ungeheuer bedrohlich. Avas Herz setzt für einen Schlag aus.

Ungehalten blickt sie sich um. Ein Beweisbild von Max in einer offensichtlichen Auseinandersetzung mit einem anderen Mann ist das Letzte, das sie momentan gebrauchen können.

»Zeig's ihm, Mann«, fordert einer der Jugendlichen niemanden Bestimmten auf, ohne sein Handy sinken zu lassen. »Kämpf um deine Braut.«

Oskar lässt sich nicht ablenken. »Ich begreife mehr, als du glaubst«, flüstert er, weicht aber unwillkürlich einen Schritt zurück und fährt sich verunsichert durch die Haare. Die kahlen Stellen an seinen Schläfen sind definitiv größer geworden.

Aus den Augenwinkeln erkennt Ava, dass auf der gegenüberliegenden Straßenseite weitere Leute stehen geblieben sind und die Szene offenbar mit großem Interesse verfolgen. Eilig packt sie Max am Oberarm. »Lass uns von hier verschwinden.«

Ein paar vorbeifahrende Autos verlangsamen ihre Fahrt, um, mit den Nasen an den Fensterscheiben klebend, einen ungehinderten Blick auf den Rockmusiker werfen zu können, der sich schon wieder in einen handfesten Streit verwickeln zu lassen scheint. »Du hast recht«, entgegnet Max schnaubend und fügt an Oskar gewandt hinzu: »Es war großartig, dass du extra hergekommen bist, aber Ava muss sich jetzt übergeben.«

»Bitte, Ava.« Oskars Stimme ist beinahe flehend. »Ich

habe mich geändert. Können wir nicht noch mal darüber reden? Bitte, Ava.«

Überrascht und bestürzt von so viel Reumütigkeit dreht Ava sich um. »Vielleicht kannst du –«

»Lass sie zukünftig in Ruhe!« Max ist nicht brutal, aber sanft fasst er sie auch nicht gerade an, als er sie sichtbar gereizt zurück in den Hausflur schiebt. Ava reckt empört das Kinn.

»Gibt es hier keinen verdammten Hinterausgang?«, schnaubt er aufgebracht und blickt sich suchend um.

Verstimmt setzt Ava sich in Bewegung und spürt, dass Max ihr dicht auf den Fersen ist. Sie sind schon beinahe an der Tür angekommen, die zum Hinterhof führt, als sie plötzlich wie angewurzelt stehen bleibt. »Warum verabscheust du ihn eigentlich so? Was kümmert es dich? Du kennst ihn doch nicht mal.«

»Ich verabscheue ihn nicht meinetwegen, ich verabscheue ihn deinetwegen. Weil du ganz offensichtlich nicht fähig bist, es selbst zu tun.«

»Ich kann ganz gut auf mich allein aufpassen, vielen Dank!«

»Ja, das habe ich eben gesehen. Du warst drauf und dran, dich wieder von ihm einlullen zu lassen. Ava, wer einmal lügt und betrügt, der tut es wieder, das weiß doch jeder.«

»Wer einmal schlägt und misshandelt, der tut es wieder.«

Er ist gerade dabei, die Tür aufzumachen, doch jetzt hält er mitten in der Bewegung inne. »Verdammt, Ava«, murmelt er nach einer kurzen Pause. »Du hast doch diesen Mist nicht geglaubt?«

Mit seinen Augen, die so blau leuchten wie eine Kornblume, starrt er sie sekundenlang an. Sie spürt ein unerklärliches Kribbeln auf der Haut. Für einen kurzen Augenblick kommen ihr seine Körperhaltung und die grimmige Miene in den Sinn, als er Oskar gegenüberstand. »Nein, ich glaube nicht, dass du eine Frau verprügelt hast«, erwidert sie dann mit fester Stimme. »Für alle Fälle habe ich aber meinen Elektroschocker dabei. Den stecke ich immer ein, wenn ich nicht ausschließen kann, dass ich dir im Laufe des Tages begegnen werde.«

Seine Augen funkeln schelmisch. »Nichts anderes hätte ich von dir erwartet.«

Der Hinterhof ist menschenleer, und auch auf der schmalen Seitenstraße, die sie nach einem abenteuerlichen Streifzug zwischen Müllcontainern, Kartons und abgestellten Fahrrädern hindurch erreichen, ist weit und breit niemand zu sehen. Als sie sich ihrem zerbeulten mintgrünen Panda nähern, der quer auf dem Bürgersteig parkt, stockt er kurz, um dann unverblümt zu fragen: »War das Teil beim letzten Mal auch schon so ein Schrotthaufen?«

»Schaltest du das eigentlich nie ab, oder bist du nur auf einen kleinen unterhaltsamen Streit aus?«

»Was soll ich abschalten?«

»Deine Arroganz.«

»Ich bin doch nicht −«

»Du musst nicht einsteigen. Nimm doch lieber deinen albernen winzigen Ferrari −«

»Es ist ein Lamborghini Huracán STO.«

»Wie auch immer. Wenn das Teil Spiegeleier braten und über deine albernen Witze lachen könnte, bräuchtest du keine Frau mehr.« Ava verdreht die Augen, während sie in ihrer übergroßen Tasche nach ihrem Schlüssel kramt. »Männer und ihre Autos. Je prolliger der Schlitten, desto größer die Komplexe. Ist das nicht sogar wissenschaftlich bewiesen?«

Max stößt einen ungehaltenen Seufzer aus. »Auf Beinfreiheit kann ich verzichten, nicht aber auf ein Mindestmaß an Komfort, Geschwindigkeit und Sicherheit.«

»Oskar fährt einen Z3, vielleicht nimmt er dich mit. Oder du fährst einfach selbst.«

»Das würde ich ja gern, aber mein Wagen steht in der Werkstatt –«

»Ach, in der Werkstatt steht der komfortable, schnelle, sichere und offensichtlich nicht allzu zuverlässige Ferrari?«

»Da vorne ist er«, ertönt es plötzlich aus einiger Entfernung. Ein Blick Richtung Kreuzung verrät ihnen, dass ein paar von Max' Fans ihre Belagerung noch nicht aufgegeben haben, sondern mit eiligen Schritten und gezückten Handys auf sie zukommen.

»Wenn ich es mir recht überlege, so ein Schrotthaufen ist dein Auto nun auch wieder nicht. Vor allem die Farbe nimmt mich gefangen.« Er schiebt eine leere Studentenfuttertüte – Teil ihres neuesten, gesünderen Snack-Ernährungsplans – zur Seite und hat sich schon auf den Beifahrersitz gequetscht, bevor Ava die Chance hatte, ihre Tür zu öffnen. »Komm schon, Ava, beeil dich! Oder sollte ich besser fahren?«

Das Letzte, das sie sieht, nachdem sie beim hektischen Ausparken zuerst die vordere Stoßstange gegen die uralte Hausmauer gesetzt hat und anschließend mit dem hinteren Reifen am Bordstein entlanggeschrammt ist, ist die aufblitzende Handykamera der jungen Frau mit rotem Hut, die erschrocken zur Seite springt. Avas Hände sind schweißnass. Wie gern würde sie jetzt zu Hause auf ihrem gemütlichen kleinen Balkon sitzen, Herrn Schmidt nach fünf Tagen endlich wieder hinter den Ohren kraulen und mit einem eisgekühlten Getränk in der Hand ihren Urlaub ausklingen lassen oder zumindest ihren Eltern als miserablen Roy-Black-Kopien lauschen, anstatt auf Hamburgs Straßen James Bond zu spielen.

Natürlich fummelt Max sofort am Radio herum, bis er einen Sender findet, der offenbar seinen erlesenen Ansprüchen genügt. Zu einem melodischen Gitarrensolo von Brian May lehnt er sich ächzend in seinem Sitz zurück, der unter ihm wie ein Puppenstühlchen wirkt.

»Wie weit bist du eigentlich mit deinem neuen Song? Das Konzert ist in acht Wochen, vergiss das nicht, und neues Material wäre das A und O, um das Ganze zu einem Riesenerfolg werden zu lassen.«

Anstatt eine Antwort zu geben, summt er leise die Töne von »Bohemian Rhapsody« mit. Ava weiß, dass er mit einer Schreibblockade kämpft, und hat die unangenehme Vermutung, dass sie mit Tiana Perez zusammenhängt. »Du kannst es immer noch, Max. Dein Talent kommt von tief drinnen, aus deinem Herzen, nicht aus deinem Kopf. Das geht niemals weg.«

Er wirft ihr einen Blick zu, den sie nicht deuten kann. »Und wie ist es bei dir? War dein Leben schon immer so ein Chaos, oder bin ich nur versehentlich in eine besonders schwungvolle Phase hineingeschlittert?«

Sie weiß, er muss sich das Lachen verkneifen, und würdigt ihn keines Blickes. Mit ihm auf dem Beifahrersitz ist das Auto plötzlich viel enger als ohnehin schon. »Das Gleiche wollte ich dich schon seit Wochen fragen.«

»Bei mir hat das Chaos angefangen, als ich meinen ersten

Plattenvertrag unterschrieben habe.« Seine Stimme klingt sachlich, doch irgendetwas lässt sie aufhorchen.

»Kein Wunder bei all den Groupies, die dir über Nacht scharenweise in den Hotellobbys oder Backstagebereichen der Konzerthallen aufgelauert haben«, stellt sie fest, bevor sie sich auf die Zunge beißen kann.

»Natürlich. Das Privatleben von Rockmusikern ist eine einzige Orgie, das weiß doch jeder. Schon mit Mitte zwanzig hatte ich alles gesehen, was eine Frau zu bieten hat.« Er grinst sein typisches schiefes Grinsen.

»Dann hast du ja alles erreicht, wovon Mann träumt.« Eigentlich soll ihr Tonfall spöttisch klingen, doch zu ihrer Irritation hört er sich beinahe anklagend an. Irgendwie vorwurfsvoll. Die Sonne steht mittlerweile tief am Himmel, und Ava klappt schwungvoll die Sonnenblende herunter.

Max schweigt für einen Moment, und sie überlegt schon, wie sie am besten das Thema wechseln kann, als er einwirft: »Du wirst lachen, aber der schnelle Sex ist mir ziemlich schnell schal geworden. Ein bisschen mehr darf es schon sein als Arsch und Titten.«

»Und warum zum Teufel hast du dich dann auf Tiana Perez eingelassen und damit deinen Abstieg eingeläutet?«, denkt sie und bemerkt erst an der plötzlich eintretenden Stille, dass sie die Worte laut ausgesprochen hat.

Sie haben schon fast seine Straße in Winterhude erreicht, als er leise erwidert: »Nun, hinterher ist man immer klüger, nicht wahr? Das solltest du doch am besten wissen. Oder hättest du Oskar den Verlierer in dein Bett und dein Herz gelassen, wenn du vorher gewusst hättest, dass du für ihn nur als Mätresse herhältst?« Ein schneller, konsternierter Seitenblick verrät ihr, dass er sie unverwandt anstarrt.

Ihr entfährt ein Schnaufen. Um ein Haar hätte sie ein parkendes Auto gerammt. »Wer weiß, vielleicht hatte ich einfach irgendwann die Nase voll davon, darauf zu warten, dass mir die große Liebe über den Weg läuft, und habe beschlossen, mit dem Nächstbesten vorliebzunehmen, der einen einigermaßen passablen Eindruck hinterlässt.«

Das stimmt nicht. Tief drinnen hat sie trotz aller Rückschläge den Glauben an die einzige, die große Liebe noch nicht aufgegeben. Daher auch der neue gute Vorsatz, den sie vor einigen Tagen in Cider-Laune gemeinsam mit Ellie und Susanna in der *Reizbar* gefasst hat und der »Mit Oskar in den Sonnenuntergang reiten« ersetzen soll: unerwiderter Liebe ein für alle Mal abschwören und die wirklich wahre Liebe finden. Ava wirft Max einen schnellen Seitenblick zu. Und für gelegentliche Affären war sie überhaupt nicht geschaffen. Aber was kann es schaden, nicht als schwache, bedürftige Person dazustehen, sondern als der selbstbewusste, emanzipierte Feger, als der sie sich aus unerfindlichen Gründen gerade fühlt? Und wann hat das Gespräch überhaupt diese Wende genommen?

»Das glaube ich dir nicht«, stellt er sachlich fest.

»Wie bitte?« Sie sind inzwischen bei seinem Haus, einem weiß getünchten, vierstöckigen Architektenhaus, in dem er das weitläufige Dachgeschoss bewohnt, angekommen. Sie setzt den Blinker und hält mitten auf der Straße an. Schnaubend dreht sie sich zu ihm um.

»So, wie ich dich in den letzten Monaten kennengelernt habe, und wenn ich mir Oskar den Verlierer so ansehe, glaube ich eher, du hast vielleicht einfach Angst vor Enttäuschungen und suchst dir deswegen unterbewusst die Nieten heraus. Damit du, wenn es unweigerlich schiefgeht, nicht komplett aus der Bahn geworfen wirst.«

Genau das Gleiche sagt Ellie immer zu ihr. Dass sie insgeheim vor allzu viel Nähe zurückschreckt und deshalb an ein schwarzes Schaf nach dem anderen gerät. Und das alles nur, weil ihre große Jugendliebe Samuel, ihr Vertrauter und Seelenverwandter, zwei Wochen nach ihrer offiziellen Verlobung mit ihrer Lieblingsschwester Stine nach Paris durchgebrannt ist. Zehn Jahre hat sie gebraucht, um den beiden verzeihen zu können.

Nervös klemmt sie sich eine Haarsträhne hinters Ohr. »Was weißt du schon von Enttäuschungen, Mr. Rock-Superstar mit den etlichen Goldenen Schallplatten an den Wänden, dem millionenschweren Bankkonto, einer endlosen Schlange von Unterwäschemodels am Arm und den blauesten Augen, die die Welt je gesehen hat?«

»Mehr, als du vielleicht meinst.«

»Sicher, das Leben kann wirklich ziemlich anstrengend sein, wenn man absolut unwiderstehlich ist.«

»Das sagt eine, die weiß, wovon sie redet.«

Sie sucht händeringend nach einer smarten, schlagfertigen Antwort, aber ihr fällt partout nichts ein. Sie ist sich seiner Gegenwart plötzlich so bewusst, dass ihre Haut beginnt zu prickeln. »Wenn ich noch ein paar Kilos verlieren würde, vielleicht. Aber ich verliere nicht – in dieser Beziehung scheine ich ein Gewinner zu sein«, versucht sie es schließlich mit einem lahmen Scherz.

Max zieht überrascht die Augenbrauen hoch. »Weil du wie eine Frau aussiehst? Mit einer sündigen Figur, die an die Innenseite eines Spinds passt? Männer werden zu hechelnden Idioten, wenn sie dich sehen.«

Sie lacht laut auf, doch vergeht ihr das Lachen schlagartig, als sie bemerkt, wie er sie anstarrt. Seine blauen Augen geben ihr mehr Rätsel auf denn je.

Meint er das ernst? *Sündige Figur?* Erkennt er denn nicht, dass ihre Beine dick wie Walfischbabys sind und eine Fitnessstudio-Kette ihr nur einen Modeljob anbieten würde, wenn sie das »Vorher« mimt?

Und schließt er sich selbst auch in die Gruppe hechelnder Idioten ein? Wohl kaum.

Ava spürt, wenn Gefahr im Verzug ist. Ihr Nacken beginnt zu kribbeln. Seit Februar hat sie diesen sarkastischen, spitzzüngigen Mistkerl hinter der schönen Fassade vor Augen, doch in den letzten Wochen wurde immer deutlicher, dass er gar nicht so ein Mistkerl ist. Sarkastisch und spitzzüngig, ja, aber auch intelligent, humorvoll, alles andere als oberflächlich, interessiert, aufmerksam.

Sie weiß, das plötzliche Knistern zwischen ihnen darf eigentlich nicht sein. Es ist beängstigend und irritierend. Und es ist aufregend und wundervoll.

»Du bist anders als alle Frauen, die mir bisher begegnet sind«, stellt er nach einer viel zu langen Pause mit leiser, heiserer Stimme fest.

»Das liegt daran, dass du und ich wie Öl und Wasser sind. Vielleicht auch wie ein Benzinkanister und ein Streichholz.« Sie senkt den Kopf und starrt auf ihre Hände.

»Dafür, dass wir wie Wasser und Öl sind, mache ich dich ganz schön nervös.«

»Das hättest du wohl gerne. Ich bin das einzige Frauenzimmer im Land, das nicht auf deine schöne, erfolgreiche Schale hereinfällt.«

»Das stimmt nicht«, entgegnet er schlicht.

Wieder setzt sie zu einer frechen, originellen Antwort an, nur um festzustellen, dass ihr beim besten Willen keine einfällt. »Du hast eine offenbar viel zu lebhafte Phantasie«, murmelt sie schließlich kaum hörbar. Natürlich ist ihm nicht entgangen, dass sie mit ihrer Antwort ein paar Sekunden zu lange gezögert hat. Er mustert sie so intensiv, dass ihr unter seinen Blicken der Schweiß ausbricht.

Am liebsten hätte sie die Autotür geöffnet und wäre davongelaufen, doch gleichzeitig wünscht sie sich, dieser Moment würde nie vorübergehen. Ein beinahe überwältigendes Verlangen überkommt sie, ihn einfach zu küssen.

Irgendwo im Hinterkopf registriert sie, dass sie sich vorzubeugen beginnt und dass auch seine Lippen immer dichter zu kommen scheinen. Ihr Herz hämmert wild gegen ihre Rippen. Glücklicherweise wählt ein ungeduldiger Busfahrer hinter ihnen genau diesen Moment, um laut zu hupen, und bricht damit den Bann.

Ihr entfährt ein Keuchen. »Ich muss jetzt gehen«, beeilt sie sich zu sagen, bis ihr einfällt, dass sie sich in ihrem Wagen befinden. »Ich meinte dich. Du musst jetzt gehen.«

»Ich weiß«, entgegnet er mit undurchdringlicher Miene.

Sie wünschte, er hätte ihr nicht ganz so schnell beigepflichtet. Sofort überkommt sie das unbehagliche Gefühl, zu viel von sich preisgegeben zu haben.

Max wirft ihr noch einen letzten, langen, rätselhaften Blick zu, bevor er schwungvoll die Tür öffnet, die ausgerechnet heute ausnahmsweise mal nicht klemmt. Er ist schon ausgestiegen, als er sich noch mal zu ihr herunterbeugt.

»Wer ist denn nun eigentlich diese geheime Band mit ›steigendem Kurswert‹, die du ganz spontan für mein Vorprogramm aus dem Hut gezaubert hast?« Seine Stimme klingt derart nüchtern, dass Ava sich unwillkürlich fragt, ob sie sich diesen spannungsgeladenen Augenblick zwischen ihnen nur eingebildet hat. Der Busfahrer navigiert sein Fahrzeug kopfschüttelnd und wild gestikulierend durch die schmale Lücke zwischen ihrem Panda und den parkenden Autos hindurch.

Um sich nicht anmerken zu lassen, wie sehr Max sie aus der Fassung gebracht hat, bemüht sie sich um einen lässigen, gleichgültigen Tonfall, als sie erwidert: »Nun, sie heißen *The Band Formerly Known As The Psychedelic Mandarins*, aber ich denke, da kann man noch etwas machen.« Verärgert über die Unsicherheit in ihrer Stimme, wagt sie es kaum, in seine Richtung zu blicken. »Und sie haben ein paar neue Songs geschrieben, die wirklich Potenzial haben.« Als er immer noch nichts erwidert, räumt sie ein: »Der Gitarrist ist mein kleiner Bruder.«

Das muss sie ihm lassen, er verzieht keine Miene. »Ich vertraue dir«, entgegnet er schlicht und schenkt ihr zum Abschied sein berühmtes Tausend-Watt-Lächeln. Als sie ihm nachblickt, fragt sie sich unwillkürlich, mit wem er sich heute noch trifft.

Juli

»Reg dich bloß nicht auf«, murmelt Nele und schließt die Bürotür hinter sich.

»Solche Einleitungen sind mir am liebsten.« Susanna, die gerade ihre dunkelrot lackierten Nägel auf minimale Absplitterungen untersucht hat, hebt misstrauisch den Blick.

»Der Wollseif schickt mich. Er hält es für eine gute Idee, für unser neues Nachhaltigkeitskonzept ein Mitarbeiterseminar zu veranstalten, damit alle Kollegen im Bilde darüber sind, was sich in Zukunft ändern soll.« Mit zerknirschter Miene lässt Nele sich in einen von Susannas harten Besucherstühlen fallen. Das bequeme Sofa in ihrem Büro musste Thomsens Schreibtisch weichen.

»Warum –« Susanna legt eine kurze Pause ein, weil sie dank eines elektrischen Bohrhammers, der irgendwo unter ihr plötzlich einen Heidenlärm verursacht, ihr eigenes Wort nicht mehr versteht. Schon seit Wochen bringt sie das Getöse der Handwerker beinahe um den Verstand. »Warum sollte ich mich darüber aufregen?«, erkundigt sie sich schließlich, als der Lärm abebbt. »Es macht doch Sinn, dass das Personal einbezogen wird. Wenn die Leute den Nutzen des Konzepts nicht nachvollziehen können, werden sie sich auch künftig nicht für die neuen, grünen Grundsätze von Vivera einsetzen wollen.«

»Nun, weil du das Konzept mitentwickelt hast und dich daher am besten auskennst, sollst du auch die Schulung geben.«

»Ich versteh immer noch nicht, was das Problem ist.« Ganz im Gegenteil. Conrad Wollseif hat dabei an *sie* gedacht, nicht an Friedrich Thomsen. Immerhin ist sie schon seit Wochen nicht mit ihm aneinandergeraten, und Friedrich hat ihr in der letzten Zeit auch keinen Anlass mehr zu der Annahme gegeben, ihre Arbeit klauen oder sabotieren zu wollen, so dass sie schwer davon ausgeht, dass er das Kriegsbeil endgültig begraben hat. Sie ist sich auch nicht mehr sicher, ob er wirklich so ein windiger Schmarotzer ist, der sich skrupellos und mit möglichst wenig Aufwand ihren wohlverdienten Job unter den Nagel reißen will, und selbst seine grellbunten Krawatten und das viel zu laute Lachen bringen sie nicht länger aus der Fassung. Vielleicht ist sein Lachen auch gar nicht so laut. Und seine Krawatten sind zwar scheußlich, aber seit sie den Grund kennt, warum er sie Tag für Tag trägt, kommt sie nicht umhin, ihn für seinen Mut zu Geschmacklosigkeit und modischer Entgleisung sogar beinahe zu bewundern. Und dennoch will sie ihre Erfolgsaussichten auf den Vorstandsposten nicht schmälern, nur weil seine Schwester gestorben ist und er jetzt für seine Nichten den liebevollen Ersatzvater spielt. Und weil sie plötzlich so etwas wie Sympathie für ihn übrighat.

»Das Problem ist«, holt Nele sie schreiend, um den neuerlich einsetzenden Bohrhammer zu übertönen, in ihr Büro zurück, »dass das Seminar jetzt gleich stattfinden soll. Ich meine, sofort.«

»Jetzt gleich?« Argwöhnisch zieht Susanna die Augenbrauen zusammen. »Aber warum hat Conrad denn nicht eher Bescheid gegeben? Dann hätte ich mich vorbereiten können. Eine Präsentation und vielleicht sogar Handouts erstellen, so etwas eben.«

»Du weißt doch, wie dieser halb senile Knacker ist. Er ist davon überzeugt, er hätte uns längst informiert, dabei ist uns beiden klar, dass er gerade erst auf die Idee mit der Schulung gekommen ist. Und jetzt ist es plötzlich unwahrscheinlich dringend. Aber du bist doch die Meisterin der Improvisation, Susanna, was kann da schon schiefgehen?«

»Du hast recht.« Noch immer irritiert erhebt Susanna sich von ihrem Chefsessel aus cognacfarbenem Anilinleder und streicht den engen Rock ihres Armani-Kostüms glatt, bevor sie sich für alle Fälle ihr MacBook schnappt und Nele in den kleinen Konferenzsaal folgt, möglichst weit weg von den lärmenden Bauarbeiten.

Sie ist überrascht zu erkennen, dass die übrige Mannschaft schon komplett versammelt zu sein scheint. Erwartungsfroh blicken alle Richtung Flipchart, wo Friedrich Thomsen schon mit Feuereifer dabei ist, bunte Stifte zurechtzulegen und die einzelnen Seiten mit Überschriften zu versehen. Auf dem Tisch neben ihm entdeckt Susanna zu ihrer Verwirrung seinen aufgeklappten Laptop, der bereits an einen Beamer angeschlossen ist, und einen Stapel dunkelblauer Mappen.

Was tut er da? Fragend blickt Susanna sich zu Nele um, doch die hat schon zwischen Melanie und Petra Platz genommen und scheint in ein Gespräch über Emojis, Ohrwürmer oder ähnlichen Unsinn vertieft.

Friedrich hat sie mittlerweile entdeckt und winkt sie enthusiastisch heran.

»Was tun Sie hier?«, zischt sie unwillig, als sie neben ihm steht. Mit ihren Absätzen überragt sie ihn um mehrere Zentimeter.

Er lächelt sie freundlich an. Seine Augen scheinen heute noch grüner und die Sprenkel noch goldener als sonst. »Nun, ich bereite den Vortrag vor. Zumindest die letzten Details.«

»*Meinen* Vortrag? Warum sollten Sie das tun?« Sie senkt mühsam beherrscht ihre Stimme, als sie aus den Augenwinkeln sieht, dass die ersten Kollegen ihre Gespräche unterbrechen und ihren Austausch mit neugierigen Blicken verfolgen. »Außerdem können Sie doch keine Überschriften vorgeben, wenn Sie keine Vorstellung haben, an welches Grundgerüst ich mich halten werde.«

Die verständnislose Miene, die er aufsetzt, ist oscarreif. Er kneift die Augen zusammen und schaut sie eindringlich an. »Aber die Struktur steht doch längst fest. Die habe ich Ihnen schon vor dem Wochenende zukommen lassen, Susanna, wissen Sie nicht mehr?« Er spricht jetzt besonders langsam und deutlich, als hätte er ein minderbemitteltes Kind vor sich. »Weil Sie so viel mit den Extrawünschen dieser Band für die Jubiläumsfeier um die Ohren hatten und Ihnen die Zeit fehlte, das Seminar mit mir gemeinsam vorzubereiten, habe ich mich allein darum gekümmert und Ihnen die Mappe mit allen notwendigen Unterlagen auf den Schreibtisch gelegt.«

»Welche Extrawünsche? Welche Mappe?« Irritiert und mit wütend hämmerndem Herzen sucht Susanna Neles Blick, doch die steckt noch immer ihren aufwendig frisierten Kopf mit Petra und Melanie zusammen und scheint um sich herum nicht viel wahrzunehmen. »Hannes und seine Jungs von *Earworms* haben bestimmt keine Sonderwünsche.« Die sind heilfroh, dass sie demnächst bei Max Jones im Vorprogramm ihre Songs spielen dürfen und ihnen im

Zuge dessen ein paar weitere Auftritte auf dem Silbertablett präsentiert wurden. Mindestens ebenso froh war Susanna, als sie an der Litfaßsäule gegenüber ihrer Wohnung die Plakate mit der Konzertankündigung inklusive Opener erspähte und wusste, sie hatte gerade die Lösung für ihr Problem mit dem fehlenden Musikact für die anstehende Jubiläumsfeier gefunden. Das Vivera-Management hatte vielleicht auf einen größeren Namen gehofft, und die Jungs lehnten Susannas ausgeklügelte Umstylingvorschläge zu ihrem Leidwesen kategorisch ab, aber zumindest gehörte dieser alberne Bandname mit den LSD-Leierfischen der Vergangenheit an, und sie waren begabt, verlässlich und hoch motiviert.

Konsterniert fährt Susanna sich durch die blonden Haare, die sie mittlerweile als Long Pixie Cut trägt, bevor sie schnaubend hinzufügt: »Und eine Mappe habe ich nie zu Gesicht bekommen.« Glaubt Thomsen etwa, er kommt mit solchen vagen Erklärungsversuchen durch?

»Soll das etwa heißen, Sie haben keine Ahnung, was heute konkret auf der Agenda steht?«

Ehe sie zu einer verärgerten Antwort ansetzen kann, schallt Conrad Wollseifs Bassstimme durch den Raum. Gewohnt geltungsbedürftig lässt er sich mit ausschweifenden Worten über die Initiative seiner hochrangigen Mitarbeiter aus, die sich für eine größere Energieeffizienz, den rücksichtsvolleren Gebrauch natürlicher Ressourcen und mehr Nachhaltigkeit in der Vivera-Hotelkette und damit für die Zukunft dieses Planeten einsetzen.

»Zudem werden Umweltschutz und Nachhaltigkeit in der Hotellerie als Wettbewerbsvorteil und für den Imagegewinn in der heutigen Zeit immer bedeutender. Nicht mehr nur die Anzahl der Sterne ist entscheidend, sondern drei Viertel aller Gäste sind mittlerweile bereit, für eine Übernachtung in einem grünen Hotel tiefer in die Tasche zu greifen«, schließt er endlich seinen minutenlangen Monolog und überlässt Friedrich Thomsen und einer immer noch entgeisterten, erbosten Susanna das Feld.

Friedrich wirft ihr einen kurzen Blick zu und beeilt sich, als sie gerade nach den richtigen Worten für ein paar improvisierte Eröffnungssätze sucht, mit seiner rauen, selbstbewussten Stimme zu erklären: »Nun haben Sie schon Susannas wohldurchdachte Einleitung vorweggenommen, Conrad, daher mache ich am besten direkt weiter mit konkreten Beispielen und Anregungen, die zeigen, wie wir gemeinsam schon große Teile des Konzepts kurzfristig umsetzen können. Susanna wird anschließend anhand verschiedener greifbarer Szenarien unsere mittel- und langfristigen Strategien vorstellen.« Er tippt kurz auf seinem Notebook herum und nimmt einen Laserpointer zur Hand.

»Ach, werde ich das?«, zischt sie empört. Denkt dieser Angeber, dass sie sich nach allem, was er angerichtet hat, auch noch vor versammelter Mannschaft zum Gespött macht, weil sie sich ohne Zeit zum Überlegen konkrete Beispiele aus den Fingern saugen soll, die sie vor Monaten mal ausgeheckt hat? Und dann auch nur zur Hälfte, weil die andere Hälfte von ihm stammt?

»Rote Mappe. Ab Seite vier«, brummelt er zwischen zwei Sätzen leise zurück, während er sein Publikum gleichzeitig überraschend kurzweilig mit Schilderungen über umweltverträgliche Reinigungsmittel, moderne LEDs und wassersparende Duschköpfe und Perlatoren unterhält.

Sie wirft ihm einen konsternierten Blick zu, macht aber keine Anstalten, sich zu bewegen.

»Vertrauen Sie mir! Oder wollen Sie etwa, dass ich das hier ganz allein durchziehen muss?«, wispert er in ihre Richtung, während er geräuschvoll das oberste Flipchart-Papier umschlägt.

Mehr aus Neugier als aus Überzeugung, dass sie darin tatsächlich etwas Sachdienliches finden würde, greift Susanna nach einem dunkelroten Hefter, der hinter ihr auf der Fensterbank liegt, und blättert träge zur vierten Seite.

Und hebt überrascht die Augenbrauen: Unter der Überschrift »Technologien zur nachhaltigen Effizienz« hat Friedrich detailliert die Analysen des Wasser- und Energieverbrauchs, der Heizungs- und Klimaanlagen, der Badbereiche, der Lebensmittel- und sonstigen Einkäufe aufgeführt und darunter für jeden Bereich sowohl das ökologische als auch das finanzielle Einsparpotenzial, das nach einigen Umbaumaßnahmen möglich ist, herausgearbeitet. Abschließend gibt es noch praktische Informationen und Hinweise für die Angestellten, wie sie in ihrem jeweiligen Arbeitsgebiet künftig ressourcenschonender und nachhaltiger handeln können. Zu ihrem Erstaunen entdeckt Susanna sogar einen Spickzettel, wie sie zum Unterstreichen des Gesagten am besten das Flipchart beschriften kann.

Die nächsten Minuten verbringt sie damit, nach dem Fehler zu suchen. Denn sicher wird Friedrich Thomsen ihr nicht den Gefallen tun, die ganze Arbeit allein zu erledigen, nur weil sie angeblich zu beschäftigt war, ihm zu helfen, um die Lorbeeren anschließend mit ihr zu teilen. Aber sie kann beim besten Willen kein Haar in der Suppe finden.

»Ihr seht also, Kleinvieh macht auch Mist. Und nun kommt Susanna darauf zu sprechen, wie wir in den nächsten beiden Jahren ohne größeren finanziellen Aufwand unsere Hotelausstattung und die Verbrauchszahlen erheblich nachhaltiger gestalten können«, erklärt Friedrich gerade und lächelt sie freundlich an, bevor er Anstalten macht, den Stapel blauer Mappen unter den Mitarbeitern zu verteilen. Ein flüchtiger Blick aufs Deckblatt verrät ihr, dass er ihre beiden Namen als Autoren angegeben hat. Was geht hier vor sich? Erst klaut er ihr Konzept und lässt auch sonst keine Gelegenheit aus, sie auszubooten, und nun bewahrt er sie mit seinem tatkräftigen Einsatz vor einer möglicherweise folgenschweren Blamage. Obwohl er ebenso gut die Chance hätte nutzen können, sie mit wehenden Fahnen untergehen zu lassen. So wie sie es wahrscheinlich getan hätte.

Ein ungeduldiges Räuspern holt sie ins Konferenzzimmer zurück. Rasch schlägt Susanna die rote Mappe auf, setzt ihr souveränstes Zahnpastalächeln auf und wendet sich ihren erwartungsvollen Kollegen zu.

Als sie ihren Vortrag eine knappe Stunde später mit den Worten »Wenn unsere Hotels also grüner werden, senken wir nicht nur unsere Kosten und entlasten die Umwelt, sondern wir gewinnen auch das Wohlwollen unserer Gäste. Das alles soll und wird schließlich dazu führen, dass Vivera eine Green Globe Zertifizierung erhält« schließt, sieht sie in den gebannten Augen ihrer Zuhörer, dass die Nachricht angekommen ist. Hier wird kein Zimmermädchen mehr aus Gründen der Bequemlichkeit täglich die Handtücher wechseln und kein Küchenchef den Kühlschrank neben dem Herd platzieren.

Sie wirft Friedrich einen dankbaren Blick zu, doch der ist gerade dabei, sein hartnäckig vibrierendes Handy aus der Tasche zu fischen.

»Ich muss leider los. Wie es aussieht, hat Maaret Ärger in der Schule«, murmelt er abgelenkt, plötzlich ein wenig blass um die Nase, in ihre Richtung gewandt und bahnt sich schon einen Weg durch die Menge hindurch zur Tür, gerade als Conrad Wollseif wie aus dem Nichts an ihrer Seite auftaucht.

»Vielen Dank, du hast deinen Job wie immer hervorragend gemacht, Susanna. Ich bin sicher, deine innovativen Ideen werden uns ein ausgesprochen positives Medienecho bescheren.« Wollseif glotzt ihr wie immer in den Ausschnitt, und Susanna kommt unwillkürlich der Gedanke, dass sie vielleicht ja doch noch nicht gegen den eifrigen, ehrgeizigen Ersatzvater mit den beiden traumatisierten Kindern verloren hat. Immerhin ist ihr bewusst, dass sie nicht nur hart und effizient arbeitet, sondern auch eine von den Frauen ist, bei denen die Männer zu sabbern anfangen. Nur Friedrich Thomsen scheint komplett immun zu sein gegen ihre weiblichen Reize.

»Und danke bitte auch noch mal Nele dafür, dass sie sich so sorgfältig um die Technik gekümmert hat.«

Ihr entfährt ein überraschtes Keuchen. »Nele? Die wusste bis eben gar nichts von der Schulung.«

»Aber deine Assistentin hat doch das Seminar erst angeregt.«

Ihre weit aufgerissenen Augen wandern von Wollseifs fleischiger Knollennase zu dem Platz, an dem Nele gerade noch saß. Melanie und Petra sind in ein angeregtes Gespräch vertieft, doch Neles Stuhl ist leer. Unwillkürlich zieht Susannas Blick weiter zur Tür, und da steht ihre Assistentin und starrt sie an. Der Ausdruck in ihren runden Augen verrät alles.

Susannas Herz beginnt, schmerzhaft gegen ihre Rippen zu hämmern.

»Seit dem Tag, als die Knochenflöte erfunden wurde, benehmen Musiker sich wie Vollidioten.« Ava schüttelt resigniert den Kopf. »In deinem Berufsstand, mit so vielen Kollegen, die Hotelzimmer verwüsten, sternhagelvoll von der Bühne fallen und acht Kinder von ebenso vielen Frauen haben, gehört also eigentlich nicht allzu viel dazu, als Moralist oder Saubermann durchzugehen.«

Schnaubend tritt Max, eine dunkle Sonnenbrille auf der Nase, das Gaspedal von Thors Familienkutsche – sein wiederhergestellter Lamborghini musste zu seinem Leidwesen heute wegen Platzmangels in der Garage bleiben – bis zum Bodenblech durch, schafft es aber nur noch bei Rot über die Ampel. »Ich habe fast alles getan, was du von mir verlangt hast, Ava. Sogar zu dem Live-Interview mit diesem aufdringlichen Radiomoderator habe ich mich überreden lassen, um dich zum Schweigen zu bringen. Verdammt, ich habe vor aller Welt Fragen zu meiner Kindheit beantwortet, obwohl ich das nie tun wollte. Ich habe einen Artikel zu toxischer Männlichkeit und struktureller Diskriminierung von Frauen in der Musikindustrie geschrieben. Aber egal, was du sagst, Ava, bei diesem verdammten Werbedeal mache ich nicht mit. Fernsehspots für Putzmittel? Was zum Teufel hast du dir nur dabei gedacht?«

»Es ist doch nur ein Sync-Deal, Max. Du selbst bist nicht zu sehen, nur einer deiner alten Hits wird gespielt. Außerdem geht es dabei um einen veganen, nachhaltigen Glasreiniger auf Basis pflanzlicher Rohstoffe. Damit verdeutlichen wir, dass du umweltbewusst und emanzipiert bist. Dass in deinen Augen nicht allein Frauen für den ganzen Haushaltskram verantwortlich sein sollten, während Männer sich ganz ihrer Karriere widmen können.«

»Ich bin nicht emanzipiert. Meine Fenster reinigt meine Putzfrau. Wie auch den Rest der Wohnung.« Der Schalk in seiner Stimme ist nicht zu überhören, während er viel zu schnell um die Kurve brettert. Ava krallt sich am Angstgriff fest, bis ihre Fingerknöchel weiß hervortreten.

»Denkst du bei solchen haarsträubenden Vorschlägen an deinen Contest?«, will Hannes, der sich ungeachtet Max' allzu forschem Fahrstil unangeschnallt quer über die Rücksitzbank ausgebreitet hat, Herrn Schmidt treu ergeben zu seinen Füßen, wissen. »Geben TV-Minuten Extrapunkte? Wenn es auch nur seine Stimme ist?«

»Welcher Contest?« Max wirft ihr einen fragenden Blick zu. Gleichzeitig überholt er in halsbrecherischem Tempo einen Porsche.

Ava ächzt innerlich. »Außerdem wäre die Werbekampagne eine ideale Gelegenheit, diese vermaledeiten Fotos, wie wir um ein Haar eine Frau über den Haufen fahren, wieder in den Hintergrund zu rücken.« Sie hätte fast ihren Orangensaft ausgespuckt, als sie vor einigen Wochen morgens die Nachrichten scannte und das erste einer langen Reihe von Bildern entdeckte, das sie und Max offensichtlich in wilder Flucht vor einer Meute seiner Fans in ihrem Panda zeigt, während die Amateur-Paparazza mit dem roten Hut gerade noch rechtzeitig aus dem Weg zu springen scheint, bevor sie überrollt worden wäre. Auf den Aufnahmen sieht es aus, als würde Ava gar nicht auf die Straße blicken, sondern hätte nur Augen für Max. Der spekulative Titel *Max Jones eilig auf dem Weg zu einem besonderen Fan-Treffen?* war besonders schmerzhaft. Als wäre sie irgendeines seiner Groupies. Sie hatte Stalin noch nie so fuchsteufelswild und Timon noch nie so süffisant grinsen gesehen.

»Wie *du* in deinem rostigen Wägelchen um ein Haar eine Frau über den Haufen fährst«, wirft Hannes wenig hilfreich ein.

Gereizt wendet Ava sich zu ihm um. »Wenn der Kuchen spricht, haben die Krümel Pause. Du hast drei große Geschwister, da solltest du das wissen. Außerdem liegt es viel näher, dass Max jemanden niederstreckt, so, wie er fährt.«

Als hätte sie nichts gesagt, fährt Hannes breit grinsend fort: »Und ein Vorurteil gegemüber Rockmusikern hast du übrigens vergessen: Wir sind unwiderstehlich.«

»Bilde dir bloß keine Schwachheiten ein, kleiner Bruder!« Sie verdreht demonstrativ die Augen, kann sich ein Lächeln aber nicht verkneifen. »Nur, weil du heute mal mit Max ins Tonstudio durftest und der Produzent von euren Leierfischen vielleicht nicht ganz unangetan war –«

»Es ist *Earworms*. Und der Produzent, der Artists-and-Repertoire-Manager und sogar der Toningenieur waren begeistert. *Begeistert!* Die Jungs und ich werden ein ganzes Album aufnehmen! Das erste von vielen. Wir werden reich und berühmt sein, Millionen Fans rund um den Globus werden den Boden küssen, auf dem wir laufen, unser Talent wird uns jede Tür öffnen –«

»Das Beste an dir ist immer noch deine Bescheidenheit.«

»… Unsere Eltern werden nicht mehr verlegen herumdrucksen, wenn die Nachbarn nach dem schwulen Straßenmusiker und der kinderlosen alten Jungfer fragen, die es seit einem halben Jahr nicht übers Herz bringt, ihnen zu beichten, dass es den angekündigten Lebensgefährten gar nicht gibt. Stattdessen werden sie von Echos, Grammys und Goldenen Schallplatten reden.«

Gequält lehnt Ava sich wieder in ihrem Sitz zurück und schließt die Augen, ohne ihre Hand vom Haltegriff zu nehmen. Erst vor ein paar Tagen, als sie zum obligatorischen Abendessen an Lenis und Alfis rundem Esstisch saß, hat ihre Mutter, die offensichtlich mit einem ihrer Anfälle von Torschlusspanik kämpfte, zum ersten Mal seit Wochen gefragt, warum Ava es denn noch immer nicht für nötig befunden hat, ihren Liebsten mitzubringen. Insgeheim hatte Ava schon angenommen, ihre Eltern hätten diese idiotische Geschichte von ihrem angeblichen Freund vergessen.

»Wenn er nun schon so lange an deiner Seite ist, wollen wir ihn endlich kennenlernen. Was isst er denn gerne, dein Schatz?«, sagte sie mit tellergroßen, hoffnungsvollen Augen und meinte damit: »Auch wenn er ärmer ist als eine Kirchenmaus oder unansehnlicher als der Glöckner von Notre-Dame, du kannst ihn nicht länger vor der Welt verstecken. Denk daran, du wirst bald fünfunddreißig – du musst an die Zukunft denken und endlich den nächsten Schritt wagen. Willst du denn nicht irgendwann mal eine eigene Familie gründen?«

»Ja, Ava, was isst er denn gerne, dein schüchterner Schatz?«, ist Hannes seiner Mutter beigesprungen und hat zwinkernd und verschmitzt grinsend Avas Rotweinglas aufgefüllt.

Und Thea hat ihr eine Schale mit ihrem berühmten, drei-Sterne-verdächtigen Tiramisu hingeschoben, ihr die Hand auf den Arm gelegt und in ihrer verständnisvollen Musiklehrerinnenstimme erklärt: »Als ich Thomas zum ersten Mal mit nach Hause brachte, wollte er Mama und Papa unbedingt gefallen und hat ihnen weisgemacht, einen ähnlich ausgeprägten Sinn für Musik zu haben wie sie. Vor dem Essen hat Papa dann vorgeschlagen, Karaoke zu singen, sozusagen als Eisbrecher. Und wie du weißt, trifft Thomas trotz intakter Sinnesorgane keinen einzigen Ton. Trotzdem lieben unsere Eltern ihn. Es gibt also keinen Grund, nervös oder besorgt zu sein, Ava.«

»Das ist es nicht.« Verstimmt hat Ava ein bisschen Mascarponecreme mit ihrem Löffel hin und her geschoben. Diese dämlichen Silvestervorsätze hatten ihr das Ganze eingebrockt. Und dieser treulose Oskar. Zumindest hatte er es seit ihrer denkwürdigen Begegnung vor der Agentur letzten Monat nicht mehr gewagt, sie anzurufen, geschweige denn ihr aufzulauern. »Es ist nur −«

Genau diesen Augenblick hat Alfi gewählt, singend und tanzend und eine übervolle Schale mit Himbeeren balancierend über Herrn Schmidt zu stolpern, und ihr damit erspart, ihrer Familie reinen Wein einzuschenken.

»Noch mal zu diesen Bildern, Max«, sagt Ava jetzt und versucht angestrengt, ihrer Stimme einen gleichmütigen Klang zu verleihen. »Dir ist doch klar, dass uns eine Liaison nachgesagt wird?« Allein die Worte laut auszusprechen, bringt ihre Wangen zum Glühen. Ihre Mutter ist, als sie morgens ihre Lieblingsklatschzeitung aufschlug, so hastig zum Telefon gestürzt, dass sie noch immer außer Atem war, nachdem Ava ihr geduldig erklärt hatte, dass das Ganze nur ein Missverständnis war. Die Enttäuschung in Lenis Stimme war nicht zu überhören.

»Und wennschon, Ava. Immerhin bist du eine Augenweide.« Das bemerkt Max so beiläufig und selbstverständlich, den Blick fest auf ihr Gesicht gerichtet, dass ihre Wangen, wenn überhaupt möglich, noch röter werden. Heute hat Max seine Muskeln mit einem dünnen Leinenhemd dekoriert, das bis zur Brust aufgeknöpft ist. Beklommen wendet Ava den Blick ab.

Breit grinsend fügt Max hinzu, während er sich, ohne das Tempo zu drosseln, zwischen mehreren Baufahrzeugen hindurchschlängelt: »Und mir wurde schon seit Wochen keine Affäre mehr angedichtet. Ich kam mir schon vor wie ein Mönch. Außerdem stürzen sich die Aasgeier von der Presse so zumindest nicht ausschließlich auf die wenig ruhmreiche Tatsache, dass du beinahe ein Menschenleben auf dem Gewissen hättest.«

Irritiert hebt sie eine Augenbraue. Doch ehe ihr eine geistreiche Entgegnung einfällt, fährt er feixend fort: »Was ist das da überhaupt in deinem Gesicht? Seit wann trägst du Lippenstift?«

»Lippen sind nicht dazu geschaffen, blass zu sein.«

»Dieser Ton ist doch noch blasser als deine natürliche Farbe.«

»Vielen Dank, Mr. Style. Eine Dame will schließlich immer hören, dass sie top aussieht.«

»Ich dachte, du schminkst dich erst, wenn es Nutella als Lippenstift gibt.«

Ava schüttelt schnaubend den Kopf. »Wenn du etwas von dir gibst, sitzt der Teufel daneben und lernt.«

»Also sag mir gerne Bescheid, wenn du Probleme brauchst.«

Sie hören nicht auf, sich gegenseitig gut gemeinte Beleidigungen an den Kopf zu werfen, bis Hannes sie schließlich irritiert unterbricht: »Wenn ich es nicht besser wüsste, würde ich meinen, ihr wärt ein altes Ehepaar.«

»Zumindest führt deine Schwester sich langsam auf, als wäre sie meine Frau. Ohne dass ich es kommen sah, bestimmt sie mehr über mein Leben als Thor. Und der ist schon eine echte Nervensäge.«

Ava setzt gerade zu einer scharfsinnigen Gegenbemerkung an, als Hannes von der Rückbank ruft: »Da vorne ist es.« Ava hat gar nicht bemerkt, dass sie in Rekordgeschwindigkeit bei Hannes' Wohnung angekommen sind. Mit quietschenden Reifen kommt Max zum Stehen. Auf dem Bürgersteig vor der gläsernen Haustür steht ein junger Hipster mit schwarzen Haaren und im Flanellhemd, der wiederholt nervöse Blicke auf sein Handy wirft. Als der gut aussehende Fremde Hannes erkennt, eilt er mit langen Schritten auf ihn zu.

»Wer ist das?«, platzt Ava neugierig heraus. Sie ist dankbar für jegliche Ablenkung. »Henning ist doch blond?«

Max muss erst die Kindersicherung entriegeln, bevor Hannes die Autotür öffnen kann. »Das ist Malik. Henning ist Schnee von gestern.« Hannes hält Herrn Schmidt am Halsband fest, damit er nicht entwischen kann, während er mit der anderen Hand Max' Oberarm drückt, Ava einen schnellen Kuss auf den Scheitel gibt und seine Tasche schultert.

»Ich bin übrigens noch nie sternhagelvoll von einer Bühne gefallen, und du solltest das auch nicht tun, Hannes.«

»Und wann stellst du deinen Adonis unseren Eltern vor?«, fragt Ava mit etwas hämischem Unterton, ehe Hannes auf Max' Bemerkung eingehen kann.

»Damit warte ich lieber noch ein bisschen. Schließlich will ich dir und deinem Liebsten nicht die Show stehlen.«

Mit diesen Worten schlägt Hannes die Autotür hinter sich zu und zieht den erwartungsvollen Fremden für einen filmreifen Kuss in seine Arme.

Ava spürt Max' Blick auf ihrem Gesicht. Und plötzlich ist der große Wagen wieder viel zu eng. So wie immer, wenn sie und Max in den vergangenen vier Wochen allein waren – seit diesem denkwürdigen Tag, als ein ungeduldiger Busfahrer das, was sie für ein spannungsgeladenes Knistern zwischen ihnen hielt, unterbrach. Bis heute ist sie sich unsicher, ob sie sich diesen Augenblick nur eingebildet hat. Sicher ist sie nur, dass sie sich in den vergangenen Wochen immer wieder das Hirn darüber zermartert hat, was passiert wäre, wenn ihnen nicht dazwischengefunkt worden wäre. Und dass Max ihr beinahe ununterbrochen im Kopf herumspukt, ohne dass sie etwas dagegen tun könnte. So oft, dass sie sich schwertat, Ellie und Susanna davon zu erzählen. Denn Ava wusste genau, was ihre Freundinnen dazu zu sagen hatten. Und sie behielt recht.

Bevor der Kloß im Hals ihr die Sprache verschlägt, fordert sie, um einen forschen Tonfall bemüht: »Wenn du nichts dagegen hast, würde ich jetzt lieber bis zu meiner Wohnung weiterfahren. Mir liegt nämlich was an meinem Leben. Und du bist mir mit heilen Knochen auch lieber. So kurz vor dem Konzert«, fügt sie hastig hinzu.

»Auto fahren kann Mann immer noch besser als Frau«, erklärt er, ohne mit der Wimper zu zucken, während er mit einer fließenden Bewegung den Blinker setzt und sich wieder in den Verkehr einfädelt, nun in adäquaterer Geschwindigkeit.

Ava verdreht demonstrativ die Augen. »Irgendwie hast du es fertiggebracht, eine gesellschaftliche Revolution zu verschlafen. Lass das bloß die Klatschblätter nicht hören, die dich für deinen Einsatz für Frauen und Gleichberechtigung beweihräuchern.«

»Das ist es nicht. Ich erinnere mich nur lebhaft an die Ereignisse, als du zuletzt am Steuer saßt.«

Ihre Wangen hören nicht auf zu glühen. »Denkst du bei deinem unverzagten Fahrstil bitte wenigstens daran, dass wir einen Hund dabeihaben?«, lenkt sie ab.

Max räuspert sich leise, ehe er, ohne auf ihren Einwurf einzugehen, fragt: »Es geht mich zwar nichts an, aber warum machst du deinen Eltern vor, du hättest einen Partner?«

Verlegen nestelt sie an ihren Locken herum. Warum konnte Hannes nicht einfach den Mund halten? »Das ist eine lange Geschichte«, entgegnet sie schließlich ein wenig kleinlaut. »Die damit endet, dass ich aus der Nummer jetzt nicht mehr herauskomme, ohne meine Eltern maßlos zu enttäuschen.«

»Also steckst du den Kopf in den Sand und wartest darauf, dass sich die Angelegenheit ohne dein Zutun regelt?«

»Nun, vielleicht habe ich die Hoffnung noch nicht aufgegeben, in nächster Zeit einen lüsternen, gut aussehenden Millionär zu ködern, der mir aus der Patsche hilft.« Zu spät bemerkt sie, was sie da gerade gesagt hat. Ihre Wangen sind rot wie Klatschmohn, als sie eilig ergänzt: »Einen, der nur noch wenige Monate zu leben hat.«

Er starrt sie an, sekundenlang.

»Um noch mal auf diese Werbung zurückzukommen –«, beginnt sie, als er endlich wieder auf die Straße blickt, nur um die Stille zu füllen. Sie schiebt sich ihre Sonnenbrille auf die Nase, aber auch die kann gegen seine Strahlkraft wenig ausrichten.

Max stößt einen Seufzer aus. »Selbst wenn ich wollte, ich habe für so etwas im Moment keine Zeit.«

»Du müsstest so gut wie gar nichts tun, das Lied gibt es ja schon. Aber warum hast du keine Zeit? Willst du wieder Fallschirm springen? Oder zu einem deiner Motocross-Rennen? Denk daran, beim letzten Mal bist du nur haarscharf mit dem Leben davongekommen, als du auf dieser nicht abgesperrten Strecke —«

»Ich bin im Studio«, fällt er ihr ein wenig widerwillig ins Wort. Über seinen Hang zu selbstmörderischen Hobbys haben sie schon hinreichend diskutiert.

»Im Studio?«

Er wirft ihr einen undurchdringlichen Seitenblick zu. »Im Tonstudio.«

»Warum?«

»Um Schallereignisse zu erzeugen, die dort bearbeitet und aufgenommen werden können. Viele Musiker machen das so in einem Tonstudio.«

»Dein neuer Song ist fertig? Max, das ist phantastisch!« Ava hat kaum noch damit gerechnet, dass er sich vor seinem Konzert nächsten Monat dazu durchringen würde, der Welt einen neuen Track vorzustellen. Zu sehr war er damit beschäftigt, sich auf die »fehlende Magie« des Textes und der Melodik zu fokussieren.

Vor einer roten Ampel kommt der Wagen zum Stehen, und Max betrachtet sie unverwandt. »Es ist ein ganzes Album.«

»Ein Album? Und davon erfahre ich erst jetzt? Ist dir klar, wie fabelhaft ich diese Information für meine Arbeit als deine PR-Beraterin hätte nutzen können?«

Herr Schmidt, angesteckt von ihrer Aufregung, beginnt

unter lautem Gebell, auf der Rückbank hin und her zu hopsen.

»Wehe, die chinesische Vorspeise pinkelt mir ins Auto.« Das unterdrückte Vergnügen in seiner Stimme ist nicht zu überhören. Ava wird das Gefühl nicht los, dass Max seine Abneigung gegen den kleinen Corgi vielleicht nicht ganz überwunden, aber doch zumindest zurückgeschraubt hat.

»Es ist Thors Wagen. Wann hast du an dem Album gearbeitet?«

»Zwischen den Proben für das Konzert und diesen ganzen zeitraubenden Albernheiten, die du mir aufgezwungen hast.«

»Ich wusste es! Ich wusste, dass du es noch kannst! Darf ich es hören?«

Anstatt ihr eine Antwort zu geben, wirft er ihr mit seinen beinahe unnatürlich leuchtenden blauen Augen einen langen, undurchdringlichen Blick zu. Bis ein ungeduldiges Hupkonzert sie darauf hinweist, dass die Ampel auf Grün umgesprungen ist.

»Ich habe ein Promotion-Demo zu Hause«, murmelt er schließlich und macht mitten auf der Kreuzung einen U-Turn. Seine Wohnung liegt in der entgegengesetzten Richtung.

»Am besten, das Album steht am Tag nach dem Konzert in den Regalen.« Eifrig zieht Ava ihr Handy aus der Tasche, um sich ein paar Notizen zu machen.

»Du meinst, Pre-Production, Recording, Editing, Mixing, Mastering und Export von dreizehn Tracks in vier Wochen?« Amüsiert schüttelt er den Kopf. Dabei fällt ihr nicht zum ersten Mal das winzige, umwerfende Grübchen in seiner Wange auf. Schnell wendet sie den Blick ab. Den Rest der Fahrt starrt sie schweigend aus dem Fenster.

In seiner Tiefgarage kommen sie direkt neben dem quietschroten Lamborghini zum Stehen.

»Ich würde dir ja die Tür aufhalten, aber ich habe die dunkle Ahnung, dass das ebenfalls mit der Vorhaltung enden könnte, ich hätte eine gesellschaftliche Revolution verschlafen. Und schließlich will ich keine Emanzipationsbestrebungen ausbremsen.«

Sie lacht, viel zu laut.

»Bist du nervös?«

»Nein!«

Mit seinem typischen spitzbübischen Grinsen im Gesicht geht er voran zum Fahrstuhl. Als sich eine Minute später die Lifttüren zu seinem Penthouse öffnen, schießt Herr Schmidt energisch bellend und hechelnd in den Flur und fängt vor Entzücken an zu zittern, als sein alter Freund Jim Morrison, der überdimensionierte Rottweiler, ihn mit einem ausgelassenen Nasenstüber begrüßt. Die beiden ungleichen Hunde flitzen so schnell umeinander herum, dass sie auf den glatten Holzdielen ausrutschen.

Ava ist erst einmal zuvor in Max' Stadtwohnung gewesen, um ihm einen Stapel Einladungskarten für verschiedene Galas, Eröffnungsfeiern und Charity Events vorbeizubringen, die er allesamt sausen ließ. Aber noch nie hat sie sein riesiges Musikzimmer gesehen. Mehrere Konzert- und Elektrogitarren und ein E-Piano reihen sich hier vor bodentiefen Fenstern aneinander, deckenhohe Regale offenbaren eine Plattensammlung, die jeden ambitionierten Sammler vor Neid erblassen ließe, unzählige gerahmte Konzertplakate aus den Sechzigern und Siebzigern zieren die taubenblau gestrichenen Wände, Boxen in allen Größen verteilen sich in den Ecken. Im Zentrum des Raums steht ein schwarzer Flügel, auf dessen Vorderdeckel ein halb volles Rotweinglas vergessen wurde. Dattelpalmen und Fensterblatt in riesigen Kübeln lassen einen Hauch von Dschungelflair aufkommen. Alles wirkt hell und freundlich und ganz und gar nicht wie Sex, Drugs und Rock 'n' Roll.

»Die Aufnahme ist ein bisschen dilettantisch. Erst im Studio geht es ans Eingemachte, also ist die Technik hier noch relativ einfach«, reißt Max sie aus ihren Gedanken. Sie ist wie angewurzelt mitten im Raum stehen geblieben. »Und mein Drummer war besoffen.« Fast wirkt er unsicher, als er sich auf einen abgewetzten Ledersessel fallen lässt und zögernd sein MacBook aufklappt, so als würde er ernsthaft etwas auf ihre Meinung geben. Er vergisst sogar, Herrn Schmidt zu rüffeln, der ihm, dicht gefolgt von Jim Morrison, hektisch um die Beine wuselt.

Als die ersten Töne aus den Boxen schallen, ist es, als würde die Zimmertemperatur um mehrere Grad ansteigen. Zuerst hört sie nur seine raue, volle Stimme, die ihre Haut wie Whirlpoolwasser zum Kribbeln bringt, ehe Bass und Schlagzeug einsetzen. Der Text scheint eine Abrechnung zu sein, mit seiner Vergangenheit, mit Drogen, Frauen und sich selbst. Der temporeiche Sound, ein Mix aus Melodie und Energie, klingt persönlicher und reifer als auf den vergangenen Alben. Als wäre Max in den letzten Monaten erwachsen geworden.

Abwesend streicht Ava über Jim Morrisons breiten Schädel, als der letzte Gitarrenriff verhallt. Sie weiß, der Song hat Ohrwurmpotenzial und das Publikum wird ihn lieben.

»Was hältst du von einem Drink? Ich habe Bier und Whisky da, und vielleicht finde ich auch noch eine Flasche Milch im Kühlschrank.« Wenn sie es nicht besser wüsste, würde sie meinen, Max ist nervös, als er nun, ohne ihre Antwort abzuwarten, den Raum verlässt, dicht gefolgt von beiden Hunden.

Sie stellt sich an eines der Fenster, das den Blick auf einen kleinen, sommerlich grünen Park freigibt, als ein langsamer Gitarrenakkord das nächste Lied ankündigt. Und plötzlich steht die Zeit still.

Max' Stimme hat nie gefühlvoller geklungen, nie nach mehr Sehnsucht, Emotion und Schmerz. Begleitet von nichts als Gitarre und Klavier singt er von der Liebe, die einen irgendwann wiederfindet, von einer Frau, der er immer zu begegnen gehofft hat, von Schranken und Hürden und zwei Seelen, die vielleicht niemals zusammen sein können. Davon, dass er nicht weiß, wie es einst enden wird. Jedes Wort trifft Ava direkt ins Herz. Ohne nachfragen zu müssen, weiß sie, dass es dieser Song ist, dessen Text und Melodik Max lange nicht zufriedengestellt hat. Offensichtlich hat er die fehlende Magie gefunden.

Auch als die letzten Töne verklungen sind und längst das nächste Lied, nun wieder ein temporeicheres Stück, aus den Boxen dröhnt, rührt Ava sich nicht von der Stelle. Erst Herrn Schmidts helles Gebell lässt sie herumfahren. Im Türrahmen steht Max, in der Hand zwei mit Eiswürfeln und einer bräunlichen Flüssigkeit gefüllte Gläser, und starrt sie an. Und für einen flüchtigen Moment, kurz wie ein Wimpernschlag, ist sie wieder da, diese Spannung. Dieser winzige knisternde Augenblick zwischen ihnen, in dem sie nichts sehnlicher wollte, als ihn zu küssen. Und auch jetzt muss sie gegen den verrückten, irritierenden Wunsch ankämpfen, sich in seine Arme zu stürzen.

»Wie heißt der Song?«, bringt sie nach einem schier endlosen Schweigen hervor und hofft dabei inständig, dass ihm nicht entgangen ist, dass sich ihre Haare heute zur Abwechslung mal einigermaßen benehmen und in sanften Locken ihr dezent geschminktes Gesicht umrahmen. »Ich meine nicht diesen, sondern –«

»Er heißt ›I Found Someone‹.« Langsam kommt er näher und reicht ihr eines der Whiskygläser.

Sie streicht sich eine dunkelblonde Strähne aus der Stirn und wendet beklommen den Blick ab. Muss er unbedingt so dicht an sie herantreten, dass sie sein Aftershave riechen kann? Sein Körper lässt sie von Tag zu Tag weniger kalt. Die breiten Schultern, seine langgliedrigen Finger, der dunkle Bartschatten, der sein markantes Kinn umspielt. Aber über seinen Körper will sie nun wirklich nicht schon wieder nachdenken. Stattdessen konzentriert sie sich lieber auf seine Widerspenstigkeit, die ihr so häufig den letzten Nerv raubt. Und auf die Musik, die sie derart aus der Fassung gebracht hat. »Diese Ballade wird Millionen Menschen berühren, Max.«

»Berührt sie dich?«

Er steht jetzt so dicht vor ihr, dass sie kaum wagt zu atmen. »Sie ist unglaublich. Traurig und melancholisch, aber gleichzeitig so optimistisch und voller Lebensenergie. Ich kann mich nicht erinnern, je ein ergreifenderes Lied gehört zu haben. Wirst du es auf dem Konzert spielen?« Nervös nimmt sie einen großen Schluck aus ihrem Glas und verzieht das Gesicht. »Wem gilt der Song? Wer ist die Frau, über die du singst?«, will sie eigentlich fragen, kann sich aber gerade noch bremsen.

Max leert sein Glas in einem Zug, ohne die Miene zu verziehen. Dabei lässt er sie nicht aus den Augen.

»Ich bin übrigens nicht daran interessiert, einen gut aussehenden Millionär zu ködern, nur, um meinen Eltern einen potenziellen Schwiegersohn zu präsentieren«, murmelt sie zusammenhanglos, ehe sie sich auf die Zunge beißen kann, und fügt eilig hinzu, bevor er falsche Schlüsse ziehen kann: »Und überhaupt will ich mir im Moment weder einen Millionär noch sonst jemanden angeln.« Verlegen tritt sie einen Schritt zurück und nippt an ihrem Whisky.

»Bedauerlich«, antwortet er schlicht. Sonst nichts. Doch der Blick, den er ihr zuwirft, spricht Bände.

»Warum?«, wispert sie und lässt zu, dass er das halb leere Whiskyglas aus ihrer Hand nimmt und neben das Rotweinglas auf den Flügel stellt, bevor er die Musik leiser dreht. Ihr Herz hämmert hart gegen ihre Rippen, als er wieder vor ihr steht, diesmal noch dichter als zuvor. Sanft verhakt er seine Finger mit ihren. *Max ist genau die Sorte Mann, um die ich sonst einen großen Bogen machen würde*, schießt es ihr durch den Kopf. »Ich dachte, wir wären uns einig, dass wir uns nicht allzu sehr mögen.« Ihre Stimme ist kaum mehr als ein Flüstern.

»Wer sagt das?«

Sie sagt sich das. Schon seit Wochen. Sie will ihn nicht mögen, nicht auf diese Art, aber es fällt ihr von Tag zu Tag schwerer, sich dagegen zu wehren. Denn ihr Körper hat offenbar nicht vor, auf sie zu hören. Allein seine Gegenwart reicht aus, damit ihre Eingeweide sich zusammenziehen.

Sacht berührt er mit den Lippen ihren Scheitel, und ihre Kopfhaut beginnt zu prickeln.

Ava hat keine Ahnung, was diese neuen, erschreckenden, erregenden Gefühle zu bedeuten haben, aber sie weiß, dass es tausend gute Gründe gibt, warum sie nicht auf ihn hereinfallen darf. Sie muss sich nur in Erinnerung rufen, dass Max ein elender, offenbar obendrein noch gelangweilter Womanizer ist, der schon ein ganzes Stadion voll Frauen hatte und sich unterhalten lassen will. Ein kurzweiliges Techtelmechtel kommt da offensichtlich genau richtig. Jede Frau ist ihm dazu recht, nun ist gerade sie zur Stelle.

Himmel, warum sieht er nur so verdammt gut aus? Warum kann er nicht zumindest ein fliehendes Kinn oder eine Boxernase haben? Denn was soll eine junge Frau mit einem gesunden Körper auch machen, wenn sich die wahre Liebe weit und breit nicht blicken lässt, dafür aber Max als Aphrodisiakum auf zwei Beinen vor ihr steht? Schließlich ist sie nur ein schwaches menschliches Wesen.

Dabei weiß sie genau, dass sie nicht der Typ für oberflächliche Affären ist.

Er legt den Zeigefinger unter ihr Kinn und zwingt sie, ihn anzublicken. »Soll ich dich lieber nach Hause fahren?«, murmelt er kaum hörbar.

Eine einfache Frage. Sie weiß, wie ihre Antwort lauten sollte, zumindest, wenn ihr Leben weiterhin einigermaßen unkompliziert verlaufen soll.

Aber dieser Ausdruck in seinen Augen. So, als würde er sich ebenso zu ihr hingezogen fühlen. Doch natürlich bildet sie sich das nur ein.

Das Blut rast durch ihre Adern. Was ist schon unkompliziert? Verärgert stellt sie fest, dass ihre Stimme ganz rau klingt, als sie erwidert: »Ich glaube, Herr Schmidt hat noch nicht genug von deinem Riesenköter.«

Sein leises Lachen lässt sie erschauern. Vielleicht ist es aber auch das Gefühl seiner Hand auf ihrer bloßen Haut. Vorsichtig streicht er mit dem Daumen über ihren Arm, bis er am Schlüsselbein ankommt. Selbst wenn sie wollte, sie könnte sich nicht von der Stelle rühren.

Ihr stockt der Atem, als er sich langsam, wie in Zeitlupe, zu ihr hinunterbeugt. Der Whisky. Die Erschöpfung nach den langen Stunden mit den *Earworms* im Tonstudio. Die Einsamkeit. Später wird sie Ellie und Susanna nicht beantworten können, was der Grund ist, dass sie sich von ihm küssen lässt und seinen Kuss erwidert. Warum all ihre Vernunft zu Staub zerfällt, sobald sich ihre Lippen berühren. Zu einem Kuss wie aus einsamen Träumen. Alles daran fühlt sich richtig an. So richtig, dass sie all die Gründe, warum es falsch ist, vergisst.

»Wir nähern uns dem Point of no Return«, flüstert er heiser.

Und in diesem Moment liebt sie ihn. Kein andauerndes Gefühl, keine Und-sie-lebten-glücklich-bis-an-ihr-Ende-Liebe, aber eine flüchtige Liebe, die aus der Situation geboren ist. Und sie lässt zu, dass er sie mit einem Ruck hochhebt und ins Schlafzimmer trägt.

»Mama, du hast da blonde Fäden in deinen Haaren.«

»Das kann nicht sein, Schatz. Es gibt keine nachdrücklichere Brünette als mich.«

»Mehr so silberblond, eigentlich. Oder einfach silbern.«

Ellies Hand bleibt auf halbem Weg zur Kaffeemaschine mitten in der Luft hängen. Pauline, die neben ihr auf dem Hocker balanciert, fährt ungerührt fort, im Küchenschrank nach den verbotenen Schokoladenkeksen zu suchen.

Wie ein Wiesel läuft Ellie in den Flur, um ihre immer noch viel zu kurzen Haare vor dem gut ausgeleuchteten Spiegel einer Inspektion zu unterziehen. Da, tatsächlich. Ihr dunkler Schopf ist eindeutig von grauen Fäden durchzogen. Von wenigen nur, aber nun, da sie es weiß, nicht mehr zu übersehen. Auf dem Rückweg in die Küche murmelt sie ein Wort, das sie normalerweise nie in den Mund nimmt.

»Ist nicht schlimm, Mama. Maltes Mutter hat auch schon ein graues Haar entdeckt. Das ist das Alter«, wirft Anton wenig hilfreich ein, während er versucht, die PIN ihres Handys zu knacken.

»Maltes Mutter ist neunundvierzig. Ich werde nächste Woche vierunddreißig. Das ist nicht das Alter, das ist der Stress«, kontert Ellie und entwindet ihm das Smartphone.

»Welcher Stress?« Emil blickt sie mit tellergroßen Augen an, während er gleichzeitig Milch über sein Müsli verteilt. Die Hälfte geht daneben. Vor ihm auf dem Küchentisch, aber auch auf dem gesamten Küchenboden, liegen Cornflakes verstreut, nachdem er in einer neuen Packung vergeblich nach der versprochenen Spielzeug-Überraschung gesucht hat.

Ellie stößt einen Seufzer aus. »Kinder, wisst ihr, was ich mir von euch zum Geburtstag wünsche? Dass ihr lieb und leise seid, keine Widerworte gebt, hinter euch die Schubladen schließt, mich nicht in die tausendste Diskussion über eure Schlafenszeit hineinzieht –«

»Wir haben schon was für dich gebastelt, Mama. Das hättest du dir früher überlegen müssen.«

»Noch so ein praktisches Roboter-Utensilo?« Ellie ringt sich ein Lächeln ab. Denn sie weiß genau, dass das, was sie seit ein paar Wochen am meisten stresst, weniger die Kinder sind als vielmehr die ständigen Sorgen, ertappt zu werden, das beklemmende Gefühl, permanent lügen zu müssen, die schlaflosen Nächte und ihre gereizte Stimmung am Tag.

Gerade holt sie einen Besen samt Kehrblech aus der kleinen Abstellkammer, um das Cornflakes-Chaos zu beseitigen, als sie den Schlüssel im Türschloss hört.

»Daniel? Was tust du hier?« Sie kann die Irritation in ihrer Stimme kaum verbergen.

»Du hast doch gesagt, ich soll um sieben zu Hause sein, damit du rechtzeitig zu diesem Schuljahresabschluss-Elternabend kommst.« Auch Daniel klingt irritiert, während er sein Banker-Jackett über den Haken hängt, den Aktenkoffer abstellt und die gestreifte Krawatte lockert.

»Aber ... du bist nie pünktlich!« Wie oft hat sie sich schon darüber geärgert. Und ausgerechnet heute, da sie insgeheim darauf gesetzt hat, dass er sie wieder einmal hängenlassen und ihr so ersparen würde, sich mit fünfundzwanzig tadellos frisierten und mit in Leder eingebundenen Notizblöcken ausstaffierten Müttern über das Kuchenbüfett für den nächsten Wohltätigkeitsbasar, zu dem sie es nicht schaffen wird, oder die Änderungen der Hausordnung, die sie nie gelesen hat, auszutauschen, entdeckt er seine Verlässlichkeit. Sie ächzt innerlich bei dem Gedanken an den letzten Elternabend, als sie, um das Ganze etwas abzukürzen, vor versammelter Mannschaft aufstand und sich laut sagen hörte: »Warum verschieben wir nicht unsere Versammlung, bis etwas Dringlicheres auf der Tagesordnung steht als das Getränkeangebot am Schulkiosk?« Die anschließenden Blicke der anderen Eltern haben jedes weitere Wort überflüssig gemacht. Sie konnte sich gar nicht schnell genug wieder hinsetzen, mit glühenden Wangen und der schwerwiegenden Erkenntnis, dass sie dringend mehr Rückgrat braucht.

Als hätte er ihre Bemerkung nicht gehört, fährt Daniel fort, wie so häufig in letzter Zeit ungewöhnlich gesprächsbereit: »Heute geht es um den Anti-Rassismus-Workshop in den Sommerferien.«

»Woher weißt du das?«, fragt sie argwöhnisch.

»Ich habe mit Antons Lehrerin gesprochen, weil er den Feueralarm ausgelöst hat, um der Klasse die Mathearbeit zu ersparen, und da hat sie die Katze aus dem Sack gelassen«, entgegnet er im Plauderton.

Geflissentlich ignoriert Ellie diese neuesten Informationen über die Streiche ihres Ältesten. Darauf und dass er wohl vorrangig sich selbst die Klassenarbeit ersparen wollte, kann sie später immer noch zurückkommen, am besten mit einem großen Glas Rotwein intus. »*Du* hast Frau Markmann angerufen?« Das hat er noch nie getan. Selbst dann nicht, als Anton seiner Lehrerin mithilfe eines Plastikauges und einer gehörigen Menge Ketchup um ein Haar einen Herzanfall beschert hat.

»Warum denn nicht? Du hast doch schon genug um die Ohren. Ich habe ihr gesagt, dass Anton die Strafarbeit gerne auf sich nimmt und dass an einem Anti-Rassismus-Workshop ohnehin nur die Eltern teilnehmen, die keine Rassisten sind. Aber wer weiß, vielleicht können wir die Erkenntnisse aus dem Seminar ja an andere Eltern weitergeben. ›Guten Tag, Sie schauen aus wie ein Nazi. Was halten Sie denn von dem neuen Einwanderungsgesetz?‹«

Ist das etwa ein Anflug von Humor? Ellie runzelt die Stirn. Und warum ist Daniel so gesprächig?

»Wie wäre es, wenn du den Elternabend einfach sausen

lässt und ich uns, sobald die Kinder schlafen, auf der Terrasse einen Strawberry Margarita mixe?«, fährt er eifrig fort, gerade, als aus der Küche ein lautes Klirren ertönt, gefolgt von einem erschrockenen Quieken. Ohne Zweifel hat Pauline die Kekse hinter der Salatschüssel entdeckt.

Müde reibt Ellie sich die Augen. Offensichtlich hat Daniel wenig Lust, die drei Quälgeister allein ins Bett zu bringen, und liebäugelt deswegen mit der Idee, dass sie zu Hause bleibt.

»Und damit du nicht denkst, ich will nur, dass du hierbleibst, weil ich es nicht schaffe, die drei alleine beim Zähneputzen zu überwachen: Du kannst dir in der Zwischenzeit deine neue Küche aussuchen.« Ohne auf das Gepolter von nebenan zu achten, zieht er ein dickes Hochglanzmagazin aus seiner Aktentasche und hält es ihr unter die Nase. »Küchenplanung nach Maß« steht in großen Lettern darauf.

»Was ist das?«, fragt sie dennoch.

»Du bekommst eine Traumküche mit allen Schikanen. Zum Geburtstag.« Stolz wie ein Pfau über seinen Einfall reckt Daniel die Brust.

»Wessen Traum ist denn eine neue Küche? Eine Küche an sich ist schon Schikane genug«, platzt sie heraus, ehe sie sich bremsen kann.

»Du musst drei Kinder ernähren«, lacht Daniel. Er denkt, sie mache einen Scherz. Kennt er sie wirklich so schlecht?

»Für das Geld, das du auszugeben gedenkst, können wir dreimal täglich essen gehen, bis sie erwachsen sind.« Wie so häufig in den letzten beiden Monaten kommt ihr Leopold in den Sinn. Weiß er, dass sie in ein paar Tagen Geburtstag hat? Und wenn ja, womit wird er sie überraschen? Leopold ist nicht der Typ, der seiner Herzdame eine Küche schenkt. Aber ist sie überhaupt seine Herzdame? Die unbändige Leidenschaft, die er bei ihren geheimen Treffen in seinem Büro, dem Auto oder einem kleinen Hotel am Stadtrand an den Tag legt, und die Worte, die er ihr ins Ohr flüstert, deuten darauf hin. Allerdings scheint er kein ausgeprägtes Interesse daran zu haben, ihre Beziehung zu vertiefen. Ohne Frage, weil sie verheiratet ist.

Sie muss sich abwenden, weil ihre Wangen wie immer bei dem Gedanken an ihre heimliche Affäre anfangen zu glühen.

»Ich dachte, du freust dich, weil die Küche doch das Herz des Hauses ist.« Langsam scheint Daniel zu dämmern, dass ihre mangelnde Begeisterung für seine Geschenkidee kein Spaß ist. »Aber du hast recht, wir brauchen das alles nicht, denn das Herz des Hauses bist du.«

Überrascht hebt sie die Augenbrauen. War das ein Kompliment? Und warum blickt Daniel sie so erwartungsvoll an?

Sie entgeht einer Reaktion, weil in diesem Moment ein weiteres Klirren und Poltern aus der Küche zu hören ist, diesmal noch lauter, und Pauline den Kopf aus der Tür streckt. Sie besitzt den Anstand, zumindest schuldbewusst dreinzuschauen.

Kopfschüttelnd übergibt Ellie ihrer Tochter den Besen und folgt ihr nach einem letzten kurzen Blick auf Daniel in die Küche, um dabei zu helfen, Scherben und Cornflakes aufzukehren.

Was ist nur in letzter Zeit in ihn gefahren? Wie oft ist er in den vergangenen Jahren abends spät von der Arbeit nach Hause gekommen, war einsilbig, fast schon barsch, wenn sie ihn nach seinem Tag fragte oder von ihrem Tag erzählen wollte, und ist direkt ins Bett gegangen. Und sie hat sich mit weit geöffneten Augen auf der anderen Seite des Bettes zusammengerollt, sich das Kissen über die Ohren gezogen, um sein furchtbares Schnarchen nicht hören zu müssen, und sich gefragt, wie es dazu kommen konnte, dass seine Arbeit zu seiner Ehepartnerin aufgestiegen ist, während sie selbst irgendwie zur alten Schulfreundin degradiert wurde, die zu Besuch kommt und für die nächsten Jahrzehnte bleibt. Ob nur die Kinder, die über die Jahre dazugekommen sind, den Zement bilden, der das Ganze zusammenhält. Oder ob es wirklich so schlimm wäre, die drei alleine großzuziehen.

Und nun gibt er sich plötzlich Mühe. Nicht, dass er an den meisten Tagen nicht immer noch spätabends nach Hause kommen und eine Aversion gegen Haushaltsdinge und Kindererziehungsthemen zur Schau stellen würde, aber an den Wochenenden sitzt er nicht länger vor dem Computer, und er wägt auch nicht mehr allzu gründlich ab, bevor er ein Wort von sich gibt, das er später eventuell noch mal brauchen könnte. Ohne Zweifel gibt er sich Mühe, es besser zu machen. Auch wenn Ellie nicht weiß, warum.

Oder liegt es an ihr? Ist er aufgewacht, weil sie nicht länger an seiner Seite durch ihr Leben schlafwandelt?

»Willst du heute Abend lieber mit Frau Markmann über den Rassismus-Workshop sprechen, oder soll ich schon mal nachsehen, ob wir noch Erdbeersirup haben?«, unterbricht Daniel mit heiserer Stimme ihre Gedanken, nachdem sie Besen und Kehrblech wieder in der Abstellkammer verstaut hat. In seinen Augen entdeckt sie einen hoffnungsvollen Glanz, der ihr die Kehle zuschnürt.

»Ich nehme den Margarita«, hört sie sich antworten. Sollte sie heute Abend, vielleicht nach dem zweiten Cocktail, versuchen, mit Daniel über ihre Gefühle zu reden? Die bisherigen Vorstöße – mindestens tausend – sind daran gescheitert, dass er daraus eine nicht enden wollende Betrachtung all ihrer charakterlichen Mängel machte.

Aber was soll sie schon sagen, wenn sie plötzlich nicht mehr weiß, wie ihre Gefühle aussehen? Sie setzt ein munteres Lächeln auf und versucht mit aller Kraft, den Gedanken wegzuschieben, dass sie den Abend hundertmal lieber mit Leopold verbringen würde.

August

Selten hat Ava ein derartiges Getümmel gesehen. Tausende in Max-Jones-Shirts und mit erwartungsvollen Gesichtern drängen sich auf der halbrunden Rasenfläche vor der Freilichtbühne. Auf den Stadtparkwiesen hinter den Absperrungen haben es sich Leute auf Picknickdecken bequem gemacht, neben sich einen Grill und einen Kasten Bier. Selbst die dunklen Wolken, die zum ersten Mal seit Tagen am Horizont aufziehen, tun der ausgelassenen Stimmung der Konzertbesucher keinen Abbruch.

Hinter der Bühne wirft Ava einen schnellen Blick auf Max, der gerade neben ihr Finger-Aufwärmübungen macht und gleichzeitig ein letztes kurzes Interview gibt, und unterdrückt den Impuls, die Hand auszustrecken und durch seine weichen Haare zu fahren.

Im letzten Monat hat sie ihn kaum zu Gesicht bekommen, zu beschäftigt war er, gemeinsam mit seiner Band in Rekordgeschwindigkeit das neue Album aufzunehmen. Bei ihren seltenen Begegnungen zu zweit sind sie wie ausgehungerte Tiere übereinander hergefallen. Er, der gelangweilte, unersättliche Rockstar, und sie, die gewöhnliche PR-Dame, die bei seinem Anblick weiche Knie bekommt, sich aber alle Mühe gibt, nicht allzu bedürftig daherzukommen.

Ein weiterer Blick Richtung Max verrät ihr, dass die Journalistin vom Abendblatt ihm aus der Hand frisst. Auch wenn er keine privaten Details verrät, bringt Max es doch jedes Mal fertig, immer genau das Richtige zu all den Reportern, Redakteuren und Radiomoderatoren zu sagen. »Ich kann nichts dagegen tun, ich bin mit Leib und Seele, mit Haut und Haaren Rockmusiker, ob die Menschen meine Musik nun hören wollen oder nicht«, sagt er gerade und schenkt der Journalistin ein schelmisches Lächeln. Der morgige Artikel wird ohne Zweifel die Adjektive »charmant«, »attraktiv« und »höflich« enthalten.

Ava kann sich ein selbstzufriedenes Grinsen nicht verkneifen – sie weiß, es ist nicht zuletzt ihr Verdienst, dass er mittlerweile in den meisten Medien wieder rehabilitiert ist. Spätestens nach diesem Konzert wird die Welt Max Jones die hässliche Affäre mit Tiana Perez verziehen haben.

Ihr Herz beginnt schmerzhaft schneller zu schlagen, als er aufschaut und ihre Blicke sich verhaken. Wie immer in den letzten Wochen wirbeln seine beinahe unnatürlich blauen Augen ihr Innerstes auf. Und wie immer packt sie das drängende Verlangen, sich in seine starken Arme zu stürzen.

Seufzend gibt sie ihm ein Zeichen, dass sie sich auf die Suche nach Hannes und den *Earworms* macht, die gleich auf die Bühne müssen. Sie versteht sich selbst nicht mehr. Muss sie denn ausgerechnet für eine Musik-Legende schwärmen? Natürlich kann sie mit ihm nicht mithalten. Nicht mit seinem Job, seiner Berühmtheit, seinem Aussehen, seinen Geschichten. Er kann jede haben. Wirklich jede. Und wie die Geschichte gezeigt hat, bevorzugt er diejenigen mit minimalen Deutschkenntnissen und dafür umso eindrucksvolleren Unterwäschemodel-Qualitäten.

Und wenn sie all das weiß: Warum um Himmels willen lässt sie sich so kurz nach der Sache mit Oskar auf ein Spiel mit dem Feuer ein? Denn natürlich betrachtet Max sie, ebenso wie Oskar, als Spielzeug, das er einfach wegwerfen kann, sobald ihm nicht mehr der Sinn danach steht.

Gerade entdeckt sie hinter einem schmalen Stützpfeiler Hannes und Marten, den Frontmann der *Earworms*, die sich sichtlich nervös angesichts der Menschenmassen, die vor der Bühne warten und mittlerweile lautstark »Max Jones, Max Jones« skandieren, alberne Ostfriesenwitze erzählen.

»Wo sind die anderen?«, will Ava wissen, nachdem Martens leicht hysterisches Gelächter über einen besonders abwegigen Witz über fünf Ostfriesen und eine Glühbirne abgeklungen ist. »In fünf Minuten geht es los, und es fehlen noch drei von euch.«

»Die hängen über der Kloschüssel.«

Ava entfährt ein entsetztes Schnauben, gerade als Ellie und Susanna, beide ausgestattet mit den heiß begehrten Backstagepässen, die sie an langen orangenen Bändern um den Hals befestigt haben, links und rechts von ihr auftauchen.

»Dann holt sie her, Jungs!« Susanna hat Martens Enthüllung offensichtlich mitbekommen. »Ich will euch nicht unter Druck setzen, aber das halbe Hotel ist hier, um zu begutachten, was ich uns da für die Jubiläumsfeier an Land gezogen habe. Blamiert mich nicht!«

»Natürlich, Susanna! Es ist unsere oberste Priorität, *dich* nicht zu blamieren.« Hannes' sarkastische Bemerkung kann nicht verhehlen, dass er etwas blass um die Nase wird.

»Mama und Papa und Thea und Thomas sind übrigens ebenfalls da. Blamiert die bitte auch nicht!«

»Gebt euch einfach Mühe. Dann wird alles gut gehen.« Ellie setzt wie immer auf gutes Zureden.

»Ich glaube, es wird jetzt Zeit für unser streng geheimes Ritual, das wir vor jedem Auftritt durchlaufen.« Hannes packt Marten am Arm.

»Und das heute wahrscheinlich einen doppelten Wodka involvieren wird«, ergänzt Marten mit unbewegter Miene und lässt sich von seinem Gitarristen mitschleifen.

»Ich hoffe, dieses Ritual dauert nicht länger als drei Minuten!«, ruft Ava ihrem Bruder hinterher. »Ihr seid nur die Vorband! Erst der Hauptact darf die Leute warten lassen.«

»Und spielt unbedingt mein Geburtstagslied! Das werden die Leute lieben.« Gut gelaunt schüttelt Susanna ihre frisch blondierten, heute im aufwendigen Undone-Look gestylten Haare aus, bevor sie sich wieder an ihre Freundinnen wendet. »Dürfen wir ihn sehen, den schönen Herzensdieb? Ist er live wirklich so prachtvoll?« Sie legt den Arm um Avas Schultern.

»Er hat mein Herz nicht gestohlen. Was soll ich sagen? Vielleicht kann man es als intensive Schwärmerei bezeichnen«, flüstert Ava kaum hörbar und blickt sich nervös um.

»Vielleicht auch als Anfang von etwas Tieferem«, setzt Ellie hinzu.

»Oder es ist die aussichtslose Phantasie einer zunehmend einsamen Frau, die noch vor dem Ende des Jahrzehnts die Bestätigung eines Mannes braucht, der zur Abwechslung mal nicht verheiratet ist.« Flankiert von ihren beiden Freundinnen stapft Ava zurück Richtung Künstlergarderobe.

Das Interview ist offenbar beendet, denn ein Blick durch die weit geöffnete Tür zeigt ihnen, wie Max mit seinen drei Bandmitgliedern rund um einen kleinen Tisch steht, vor sich einen Teller mit einer geviertelten Zitrone darauf. Mit einem breiten Grinsen auf dem Gesicht greifen alle gleichzeitig nach einem Teil und beißen, ohne zu zögern, hinein. Die Grimassen, die sie schneiden, und der nachfolgende Lachanfall angesichts der Gesichter der anderen schnüren Ava beinahe die Luft ab.

»Hals- und Beinbruch«, ruft Max in seiner tiefen, melodischen Stimme.

»In bocca al lupo«, fügt sein italienischstämmiger Drummer hinzu.

»Break a leg«, stimmen der kanadische Keyboarder und der schottische Bassist ein.

Ellie bemerkt Avas Blick und zieht sie aus der Türöffnung, bevor jemand sie bemerken kann. »Dieses Ritual gefällt mir erheblich besser als der doppelte Wodka«, murmelt sie leise.

»Du hattest recht, Ava«, schnurrt Susanna. »Er sieht wirklich noch besser aus als auf den Bildern. Was für eine Verschwendung, dass er ein Weltstar ist und für Normalsterbliche nicht zur Verfügung steht.« Sie legt Ava eine Hand auf den Arm. »Aber zumindest hast du deinen Spaß mit ihm. Ich muss jetzt leider zu meinen Kollegen zurück. Wir haben einen ziemlich guten Platz nicht weit von der Bühne ergattert, und alle sind schon ganz aufgeregt, einen ersten Blick auf meine *Earworms* werfen zu können.«

Seit dem ersten Schock darüber, dass ihre plumpe, so gutmütig wirkende Assistentin Nele dem Vorstand nach dem Nachhaltigkeits-Seminar vor mittlerweile drei Wochen unter Tränen gestand, Friedrich und Susanna monatelang gegeneinander ausgespielt zu haben, ist ein Großteil der Anspannung der letzten Zeit von Susanna abgefallen. Nele musste postwendend ihre Sachen packen, als bekannt wurde, was für ein falsches Spiel sie trieb, dass sie Unterlagen getürkt, Informationen unterschlagen oder geklaut und falsche Gerüchte gestreut hat, um Susanna, die sie insgeheim immer gleichzeitig beneidet und verabscheut hat, in ein schlechtes Licht zu rücken und damit Friedrich Thomsen, ihrem heimlichen Schwarm, bessere Karten zuzuspielen. Sie hat Susanna vorgegaukelt, dass die IT-Abteilung ihr Konzept für eine Mitarbeiter-App wegen angeblich langwieriger, aufwendiger Entwicklungsprozesse und erheblicher Kosten missbilligt hätte, um dann Friedrich Thomsen wie nebenbei ebendiese Idee in den Kopf zu setzen. Sie hat Susannas Vorschläge zum Nachhaltigkeitskonzept, die Bereiche Storytelling und Gästekommunikation vor Friedrich als die eingestaubten Ideen früherer Mitarbeiter ausgegeben, die angesichts der heutigen Lage wieder hervorgekramt werden sollten und ohne seine Mithilfe nicht gehört würden. Den Wasserschaden hat sie absichtlich vor Susanna heruntergespielt, während sie Friedrich frühzeitig informierte und ihn förmlich anflehte, sich trotz des Missbehagens der Kinder schnellstmöglich eine Lösung zu überlegen. Das Seminar, das ihr schließlich das Genick brach, hat sie angeleiert, um Susanna unvorbereitet, behäbig und planlos wirken zu lassen und Friedrichs Eloquenz, Produktivität und Tüchtigkeit zur Geltung zu bringen. Nie hätte sie geglaubt, dass er seiner Konkurrentin den Hals retten würde.

Bis heute wundert sich Susanna, wie Nele glauben konnte, mit ihren Täuschungsmanövern durchzukommen. Und auch wenn Susanna immer noch um ihren Vorstandsposten bangen muss, kann sie nun zumindest sicher sein, dass mit fairen Mitteln gekämpft wird.

Obwohl sie sich immer häufiger die Frage stellt, ob sie diesen Kampf überhaupt gewinnen will. Und auch Friedrich

Thomsen scheint nicht sonderlich erpicht darauf, sie zu übertrumpfen. Warum sonst sollte er sie über all seine Pläne, Ideen und Projekte auf dem Laufenden halten, sie einbeziehen und sich auch sonst als uneingeschränkter Teamplayer präsentieren?

Um die Gedanken an die Arbeit abzuschütteln, wendet Susanna sich Ellie zu. »Kommst du mit zu den anderen? Vielleicht kann Melanie dir einen Tipp zu deinen Haaren geben. Ava muss heute sicherlich noch ein bisschen arbeiten.«

»Was hast du gegen meine Haare?« Ellie fährt sich durch ihren frisch in ihrer Naturhaarfarbe gefärbten, gestuften Bob. »Wenn ich mitkäme, dann nur, um endlich einen Blick auf den berühmten Friedrich Thomsen werfen zu können. Aber leider wartet Daniel beim Getränkestand auf mich.«

»Friedrich fehlt ohnehin.« Der hat es sich aller Wahrscheinlichkeit nach schon gemeinsam mit Mervi und Maaret auf einer Wiese hinter der Absperrung bequem gemacht, um von dort aus stressfrei der Musik lauschen zu können. Wie aus dem Nichts schießt ihr durch den Kopf, dass sie jetzt lieber mit ihnen auf der karierten Picknickdecke sitzen und angebrannte Piroggen mit Eibutter essen würde, doch schnell schüttelt sie den Gedanken wieder ab. Ihr Verhältnis zu Friedrich hat sich, seit er sie bei der Schulung so selbstlos unterstützt hat, stark gebessert, doch trotzdem ist sie wild entschlossen, Privates und Berufliches weiterhin strikt voneinander zu trennen. Freundschaft am Arbeitsplatz ist keine Option, wie Nele eindrücklich unter Beweis gestellt hat. Vor allem unter Konkurrenten.

»Daniel wird sich sicher schon fragen, wo ich bleibe. Eigentlich wollte ich nur schnell telefonieren, aber mein Akku ist leer.« Ellie verzieht das Gesicht.

Wortlos fischt Ava ihr Handy aus der Tasche und reicht es ihr. »Du kannst es mir nachher zurückgeben. Ich muss jetzt meinem Bruder und den anderen Plagegeistern von *Earworms* Feuer unterm Hintern machen«, ruft sie über ihre Schulter zurück.

»Dein Professor hat sich also immer noch nicht gemeldet?«, will Susanna wissen.

»Es sind jetzt sieben Tage. Ich hoffe, die Semesterferien sind bald vorbei.« Seit einer Woche geht er weder ans Telefon noch hat er den Versuch unternommen, sich bei ihr zu melden. Sie hat den Vibrationsalarm ihres Handys angestellt und nur für den Fall, dass sie das Gerüttel in ihrer Hosentasche nicht mitbekam, alle paar Minuten das Display gecheckt. Nichts. Keine Nachricht, kein verpasster Anruf, kein Beweis dafür, dass sie ebenso in seinem Kopf herumspukt wie er in ihrem. Sie weiß nicht genau, wo er wohnt, denn er hat sie noch nie zu sich eingeladen. Und selbst wenn sie ausreichend detektivische Fähigkeiten aufbringen würde, alle relevanten Informationen in Erfahrung zu bringen, würde sie nicht einfach hinfahren und an seine Tür klopfen. Sie hat schließlich noch ein bisschen Stolz.

Dabei ist alles so gut gelaufen in letzter Zeit. Leopold war ein hingebungsvoller Liebhaber, der offensichtlich verstanden hat, dass sie Zeit für ihre Familie braucht. Er hat sie zu nichts gedrängt und ihr das beruhigende Gefühl gegeben, gleichzeitig geborgen und frei zu sein. Wenn er ihr jetzt die kalte Schulter zeigt, muss es dafür einen triftigen Grund geben.

Mit wild klopfendem Herzen verabschiedet sie sich von Susanna und lehnt sich gegen eine schmale Säule. Das Getöse des Publikums ist hier kaum zu hören. Sie atmet ein letztes Mal tief durch, bevor sie mit zitternden Fingern seine Nummer eintippt, die sie im Schlaf kennt. Und zuckt perplex zusammen, als sie plötzlich seine vertraute sonore Stimme hört. »Mook?«

»Ich bin's«, sagt sie leise und verstummt dann. Jetzt, da sie endlich mit ihm reden kann, weiß sie plötzlich nicht mehr, was sie sagen soll.

»Ellie?« Klingt er überrascht? Oder abweisend?

»Können wir uns sehen?« Selbst für ihre eigenen Ohren hört sich ihre Stimme flehend an. Bedürftig.

»Ich kann nicht.« Ja, er klingt definitiv abweisend.

»Warum nicht?«, fragt sie dennoch.

Schweigen am anderen Ende der Leitung. Ellies Herz hämmert schneller und schneller gegen ihre Rippen. »Ich hatte einen leichten Herzinfarkt und brauche Ruhe«, erwidert er schließlich.

»Einen Herzinfarkt? Mein Gott, Leopold! Wo bist du jetzt? Ich werde dich wieder gesund pflegen«, platzt sie aufgeregt heraus, ehe sie sich bremsen kann. Natürlich hat er keinen Anflug einer Grippe, sondern einen Herzinfarkt. Mit Hühnersuppe und einer Wärmflasche kann sie da wohl wenig ausrichten. »Irgendetwas muss es doch geben, das ich tun kann, Leopold.«

»Ich bin im Krankenhaus und brauche jetzt einfach Ruhe«, wiederholt er, diesmal sanfter. »Hör zu, Ellie, ich melde mich, sobald es mir besser geht. Mach dir keine Sorgen!«

Eine Minute später starrt Ellie immer noch ungläubig und mit schweißnassen Händen auf das schwarze Display. Wie kann sie jetzt zu Daniel zurückgehen, Bier trinken, Avas Bruder und Max Jones zujubeln und vorgeben, es wäre alles in Ordnung? Während Leopold in irgendeinem Klinikbett liegt und sich niemand, der ihm nahesteht, um ihn kümmert? Oder gibt es jemanden, der ihn umsorgt?

Sie nimmt kaum wahr, wie die *Earworms* mit zehnminütiger Verspätung auf die Bühne stürmen – und wie die Menge beginnt zu toben, als die ersten Töne von »Wicked Girls Don't Cry« aus den Lautsprechern dröhnen.

Kurz kommt ihr Daniel in den Sinn, der, zwei Biergläser in der Hand, zweifellos voller Ungeduld das Publikum scannt und auf ihre Rückkehr wartet. Er wird sich Sorgen machen, wenn sie nicht bald auftaucht, aber das fühlt sich jetzt zweitrangig an.

Wieder erscheint Leopolds Gesicht vor Ellies Augen. Sie stößt einen Seufzer aus, bevor sie wieder Avas Handy zur Hand nimmt und beginnt, Hamburgs Krankenhäuser anzurufen. Eins nach dem anderen. Später wird ihr schon eine passende Ausrede einfallen, warum sie das Konzert Hals über Kopf verlassen hat. Wenn sie nur erst mal weiß, wo sie Leopold finden kann.

Die *Earworms* sind augenscheinlich schon bei der Zugabe angelangt, irgendeine Ballade, die sie noch nicht kennt, die das Publikum aber mit ebenso donnerndem Beifall aufnimmt wie die bisherigen Stücke, als Ellie mit gerunzelter Stirn das Telefon sinken lässt. Leopold Mook liegt nicht im Krankenhaus.

Was hat das zu bedeuten?

Wie eine Schlafwandlerin taumelt sie zurück Richtung Bühnenportal, vorbei an geschäftig wirkenden Beleuchtern, Tontechnikern und Caterern, bis sie endlich Ava entdeckt, die hinter einer verschiebbaren Seitenblende steht und mit einem entrückten Lächeln auf dem Gesicht jede Bewegung ihres kleinen Bruders und seiner Band beobachtet. Wortlos drückt Ellie ihr das Handy in die Hand, noch immer händeringend nach einer harmlosen Erklärung suchend, warum ihr Liebhaber ihr vormacht, er läge in der Klinik und bräuchte Ruhe. Welche andere Interpretation könnte es geben, als dass er sie abzuwimmeln versucht hat?

»Alles okay? Du bist irgendwie ein bisschen blass um die Nase«, fragt Ava abwesend. Bei dem lärmenden Sound der *Earworms* kann Ellie sie kaum verstehen.

»Lass uns später reden«, wehrt Ellie ab. Jetzt ist nicht der richtige Zeitpunkt, Ava ihre Probleme aufzubürden.

»Ich dachte, Dan wartet mit einem Bier auf dich«, murmelt Ava, als sie keine Anstalten macht, sich von der Stelle zu rühren.

»Ich würde lieber hier bei dir bleiben, wenn das in Ordnung ist.«

Ava wirft ihr einen forschenden Blick zu, stellt aber keine Fragen. »Von hier ist die Sicht eh besser.«

Gerade haben die *Earworms* ihren letzten Song beendet und verbeugen sich alle gemeinsam tief vor dem tobenden Publikum. »Ich bin froh, dass du die Geistesgegenwart hattest, die Jungs als Opening Act ins Spiel zu bringen. Und dass Max ihnen eine Chance gegeben hat. Er muss dir großes Vertrauen entgegenbringen.«

»Dann muss ich ja irgendetwas richtig gemacht haben – wenn ich auch sonst in Bezug auf Max einen Fehler nach dem anderen zu begehen scheine. Aber zumindest Stalin wäre guter Dinge, wenn er wüsste, dass ich den Kunden in jeder Beziehung zufriedenstelle«, erwidert Ava zynischer als beabsichtigt, bevor sie Hannes, der gerade in großen Sprüngen und mit leuchtenden Augen von der Bühne kommt, um den Hals fällt. »Ich bin so stolz auf dich, kleiner Bruder.«

»Und ich erst.« Max, der plötzlich neben ihnen aufgetaucht ist, zieht Hannes und die anderen Jungs in eine kurze Umarmung. »*Miraculous Sign* sind absolut nichts gegen euch. Ich bin mir sicher, dass wir von euch noch viel zu hören bekommen werden.«

Ava schluckt schwer. Hat er ihre unbedachte Bemerkung gehört? Mit glühenden Wangen wendet sie sich ab, um Marten und den anderen zu gratulieren.

»Fünf Minuten«, ruft Thor über die Köpfe der *Earworms* hinweg, während auf der Bühne in einem Affenzahn die Instrumente ausgetauscht werden. Ava sieht, dass auch Max' Band sich bereit macht. Adriana reicht jedem von ihnen eine kleine Flasche Wasser, während Thor an Ava gewandt hinzufügt: »Schickes Kleid übrigens. Vintage?«

»Korrekt.« Oder Secondhand, genauer gesagt. Eingebildeter Schnösel. Woher sollte sie als arme PR-Helferin das nötige Kleingeld für waschechte Vintage-Kleidung von richtigen Designern nehmen?

»Du siehst toll aus«, murmelt Max, und Ava läuft ein Schauer über den Rücken. Warum fangen die Schmetterlinge im Bauch nur immer bei dem falschen Mann an zu flattern?

Er ist blass und hat violette Ringe unter den Augen, und dennoch strahlt er eine Energie, Stärke und Verwegenheit aus, die ihr den Atem nehmen. Sie bemerkt erst, dass sie ihn anstarrt, als er sich leise räuspert. »Und du siehst müde aus«, erwidert sie unverfänglich in dem Bewusstsein, dass mindestens zehn Ohrenpaare jedes Wort mitbekommen, das sie von sich gibt.

»Das liegt daran, dass ich in letzter Zeit nicht viel schlafe.«

»Weil du nach den langen Tagen im Tonstudio wahrscheinlich noch zu viel Energie in dein ausschweifendes Nachtleben gesteckt hast.« Thor zwinkert ihm vergnügt zu. Seine Gemütslage hat sich parallel zu Max' Ruf in den vergangenen Wochen merklich gebessert.

Betroffen wendet Ava den Blick ab. Elender Womanizer. Sie zumindest hat mit Max' Schlafmangel nicht viel zu tun. Der Gedanke daran, dass er sich mit anderen Frauen, wahrscheinlich irgendwelchen Groupies, vergnügt, schnürt ihr die Kehle zu.

»Okay, let's do this!« Max' Keyboarder streckt sich ein letztes Mal und gibt dabei ein brummendes Geräusch von sich.

Ava atmet ein paarmal tief ein, bevor sie betont kameradschaftlich erklärt: »Viel Erfolg, Max! Ich weiß, die Leute werden deine neuen Songs ebenso lieben wie ich.« Schon will sie Ellie, Hannes und den anderen Jungs von den *Earworms* Richtung Büfett folgen, als Max sie am Oberarm packt.

»Danke, Ava! Ohne dich hätte ich es nicht geschafft. Du ahnst gar nicht, wie viel ich dir zu verdanken habe.« Das Glänzen in seinen blauen Augen versetzt ihre Nervenenden in Schwingung.

»Ich habe nur meinen Job gemacht«, murmelt sie kaum hörbar.

Er sieht aus, als wolle er noch etwas sagen, überlegt es sich aber im letzten Moment anders. Nach einem langen Blick in ihre Augen tritt er hinter seinen Bandmitgliedern auf die Bühne.

Der Jubel und Beifall, mit denen er überschüttet wird,

sind ohrenbetäubend. Markerschütterndes Kreischen, Pfeifen, Trampeln, Rufen, Klatschen dröhnen ihm entgegen, doch als er vor dem Mikrophon steht, seine Gitarre umgehängt, bemerkt Ava, wie ihn eine tiefe Ruhe einhüllt wie ein Kokon. Die ersten Töne, die er seinem Instrument entlockt, bringen die Menge nur noch mehr zum Kochen.

Seine Stimme ist durchdringend und rau. Er schließt die Augen, und es ist, als würde er weder an die Fans, die ihn mit tausendfacher Stimme anfeuern, noch an all die Kameras und Reporter im Publikum denken, sondern nur die Musik fühlen. Obwohl niemand das Lied kennt, ist jeder wie gebannt von der Melodie, dem Tempo und der Energie und wippt im Takt der Musik mit.

Hinter der Seitenblende bleibt Ava wie angewurzelt stehen. Selbst wenn sie wollte, sie könnte sich nicht von der Stelle rühren. Sie nimmt kaum wahr, dass sich jemand neben ihr gegen die Wand lehnt, sondern starrt Max wie gebannt an. Erst, als eine tiefe Frauenstimme mit schwerem spanischem Akzent neben ihr sagt: »Dios mío, ist er nicht einfach göttlich?«, blickt sie auf. Und erstarrt.

Neben ihr steht Tiana Perez und schenkt ihr ihr typisches strahlendes Zahnpastalächeln, das ihr vor ihrem Verschwinden so viele Titelseiten eingebracht hat. Sie trägt ein hautenges schwarzes Kleid, das ihre schmale Silhouette betont, und sieht einfach fabelhaft aus. »Sind Sie nicht eine seiner Assistentinnen?«

»Seine Imageberaterin.« *Die er nötig hatte, weil du ihn öffentlich verunglimpft hast.* Avas Gedankenkarussell dreht sich in Lichtgeschwindigkeit. Was tut Tiana hier? Wie kann sie lächeln und so tun, als wäre nichts geschehen? Wo hat sie all die Monate gesteckt? Woher hat sie einen Backstage-pass? Warum kann sie ihn nicht einfach in Ruhe lassen, nach allem, was passiert ist? Weiß er, dass sie hier ist?

»Dann haben Sie ja ganze Arbeit geleistet«, gurrt sie und kichert. »Jedenfalls sind seine Fans ganz offensichtlich wieder besänftigt.«

Ava schweigt. Ihr fällt nichts ein, das freundlich genug wäre, um es einer Wildfremden sagen zu können. Ist dieser Person nicht klar, dass *sie* Max den ganzen Schlamassel eingebrockt hat?

Tiana Perez scheint sich derweil nicht an Avas fehlender Gesprächsbereitschaft zu stören. »Jetzt erkenne ich Sie. Sie sind doch die Frau von den Bildern, nicht wahr? Die, mit der Max eine Affäre angedichtet wurde.« Sie lacht kurz auf, bevor sie mit den Achseln zuckt und leutselig fortfährt: »Dieser Medienzirkus kann manchmal ganz schön anstrengend sein, nicht wahr? Da werden Gerüchte gestreut, Lügen in die Welt gesetzt, Tatsachen verdreht. Dios mío, als ob es nichts Dringlicheres gäbe, über das diese Schreiberlinge berichten könnten.«

Unwillkürlich rückt Ava einen Schritt von ihr ab. Spricht diese Frau immer noch von Avas angeblicher Affäre mit Max? Oder von dem Skandal, den sie mit ihren tränenreichen Interviews und den folgenschweren Fotos provoziert hat? Wenn Ava tief drinnen nicht schon längst gewusst hätte, dass Max mit seinem weichen Kern nie in der Lage wäre, einen anderen Menschen zu attackieren, dann wäre sie spätestens jetzt sicher, dass Tiana der Presse damals einen Bären aufgebunden hat. Aber warum? Und wer, wenn nicht Max, hat ihr diese Verletzungen tatsäch-lich zugefügt?

»Ich wusste natürlich gleich, dass das nicht sein kann. Max und Sie«, erklärt Tiana gerade gut gelaunt.

Natürlich nicht. Ava zuckt zusammen. Wie passt eine einfache Dienstmagd mit einer handtuchgroßen Zweieinhalbzimmerwohnung und ein paar Kilos zu viel auf der Hüfte, die sich von ihrem Vorgesetzten herumkommandieren lässt und augenscheinlich nicht allzu viel will vom Leben, in die glamouröse Welt eines Rockstars?

»Das würde er mir niemals antun«, ergänzt Tiana offenherzig und blickt entrückt lächelnd zu Max hinüber, der gerade im Chor mit seinen Fans die letzten Töne eines seiner alten Hits zum Besten gibt.

Avas Herz hämmert schmerzhaft gegen ihre Rippen, und ihre Beine drohen unter ihr nachzugeben. Dann ist Tiana es also, die Max um den Schlaf bringt. Haben sich die beiden wieder versöhnt? Nach allem, was war?

Als wäre sie der Meinung, Ava könne ein wenig Unterstützung gebrauchen, wählt Ellie genau diesen Moment, um wie aus dem Nichts neben ihr aufzutauchen und ihr eine gekühlte Flasche Bier in die Hand zu drücken. »Ist sie die, für die ich sie halte?«, raunt sie leise in Avas Ohr. »Die hat ja Nerven, hier einfach aufzukreuzen.«

Stumm hebt Ava ihr Bier, um ihrer Freundin zuzuprosten, und hält dann mitten in der Bewegung inne.

»Die letzten Wochen und Monate waren ziemlich anstrengend. Ich hätte nicht geglaubt, dass ich ein Album wie dieses in mir hatte. Und nur mit einem ganz besonderen Menschen an meiner Seite konnte es zum Vorschein kommen«, ruft Max gerade ins Mikrophon. »Ich weiß nicht, was mit meiner Musik passiert wäre, wenn ich dir nicht begegnet wäre. Der nächste Song ist für dich.«

Für einen Moment schließt er die Augen, bevor er unter dem frenetischen Jubel seiner Anhängerschaft langsam den Daumen über die Gitarrensaiten gleiten lässt. Und plötzlich steht die Zeit still. So wie damals in seinem Musikzimmer, als er ihr die Ballade zum ersten Mal vorgespielt hat. Ist das wirklich erst vier Wochen her? »I Found Someone«. Das Gefühl in seiner Stimme, der Schmerz und die Sehnsucht klingen live sogar noch ergreifender. Jedes Wort geht Ava unter die Haut.

Der Text mit dieser bemerkenswerten musikalischen Untermalung klingt nach Kerzen und Rosenblättern, und Avas Kopfhaut beginnt zu prickeln, als er einen kurzen Blick in ihre Richtung wirft. Aber natürlich sieht er nicht sie an, sondern Tiana Perez.

»Dios mío! Er meint mich!«, trällert Tiana und fährt sich mit beiden Händen durch die dicke blondierte Mähne. »Ich bin die Frau, der er immer zu begegnen gehofft hat.«

Natürlich meint er Tiana, die Drama Queen, die nach einem emotionalen Tumult zurückkehrt zu der Liebe ihres Lebens, um verpasste Chancen und alte Fehler auszubügeln. Wie soll sie, Ava, die verträumte PR-Beraterin, da mithalten? Was hat sie zu bieten, das diesen extremen Gefühlen, diesem Aufruhr, dieser Lebendigkeit das Wasser reichen kann? Den Plan, wie man am effektvollsten Fotos in der Boulevardpresse platziert?

Ava wartet gar nicht erst, bis das Stück zu Ende ist. Mit zitternden Händen packt sie Ellie am Oberarm und zieht sie mit sich Richtung Ausgang.

»Diese selbstverliebte Schnepfe. Ist es eine Berufskrankheit, sich so aufzuplustern?«, schimpft sie aufgebracht, nur, um nicht darüber nachdenken zu müssen, dass sie sich insgeheim vielleicht doch ein Quäntchen Hoffnung auf ein Happy End mit Max gemacht hat. Ellie hat alle Mühe, Schritt zu halten.

Sie hören noch immer seine raue, tiefe Stimme, als sie in der Saarlandstraße ein Taxi anhalten. Die gesamte Taxifahrt über starrt Ava abwechselnd schweigend aus dem Fenster und macht lautstark ihrer Wut auf Tiana Luft. Der Fahrer wirft immer wieder befremdete Blicke in den Rückspiegel.

Eine Dreiviertelstunde später sitzen sie an einem wackeligen Tischchen auf dem Bürgersteig vor der *Reizbar*, jede von ihnen ein großes Glas Cider vor sich, und hängen ihren Gedanken nach. Die dunklen Wolken am Himmel haben sich noch nicht verzogen, doch drinnen sind, passend zu ihrer Gemütslage, alle Plätze belegt.

»Warum taucht Tiana Perez ausgerechnet jetzt wieder aus der Versenkung auf?«, schnaubt Ava abwesend.

»Sie hat es dir doch selbst beantwortet: Weil sie die Bilder von dir und Max in allen Zeitungen gesehen hat und ihr Revier markieren wollte.«

Gedankenverloren nippt Ava an ihrem Cider.

»Nun habe ich wenigstens die perfekte Ausrede, warum ich Daniel einfach stehenlassen habe«, murmelt Ellie nach einer Weile und stützt ihr Kinn auf beide Hände. »Meine beste Freundin hatte einen mittelschweren Nervenzusammenbruch. Das klingt zu affektiert, um es erfunden zu haben.«

»Ruf ihn an«, fordert Ava und hält Ellie ihr Handy unter die Nase. Ellie hat ihm im Taxi schon eine Nachricht geschickt, doch er hat bisher nicht reagiert. Bevor sie ihr das Telefon widerstrebend aus der Hand nehmen kann, fängt es an zu vibrieren. Avas Mutter.

»Wo genau wollten wir uns nach dem Konzert noch mal treffen, Avalein? Vor uns steht so ein düster dreinblickender Mensch, der uns partout nicht vorbeilassen will. Trotz der Ausweise, die du uns gegeben hast.« Lenis Aufregung ist auch durch den Hörer deutlich spürbar. »Kannst du uns hier abholen? Wir können nicht riskieren, zu spät zur Feier zu kommen. Dein Vater will unbedingt dabei sein, wenn Hannes seine ersten Autogramme verteilt. War dein Bruder nicht einfach unglaublich?«

Es dauert einige Minuten, bis Ava das Gespräch beenden kann. Gerade will sie Ellie das Telefon hinüberschieben und mit der anderen Hand einen Kellner herbeiwinken, um eine weitere Runde Cider zu bestellen, als das Display gleich einen weiteren eingehenden Anruf signalisiert. Mechanisch tippt sie auf den grünen »Annehmen«-Button.

»Ihr müsst *links* an der Absperrung vorbei. Rechts ist eine Sackgasse.«

»Wie bitte?«

Sie erstarrt. »Ich habe dich verwechselt«, murmelt sie schließlich. Mehr nicht. Mit hochgezogenen Augenbrauen schaut Ellie sie an.

»Wo bist du?« Max klingt irritiert. Im Hintergrund hört Ava einen nicht enden wollenden, aus tausendfacher Kehle geschmetterten »Zugabe«-Chor.

»Ich … Es gab einen Notfall«, erwidert sie reserviert und reibt sich die Schläfe. Warum sagt sie das? Wieso bleibt sie nicht einfach bei der Wahrheit – dass der letzte Zweifel ausgeräumt ist und auch ihr idiotisches Herz nun endlich verstanden hat, dass er und sie nichts weiter hatten als eine unbedeutende, aussichtslose Affäre.

»Rede mit ihm«, formt Ellie lautlos mit den Lippen. Ava wendet den Blick ab.

»Was ist denn passiert? Brauchst du Hilfe?« Wenn sie es nicht besser wüsste, würde sie meinen, einen Hauch Angst in seiner Stimme herauszuhören.

»Danke, ich komme schon zurecht. Ich … Ich musste noch mal ins Büro. Es ist etwas schiefgelaufen.«

»Um diese Zeit?« Er klingt wütend. »Warum machst du diesen Job? Ist es deine masochistische Ader, die dich veranlasst, diesem Stahl stets zu Diensten zu sein?«

»Ich weiß, was du von Stalins Maßstäben hältst.«

»Kommst du zur Party?«, fragt er nach einer kurzen Pause.

Ava stößt einen Seufzer aus. Die kleine Feier nach dem Konzert für Musiker, Pressevertreter und geladene Gäste, zu der auch ihre Eltern mit Thea und Thomas im Schlepptau gerade unterwegs sind. Sie kann sich die Szenerie bildhaft vorstellen: Sobald Max den Raum betritt, drängen seine weiblichen Verehrerinnen sich gegenseitig aus dem Weg, um ihn zu umgarnen. Er bahnt sich in alle Richtungen lächelnd einen Weg durch die Menge, bis er schließlich alle außer die Hartnäckigste unter ihnen abgeschüttelt hat. Tiana. Sie hakt sich mit ihrem spindeldürren Arm bei ihm unter und hält ihre watteweiße Zahnreihe in jede Kamera.

»Was ist los, Ava?«, holt Max' heisere Stimme sie in die *Reizbar* zurück.

Für einen kurzen Moment schließt Ava die Augen, dann hört sie sich selbst in Richtung Straße rufen: »Ich bin gleich bei dir, Oskar.« Zwei vorbeieilende Passanten werfen ihr einen erstaunten Blick zu.

»Ein Notfall, ich verstehe.« Max schnaubt leise. »Oskar der Verlierer? Ist das dein Ernst, Ava?«

»Du hast gut reden.« Ihre Stimme bricht. »Ich muss jetzt gehen, Max.« Bevor er etwas zweifellos Unerfreuliches entgegnen kann, legt sie wutentbrannt auf und wirft ihr Handy mit schweißnassen Händen in die Tasche zurück.

Ellie starrt sie über den Tisch hinweg an. »In meinen Augen gibt es nur eine Erklärung dafür, dass du derart verletzt bist. Du hast dich unsterblich in Mr. Rock-Superstar verliebt.«

»Auf keinen Fall!« Avas Fingernägel graben sich schmerzhaft in ihre Handflächen.

»Warum hast du ihn nicht gefragt, was er sich dabei gedacht hat, sich erst auf dich und dann wieder auf dieses karrieregeile Miststück einzulassen?«, fährt Ellie fort, als hätte Ava nichts gesagt.

Ohne auf ihre Frage einzugehen, leert Ava den letzten Rest ihres Glases und murmelt mit einem gezwungenen Lächeln auf den Lippen: »Zumindest wird mich das Medienecho, das Max' und Tianas herzerwärmende Wiedervereinigung generieren wird, bei unserem Contest ziemlich weit nach vorne katapultieren.«

Dabei ist der *Medienrummel-Contest* das Letzte, das sie gerade in Atem hält. Erschöpft schüttelt Ava den Kopf. Beinahe hat es geklungen, als wäre er eifersüchtig, aber natürlich ist das reines Wunschdenken. Verdammt nochmal, er ist Max Jones. Er hat es beileibe nicht nötig, um die Gunst einer lästigen, unbedeutenden Frau zu betteln. Nicht, solange so viele andere Frauen Schlange stehen. Die bildhübsche aufstrebende Schauspielerin Tiana Perez zum Beispiel.

Seufzend vergräbt Ava ihr Gesicht in den Händen. Sie fühlt sich zu aufgewühlt und angeschlagen für eine größere Bestandsaufnahme. Stattdessen murmelt sie heiser: »Das Konzert ist offenbar vorbei. Lass uns Susanna anrufen und herbestellen. Ihren Optimismus und schwarzen Humor können wir gerade gut gebrauchen.«

September

Sie will nicht einer von den zynischen, verbitterten Menschen werden, die alles Unrecht, alle Enttäuschungen und gescheiterten Hoffnungen, die sie erleben, hegen und pflegen und daran nagen. Die nicht vergeben und vergessen und neu anfangen können.

»Liebend gern«, hat Ellie also nach nur einer Sekunde des Zögerns geantwortet, als Daniel sie überraschend fragte, ob sie am Wochenende gemeinsam mit den Kindern nach Kopenhagen fahren wollen. Obwohl sie es nicht so meinte. Denn seitdem sie herausfand, dass Leopold sie nach Strich und Faden zum Narren gehalten hat, dass er jedem Rock an der Uni nachsteigt und sie nur dumm genug war, zu glauben, dass es mit ihr anders war, dass er sogar einen Herzinfarkt und eine Angioplastie vortäuschte, um sie bei der Stange zu halten und sich gleichzeitig Zeit für seine anderen Gespielinnen freizuschaufeln, würde sie eigentlich nichts lieber tun, als sich im Bett zusammenzurollen und die Decke über den Kopf zu ziehen.

Es hat sie kalt erwischt, als sie ihn vor zwei Wochen ertappte, im Vorlesungssaal mit dieser höchstens neunzehnjährigen, klapperdürren Rothaarigen, die noch nicht einmal schön war, sondern einfach nur willig.

»»Du und ich, wir sind eins. Ich kann dir nicht wehtun, ohne mich selbst zu verletzen.‹ Das hat er zu mir gesagt. Und ich habe ihm geglaubt«, hat sie abends in der *Reizbar* geschnieft und sich einen doppelten Whisky bestellt.

»Mensch, Ellie! Das ist nicht von Leopold, das ist ein Zitat von Mahatma Gandhi.« Susanna hat kopfschüttelnd und mit geschürzten Lippen ihre langen, nackten Beine übereinandergeschlagen und damit einen kleinen Aufruhr unter den männlichen Barbesuchern provoziert.

Ohne auf die gestriegelten Bankertypen am Nebentisch zu achten, die alles daransetzten, die drei Frauen mehr oder weniger subtil auf sich aufmerksam zu machen, hat Ava tröstend ihre Hand auf Ellies Arm gelegt. »Sei froh, dass er dir endlich sein wahres Gesicht gezeigt hat, dann weißt du wenigstens, dass du dich in den Falschen verliebt hast.«

»So wie du sicher froh bist, dass du dank Tianas Offenherzigkeit jetzt weißt, dass Max ebenfalls der Falsche für dich ist«, hat Ellie gereizt gekontert und sofort ein schlechtes Gewissen bekommen, als sie Avas betroffenen Blick auffing. »Am besten, ich gehe jetzt nach Hause und lege mich ins Bett.«

Danach konnte sie tagelang nicht aufstehen. Sie hat mit rot geränderten Augen an die Decke gestarrt und vorgegeben, sie wäre krank. Dabei wollte sie eigentlich nur die zuerst erschrockenen, dann verächtlichen Blicke, die Leopolds Gesicht verzerrten, nachdem die Rothaarige und er sie lange nach Seminarschluss im Türrahmen zum Vorlesungssaal entdeckt hatten, aus ihrem Gedächtnis verbannen.

Seither hat er sich nicht gemeldet, und auch sie hat sich gezwungen, ihm nicht wie ein dressierter Labrador nachzulaufen und das Telefon jedes Mal wieder aus der Hand zu legen, wenn ihre Mauern zu bröckeln drohten. Leopold Mook hat sie nur benutzt. Für ihn war sie nichts weiter als ein Spielzeug, das man aussortiert, sobald es langweilig wird. Die Erkenntnis ist schmerzhaft, aber sie muss lernen, damit zurechtzukommen.

Das kann sie ebenso gut in Kopenhagen tun. Schließlich gibt Daniel sich offensichtlich alle Mühe, die grabentiefen Risse in ihrer Beziehung zu kitten. Noch vor wenigen Monaten wäre ihm nie im Leben die Idee einer spontanen Kurzreise gekommen.

Und nun laufen sie also, jeder ein tropfendes Softeis in der Hand, die Toldbodgade entlang und versuchen, die richtige Gasse zum Königsschloss Amalienborg zu finden, um rechtzeitig zum Wachwechsel auf dem Schlossplatz zu sein. Ellie versucht, ein Taschentuch aus ihrem Rucksack zu kramen, um Erdbeersoße aus Emils Gesicht zu wischen, ohne dabei ihr Eis fallen zu lassen, während Daniel nach Paulines Kapuze greift, bevor sie um ein Haar von einem Lastenrad umgemäht wird, und gleichzeitig Anton erklärt, dass die Form der Palastwache anzeigt, welches Mitglied der dänischen Königsfamilie sich gerade im Schloss aufhält.

Als wären sie eine ganz normale, glückliche Familie.

Anton schlingt seinen dünnen Arm um Daniels Taille – etwas, das er sonst nie getan hat – und ruft: »Kopenhagen ist echt cool! Vor allem der Tivoli, das Experimentarium und weil wir hier alle zusammen sind.«

»Familie heißt, für den Rest deines Lebens nie wieder allein zu sein«, entgegnet Daniel wie nebenbei und drückt seinen ältesten Sohn ein wenig unbeholfen an sich.

Ungläubig schüttelt Ellie den Kopf. Jahrelang war sie alleinerziehend mit Mann, hat sich mit einem Partner herumgeplagt, der einen ausgeprägten Fluchtinstinkt hatte, wenn es um Kinder und Haushalt und gemeinsame Freizeit ging. Ist das noch derselbe Mann, der jetzt Emil trotz klebriger Eisfinger und verschmierter Kleidung auf seine Schultern setzt, weil der vom langen Laufen müde geworden ist, und sich mit einem nur minimal gezwungenen Lächeln auf den Lippen seine langatmigen Geschichten über Blubberblasenfische und Kühe auf Bäumen anhört? Und muss er ausgerechnet jetzt seine häusliche Seite entdecken, da sie ihn schändlich hintergangen hat und sich, wenn sie mal ganz ehrlich zu sich selbst ist, dabei nicht einmal vollends im Unrecht wähnte, weil er sie mit seinem abweisenden Verhalten schließlich von sich fortgetrieben hat? Ohne dass sie etwas dagegen tun kann, treten ihr Tränen in die Augen. Ungeduldig wischt sie sie mit dem Ärmel weg.

Während die anderen in einiger Entfernung endlich den Eingang zum Schlossplatz entdecken und ihre Schritte beschleunigen, macht ihr Gedankenkarussell keine Pause. Zum ersten Mal seit Wochen kommen Ellie ihre hehren Silvestervorsätze in den Sinn. Ihre eingeschlafene Ehe retten! Bisher hat sie alles darangesetzt, das genaue Gegenteil zu erreichen. Aber ist sie überhaupt bereit, nach allem, was war, wieder in ihr altes Leben zurückzukehren? Ist eine zweite Chance mit Daniel wirklich das, was sie will?

Und haben sie überhaupt Aussicht auf Erfolg, wenn sie ihm weiterhin etwas vormacht? Oder sollte sie ihm reinen Wein über ihre Affäre einschenken? Doch würde er ihr verzeihen? Könnte er sie verstehen?

»Wo bleibst du, Mama? Ich sehe schon die Puschelhüte der Wachablösung. Wir müssen uns beeilen.« Pauline winkt sie ungeduldig zu sich heran.

»Das sind Bärenfellmützen«, klärt Anton sie mit überlegener Miene auf.

»Von echten Bären? Mussten die dafür sterben?« Emil ist

entsetzt. Mit weit aufgerissenen Augen blickt er, noch immer bequem auf Daniels Schultern sitzend, auf seinen Bruder herab.

»Manche Leute glauben, Tradition ist wichtiger als Tierschutz.« In gebeugter Haltung und wegen des ungewohnten Gewichts schwer schnaufend setzt Daniel sich wieder in Bewegung.

»Und was glauben wir?«

»Wir glauben das natürlich nicht, du Baby«, erwidert Anton unerbittlich.

»Tiere müssen übrigens auch für deine Würstchen sterben, die du tonnenweise herunterschlingst«, schaltet sich nun auch Pauline ein.

»Streitet euch nicht, Kinder! Dazu ist es viel zu schön hier. Wir gucken uns jetzt erst mal die Parade mit der Wachablösung an und stellen uns vor, es wären Kunstfellmützen, und danach essen wir in diesem kleinen Restaurant am Rådhuspladsen ein wurstfreies Smørrebrød.«

Noch immer verdutzt über seine unerwartete Wandlung hebt Ellie eine Augenbraue. Der stets ungeduldige Daniel, der lieber vierzehn Stunden am Tag mit irgendwelchen nichtssagenden Zahlen herumhantiert, als länger als fünf Minuten am Stück mit seinen Kindern zu verbringen, präsentiert sich als waschechter Familienvater mit Fähigkeiten zum Trostspenden und Streitschlichten?

Als er nun überraschend den Arm um ihre Taille schlingt und sie an sich zieht, stößt sie ein leises Quietschen aus und stört sich auch nicht an Emils schmutzigem Turnschuh, der an ihrem Kinn reibt.

Eine Stunde später sitzen sie auf wackeligen Holzstühlen vor einem Café in der Mittagssonne, vor sich eine Auswahl üppig belegter Roggenbrote, und blicken gut gelaunt auf den rappelvollen Rathausplatz, auf dem sich gerade eine Gruppe bunt gekleideter Akrobaten mit behänden Tricks den Applaus der Zuschauer sichert.

»Ich wette, das kannst du auch, oder, Papa?«, will Emil wissen, als einer der Athleten nach einer Reihe rasanter doppelter Flickflacks wieder sicher auf dem Boden landet und mit einer tiefen Verbeugung den aufbrausenden Beifallssturm entgegennimmt, und bedenkt Daniel mit einem Blick, den Ellie schon lange nicht mehr gesehen hat.

»Natürlich, mein Sohn. Auch wenn ich vielleicht erst mal ein bisschen üben müsste.« Daniel unterdrückt ein Grinsen. Ein Grinsen, das Ellie an ihre erste Begegnung auf dieser ohrenbetäubend lauten, überfüllten Studentenparty vor so vielen Jahren erinnert und das sie schon beinahe vergessen hatte.

»Kannst du mir das auch bald bei–«, beginnt Emil und bricht dann ab, um in ehrfürchtigem Entzücken zu erstarren, als er eine kleine grüne Raupe über den Bürgersteig kriechen sieht.

Gedankenversunken schneidet Ellie ein Stück von ihrem Smørrebrød mit geräucherter Forelle, Ei und bunten Blütenblättern ab. Emils Vertrauen in seinen Vater scheint sich in den letzten Wochen vervielfacht zu haben, und auch die beiden Großen erwecken den Anschein, als hätte es eine Zeit, in der Daniel Tage, Nächte, Wochenenden durcharbeitete, in der er ungeduldig, gleichgültig und barsch oder gar nicht erst ansprechbar war, nicht gegeben. Wie oft hat sie ihm gesagt, dass, wenn er sich nicht um seine Kinder kümmert, solange sie klein sind, sie ihm fremd sein werden, wenn sie groß sind? Dass er es, wenn er so weitermacht, kaum bemerken würde, wenn die drei erwachsen würden und aus dem Haus gingen? Hat er nun endlich eingesehen, dass ihm nicht mehr viel Zeit bleibt, um das Verhältnis zu seinen Kindern zu kitten?

»Dieses grüne Zeug auf meinem Brot schmeckt kacke«, stellt Emil gerade lapidar fest und legt sein Smørrebrød angewidert auf den Teller zurück.

»Das ist Petersilie.« Mit hochgezogenen Augenbrauen setzt Ellie an Daniel gewandt hinzu: »Wer bringt ihm denn diese Scheiß-Wörter bei?«

»Woher soll ich das wissen, verdammt nochmal?«

Für einen kurzen Augenblick schauen sie sich an, dann prusten sie los. Sie halten sich den Bauch vor Lachen, bis ihnen die Tränen kommen. Fast fühlt es sich an wie früher, bevor Arbeit und Alltag, Erschöpfung und Unzufriedenheit ihnen das Lachen nahmen.

»Dürfen wir den Stuntleuten ein paar Euro in den Hut werfen?«, fragt Pauline, als ihre Eltern sich wieder einigermaßen im Griff haben, und leckt den letzten Rest Remoulade von ihren Fingern.

Ohne zu zögern, greift Daniel nach seinem Portemonnaie und holt einige Münzen hervor, die er bereitwillig in den ausgestreckten Kinderhänden verteilt. »Vielleicht gebt ihr ihnen besser ein paar Dänische Kronen.«

»Und bleibt in Sichtweite«, ruft Ellie ihnen noch immer grinsend hinterher, doch die Kinder sind schon in der Menschenmenge verschwunden.

»Sollte einer von uns ihnen folgen?«, fragt Daniel kopfschüttelnd.

»Wahrscheinlich holen sie sich von deinem Geld noch ein Eis.« Ungerührt schiebt Ellie sich ein Stück Fisch in den

Mund und spült mit einem Schluck Tuborg nach. Als Daniel den Kindern noch immer mit skeptischer Miene hinterherblickt, fügt sie geduldig hinzu: »Es sind Stadtkinder. Sie legen nicht mehr als hundertfünfzig Meter zurück, ohne einen Bus zu besteigen. Und das bringen selbst unsere Plagegeister in einer unbekannten Umgebung nicht fertig.«

»Wenn sie in fünf Minuten nicht zurück sind, gehe ich sie suchen«, verkündet er dennoch. Es ist offensichtlich, dass er mit sich ringt. Er reibt sich mit den Händen über die Augen, bevor er mit kaum vernehmbarer Stimme fortfährt: »Ich weiß jetzt, dass du recht hattest, Ellie.«

»Was meinst du?«

»Ich meine deine Reaktion auf meine unüberlegten Sprüche zu dem ›bisschen Kindererziehung und Haushalt‹. Wer hätte gedacht, dass das Ganze so anstrengend und zeitraubend sein kann?« Plötzlich wirkt sein Lächeln gezwungen. »Es ist aber noch mehr als das. Lange habe ich mich gefragt, warum du immer so gestresst warst, obwohl du nicht arbeiten musstest, und wie es sein konnte, dass du dir, wenn du schon so ungerechtfertigterweise gestresst warst, mit einem Studium auch noch eine zusätzliche Last aufbürden wolltest. Aber du musstest es tun, um dein Leben wieder in Besitz zu nehmen, und das beginne ich langsam zu verstehen.«

Ihre Gabel verharrt auf halbem Weg zum Mund mitten in der Luft. Wann hat das Gespräch denn diese Wendung genommen?

Sie ringt noch immer nach den richtigen Worten, als er beinahe enthusiastisch hinzufügt: »Ich habe viele Fehler gemacht, Ellie. Der gravierendste war, dass ich dich allein gelassen habe. Du musstest dich um alles kümmern, permanent einspringen, jahrelang Tag für Tag Rund-um-die-Uhr-Dienste antreten. Ich war nicht da, um nachts am Bett der Kinder zu sitzen und zu versuchen, sie davon zu überzeugen, dass der Alptraum nichts als substanzloser Rauch ist, ich habe sie nicht getröstet und beschützt, ihre Geburtstagsgeschenke und Schulen nicht ausgewählt –«

»Daniel –«

»Und nicht nur das. Als du etwas an deinem Leben ändern wolltest, habe ich dir Steine in den Weg gelegt. Dabei hätte ich erkennen müssen, dass du endlich auch mal in der Bühnenmitte, direkt im Scheinwerferlicht, und nicht länger auf dem Parkett stehen wolltest. Es tut mir leid, Ellie.«

So lange am Stück hat sie ihn jahrelang nicht sprechen hören. Viel zu lange schon ist Daniel ein Meister des Schweigens und sie zwangsläufig Expertin im Gedankenlesen.

Und er scheint immer noch nicht fertig zu sein. »Aber du sollst wissen, dass ich die Kinder bedingungslos liebe, wie schwer sie es einem auch manchmal machen mögen, etwas anderes zu empfinden als Irritation und Frust. Und dich liebe ich auch –«

»Ich habe dich betrogen«, hört sie sich sagen, bevor sie nachdenken oder sich auf die Zunge beißen kann. Vor Schreck fällt ihr die Gabel aus der Hand und landet klirrend auf dem Asphalt.

»Das habe ich gewusst«, entgegnet er tonlos. Mehr nicht. Kein Vorwurf, keine Fragen, keine Vorhaltungen. Nur die hervortretenden Venen an seinen Schläfen verraten seine Anspannung.

Ihre Kopfhaut beginnt unangenehm zu prickeln. Kurz blickt sie sich nach den Kindern um, doch sie sind nirgends zu sehen. Stattdessen geht das quirlige Leben auf dem sonnigen Rådhuspladsen weiter, als wäre nichts geschehen. »Was soll das heißen, du hast es gewusst?«

Daniel verzieht keine Miene. »Ich habe dich und Ava gehört, auf Susannas Geburtstag. Du hast von einem Leopold gesprochen, und so, wie du aussahst, lag die Vermutung nahe, dass dieser Typ mehr für dich war als nur ein flüchtiger Bekannter.« Mit einem Blick zu den Nachbartischen fügt er hinzu: »Aber vielleicht ist jetzt nicht der richtige Augenblick, das zu besprechen. Eigentlich wollte ich dir nur erklären —«

»Das war vor vier Monaten! Warum hast du nichts gesagt?« Ihre Kehle fühlt sich so zugeschnürt an, dass sie Schwierigkeiten hat zu atmen.

Es dauert einen Moment, bis er antwortet. Seine Stimme bebt. »Am Anfang war ich so wütend, dass ich wusste, wenn ich etwas sage, dann würde die Situation unwiderruflich aus dem Ruder laufen. Erst mal musste ich in Ruhe über alles nachdenken. Es hat eine ganze Weile gedauert, bis ich realisiert habe, dass ich eine Mitschuld trage. Weil ich nie da war und dir nicht genügend Wertschätzung oder Verständnis entgegengebracht habe. Wir haben uns aus den Augen verloren, Ellie, und ich war fest entschlossen, dich wiederzufinden.«

Ihre Augen füllen sich mit Tränen, und sie senkt den Blick. Sie weiß nicht, was sie fühlen soll. Wie oft hat sie vergeblich versucht, mit Daniel über ihre Gefühle zu sprechen, und diesen Moment in ihrem Kopf ergebnislos gedreht und gewendet? Den Moment, in dem sie endlich Klartext redet.

Doch bevor sie etwas sagen kann, greift er über den Tisch

hinweg nach ihrer Hand. »Bist du bereit, die Vergangenheit ruhen zu lassen und mit mir noch mal von vorne zu beginnen?« Erwartungsvoll blickt er sie an. Sie weiß, dass er antworten will, ebenso wie sie. Sie will einen Entschluss, eine Lösung für all die konkurrierenden Emotionen in ihrem Inneren, um ein definitives Gefühl herauszubekommen.

Mit Daniel würde es keine Überraschungen geben, so viel ist sicher. Sie wüsste, was die Zukunft bringt. Sie würde das Leben führen, das sie sich immer vorgestellt hat. In der Nähe ihrer Freunde und Familie, mit Kindern, einem schönen Haus, einem einigermaßen respektablen Platz in der Gesellschaft. Sie müsste einfach nur nicken.

»Wie kannst du mir so ohne Weiteres verzeihen, was ich getan habe?«, fragt sie schließlich, obwohl ihr tausend dringlichere Fragen auf der Seele brennen.

Ihre Blicke verhaken sich. Und sie sieht es in seinen Augen. Er hat sie ebenfalls betrogen. In all der Zeit, die er nicht zu Hause war, hat er nicht nur gearbeitet. Ihr Herz setzt für mehrere Schläge aus.

»Ellie –«

»Mama! Emil ist weg, Mama! Komm schnell, vielleicht wurde er entführt!«

Eine eiskalte Faust legt sich um Ellies Brust, und alles andere ist vergessen, als sie aufspringt und sich von Pauline mitziehen lässt. Daniel wirft hastig ein paar Scheine auf den Tisch und folgt ihnen prompt.

»Wir haben nur ein Eis gegessen, dann war er plötzlich verschwunden. Anton sucht ihn beim Drachenbrunnen. Beeilt euch!« Pauline ist den Tränen nah.

Als sie Emil schließlich finden, hinter einem kleinen Hotdog-Stand, mit einem breiten Lächeln auf den von

Schokoladeneis verschmierten Lippen, verteilt er gerade einen Klecks gelber Remoulade auf dem roten Würstchen einer zufriedenen Kundin und lässt sich dafür ein kleines Geldstück zustecken. Erleichtert und zugleich ungläubig ziehen Ellie und Daniel ihn in ihre Arme.

»Wann werdet ihr nur endlich erwachsen?« Ellies Stimme ist kaum mehr als ein Flüstern.

»Ich musste helfen. Ohne mich lief das Geschäft nicht gut«, erklärt er mit todernster Miene, nachdem ihm aufgegangen ist, dass seine Geschäftsidee seiner Familie einen Riesenschreck eingejagt hat. Auch der gestresste Verkäufer scheint nicht auf die Idee gekommen zu sein, dass sein neuer Assistent von irgendjemandem vermisst werden könnte. »Und außerdem musste ich Geld verdienen für die Akrobaten. Wir hatten doch nichts mehr übrig, weil wir uns ein Eis gekauft haben.«

»Das verstehe ich, Kumpel, aber nächstes Mal sagst du uns Bescheid, wenn du solche Aktionen planst, okay? Wir machen uns sonst Sorgen.«

»Okay, Papa.«

Ellies Hände sind schweißnass. In diesen wenigen angsterfüllten Minuten, in denen sie in einer fremden Stadt auf einem überfüllten Platz fieberhaft nach ihrem fünfjährigen Kind gesucht hat, war sie so dankbar, nicht auf sich allein gestellt zu sein, sondern jemanden an ihrer Seite zu haben, der Emil ebenso dringend finden wollte, dabei aber einen kühlen Kopf bewahren konnte, dass sie bei Daniels Anblick ein ungewohntes Kribbeln im Nacken verspürt. Kopfschüttelnd nimmt sie Emil fest an die Hand.

»Vielleicht sollten wir auf den Schreck erst mal ein Eis essen«, schlägt Anton vor, ohne rot zu werden.

Daniel gibt ihm einen Nasenstüber. »Oder wir sehen uns den Rundetårn an. Da können wir auf einem Glasboden fünfundzwanzig Meter über dem Boden schweben. Und es gibt zwei Latrinen, deren Gruben für die Exkremente so groß waren, dass sie nur alle fünfzig Jahre geleert werden mussten.«

»Was sind Latrinen?«, will Emil wissen.

»Wie ekelhaft, Papa«, ruft Pauline gleichzeitig.

»Wie hat man die denn ausgeleert?«, lacht Anton.

»Habt ihr Lust?«, fragt Daniel und blickt Ellie fragend an.

Er hat sie betrogen, vielleicht etliche Male. Sie hat sich in einen anderen verliebt. Sie werden ihr Gespräch heute Abend fortsetzen müssen, doch sie hat keine Ahnung, was sie ihm sagen soll. *Könnten wir nur wieder Fremde sein*, schießt es ihr durch den Kopf.

Ellie bringt ein Nicken zustande und lässt es zu, dass er den Arm um ihre Schultern legt und sie an sich zieht.

Ava kocht vor Wut. Mit zitternden Händen zieht sie eines der Schmierblättchen ihrer Mutter, die vor ihr auf dem kleinen runden Beistelltisch ausgebreitet liegen, zu sich heran.

Im zweiten Anlauf: »Jetzt wollen wir Hochzeit und Kinder«, steht in großen Lettern unter einem offensichtlich stark retuschierten Hochglanzporträt von Tiana Perez auf dem Titelblatt.

Wie ein Einbrecher, der im Begriff ist, die Scheibe eines Juweliers einzuschlagen, blickt Ava sich verstohlen im Wohnzimmer ihrer Eltern um. Thea und ihre Mutter sind in der angrenzenden Küche abwechselnd eifrig schwatzend und singend dabei, Pfirsiche für den Nachtisch zu schälen, ihr Vater und Thomas rotten sich auf der Terrasse um den Grill und klammern sich in einem postmodernen Reflex an ihren Grillzangen fest, die Zwillinge werfen im sonnigen Garten Stöckchen für einen unermüdlichen Herrn Schmidt und Hannes telefoniert in seinem alten Kinderzimmer heimlich rauchend mit Marten, um zu klären, wer für ihren Auftritt heute Abend auf Susannas Jubiläumsfeier für den Wodka zuständig ist.

Ava lehnt sich in Alfis geblümtem alten Ohrensessel zurück und schüttelt den Kopf. Wie kommt sie nur auf die Idee, das Magazin aufzuschlagen? »*Dass die Dinge damals so schmerzhaft aus dem Ruder liefen, war nicht allein seine Schuld, doch wir haben uns gegenseitig vergeben. Max Jones ist die Liebe meines Lebens*«, entziffert sie, und ihr Herz krampft sich qualvoll zusammen.

Natürlich wusste Ava von Anfang an, dass sie für Max nichts weiter war als eine willkommene Zerstreuung. Es aber jetzt so vor Augen geführt zu bekommen, ist dennoch ein harter Schlag. Von all den selbstzerstörerischen, abwegigen, irrationalen Ideen, die sie im Laufe ihres Lebens hatte, war es die blödsinnigste, sich ernsthafte Absichten von Max Jones zu erhoffen. So viel zu ihrem glänzenden neuen Ersatz-Vorsatz, unerwiderter Liebe ein für alle Mal abzuschwören.

»*Die zweite Chance, die das Schicksal uns gewährt hat, werden wir besser nutzen.*« Weiter kommt sie nicht.

»Du solltest das nicht lesen. Von dem Geschmiere stimmt eh nicht mal die Hälfte.« Hannes ist wie aus dem Nichts neben ihr aufgetaucht und zieht ihr energisch das Heft aus der Hand. Stirnrunzelnd feuert er das Klatschblatt zu den anderen zurück – doch nicht, ohne den Artikel vorher selbst überflogen zu haben. Ächzend lässt er sich in Lenis Schaukelstuhl fallen. »Ich weiß gar nicht, was ein Typ wie Max von dieser talentfreien Barbiepuppe will.«

Seit sie ihm vor einigen Tagen beim Lagerfeuer am Elbstrand unter Alkoholeinfluss den Grund für ihre gegenwärtigen Stimmungsschwankungen ins Ohr geflüstert hat, kann sie sich seiner Rückendeckung sicher sein. Dankbar blickt sie ihn an. Dabei weiß sie genau, dass Tiana weder talentfrei noch eine Barbiepuppe ist, sondern einfach das Glück hatte, einen Sechser im genetischen Lotto gezogen zu haben, und zudem von derartigem Ehrgeiz getrieben ist, dass sie es auch als Schauspielerin mal weit bringen kann.

Selbstverständlich wird Ava die Zeitschrift an sich reißen, sobald Hannes wieder außer Sichtweite ist, und selbstzerstörerisch jedes einzelne zweifellos schlecht recherchierte, reißerische Wort verschlingen, das dort über Max und Tiana geschrieben steht. In den vergangenen vier Wochen hat sie an so gut wie allen Zeitschriftenständen Hamburgs angehalten und den Unmut der Verkäufer auf sich gezogen, weil sie die Inhalte sämtlicher gängiger Regenbogengazetten gescannt hat. Sie war gleichzeitig erleichtert und irritiert, weder auf Bilder, Interviews noch sonstige Lebenszeichen von Max und Tiana gestoßen zu sein. Seit dem Konzert sind sie von der Bildfläche verschwunden.

Ava stößt einen Seufzer aus. Offensichtlich wollen die beiden Turteltäubchen ihre wiedererwachte Beziehung aus der Öffentlichkeit heraushalten. Einzig ein paar kurze, zweideutige Statements von Tiana darüber, wo sie in den vergangenen Monaten gesteckt hat – in einem »Retreat« im Süden, um die »Hetzjagd der Presse auf sich selbst und Max zu verarbeiten« –, hat Ava entdeckt und sich maßlos darüber geärgert, dass Tiana kein Wort über die Tatsache verlor und sich auch sonst kein Hinweis fand, dass sie selbst es war, die diese Hetzjagd mit ihren tränenreichen Interviews und aufsehenerregenden Fotos provoziert hat.

Aber warum nun dieses Interview?

Ava verschränkt die Arme vor der Brust. Mit der Funkstille in den Medien wird es ohnehin bald vorbei sein. Ihr wird schon jetzt ganz anders bei dem Gedanken an Max' Tour durch mehrere europäische Hauptstädte, die nächste Woche beginnt und Tiana sicherlich am laufenden Band die Gelegenheit bietet, ihr Gesicht neben Max in die Kameras zu halten und Pärchen-Statements abzugeben, die Ava nicht hören will.

»Genau genommen wissen wir gar nicht, ob er sich wirklich wieder auf dieses Weibsbild eingelassen hat, Schwesterherz. Die Medienmeute macht aus jeder Mücke einen Elefanten, das weiß doch jeder.« Seit Hannes dank des Über-Nacht-Erfolgs der *Earworms* selbst immer mehr im Rampenlicht steht und ihm in den letzten Wochen ein illegitimes Kind und eine Alkoholsucht angedichtet wurden, hat er nichts als Verachtung für die Regenbogenpresse übrig. »Dazu müsstest du ihn endlich anrufen, Ava.«

Ava vergräbt ihr Gesicht in den Händen. »Lieber würde ich Rattengift nehmen.« Es ist eine seltsame Mischung aus ungemeiner Erleichterung und Niedergeschlagenheit, die sie seit dem Konzert, dem offiziellen Abschluss des Maximilian-Johansen-Auftrags, gefangen nimmt. Stattdessen kümmert sie sich jetzt um die Belange eines alternden Reality-TV-Sternchens, das wahlweise musikalische Ambitionen entwickeln oder ins Schauspielgeschäft wechseln will, und einer sitzengelassenen Filmproduzenten-Ehefrau, die sich nicht zu schade ist, in aller Öffentlichkeit die große Liebe zu finden. Timon lacht sich ins Fäustchen, während er mit seinem Credo-Folgeauftrag weiterhin wertvolle Punkte für den *Medienrummel-Contest* einfährt. Aber das ist alles zweitrangig geworden.

»Dann schreib ihm zumindest eine kurze, belanglose Nachricht, damit du weißt, wo er ist und was er macht. Zwischen seinen Antwortzeilen wirst du schon etwas herauslesen können. Ihr wart doch fast so etwas wie Freunde«, drängt Hannes gerade. Er lässt einfach nicht locker.

»So ausgeprägt ist meine masochistische Ader nun auch wieder nicht. Ein letztes bisschen Selbstachtung ist mir geblieben. Und wir waren keine Freunde.«

»Hannes, holst du mal eine Flasche von Lenis Obstlern aus dem Keller? Mirabelle, wenn noch was da ist.« Alfi, noch immer die Grillzange fest umklammert, streckt seinen Kopf zur offenen Terrassentür herein. Hinter ihm steigen Unmengen von blauen Rauchschwaden auf.

Bereitwillig springt Hannes auf. »So einen können wir jetzt gut gebrauchen, nicht wahr, Ava? Alkohol vergrößert den ›Senden‹-Button um ein Vielfaches.«

»Du musst es ja wissen. Vielleicht ist an der Geschichte über deinen Alkoholismus doch etwas dran«, ruft Ava ihm nach, aber er ist schon im Flur verschwunden.

Gerade greift sie verstohlen erneut nach der Illustrierten, als Thea die Küchentür aufstößt, vorsichtig ein altes Holztablett mit Gläsern und Tellern balancierend. »Hilfst du mir bitte mit den Schüsseln, Ava?«

»Ich komme gleich«, entgegnet sie schärfer als beabsichtigt. Hat man denn hier keine zwei Sekunden seine Ruhe?

Irritiert bleibt Thea stehen. »Warum ziehst du eigentlich in letzter Zeit so ein Gesicht, Ava?«

»Weil offensichtlich alle Leute ein zufriedenstellendes Liebesleben haben, nur ich nicht«, entgegnet Ava, ehe sie sich auf die Zunge beißen kann. »Hast du mal meine Nachbarn gesehen?«

»Die Rammler von oben?« Aus Theas Mund klingt das Wort übertrieben anstößig und vulgär.

»Die sind beide so unauffällig, dass ich sie bis heute nicht wiedererkennen würde, wenn ich ihnen irgendwo anders als in unserem Treppenhaus gegenüberstünde. Humorlose Gesichter, mausgraue Haare, mausgraue Kleidung, null Charisma. Und trotzdem lassen sie Nacht für Nacht die Korken knallen. Und die Bettpfosten gegen die Wand.«

»Du weißt doch, Aussehen ist nicht alles. Aber ich dachte, es gäbe jemanden in deinem Leben?«

Ava kann sich gerade noch davon abhalten, die Augen zu verdrehen. Anstatt ihrer Schwester eine Antwort zu geben, murmelt sie tonlos: »Auch bei dir ist immer alles so perfekt.«

»Bei mir? Ist das jetzt so überraschend, weil ich ebenfalls unauffällig und mausgrau bin?« Konsterniert blickt Thea an sich herunter, soweit es das Tablett vor ihrer Brust zulässt. Heute trägt sie einen blütenweißen Plisseerock, den sie mit einer pastellblauen, kurzärmeligen Bluse kombiniert. Die frisch gefärbten Haare sind wie meistens zu einem akkuraten Dutt gebunden.

»Natürlich nicht. Wir haben anscheinend nur gänzlich unterschiedliche ästhetische Vorstellungen. Was ich meinte, ist, dass ich mir neben dir oft unzulänglich vorkomme. Du hast immer alles perfekt im Griff, deine Familie, deine Arbeit, deine Haare, während ich –«

»Bei mir ist gar nichts perfekt«, schnaubt Thea unvermittelt und lässt sich, das Tablett noch immer fest umklammert, in den Schaukelstuhl sinken, in dem gerade noch Hannes saß. »Du hast keinen Grund, dich unzulänglich zu fühlen, Ava. Thomas hatte letztes Jahr eine Affäre mit seiner fast noch minderjährigen Zahnärztin, Alma wurde beim Ladendiebstahl erwischt, und mein Arzt sagt, wenn ich nicht einen Gang zurückschalte, ist mir in spätestens einem Jahr ein Magengeschwür sicher.«

Normalerweise ist eine derart schonungslose Offenherzigkeit und Unverblümtheit nicht Theas Art. Verblüfft hebt Ava eine Augenbraue. Sie braucht einen Moment, um das gerade Gehörte zu verarbeiten. »Aber warum hast du nie etwas gesagt? Wie soll man jemandem beistehen, der seine Schwierigkeiten unter den Teppich kehrt?«, fragt sie schließlich.

»Um Mama und Papa noch mehr Kummer zu bereiten? Ich will ihnen die Illusion nicht nehmen, dass sie wenigstens ein weißes Schaf neben drei schwarzen großgezogen haben.«

»Zumindest unser Babybruder dürfte dank seiner steilen Karriere mittlerweile auch zu den weißen Schafen gehören«, erklärt Ava, als Hannes, in jeder Hand eine Flasche mit Lenis selbst gebranntem Obstschnaps, gewohnt schwungvoll wieder ins Wohnzimmer tritt. Überrascht blickt er seine Schwestern an.

»Du hast recht, Ava, spätestens bei seiner ersten Preisverleihung wird all die kohlrabenschwarze Farbe der vergangenen dreißig Jahre abgewaschen«, ergänzt Thea lächelnd.

Ungestüm stellt Hannes die Flaschen auf Theas Tablett und nimmt es ihr anschließend aus der Hand. »Welche

Farbe? Und welche Preisverleihung? Für die *Earworms*? Wir sollten nicht vergessen, dass wir in einem Land leben, in dem »Schnappi, das kleine Krokodil« Doppelplatin bekam und zehn Wochen lang die Charts anführte. Ob wir mit unserem Gitarrengeschrabbel gegen diese Art von Kunst ankommen, wird sich erst noch zeigen.«

»Seit wann so bescheiden?«, ruft Ava ihm hinterher, und er zwinkert ihr schelmisch zu, bevor er sich zu Alfi auf die Terrasse gesellt und beginnt, ein wenig unbeholfen den ausziehbaren Gartentisch zu decken.

Ava legt eine Hand auf Theas Unterarm. »Und du verlierst deine weiße Farbe noch lange nicht, nur weil dein Mann seine Finger nicht bei sich lassen konnte oder deine Tochter einmal über die Stränge geschlagen und eine Grenze überschritten hat.« Seufzend blickt Ava durch das große Fenster nach draußen, wo Thomas offensichtlich gerade dabei ist, Alma und Florentine zu zeigen, woran man erkennt, ob die Cox Orange schon pflückreif sind. Herr Schmidt schaut hechelnd zu, anscheinend auf den richtigen Augenblick wartend, sich mit einem Hechtsprung einen herunterfallenden Apfel zu sichern. »Außerdem hättest du zumindest mit Hannes und mir über eure Schwierigkeiten reden können, Thea. Du kannst jetzt mit mir reden! Oder wann immer du willst.«

Thea wirft einen Blick zu den Apfelbäumen. »Wenn es dir nichts ausmacht, würde ich im Moment lieber nicht darüber sprechen. Außerdem hatte ich immer das Gefühl, du trägst selbst genug Ballast mit dir herum.«

Ava reibt sich die Schläfen. Lange Zeit sagt niemand ein Wort. Sie überlegt noch immer, was sie antworten soll, als Lenis gedämpfte Stimme aus der angrenzenden Küche dringt: »Avalein und Thea, bringt ihr bitte die Schüsseln mit Salat und Brot nach draußen?«

»Und wenn du deinen Ballast unter den Teppich kehrst, kann dir niemand beistehen«, wiederholt Thea Avas Aussage von vorhin, bevor sie aufspringt und Anstalten macht, in die Küche zu hetzen. Leni singt jetzt gut vernehmlich »Kein schöner Land in dieser Zeit«. Alte Volkslieder sind ihr immer noch am liebsten.

»Ich habe einen Mann getroffen, der zu perfekt für mich war«, murmelt Ava wie zu sich selbst.

Thea bleibt wie angewurzelt stehen. »Wie kann ein Mann zu perfekt für dich sein?«

»Dieser war es, glaub mir.«

Langsam lässt sie sich wieder in ihren Schaukelstuhl zurücksinken. »Und jetzt ist er weg?«

»Er war nie wirklich da.« Avas Stimme ist kaum mehr als ein Flüstern.

Thea schüttelt den Kopf. »Und das liegt nicht zufällig daran, dass du es vorziehst, emotional distanziert zu bleiben und dich mit unperfekten Männern zufriedenzugeben, um nach dem eventuellen Scheitern einer Beziehung nicht wieder diesen ganzen Schmerz ertragen zu müssen? Wie damals bei Samuel?«

»Da haben wir so manche Stund gesessen da in froher Rund«, schmettert Leni lauthals und klappert dabei mit irgendwelchen Töpfen herum.

»Du bist die Dritte, die mir das sagt.«

»Dann steckt vielleicht ein Körnchen Wahrheit darin, meinst du nicht?«

Wieder massiert Ava ihre Schläfen. Langsam bekommt sie Kopfschmerzen. »Ich habe Jahre gebraucht, um darüber hinwegzukommen. Ich hatte einen perfekten Mann und eine perfekte Schwester, und dann hatte ich plötzlich gar nichts mehr.«

»Das weiß ich.« Thea beugt sich weit nach vorne und fügt mit leiserer Stimme hinzu: »Aber du musst Vertrauen haben und Nähe zulassen, Ava, denn nur dann kannst du die große Liebe finden.«

»Da bleibt mir nichts mehr zu sagen. Freud hat schon alles gesagt.«

Thea greift nach Avas Arm und lächelt ihr aufmunternd zu. »Und übrigens, perfekt ist Samuel beileibe nicht. Hat Stine dir nicht erzählt, dass er hemmungslos in Tränen ausbricht, wenn sein Fußballverein die Qualifikation für die Champions League verpasst, er bei der Taufe seines Neffen aber praktisch ungerührt danebenstand? Oder dass er derart viel Haarwachstumsshampoo benutzt, dass der Hersteller sich schon vorstellen kann, eine Verdienstmedaille einzuführen?«

»Ich spreche mit Stine nicht über Samuel.«

»Dann wird es höchste Zeit. Du musst endlich wieder nach vorne blicken. Und auch wenn es dich fast umbringt, es zuzugeben, ich weiß, dass du Stine vermisst.«

Schweigend starrt Ava auf ihre Hände.

»Dass wir uns hier in diesem Tal noch treffen so viel hundertmal«, trällert Leni und streckt dann ihren silbergrauen Haarschopf zur Küchentür heraus. »Thea? Ava? Wo bleibt ihr denn? Alles wird kalt.«

»Wir kommen schon«, ruft Ava und hält ihrer Schwester die Hand hin, um ihr aufzuhelfen.

»Das Fleisch ist fertig. Wo bleibt die Chilisauce?« Alfi wedelt mit der Grillzange, während Leni ihren Töchtern pfeifend zwei weitere Tabletts in die Hände drückt.

Hannes blickt von seinem Handy auf. »Ich muss jetzt leider los.« Jovial wuschelt er Herrn Schmidt über den Kopf, der Stellung vor dem Grill bezogen hat und sich, ohne den Blick vom Rost zu nehmen, die Lefzen leckt.

»Jetzt schon? Aber diese Jubiläumsfeier beginnt doch erst in drei Stunden. Außerdem hast du noch gar nichts gegessen, Kind.«

Hannes verdreht demonstrativ die Augen, nimmt sich aber gehorsam ein aufgeschnittenes Brötchen, in das er ein bisschen Salat und einen Berg Chilisauce häuft.

»Es sind auch schon ein paar von deinen Lieblingswürstchen fertig«, bietet Alfi an.

»Ich esse kein Fleisch mehr. Habe ich das nicht gesagt?« Herzhaft beißt Hannes in sein Brötchen. »All die Tiere, die dafür sterben müssen. Und die Umwelt, die wir durch die Massentierhaltung zerstören. Ganz zu schweigen von den negativen Auswirkungen auf unsere Gesundheit. Daher danke ich meinem Körper dafür, dass er Glukose, Laktose, Gluten und Nüsse verträgt.«

»Du bist Rockmusiker. Die trinken Bier und achten nicht auf ihre Ernährung.« Leni mustert ihr Nesthäkchen versonnen. »Und warum tust du Susanna nicht einfach den Gefallen und ziehst dir heute ausnahmsweise dieses düstere, zerfledderte Hemd aus? Und bürstest dir zur Abwechslung mal die Haare. Und nimmst den Ring aus der Nase, du bist doch kein Bulle.«

»Rockmusiker tragen zerfledderte Kleidung und bürsten sich niemals die Haare«, erwidert er lachend und gibt Leni einen schmatzenden Kuss auf die Wange.

Zerstreut betrachtet Ava ihre Familie. Alle wuseln geschäftig herum, häufen sich gegenseitig Essen auf die Teller, halten Herrn Schmidt davon ab, am Grill hochzuspringen, verabschieden sich von Hannes und achten nicht auf sie. Ein wenig unschlüssig dreht sie sich um und verschwindet im Haus.

In ihrem alten Kinderzimmer fischt sie ihr Handy aus der Jeanstasche. Mit zitternden Händen wählt sie die Nummer. Es klingelt und klingelt, und Ava will gerade auflegen, als sich doch noch eine überraschte, aufgeregte, vertraute Stimme meldet.

»Ava?« Im Hintergrund sind Autos, metallisches Quietschen, Fahrradklingeln und die Trillerpfeife eines Verkehrspolizisten zu hören. Wahrscheinlich ist ihre Schwester für ihren samstäglichen Wocheneinkauf auf dem Weg zum Marché Barbès.

»Hallo, Stine. Störe ich? Ich dachte, wir könnten mal reden.«

»Das, was andere mit dem Mittelfinger ausdrücken, schaffen Sie mit den Augen.« Friedrich Thomsen schüttelt feixend den Kopf. Der Seitenblick, den er ihr zuwirft, spiegelt ostentative Empörung wider.

Entgeistert blickt Susanna der bekümmerten Küchenhilfe nach, die es tatsächlich fertiggebracht hat, die schon bei der Anmeldung der Gäste abgefragten Lebensmittelunverträglichkeiten und Extrawünsche derart durcheinanderzuwürfeln, dass jetzt nur für jeden zweiten Vegetarier eine Vorspeise zur Verfügung steht. Von Veganern oder Muslimen gar nicht erst anzufangen. »So maliziös werde ich nur im Notfall. Und überhaupt, wie ich meine Arbeit erledige, geht Sie nichts an. Sie sollten nur die Ergebnisse interessieren. Und die können sich doch sehen lassen, nicht wahr?

Immerhin kommen dank meiner Tiefkühlfachidee jetzt auch unsere Gäste mit besonderen Vorlieben auf ihre kulinarischen Kosten.«

»Durchaus. Die Kompromisse, die Sie aushandeln, würden jeden Diplomaten vor Neid erblassen lassen. Im Nahen Osten könnte man Sie sicher ganz gut gebrauchen.«

Susanna verzieht den Mund. In zwei Wochen fällt die Entscheidung, wer in den Vorstand berufen wird, doch darüber spricht sie nicht mit Friedrich Thomsen. »Sie wollen mich wohl loswerden, werter Kollege.«

»Keineswegs.« Friedrich sieht aus, als wolle er noch etwas hinzufügen, wird aber von dem schmerbäuchigen Sommelier abgefangen. Anscheinend gibt es irgendein Problem mit der Kühlung der Wein- und Champagnerflaschen.

Susanna runzelt die Stirn. »Zumindest die Handwerker sind rechtzeitig fertig geworden, so dass es vom Wasserschaden keine Spur mehr gibt. Wenn es hier schon sonst drunter und drüber geht.« Im Stechschritt setzt sie ihren Weg auf ihren neuen roten Stilettos Richtung Festsaal fort, wo gerade noch allerletzte Vorbereitungen getroffen werden. Ein schneller Blick auf den Regieplan verrät ihr, dass mittlerweile alle Gewerke auf Stand-by stehen müssten und in dreißig Minuten die ersten Gäste anrollen. Doch natürlich ist die Untertischbeleuchtung ausgefallen, die extra für den heutigen Anlass gestalteten Kochbücher mit den beliebtesten Rezepten des Küchenchefs, die als kleines Gastgeschenk verteilt werden sollen, sind ohne das neue, verjüngte Vivera-Logo geliefert worden, und die *Earworms* haben beim Soundcheck festgestellt, dass eine der Boxen einen Wackelkontakt hat. Von den Zwischenfällen mit den Vorspeisen und der Champagnerkühlung ganz zu schweigen.

Und natürlich wird sie sich um alles allein kümmern müssen. Weil ihre Vorgesetzten und Kollegen entweder zu vergreist, verkalkt, träge oder phantasielos sind, um schnelle und pragmatische Lösungen zu finden. Seufzend gibt sie den weiß gekleideten Servicekräften letzte Anweisungen und schenkt sich an einem kleinen Tisch einen pechschwarzen Kaffee ein, während sie gleichzeitig auf der Suche nach der Nummer des Elektrikers, der ihnen in der Vergangenheit schon mehrfach kurzfristig aus der Patsche geholfen hat, durch ihr Telefonbuch scrollt. Rechtzeitig wird er sicher nicht hier sein können.

Wie viel lieber würde sie jetzt mit Hannes und seinen Bandkollegen in dem zu einer Künstlergarderobe umfunktionierten kleinen Konferenzraum sitzen. Und vielleicht mit ihnen einen Wodka exen.

»Ich habe veranlasst, dass das alte Logo auf den Kochbüchern mit den neuen Logo-Stickern, die an der Rezeption ausliegen, überklebt wird. Wegen des Lautsprechers habe ich einen befreundeten Elektrikermeister angerufen, der sich spontan bereit erklärt hat, einem der Hausmeister Reparaturanweisungen zu geben. Er kümmert sich ebenfalls um die Untertischbeleuchtung.« Friedrich Thomsen ist wie aus dem Nichts wieder neben ihr aufgetaucht und lächelt sie fröhlich an. Die Größe seiner Zähne erscheint ihr plötzlich genau richtig, ebenso wie die ungewöhnliche Farbe seiner gesprenkelten Augen. »Die Weintemperierschränke werden gerade mit Schalen voll Eis ausgestattet. Separate Temperaturzonen gibt es so natürlich nicht mehr, aber ich habe die Küchenhilfen gebeten, die Schrankinhalte nach Schaum-, Rot- und Weißwein zu sortieren und die Menge an Eis entsprechend anzupassen.«

Verblüfft starrt Susanna ihn an. Hat er ihr wirklich gerade die gesamte Arbeit abgenommen? »Im Nahen Osten ist sicher auch noch Platz für einen Diplomaten wie Sie«, murmelt sie schließlich anerkennend.

»Sie wollen mich wohl loswerden, werte Kollegin.«

»Keineswegs.« Susanna grinst souverän. »Manchmal ist es nämlich ganz angenehm, nicht alles alleine machen zu müssen. Auch wenn ich vielleicht dem Elektriker gleich noch die Weinschränke mit auf die Liste gesetzt hätte.«

»Dazu hätte die Zeit nicht mehr gereicht.« Ebenfalls grinsend schüttelt Thomsen den Kopf. »Warum setzen Sie eigentlich alles daran, einen toughen Eindruck zu machen?«

»Ich *bin* tough.«

»Natürlich.«

War das Ironie? »Ja, natürlich!«

»Nicht so, wie Sie allen weismachen wollen.«

Irritiert streicht Susanna sich eine nicht vorhandene Haarsträhne aus der Stirn. Um vom Thema abzulenken, zeigt sie auf ihren Kaffeebecher und murmelt: »Ein paar Minuten bleiben uns noch, ehe hier der Sturm losbricht. Wollen Sie auch einen?«

»Nein, danke. Maaret und Mervi wollten heute unbedingt dabei sein – ich habe von diesen *Earworms* erzählt und davon, dass es zum Dessert einen mehrstöckigen Sweet Table mit Cakepops, Tartelettes und Petit Fours gibt –, und eine Bekannte bringt sie gerade zum Haupteingang. Später wird sie sie wieder abholen.«

»Dann lassen Sie die beiden lieber nicht warten«, entgegnet Susanna und fragt sich unwillkürlich, wer wohl diese ominöse Bekannte sein mag. Noch immer irritiert blickt sie ihm nach. Offensichtlich hat er sein Wort gehalten, weiterhin die Kleidung seines verstorbenen Schwagers anzuziehen, denn heute trägt er ein mausgraues Jackett aus einem rauen Leinenstoff mit passender Bundfaltenhose, die viel zu weit für seinen schmächtigen Körper ist und besser in die achtziger Jahre passen würde. Dazu kombiniert er ganz ungeniert eine braun karierte Krawatte. Seltsamerweise fallen ihr seine geschmacklosen Outfits an den meisten Tagen gar nicht mehr auf.

Plötzlich geht ein lautes Raunen durch den Saal, als aus heiterem Himmel die Untertischbeleuchtung angeht. Conrad Wollseif und Wilfried Jäger, die in einer Ecke ihre Köpfe über laminierten Schriftstücken zusammenstecken, vermutlich den Skripten zu ihren Festreden, fangen sogar an zu klatschen. Susanna seufzt. Eigentlich müsste sie hinübergehen und ein paar Sätze mit ihnen wechseln, in denen sie dezent auf ihre Meisterleistungen des Tages hinweist, aber sie kann sich nicht dazu durchringen. Vielleicht ist die Entscheidung hinter den Kulissen ohnehin längst gefallen. Außerdem waren Friedrichs Meisterleistungen erheblich bemerkenswerter.

Also schlängelt sie sich stattdessen zwischen aufwendig dekorierten Tischreihen, Stehtischen, Büfettinseln und diensteifrigen Kellnern, die Tabletts voller Aperitifs balancieren, hindurch zum Haupteingang, um nachzusehen, ob bereits die ersten Gäste vorfahren und begrüßt werden wollen.

Durch die stattlichen, weit geöffneten Flügeltüren dringen Verkehrslärm, Vogelgezwitscher und warme Spätsommerluft ins Innere. Und die hellen Stimmen von Maaret und Mervi, die ausgiebig ihren Onkel begrüßen. Neugierig späht Susanna nach draußen, wo sie die kleine Familie hinter einer Säule entdeckt. Friedrich Thomsen ist gerade dabei, eine hübsche junge Frau mit finnischen Gesichtszügen in seine Arme zu ziehen. Als er sie nach einem kurzen Augenblick wieder loslässt und aufblickt, starrt er direkt in Susannas Augen. Als wäre sie bei etwas Unanständigem ertappt worden, streicht Susanna verlegen den Rock ihres kleinen Schwarzen glatt.

Glücklicherweise rollen in diesem Moment die Fahrzeuge der ersten Gäste an und nehmen ihre gesamte Aufmerksamkeit in Anspruch. Sie schüttelt Hände, tauscht Floskeln und Nettigkeiten aus und lässt ihren ganzen Charme spielen, während die blau gekleideten Valets die Autos in die Tiefgarage bringen. Nach wenigen Minuten taucht auch Friedrich Thomsen neben ihr auf, um sie in gewohnt selbstbewusster, schwungvoller und optimistischer Manier zu unterstützen. Die junge Frau ist verschwunden. Maaret und Mervi stehen unschlüssig ein wenig abseits und blicken sich schüchtern um.

»Entschuldigen Sie mich einen Augenblick«, bittet Susanna eine spindeldürre, aufgebrezelte Journalistin und wendet sich dann den beiden Kindern zu. »Ich bin froh, dass ihr endlich da seid, denn ich brauche eure Hilfe. ›Mit einer Hand kann man keinen Knoten knüpfen‹, richtig?«

»Susanna!«, ruft Mervi ausgelassen und schlingt ihre dünnen Arme um Susannas Bauch.

Auch Maaret sieht hocherfreut aus, sie wiederzusehen, auch wenn ihr beherrschtes, zurückhaltendes Auftreten einen derartigen Gefühlsausbruch wie den ihrer kleinen Schwester nicht zulässt. »Wobei sollen wir denn helfen?«, erkundigt sie sich vorsichtig.

»Jadoo, unser Patissier, hat Cakepops gebacken. Mir fehlen zwei zuverlässige Testesserinnen mit guten Geschmacksnerven, die uns Rückmeldung geben können, ob wir die Kuchenlollis heute guten Gewissens als Nachtisch anbieten können. Meint ihr, ihr wärt dieser Aufgabe gewachsen?«

Mervi bekommt runde Augen. »Meinst du, er hat auch welche mit Vanille und Zuckerherzen?«

»Am besten, wir sehen gleich mal nach.«

Fragend wirft sie einen Blick zu Friedrich Thomsen hinüber, der gerade einen kurzen Small Talk mit einem greisenhaften Stammkunden und seiner jugendlichen Ehefrau hält, Susanna und die Kinder aber nicht aus den Augen lässt. Das dankbare Lächeln in seinen gesprenkelten Augen verursacht ihr eine angenehme Gänsehaut. Kurz winkt sie ihm zu, bevor sie die Arme um die Schultern der Mädchen legt. »Aber lasst noch ein bisschen Platz für das Perlhuhn, ihr beiden«, ruft sie munter.

»Igitt, wir essen doch kein Perlhuhn!«

Auf dem Weg in die Küche begegnen sie Wilfried Jäger, der gerade mit deutlichen Worten den Servicekräften Beine macht. Kurz wägt sie ab, was er davon halten könnte, sie mit zwei Kindern am Kühlschrank zu sehen, anstatt emsig die Gäste zu begrüßen, aber erstaunlicherweise ist es ihr plötzlich nicht mehr so wichtig. Viel wichtiger ist, ob Jadoo Cakepops mit Vanille und Zuckerherzen vorbereitet hat.

Erfreulicherweise hat er das. Und auch die anderen Mini-Kuchen bestehen die Geschmacksprobe.

»Vielleicht kannst du diesen Leon mit einem Cakepop bestechen, damit er endlich aufhört, dich zu ärgern«, schlägt Mervi vor, als sie schließlich ein wenig widerwillig die Kühlschranktür schließen und sich Richtung Festsaal aufmachen.

Maaret verzieht das Gesicht. »Dem lege ich höchstens einen mit Schokolade auf seinen Stuhl, damit er sich daraufsetzt und alle denken, er hätte die Hosen voll.«

»Wer ist denn Leon?«, will Susanna wissen.

Maaret starrt stumm auf ihre Hände und macht keine Anstalten, eine Antwort zu geben. Schließlich ergreift Mervi an ihrer Stelle das Wort: »Leon geht in ihre Klasse und ist ein echter Blödmann. Er hat gesagt, Papa war schon so alt wie Meeretsalem und wäre sowieso bald gestorben, auch ohne Unfall.«

»Methusalem«, wirft Maaret tonlos ein.

Entsetzt bleibt Susanna am Eingang des Festsaals stehen. »So etwas Irrsinniges hat dieser Leon gesagt?«

Maaret schweigt betreten und blickt zur Bühne hinüber. Der altersschwache Aufsichtsratsvorsitzende ist gerade dabei, mit brüchiger Stimme und ausschweifenden Worten die Gäste willkommen zu heißen.

»Und wie hast du reagiert, Maaret?«, hakt Susanna nach.

»Ich hab ihm eins auf die Nase gegeben.«

Überrascht hält Susanna, die gerade einer vorbeieilenden Serviererin zwei La-Principessa-Aperitifs vom Tablett genommen hat, mitten in der Bewegung inne. *Das* war dann vermutlich das Problem in der Schule, dessentwegen Friedrich Thomsen nach ihrer Mitarbeiterschulung Hals über Kopf aus dem Konferenzraum gestürmt ist.

Sofort laufen Maarets Wangen karmesinrot an. Mit tellergroßen, runden Augen stammelt sie: »Ich weiß, man darf niemanden hauen. Meine Lehrerin sagt, man muss sich immer nur mit Worten zur Wehr setzen.«

Susanna schnaubt und reicht ihr eines der Gläser. Das andere drückt sie Mervi in die Hand. »Das ist grundsätzlich richtig, Maaret. Es sei denn, dieser jemand sagt derart gemeine Dinge wie dieser Leon, nur um dich zu verletzen. Dann darf man in deinem Alter schon mal eine Ausnahme machen. Denn mit Worten kann man einem anderen mindestens ebenso sehr wehtun wie mit Fäusten.«

»Das hat Onkel Friedi auch gesagt«, pflichtet Mervi ihr bei. Mittlerweile hat der Küchenchef vorne das Wort übernommen. Ungeduldig blicken die ersten Gäste zu den Büfettinseln hinüber, die sich im Raum verteilen.

»Und ärgert dieser Leon dich immer noch?«, fragt Susanna weiter, während sie die beiden Mädchen durch die Tischreihen zu Friedrich Thomsen führt, der bereits an einem der Sitztische Platz genommen hat und ihnen vergnügt zuwinkt.

»Manchmal.« Maaret stößt einen Seufzer aus und fügt wie zu sich selbst hinzu: »Mama hätte ihn sich vorgeknöpft. Onkel Friedi wollte das auch, aber ein Mann kann so etwas nicht so gut machen.«

»Das Büfett ist eröffnet«, ruft in diesem Moment der Küchenchef lautstark in sein winziges Mikrophon, und der aufbrandende Applaus und der darauf folgende Lärm des Stühlerückens und der Gespräche machen es Susanna unmöglich, Maaret eine Antwort zu geben. Stattdessen übergibt sie die Kinder an Friedrich Thomsen und geht weiter zu ihrem eigenen Tisch. Ihre neue Assistentin Natalie, an die sechzig, kugelrund und fürsorglich, lächelt ihr gutmütig zu, bevor sie ihr eine Blätterteigrose mit Flusskrebsfleisch vor die Nase stellt.

»Sie sind zu dünn, Susanna. Weil Sie zu wenig essen und zu viel arbeiten. Aber selbst eine Powerfrau wie Sie muss sich hin und wieder einmal eine kleine Auszeit gönnen.«

Das Essen duftet so verführerisch, dass Susanna dankbar zu Messer und Gabel greift. Was macht es schon, dass sie dafür morgen eine Extrarunde auf dem Laufband einlegen muss? Ein schneller Blick Richtung Nachbartisch verrät ihr, dass Maaret schon wieder lachen kann. Offensichtlich versteht Friedrich Thomsen es, seine kleine Tischgesellschaft glänzend zu unterhalten.

Und auch sonst läuft endlich alles glatt. Kein Vegetarier bemerkt, dass seine Vorspeise mit aufgetauten Rote-Bete-Nocken gestreckt wurde, niemand schläft im Anschluss ans Bankett bei einer der langatmigen Reden ein, selbst dann nicht, als Rüdiger Meißen, der extra für die Jubiläumsfeier wieder aus der Versenkung aufgetaucht ist, trotz zittriger, kraftloser Stimme und der Notwendigkeit, sich mit seinen arthritischen Fingern am Rednerpult festzukrallen, um nicht den Halt zu verlieren, wortreich wie üblich über die neuen Erholungsangebote im Vivera-Programm, die familiengerechten Sport- und Freizeitmöglichkeiten, die Historie des Hauses und sogar die kulinarischen Besonderheiten der Region schwadroniert.

Und als Susanna schließlich weltmännisch und vor Vorfreude beinahe platzend den Überraschungsauftritt der *Earworms* ankündigt, hält es nicht nur die jüngeren Gäste nicht länger auf den Stühlen. Binnen weniger Minuten ist die Tanzfläche rappelvoll. Selbst die bejahrtesten Mitarbeiter und spießigsten Stammgäste scheinen sich an den strähnigen Haaren, den ausgebeulten, durchlöcherten Klamotten und den Tattoos und Gesichtspiercings der Jungs nicht zu stören. Und auch Susanna nimmt es kaum mehr wahr.

Die linke hintere Box fällt immer mal wieder aus, aber keinem außer Susanna scheint es aufzufallen. Was wohl nicht zuletzt daran liegt, dass der Wein und der Champagner in Strömen fließen. Und auch hier fällt offenbar niemandem auf, dass die Temperatur nicht ganz optimal ist.

»Alle Achtung, Susanna, da hat dein weiblicher Instinkt dich nicht im Stich gelassen. Dir war bereits klar, dass diese Jungen einmal groß rauskommen würden, als es sonst noch niemand wusste.« Wie aus dem Nichts ist Conrad Wollseif dicht neben ihr aufgetaucht und klopft ihr anerkennend auf die Schulter. Unwillkürlich rückt sie einen Schritt von ihm ab.

»Merk dir das für die Entscheidung«, will sie gewohnt charmant säuseln, doch kein Wort kommt über ihre Lippen. Auch zu einer Randbemerkung über ihre zukunftsweisenden Ideen für die nächste Aktionärsversammlung im Dezember, die sie heute bei passender Gelegenheit – und in passender Gesellschaft – anbringen wollte, kann sie sich nicht aufraffen.

»Conrad hat recht. Ich wusste, du würdest auch ohne meine tatkräftige Unterstützung alle Erwartungen, die Vivera an dich hatte, weit übertreffen, Susanna.« Ohne dass sie ihn kommen hörte, hat sich nun auch Rüdiger Meißen viel zu dicht an ihre andere Seite gedrängt und starrt ihr mit seinen eingetrübten Augen wie üblich lechzend in den Ausschnitt. Doch anders als früher fühlt Susanna sich damit plötzlich in hohem Maße unbehaglich. Eisern krallen ihre Finger sich um den extralangen Stiel ihres Champagnerkelchs. »Mir ist nämlich zu Ohren gekommen, du hast dich in den vergangenen Monaten hervorragend geschlagen. Obwohl dein Kontrahent ein fähiger Mann ist. Was auch passieren wird, ich bin wahrhaftig sehr stolz auf dich. Wir alle erkennen deine Leistungen durchaus an«, fügt er mit einer Stimme hinzu, die keinen Zweifel daran lässt, dass er aufrichtig der Meinung ist, ihr gerade ein Kompliment gemacht zu haben. Sein Toupet aus dunkelblondem Echthaar ist ihm tief in die wächserne Stirn gerutscht.

»Ich stimme Rüdiger zu. Nicht viele Frauen legen einen derartigen Kampfgeist an den Tag.« Conrad Wollseif setzt ein gönnerhaftes Grinsen auf. »Auch wenn in der Zukunft vielleicht nicht immer alles nach Plan verläuft, so lässt du dich bestimmt nicht unterkriegen.«

Beklommen blickt Susanna sich um. Was geht hier vor? Was wollen die beiden Tattergreise ihr mitteilen? Dass sie sich für eine *Frau* in ihrem Beruf gar nicht mal so schlecht anstellt? Weil sie ihre weibliche Intuition einsetzt und Rückschläge verkraftet?

Wollseif und Rüdiger Meißen werfen sich über ihren Kopf hinweg einen verstohlenen Blick zu. Und plötzlich fällt es ihr wie Schuppen von den Augen: In ihrer ungelenken Art wollen sie sie auf eine Abfuhr vorbereiten. Sie hatte niemals eine aufrichtige Chance, sich gegen Friedrich Thomsen durchzusetzen. Nicht, weil sie weniger kompetent wäre oder er zwei Vollwaisen durchbringen muss und die Mitleidskarte ausspielt, sondern schlicht, weil sie eine Frau und er ein Mann ist. Sie lag von Anfang an richtig mit ihrer an diesem denkwürdigen Tag im Februar vor Rüdi geäußerten Theorie, dass die vergreisten Vivera-Vorstandschauvinisten, solange es keine gesetzliche Frauenquote für Vorstände gibt, in ihren Reihen gar keinen Platz für eine Frau haben, die kein Interesse daran zeigt, Zigarren zu rauchen und über Großwildjagden zu palavern. Mit düsterer Miene und nach Worten ringend leert sie ihr Glas in einem Zug.

»Das letzte Lied des Abends widmen wir der bezaubernden Susanna Järvinen«, nimmt sie in diesem Moment wie durch einen Schleier Hannes' vertraute Stimme wahr. »Es heißt ›Wicked Girls Don't Cry‹ und handelt davon, dass der erste Eindruck nicht immer der richtige ist. Manchmal steckt viel mehr hinter der Fassade eines Menschen, als man zu erkennen glaubt.«

»Die bezaubernde Susanna Järvinen«, wiederholt Rüdiger Meißen müde und stützt sich schwer auf einen Stehtisch, damit seine morschen Knochen nicht unter ihm nachgeben. Für einen Stock fühlt er sich offenbar immer noch zu jung. »Mein erster Eindruck von dir war der einer ehrgeizigen, unverzagten Amazone, die sehr erfolgreich und ohne viel Federlesens ihre hochgesteckten Ziele verfolgt. Hinter der Fassade habe ich über die Jahre eine sanfte weibliche Seele erkannt, die du nur gut zu verstecken weißt.«

»Nur, weil ich keine rücksichtslose, vermännlichte Emanze bin, traut ihr mir keine Führungsposition zu?«, will sie brüllen, ohnmächtig vor Wut, kann sich aber gerade noch zurückhalten. Denn in dem Augenblick, als Martens heisere Stimme zur ersten Strophe ansetzt, streckt sich Susanna ein in mausgrauen, rauen Leinenstoff gewandeter Arm entgegen.

»Darf ich bitten?«, fragt Friedrich Thomsen lächelnd und hält ihr galant seine Hand hin. »Das Lied ist extra für Sie, da gehört es sich nicht, dass man Sie nicht auf der Tanzfläche findet.«

»Wer hätte gedacht, dass Sie mit Ihrem Bein überhaupt tanzen können?«, fragt sie, ohne nachzudenken, mit kühler Stimme und bereut ihren unangemessenen Ausbruch sofort. Friedrich sieht aus, als hätte sie ihm einen Schlag in die Magengrube verpasst. Doch anstatt einfach zu gehen, hält sie verkrampft ihr leeres Champagnerglas hoch und fügt mit brüchiger Stimme hinzu: »Vielleicht sollten wir stattdessen besser anstoßen. Auf Ihren Sieg.«

Seine goldgesprenkelten Augen verengen sich. Langsam lässt er seine Hand wieder sinken. »Wovon reden Sie, Susanna?«

»Das können Sie sich sicher denken. Oder muss ich Sie wirklich daran erinnern, dass Sie und ich Gegenspieler sind? Nun, da gehört es bedauerlicherweise dazu, dass es am Ende einen Gewinner und einen Verlierer gibt.« Bestürzt stellt sie fest, dass sich ihre Augen mit Tränen füllen. Conrad Wollseif und Rüdiger Meißen stehen wie eingefroren neben ihr. »Aber was heißt schon ›Verlierer‹? Immerhin habe ich mein Büro bald wieder für mich allein und kann mir endlich ein neues Sofa anschaffen. Und nun entschuldigen Sie mich bitte, meine Herren. Ich bin schließlich zum Arbeiten hier.« Sie versucht, sich ein Lächeln abzuringen, doch es missglückt ihr.

»Susanna –«, beginnt Friedrich Thomsen und streckt die Hand nach ihr aus. Aber sie hat sich bereits mit entschlossenen Schritten den halben Weg Richtung Ausgang gebahnt.

»Because wicked girls don't cry«, schmettern Marten und Hannes gemeinsam ins Mikrophon. Ohne sich noch einmal umzublicken, stürzt Susanna aus dem Raum. Sie schafft es kaum bis zu ihrem Auto, bevor sie in Tränen ausbricht. Es brechen alle Schleusen.

Oktober

»Auf die Gleichstellung, den weiblichen Kampfgeist und die Tatsache, dass auch verkalkte, halb senile Sesselpupser hin und wieder die richtige Entscheidung treffen.« Mit leuchtenden Augen erhebt Ava ihr tulpenförmiges Proseccoglas. Es ist kurz nach elf Uhr vormittags, und sie und Susanna sitzen mutterseelenallein an ihrem altbewährten Lieblingstisch im Fenster der erst seit wenigen Minuten geöffneten *Reizbar.* Herr Schmidt hat sich ein paar Meter neben ihnen sorglos und zufrieden unter einem leeren Stuhl ausgebreitet.

»Sollten wir mit dem Anstoßen nicht noch auf Ellie warten?«

»Sie verspätet sich. Anscheinend muss sie ein Steinpilzkostüm für eine dieser Schulaufführungen nähen.«

Susanna stößt ein ungeduldiges Schnauben aus und greift gedankenlos in die Schale mit gerösteten Erdnüssen, die in der Mitte des kleinen Tisches prangt. »Ihre Sorgen möchte ich haben.«

»Auf Nüssen, die in offenen Schälchen in Bars serviert werden, lassen sich Urinspuren von siebenundzwanzig verschiedenen Personen nachweisen. Deine Worte.« Bestürzt zieht Ava eine Augenbraue hoch und lehnt sich mit verschränkten Armen in ihrem grellorangenen Plüschsessel zurück. »Was ist los, Susanna? Dafür, dass du, ohne überhaupt noch damit zu rechnen, alles erreicht hast, was du wolltest, bist du ganz schön durch den Wind. Du hast doch gewonnen, richtig? Du hast den Job, Friedrich Thomsen hat das Feld geräumt. Freust du dich denn nicht?«

»Natürlich freue ich mich. Ich bin ganz außer mir.«

»Das ist offensichtlich.«

»Nein, wirklich. Meinen ersten und wichtigsten Silvestervorsatz habe ich erfüllt: Ich werde im November als erste Frau überhaupt in den Vivera-Vorstand berufen. Ich werde mein Büro im elften Stock bekommen mit zwei Sofas und bester Panoramasicht auf die Elbe und den Hafen.« Endlich erhebt auch Susanna ihr Glas. Und leert es in einem Zug.

Ava streicht sich wenig überzeugt eine störrische Locke aus der Stirn. »Weißt du, warum Friedrich gegangen ist? Oder wo er jetzt ist? Immerhin hatte er einen ziemlich guten Job bei Vivera, den er einfach hätte behalten können.«

»Woher sollte ich das wissen?«, entfährt es Susanna schärfer als beabsichtigt.

»Nun, weil ihr am Ende fast so etwas wie Freunde wart.«

»Ich habe keinen Schimmer, was er jetzt tut. Und wir waren keine Freunde.« Susanna seufzt schwer. »Gut, okay, ich habe meinen Hass auf Friedrich Thomsen überwunden, aber ich finde ihn trotzdem nicht gerade unwiderstehlich!«

»Davon habe ich auch nicht geredet.« Verdutzt setzt Ava ihr Glas ab.

Susanna reibt sich die Schläfen, bevor sie nach dem unberührten Sektglas vor ihrer Nase greift, das eigentlich für Ellie gedacht war. Sie ringt sich ein verschmitztes Grinsen ab. »Gewissermaßen hat Friedrich gerade noch rechtzeitig den Absprung geschafft. Sonst wäre er am Mittwoch ebenfalls zu diesem Überlebenstraining in der Wildnis abkommandiert worden.«

»Wobei das Überlebenstraining in diesem Fall eine team-bildende Maßnahme und die Wildnis die Mecklenburgische Seenplatte ist –«

»Was nicht heißt, dass wir nicht trotzdem Fische fangen, Feuer machen, Flöße bauen und uns gegenseitig mit verbundenen Augen über wackelige Hängebrücken führen müssen. Ich und ein Haufen humorloser Bürohengste.« Susanna verdreht die Augen. »Als wäre uns nicht längst klar, dass wir nur ans Ziel kommen und satt werden, wenn wir Hand in Hand arbeiten, anstatt uns gegenseitig die Fische zu vertreiben.«

»Klingt nach einem Heidenspaß«, kann sich Ava nicht verkneifen.

Theatralisch vergräbt Susanna das Gesicht in den Händen. »Himmel, wie soll ich es denn drei ganze Tage lang mit dieser nervigen Christa aus der Personalabteilung mit ihrer Piepsstimme aushalten? Oder mit Wilfried Jäger? Oder, noch schlimmer, mit diesen Schwerenötern vom Sicherheitsdienst?«

»Vielleicht brichst du dir vorher noch ein Bein.«

Susanna winkt den jugendlichen Kellner heran, der innerhalb von Bruchteilen einer Sekunde neben ihr steht und sie mit hingerissenen Blicken durchbohrt, und ordert eine neue Runde Sekt. Als er gegangen ist, murmelt sie wie zu sich selbst: »Beinahe wünschte ich, Friedrich wäre noch da. Vielleicht weiß er nicht, wie man im Wald biwakiert oder sich gegen Feinde verteidigt, aber zumindest hatte ich bei ihm zuletzt das Gefühl, mich wirklich auf ihn verlassen zu können. Nicht nur, wenn es ums blanke Überleben geht.« Als wäre sie überrascht von ihren eigenen Worten, hält sie einen Moment inne.

Seit der Jubiläumsfeier hat sie Friedrich nur noch ein einziges Mal gesehen, am Montag danach. »Können wir reden, Susanna? Unter vier Augen?«, hat er mit belegter Stimme gefragt und sie dabei so merkwürdig angesehen, dass ihr Puls sich beschleunigte.

»Tut mir leid, ich stecke bis zum Hals in Arbeit«, hat sie entgegnet und wieder auf die Online-Jobbörse auf ihrem Bildschirm gestarrt, noch immer voller Scham über ihr unprofessionelles Verhalten auf der Jubiläumsfeier und gleichzeitig erbittert angesichts der Tatsache, dass er ihr den Job streitig gemacht hatte.

»Woran arbeiten Sie? Ist das etwa ein Jobportal?«

»Nun, ich will auf alles vorbereitet sein. Sie etwa nicht? Und nun entschuldigen Sie mich bitte, ich habe wirklich Wichtigeres zu tun.«

»Susanna —«

In dem Moment betrat Natalie mit einem Stapel Akten unter dem Arm den Raum und begann, leise summend die Ordner einzusortieren. Friedrich warf Susanna einen letzten, langen Blick zu und ging.

Danach kam er nicht mehr ins Büro. Auch, als einige Tage später in großer Runde die Entscheidung verkündet wurde, wer von ihnen in den Vorstand berufen würde, glänzte er durch Abwesenheit.

»Ihr kampiert wirklich im Wald?«, fragt Ava gerade ungläubig und nimmt dem Kellner dankbar ihr neues Proseccoglas aus der Hand.

»Natürlich nicht. Wir schlafen im Hotel.«

»Dann erschließt sich mir immer noch nicht, warum du vor Freude über deinen unerwarteten Triumph nicht an die Decke gehst.« Ava rümpft die Nase.

Bevor sich Susanna eine passende Antwort einfallen lassen kann, springt Herr Schmidt, gerade noch in tiefem Schlaf, leise kläffend auf und hetzt auf seinen kurzen Beinchen Richtung Eingang. »Sieh nur, da kommt Ellie.« Ein wenig zögerlich lässt Susanna das zweite, ursprünglich für Ellie bestimmte Sektglas wieder sinken.

Ellie, die sich zum Schutz vor dem kalten Herbstregen, der mittlerweile gegen die Scheiben peitscht, notdürftig ihre winzige Tasche über den Kopf hält, sieht aus wie ein begossener Pudel, als sie, dicht gefolgt von vier jungen Männern in schmalen Hosen und mit akkurat getrimmten Vollbärten, in die Bar stolpert. Herr Schmidt springt vor Begeisterung über den Neuzugang wie ein Flummi auf und ab.

»Wir haben schon auf meinen Erfolg angestoßen. Aber für dich ist auch noch ein Gläschen übrig«, begrüßt Susanna sie und schiebt ihr das letzte volle Sektglas hinüber. Aus den Augenwinkeln erkennt sie, dass die anderen Neuzugänge einen Tisch in ihrer unmittelbaren Nähe auswählen und ungeniert in ihre Richtung starren.

»Mannomann, was für Kurven! Und ich ohne Bremsen«, hört sie einen von ihnen, einen Glatzkopf im Oversize-Karohemd, lautstark flüstern. Demonstrativ kehrt Susanna ihnen den Rücken zu.

»Auf dich, Susanna, und darauf, dass du die ganzen alten Vorstandsknacker ein bisschen aufmischst.« Ellie hebt ihr Glas. »Schade nur, dass Friedrich Thomsen sich ohne ein Wort aus dem Staub gemacht hat, jetzt, da ihr euch gerade gewissermaßen angefreundet habt.«

»Fang du bitte nicht auch noch an, Ellie!« Susanna stößt einen übertriebenen Seufzer aus, bevor sie unverblümt ablenkt: »Hattest du denn ein schönes Wochenende?«

»Ich habe abwechselnd Zwieback verteilt, allen drei Kindern den Kopf über die Kloschüssel gehalten und Bettwäsche und glücklose Kuschelbären gewaschen. Und als ich heute Morgen mit meiner immer größer werdenden Schminktasche ungläubig in den Spiegel starrte, dachte ich: ›Wo soll ich nur anfangen? Und wird die Zeit reichen, bevor ich die Kinder zum Fußballplatz und zu ihrer Theaterprobe fahren und Daniels Anzüge aus der Reinigung holen muss?‹ Also nein, ich hatte kein besonders schönes Wochenende.« Müde, aber selbstironisch grinsend, reibt Ellie sich die Augen, bevor sie einen kräftigen Schluck Prosecco nimmt.

»Magen-Darm! Schon wieder!« Vorsichtshalber rückt Susanna ein paar Zentimeter von ihr ab.

»Aber zumindest die Falten hängen sich mit ein bisschen Glück nach ein paar Stunden wieder aus«, fügt Ava ebenfalls grinsend hinzu.

»Ich habe zwar keinen überragenden Spruch auf Lager, um diese Frau anzubaggern, aber verdammt gute Gründe«, murmelt das Karohemd vom Nebentisch gerade gut vernehmlich, und seine Kumpels brechen in übertriebenes Gelächter aus.

Susanna ignoriert die Typen geflissentlich. »Dabei sollte das Wochenende doch eigentlich nur Dan und dir gehören, bevor nächste Woche die Uni wieder losgeht.« Sie verzieht das Gesicht, als könnte sie sich keinen unerfreulicheren Umstand vorstellen, als zwei Tage am Stück in Daniels Gesellschaft zuzubringen. Ava versetzt ihr unter dem Tisch einen Tritt gegen das Schienbein.

»Ich weiß, was du denkst, Susanna. Aber wenn jeder sein Bestes gibt, damit es funktioniert, dann funktioniert es auch. Und was ist denn die Alternative? Die Kinder ohne

Vater aufwachsen zu lassen? Und ohne Dach über dem Kopf, weil ihre vierunddreißigjährige Mutter keinen müden Cent verdient?« Ellie seufzt schwer.

»Nun, er hat dich mehr als zwei Jahre lang mit seiner schlecht gelaunten Sekretärin hintergangen, die am Ende wohl nicht immer so schlecht gelaunt war, wie wir annahmen«, bemerkt Susanna unerbittlich.

»Ich habe ihn auch hintergangen.«

»Du hattest aber gute Gründe.«

»Vielleicht hatte er die ebenfalls.« Abwesend streicht Ellie über Herrn Schmidts Kopf. »Und er gibt sich unbestritten Mühe. Alle wissen, Männer sind nun wirklich nicht die gesprächigere Hälfte der Menschheit. Ich meine sogar, mich an eine Statistik zu erinnern, laut der ein durchschnittlicher Mann zu Hause höchstens sechs Worte am Tag von sich gibt. Aber Daniel redet wieder mit mir. Natürlich parliert er nicht von heute auf morgen ohne Punkt und Komma, doch zumindest hüllt er sich nicht länger in Stillschweigen. Jetzt müssen wir nur wieder damit anfangen, Zeit miteinander zu verbringen, wie eine ganz normale, glückliche Familie. In den Zirkus gehen und mit angehaltenem Atem hoffen, dass die Hochseiltänzer nicht abstürzen.«

»Immerhin hat er schon mal seine Sekretärin rausgeworfen«, wirft Ava lakonisch ein und zieht die Schale mit den Erdnüssen zurück, als auch Ellie Anstalten macht, gedankenlos hineinzugreifen.

Susanna schüttelt den Kopf. »Was sollte er auch tun, nachdem du in Kopenhagen über Valpolicella und Schalentieren erst mal die Wahrheit aus ihm herausgepresst hast? Schließlich dürfte ihm durchaus daran gelegen sein, dass du ihn nicht vor die Tür setzt.«

»Ich weiß, Daniel ist dir nicht gerade lieb und teuer, Susanna —«

»Vor allem will ich, dass du glücklich bist.«

»… und ich weiß auch, dass er und ich noch einen langen, steinigen Weg vor uns haben, aber ich will zumindest alles versuchen, unsere Beziehung zu retten. Und das nicht nur, weil ich keine finanziellen Schwierigkeiten in Kauf nehmen oder vermeiden will, unsere Kinder diesem ganzen Drama auszusetzen.«

»Sondern?«

»Ich bin noch dabei, das herauszufinden.« Zaudernd streicht Ellie sich durch die mittlerweile wieder annähernd kinnlangen Haare. Ohne es zu wollen, kommt ihr die verstohlene Auseinandersetzung in den Sinn, die Daniel und sie an ihrem letzten Abend in Kopenhagen im Hotelrestaurant hatten, während Anton seine beiden Geschwister ins hoteleigene kleine Kino lotste, um *Der König der Löwen* anzuschauen und dazu raue Mengen Popcorn in sich hineinzustopfen.

»Es tut mir leid, Ellie. Dass ich nie zu Hause war, dass ich zugelassen habe, dass du mehr oder weniger alleinerziehend warst, dass ich dich nicht mehr wertgeschätzt habe. Und natürlich die Sache mit Annalena. In Zukunft wird alles anders, das verspreche ich dir.«

Ellie hat auf ihre Hände gestarrt, schockiert und betroffen, bevor sie nach einer Weile leise murmelte: »Woher der Sinneswandel?«

»Manchmal wird jemand vielleicht erst wieder wichtig, wenn er nicht länger selbstverständlich ist. Als ich hörte, wie du von diesem verfluchten Leopold gesprochen hast, konnte ich nicht mehr aufhören, darüber nachzudenken, wie eine Zukunft ohne dich aussehen würde. Und wie ich es auch drehte und wendete, es machte einfach keinen Sinn. Du und ich, Ellie, wir ergeben nur gemeinsam einen Sinn, das weiß ich jetzt.«

Er bedachte sie mit einem derart flehenden Hundeblick, dass sie ihren Löffel nahm und halbherzig in ihrer etwas fade geratenen Muschelsuppe mit weißer Schokolade herumstocherte, um ihm nicht länger in die Augen sehen zu müssen.

»Bitte lass uns noch mal von vorne anfangen. Ich liebe dich, Ellie. Weil du schön und klug und geduldig bist und unsere Kinder zu den Menschen gemacht hast, die sie jetzt sind. Und sogar dafür, dass du *Game of Thrones* guckst, obwohl es eine reine Anti-Empathie-Kur ist, oder dir immer wieder unerschrocken die ungewöhnlichsten Gerichte auf der Karte herauspickst, um dann festzustellen, dass sie nicht schmecken.«

Überfordert schiebt Ellie den Teller von sich. »Du hast die ersten Jahre im Leben der Kinder verpasst. Du hasst Binge Watching. Und du wählst immer nur Steak mit Pommes aus, egal wo wir sind. Verdammt, ich realisiere gerade, dass wir wirklich nicht besonders viel gemeinsam haben.«

»Was wäre dir denn lieber?« Er senkt den Kopf.

»Daniel –«

»Sag es ruhig, ich kann es verkraften.«

»Nun, wenn du gerne lesen und verreisen würdest, wenn du etwas aufgeschlossener, zuverlässiger, gelassener und toleranter wärst. Und ein gewisser Sinn für Humor wäre sicherlich auch nicht verkehrt.«

»Also das Gegenteil.«

»Gegenteil?«

»Von mir.«

War es das? Hatte sie sich in Leopold verliebt, weil er das komplette Gegenteil von Daniel war?

Mit glühenden Wangen nahm sie ihr Weinglas und leerte es in einem Zug. Die nächsten Worte brachte sie kaum über die Lippen. »Es tut mir leid, Daniel. Aber wir verbringen nur einen so kurzen Zeitraum auf der Erde. Und von der wenigen Zeit, die ich habe, will ich nichts mehr verschwenden. Vor allem nicht damit, auf dich zu warten oder mich über dich zu ärgern.«

»Und auch nicht damit, den Kindern klarzumachen, wieder und wieder, dass sie sich zweimal täglich die Zähne putzen müssen, weil sonst Karius und Baktus in ihren Mund einziehen? Oder damit, zum tausendsten Mal *Game of Thrones* anzugucken, obwohl du schon jedes Wort auswendig kennst? Deine Zehennägel zu lackieren und dann Socken darüberzuziehen? Oder Ewigkeiten in der Speisekarte zu blättern, bevor du dich für das extravaganteste Gericht entscheidest?«

Ellie schluckte. So viel Schlagfertigkeit hatte sie ihm gar nicht zugetraut. Er hat ihre Hand genommen und sie gehalten, minutenlang, ohne etwas zu sagen. Und sie hat entschieden, dass er recht hatte. Es war richtig, ihnen noch eine Chance zu geben und alles zu versuchen, ihre Schwierigkeiten in den Griff zu bekommen.

»Wirst du im nächsten Semester eigentlich mit Quantenchemie weitermachen?«, holt Avas ruhige Stimme sie in die *Reizbar* zurück.

Ellie zögert einen Augenblick. »Mir bleibt kaum etwas anderes übrig, denn sonst würde mir auch Quantenchemie I nicht anerkannt. Und weil ich Molekulardynamik sausen lassen habe, brauche ich den Kurs leider. Außerdem soll Leopold nicht meinen, sein Verhalten wäre mir nahegegangen oder er hätte irgendeinen Einfluss auf meine Entscheidungen.« Dabei bekommt sie jetzt schon Herzrasen bei dem Gedanken daran, ihm wieder gegenüberzutreten und vorgeben zu müssen, es wäre nie etwas vorgefallen, das sie an den Rand der Verzweiflung getrieben hat.

»Und was hält Dan davon?«

Das Karohemd vom Nachbartisch erspart ihr die Antwort. »Hast du mal einen Stift? Ich würde mir gern deine Nummer aufschreiben«, erklärt er gerade mit tiefer Stimme und einem süffisanten Lächeln im Gesicht und beugt sich weit zu ihrem Tisch hinüber.

Genervt dreht Susanna sich um. »Wer hat dir denn beigebracht, Frauen so plump anzubaggern?«

»Auf welchen Anmachspruch würdest du denn am positivsten reagieren?«, fragt der Typ ungerührt und lehnt sich noch weiter nach vorne. »Sorry, aber ich habe nicht viel Erfahrung. Ich weiß, einige Männer versuchen, sich mit einem dummen Spruch eine Frau zu angeln. Ich bin da ganz anders.«

»Kann man dich auch für Geburtstage oder Firmenevents buchen?«, kontert Susanna unwillig und wendet sich wieder Ava und Ellie zu.

Ava zieht die Augenbrauen hoch. »Seit wann so abweisend, wenn ein attraktiver junger Mann eindeutiges Interesse bekundet? Normalerweise fängst du ganz automatisch an, aufreizend mit den Wimpern zu klimpern oder die feuchten Lippen zu schürzen, wenn jemand auch nur in deine Richtung blickt«, flüstert sie breit grinsend.

»Wisst ihr noch, dieser Masseur im Supermarkt? ›Wenn

du eine Kartoffel wärst, dann eine Süßkartoffel‹, hat er allen Ernstes gesagt, und du hattest anschließend nichts Besseres zu tun, als ganze zwei Wochen lang mit ihm zusammen deine Abende zu verbringen«, steigt Ellie sofort ein.

»Oder dieser Fitnesstrainer an der Zapfsäule: ›Ich bin kein Mann für eine Nacht, doch zwei, drei Stunden hätte ich schon Zeit.‹ Jede halbwegs zurechnungsfähige Frau hätte ihm einen anständigen Kinnhaken verpasst, aber Susanna –«

»Hört bitte auf!« Susanna winkt den Kellner heran, um eine weitere Runde zu bestellen, diesmal Cider. Die Typen vom Nachbartisch sind anscheinend dazu übergegangen, tuschelnd über eine neue Anmachstrategie zu beratschlagen.

»Hat diese neue Zurückhaltung etwas mit deinem Silvestervorsatz zu tun? Viel Zeit bleibt dir nämlich nicht mehr, zur Monogamie überzuwechseln«, stellt Ellie lapidar fest, nachdem der Kellner ihnen den Rücken gekehrt hat.

»Oder steckt vielleicht etwas ganz anderes dahinter?« Ava kann sich ein verschmitztes Grinsen nicht verkneifen.

»Apropos: Was steckt eigentlich hinter diesem Zeitungsartikel, dass Max Jones nach seiner Konzerttour einsam und allein wieder zurück in Hamburg ist, während Tiana Perez in Barcelona an der Seite dieses steinalten amerikanischen Regisseurs gesichtet wurde?«, lenkt Susanna nonchalant ab.

»Du weißt doch, dass ich seit August keinen Kontakt mehr zu Max Jones habe.« Davon, dass sie weiterhin Abend für Abend mit wild hämmerndem Herzen online die Revolverblätter durchforstet auf der Suche nach halbwahren Neuigkeiten über ihn, dass sie anschließend wach in ihrem Bett liegt, mit über die Ohren gezogenem Kopfkissen, um die Rammler von oben auszublenden, und sich mit Vorstellungen von ihm und Tiana quält, sagt sie nichts. Das wissen die anderen bereits.

»Aber ist es nicht merkwürdig, dass Tiana sich in den vergangenen Wochen bei keinem einzigen seiner Auftritte im Publikum blicken lassen hat? Nicht mal beim großen Abschlusskonzert am Freitag in der ausverkauften Londoner Wembley Arena? Dabei würde sie freiwillig doch keine Gelegenheit auslassen, ihr winziges Näschen in irgendeine Kamera zu halten.« Dankend nimmt Susanna ihren Cider entgegen und bedenkt den übereifrigen Kellner großzügig mit ihrem berüchtigten Tausend-Watt-Lächeln, bevor sie fortfährt: »Vielleicht gab es zwischen den beiden gar keine gefühlsduselige Reunion. Ist euch dieser Gedanke mal gekommen?«

»Und was hatte dann ihr Auftritt hinter der Stadtparkbühne zu bedeuten? Und ihr Interview in einem dieser Klatschzeitungen, dass Max und sie im zweiten Anlauf Hochzeit und Kinder wollen?« Ava schüttelt den Kopf. »Und warum hat sich Max, seit diese Giftkröte mit ihrem überlegenen Zahnpastagrinsen und den Oberschenkeln eines Gazellenbabys wieder auf der Bildfläche aufgetaucht ist, nicht mehr bei mir gemeldet?«

»Das hat er doch«, wirft Ellie ein. »Aber du hast mit deinem unüberlegten ›Oskar‹-Geschrei anscheinend nicht nur ein paar harmlose Passanten verschreckt.«

»Egal, was zwischen Max und Tiana läuft oder vielleicht auch nicht läuft: Die Sache mit ihm und mir hätte ohnehin nie funktioniert. Ich meine, er ist Max Jones! Die ganze Welt liegt ihm zu Füßen.« Diesmal ist es Ava, die ihre Hand mit wild hämmerndem Herzen nach den gesalzenen Erdnüssen ausstreckt. Mit gerümpfter Nase zieht Susanna die kleine Schale fort.

»Und das hat er auch dir zu verdanken, Ava«, stellt Ellie fest. »Dieser Mann könnte sich glücklich schätzen, dich anstelle dieser leichenblassen Möchtegern-Schauspielerin mit Wangenknochen statt Brüsten an seiner Seite –«

»Einen hab ich noch: Ich möchte dich wirklich nicht blöd anmachen, schöne Frau, aber ich habe nichts dagegen, wenn du es tust. Oder muss ich mein Tagebuch heute etwa schon wieder anlügen?«, fällt das Karohemd vom Nebentisch ihr ins Wort und starrt Susanna mit einem Blick an, den er sicherlich sorgfältig vor dem Spiegel einstudiert hat. Seine Kumpels schütteln sich vor Lachen.

»Ernsthaft?«, fährt Susanna ihn genervt an. Herr Schmidt baut sich knurrend vor ihm auf.

Das Karohemd zieht ein Gesicht. »Irgendwie drängt sich mir der Eindruck auf, mit uns beiden klappt es heute nicht. Dabei bist du so süß, dass ich sofort Diabetes bekomme, wenn ich dich anschaue.«

»Lass sie, Toni, bei ihr kannst du nicht landen«, meldet sich nun auch einer der anderen Typen zu Wort, ein schlaksiger Hüne mit Nerdbrille. »Wahrscheinlich ist sie vergeben.«

»Ist es das?« Das Karohemd setzt eine verzweifelte Miene auf und fasst sich theatralisch an die Brust. »Hat schon ein anderer dein Herz erobert?«

Unwillig verdreht Susanna die Augen.

»Wer ist es? Wie heißt er?«

»Er heißt Friedrich«, platzt Susanna heraus, ohne nachzudenken. »Und jetzt geh bitte mit deinen Freunden spielen und lass die Erwachsenen reden!«

Breit grinsend lehnen Ellie und Ava sich in ihren Stühlen

zurück, nachdem sich das Karohemd mit langem Gesicht wieder seinen scherzenden und grienenden Kumpels zugewendet hat.

Susanna nimmt einen großen Schluck von ihrem Cider und reibt sich angestrengt die Schläfen. »Bevor ihr wieder euren Senf dazugebt, Mädels: Ich wollte nur endlich diesen aufdringlichen Typen abschütteln«, stellt sie klar. »Und Friedrich war der erste Name, der mir einfiel!«

»Was für ein Jammer! Es ist nämlich schon Oktober, und wie weit sind wir mit unseren guten Vorsätzen gekommen? Immerhin hast du deinen Vorstandsposten ergattert, aber was die Monogamie angeht, scheinst du dich mit Händen und Füßen zu wehren.«

Susanna gibt ein wenig damenhaftes Schnauben von sich, sagt aber nichts.

»Und auch ich bin weit davon entfernt, die wahre Liebe zu finden und mich häuslich niederzulassen. Und beim *Medienrummel-Contest* hat dank der Credo-Sache schon wieder dieser grässliche Timon die Nase vorn.« Ava schüttelt sich und greift nach ihrem Glas.

»Wenn wir mal ehrlich sind, stehe ich ebenfalls nicht gerade gut da«, setzt Ellie tröstend hinzu und legt Ava die Hand auf den Arm. »Was meine Ehe angeht, die ich in Schwung bringen wollte, habe ich noch einen langen Weg vor mir. Und ob Daniel und ich es trotz aller Anstrengungen überhaupt schaffen werden, unsere Beziehung zu retten, steht noch in den Sternen.«

»Immerhin studierst du jetzt wieder und hast nicht länger die lärmenden, schokoladenverschmierten Kindergartengruppen aus der Gemeindebücherei am Hals. Vorsatz Nummer eins ist also erfüllt.«

»Dafür hat sie sich gleich auf eine heiße Affäre mit ihrem Professor eingelassen, was für Vorsatz Nummer zwei vielleicht nicht die allerbeste Voraussetzung war«, kontert Susanna trocken.

Ava wirft ihr einen mahnenden Blick zu, bevor sie sich wieder Ellie zuwendet. »Du bist rausgekommen aus dem Familienalltag, hast deinen Horizont erweitert und etwas von deiner früheren Lässigkeit zurückgewonnen. Genau wie du es wolltest.«

Ächzend greift Ellie nach den Erdnüssen und stopft sich eine Handvoll in den Mund, ehe Ava reagieren kann. Kauend erhebt sie sich von ihrem Plüschstuhl. »Ich muss wieder los.«

»Aber du bist doch gerade erst gekommen!«

»Daniel und ich wollen eine Gefriertruhe kaufen.«

»Ellie!«

Erschrocken hält sie mitten in der Bewegung inne und dreht sich zu Susanna um. »Was ist los?«

»Wer eine neue Gefriertruhe kauft, leidet unter einem instabilen Gefühlsleben und hortet deswegen haufenweise Vorräte, die man niemals braucht.«

»Woher weißt du das?«, wirft Ava unsicher ein.

»Das kannst du überall nachlesen.«

»Natürlich bin ich emotional instabil«, platzt Ellie lauter als beabsichtigt heraus. Die Typen vom Nebentisch unterbrechen ihr zweifelsfrei inhaltsloses Gespräch und starren sie mit unverhohlener Neugier an. Mit heißen Wangen fährt Ellie in gedämpfter Lautstärke fort: »Ich stecke mitten in einer ernst zu nehmenden Ehekrise. In ein paar Tagen stehe ich meiner Affäre gegenüber, die eiskalt einen Herzinfarkt vorgetäuscht hat, um mich loszuwerden. Wer sollte sich sonst eine neue Gefriertruhe kaufen, wenn nicht ich?«

»Immer mit der Ruhe, Ellie. Wie wäre es erst mal mit noch einem Cider? Der beruhigt die Nerven.« Susanna winkt schon den stürmischen Kellner heran, der ihr entrückt in den Ausschnitt glotzt. Zögernd lässt Ellie sich wieder auf ihren orangenen Stuhl sinken und fährt mechanisch Herrn Schmidt, der sich hingebungsvoll an ihrem Schienbein reibt, über die großen, weichen Ohren.

Wenige Minuten später erheben alle drei ihre Gläser.

Ava ergreift als Erste das Wort. »Auf unsere Stärke und Unabhängigkeit. Und auf Susannas neuen Job und Ellies Studium.«

»Und darauf, dass die Liebe uns findet, respektive wiederfindet. Am liebsten so schnell wie möglich«, ergänzt Ellie mit selbstvergessener Miene.

»Auf die nächsten zweieinhalb Monate, bevor wir endgültig Bilanz ziehen.« Unerklärlicherweise erscheint Friedrich Thomsens Gesicht vor Susannas geistigem Auge, bevor sie ihr Glas in einem Zug leert.

November

Susanna wird von einer Welle von Emotionen erfasst, als sie vor der dunkelgrünen Holztür steht, die noch immer dringend einen neuen Anstrich gebrauchen könnte, und fragt sich, ob ihr Gesicht sie verraten wird.

Unwillkürlich tritt sie einen Schritt nach vorn, als sich die Tür öffnet. Friedrich Thomsen sieht anders aus. Zwar trägt er das altbewährte Ensemble aus mausgrauem Feinstrick-Opapulli und viel zu weiter Bundfaltenhose, aber das fällt ihr plötzlich gar nicht mehr auf. Nein, es ist der Ausdruck in seinen Augen, die plötzlich viel heller zu leuchten scheinen als früher. Überrascht und allem Anschein nach ein wenig unschlüssig blickt er sie an.

»Hallo, Susanna«, begrüßt er sie schließlich gewohnt freundlich, doch mit einer gewissen Zurückhaltung in der Stimme.

Susanna bringt kein Wort hervor. Wie gelähmt starrt sie an seiner linken Schulter vorbei, während ihr Herz wild gegen ihre Rippen hämmert.

»Oder sollte ich lieber ›Frau Vorständin‹ sagen? Herzlichen Glückwunsch zur neuen Position!«, fährt er fort, wahrscheinlich nur, um die irritierende Stille zu füllen.

Sie weiß nicht, in welchem Augenblick sie realisiert hat, dass sich etwas geändert hat, seit sie ihn kurz nach der Jubiläumsfeier zuletzt sah. Aber auch wenn sie den Zeitpunkt nicht genau bestimmen kann, erkennt sie nun, da sie ihm mit rasendem Puls und schweißnassen Händen gegenübersteht, dass kein Zweifel mehr besteht. Sie hat sich verliebt. In Friedrich Thomsen. Seit ihrer einzigen halbwegs ernst zu nehmenden, immerhin zweijährigen Beziehung vor beinahe fünfzehn Jahren hat sie so etwas nicht mehr gefühlt. Sie will mit niemand anderem mehr zusammen sein. Nicht mal für eine Nacht.

Ava und Ellie haben sie bedrängt, hierherzukommen. Mit vielsagenden, selbstzufriedenen Gesichtern haben sie ihr weisgemacht, dass es keine andere Möglichkeit für ihr persönliches Glück – und die Erfüllung ihres Neujahrsvorsatzes – gäbe, als Friedrich ihre Gefühle zu gestehen, und ihr keine Ruhe gelassen, bis sie einwilligte, ihn aufzusuchen. Und nun, in dieser gänzlich ungewohnten Situation, findet sie einfach nicht die richtigen Worte.

»Ich habe zufällig Maaret getroffen. Sie erzählte mir, dass Sie heute zu Hause sind«, hört sie sich stattdessen schließlich zögernd und mit einer Stimme murmeln, die sich selbst für ihre eigenen Ohren fremd anhört. Sie sagt nicht, dass auch dieser Leon, ein schmächtiger Rothaariger in einer viel zu großen giftgrünen Daunenjacke, mit seinen Freunden neben Maaret am Schultor stand.

»Gibt es eigentlich das Wort ›Waisin‹, Finnland?«, hat er in überlautem Tonfall gefragt, und Susannas Magen hat sich zusammengezogen, als sie sah, wie Maaret bei diesen Worten erbleichte.

Ehe Maaret oder irgendeines der anderen Kinder reagieren konnte, hat Susanna, ohne nachzudenken, ein paar lange Schritte nach vorne gemacht und sich direkt vor dem Jungen aufgebaut. »Du musst Leon sein. Dein Vorgehen scheint etwas unbeholfen, Kleiner. Vielleicht solltest du besser wissen, dass man seine Herzensdame mit derart tölpelhaften Äußerungen eher abschreckt als anzieht. Und das ist es doch, was du eigentlich willst, nicht wahr?«

»Wovon redest du, Oma?«, murrte der Junge unfreundlich, wich jedoch unwillkürlich einen Schritt zurück und blickte sich Hilfe suchend zu seinen Freunden um.

»Nun, die Vermutung, dass du für Maaret schwärmst, liegt nahe, oder nicht? Warum sollte ein Junge sonst versuchen, permanent ein hübsches Mädchen zu provozieren?« In gespieltem Erstaunen wendete sie sich den anderen Kindern zu, noch immer darauf konzentriert, bei dem Wort ›Oma‹ nicht entsetzt zusammenzuzucken. »Ist euch der Gedanke etwa noch nie gekommen?«

»Doch, eigentlich wissen die meisten hier Bescheid«, stieg ein schlaksiges, schwarzhaariges Mädchen, anscheinend Maarets Freundin, glücklicherweise ausgesprochen reaktionsschnell auf ihre Performance ein.

»Das ist doch Quatsch!« Nachdrücklich schüttelte Leon seinen tomatenrot angelaufenen Kopf.

»Das würde ich jetzt auch behaupten«, lächelte Susanna betont gönnerhaft. »Deine feuerroten Wangen sprechen allerdings eine andere Sprache. Aber ich gebe dir einen kleinen Tipp: Wenn du dich in Zukunft für ein Mädchen interessierst –«

»Igitt, ich interessiere mich nicht –«

»… dann versuche es bei deiner Auserwählten mal mit Wertschätzung und Ehrlichkeit, anstatt mit rüpelhaftem Verhalten über das Ziel hinauszuschießen. Ansonsten musst du dich nicht wundern, wenn du beim nächsten Mal wieder eins auf die Nase bekommst. Aber ich bin sicher, es wird kein nächstes Mal geben, nicht wahr?«

Das Gefühl, als Maaret voller Erleichterung ihre dünnen Arme fest um Susannas Taille geschlungen hatte, nachdem Leon mit hängenden Schultern, dicht gefolgt von seinen tuschelnden Kumpels, den Platz geräumt hatte, war unbeschreiblich.

»Möchten Sie auf einen Kaffee hereinkommen?«, fragt Friedrich gerade heiser und rückt einen kleinen Schritt zur Seite. »Vielleicht sind auch noch ein paar Karelische Piroggen übrig, denn Maaret ist nach der Schule direkt mit zu ihrer Freundin Aysun gegangen, und Mervi ist beim Schwimmkurs. Diesmal sind sie kaum angebrannt.«

Ein wenig zögerlich und mit noch immer wild pochendem Herzen betritt Susanna die Wohnung. Gerade hilft er ihr kavaliersmäßig aus dem dicken Wollmantel, als sie sie hört: Die ersten leisen Töne von »Wicked Girls Don't Cry«. Ihr Blick bleibt an einem quietschbunten CD-Cover hängen, das scheinbar achtlos auf der Flurkommode zurückgelassen wurde.

»Ich habe mir das Album gekauft«, erklärt Friedrich beinahe verlegen und vermeidet es, sie anzusehen.

»Wer hätte gedacht, dass Sie auf diese Art von Musik stehen?«

»Eigentlich ist es mehr dieses eine Lied, das es mir angetan hat.« Seine Stimme klingt belegt und ist so leise, dass sie ihn kaum versteht.

Susannas Kopfhaut beginnt zu kribbeln. Sie ist nervös. Vielleicht zum ersten Mal überhaupt ist sie in der Gegenwart eines Mannes nervös. Noch immer sucht sie nach einer passenden Antwort, als er schon in der angrenzenden Küche verschwunden ist, zweifellos, um sich der Kaffeemaschine zu widmen.

Sie zwingt sich, nicht auf den Songtext zu hören und ein paarmal tief ein- und auszuatmen, bevor sie ihm folgt. Friedrich hat ihr den Rücken zugekehrt, so dass sie ihn ungehindert betrachten kann. Und unweigerlich drängt sich ihr die Frage auf, warum ihr seine dunklen Haare jemals zu lang und die Schultern zu schmächtig erschienen.

»Ich fürchte, fettarme Milch haben wir nicht. Tut es zur Abwechslung auch Vollmilch?« Äußerlich gelassen durchsucht er den Küchenschrank nach zwei Tassen, doch in seinen Bewegungen erkennt sie eine Unruhe, die er nicht mal an den Tag gelegt hat, als er nach diesem Seminar vor einigen Monaten einen Anruf von der Schule bekam, dass Maaret einem Klassenkameraden eins auf die Nase gegeben hat und aus dem Sekretariat abgeholt werden musste. »Vielleicht finde ich auch noch irgendwo eine Flasche Mandelmilch. Mögen Sie Mandelmilch? Mervi ist ganz verrückt danach.«

Schwer seufzend lässt Susanna sich auf die gemütliche Eckbank fallen. »Sie hätten den Job bekommen sollen«, eröffnet sie, ohne auf seine Frage einzugehen. Zumindest scheint sie ihre Sprache wiedergefunden zu haben. »Ich war nur der Ersatz.«

Friedrich erstarrt. Langsam, wie in Zeitlupe, dreht er sich zu ihr um. »Woher wissen Sie das?«

Sein Blick ist so sanft, dass sie die Augen niederschlagen muss, um sich auf seine Frage konzentrieren zu können. »Erinnern Sie sich noch an meinen etwas spröden Auftritt auf der Jubiläumsfeier?«

»Ich denke ständig daran«, entgegnet er, ohne zu zögern, und sie kann förmlich fühlen, wie ihre Ohren dunkelrot anlaufen.

Andächtig starrt sie auf ihre in einem dezenten Mauveton lackierten Fingernägel. Plötzlich sprudeln die Worte nur so hervor, auch wenn sie eigentlich wegen etwas ganz anderem hergekommen ist. »Da hatten Conrad Wollseif und Rüdiger Meißen mir gerade mehr oder weniger durch die Blume eröffnet, dass ich als Angehörige des schwachen Geschlechts nicht ausreichend qualifiziert bin für einen derart verantwortungsvollen Posten. Dass mein Einsatz und meine Beharrlichkeit in den vergangenen Jahren vergeblich waren – und das nur, weil ich eine Frau bin. Natürlich blieben nur Sie, der in jeder Hinsicht überlegene Mann, als Alternativbesetzung übrig.«

»Diese verstaubten Chauvinisten mit ihren überholten Ansichten! Aber das erklärt zumindest Ihr ablehnendes Verhalten mir gegenüber.« Langsam kommt er, zwei bis zum Rand gefüllte Kaffeebecher balancierend, zum Esstisch herüber und lässt sich auf einen uralten Lehnstuhl sinken.

Dankbar umklammert sie mit den Händen ihre heiße Tasse. Insgeheim heilfroh, ihr eigentliches Anliegen vor sich herschieben zu können, fährt sie fort: »Als ich dann einige Tage später überraschend ernannt wurde und Sie nicht mehr zur Arbeit erschienen, ging ich zuerst davon aus, ich hätte auf der Feier etwas in den falschen Hals bekommen und Sie hätten aus Enttäuschung über Ihre Niederlage gekündigt. Ich wollte unbedingt glauben, dass ich den Job nur dank meiner Leistung bekommen habe.«

»Was ließ Sie ins Zweifeln geraten?«

»Ich glaube, endgültig sicher war ich, als sich Wollseif bei diesem närrischen Überlebenstraining volltrunken zu dem Kommentar hinreißen ließ, dass das neue Führungspositionengesetz jetzt ruhig kommen kann, denn Vivera hätte die

Frauenquote ja nun erfüllt, wenn auch unfreiwillig. Aber schon die Blicke der anderen tattergreisigen Vorstandsmitglieder bei der Ernennung haben Bände gesprochen.« Sie nimmt einen winzigen Schluck von ihrem kochend heißen Kaffee, bevor sie ihm geradewegs in die goldgesprenkelten Augen blickt. »Warum haben Sie gekündigt und mir den Posten überlassen, Friedrich?«

Ihre Blicke verhaken sich. Es dauert eine Weile, ehe er mit ungewohntem Ernst in der Stimme antwortet: »Weil ich wusste, wie sehr Sie ihn wollten. Und weil ich gesehen habe, dass Sie auf dieser Onlinebörse nach einem neuen Job suchten. Ich konnte nicht zulassen, dass Sie das, wofür Sie zehn Jahre lang so hart gearbeitet haben, einfach aufgeben. Es wäre nicht fair gewesen.«

Ihre schweißnassen Hände hinterlassen Abdrücke auf der Tasse. »Aber warum? Sie kennen mich doch kaum und wollten diesen Job ebenfalls. Warum haben Sie Ihre eigenen Ziele zurückgesteckt? Schließlich haben Sie zwei Kinder zu versorgen.«

»Machen Sie sich um mich keine Sorgen.« Er macht eine kleine Pause. »Und außerdem habe ich das Gefühl, ich kenne Sie sehr gut.«

Die Stille zwischen ihnen ist ohrenbetäubend. Susannas Puls schlägt zweihundert Mal in der Minute. »Ich will den Vorstandsjob nicht mehr«, flüstert sie schließlich kaum hörbar.

»Susanna, wovon reden Sie? Natürlich wollen Sie ihn, und Sie haben ihn auch verdient!« Umständlich rückt Friedrich seine Nerdbrille zurecht. »Nur, weil ein paar debile hundertjährige Machos die irrsinnige Meinung vertreten, Frauen wären in irgendeiner Hinsicht weniger leistungsfähig als Männer, müssen Sie noch lange nicht das Handtuch werfen. Seit wann lassen Sie sich von irgendjemandem ins Bockshorn jagen? Sie haben diese Typen doch reden hören, so dass Ihnen schnell klar geworden sein müsste, dass die ihre Schnürsenkel nicht selbst gebunden haben.«

»Das ist es nicht. Zumindest nicht nur.« Susanna senkt den Blick und starrt auf ihren Kaffeebecher. Diesmal steht in großen blauen Buchstaben darauf: *Schokolade löst keine Probleme. Aber das tut ein Apfel ja auch nicht.* Sie stößt einen Seufzer aus. »Ich weiß, meine Freundinnen Ava und Ellie haben sich insgeheim gewundert, warum ich bei meinen Arbeitszeiten, die der absolute Irrsinn sind, und bei den unheilvollen Geschichten über die übergroßen Egos der männlichen Kollegen, die ich ständig zum Besten gebe, einen weiteren Schritt auf der Karriereleiter anvisiert habe und freiwillig noch mehr Zeit als ohnehin schon im Büro verbringen wollte. Die Karriere hatte für mich immer oberste Priorität, und mein Job hat mich mit Zufriedenheit erfüllt. Vielleicht war es auch Genugtuung. Doch jetzt ist es anders.« Sie hält einen Augenblick inne, um ihre Gedanken zu ordnen. »Und ich glaube, das habe ich Ihnen zu verdanken.«

»Mir?« Überrascht fixiert er sie mit seinen goldgrünen Augen. Und was sie in diesen Augen liest, jagt ihr einen Schauer über den Rücken.

Sie verbrüht sich fast die Zunge, als sie hastig einen großen Schluck von ihrem Kaffee hinunterstürzt. »Zu der Einsicht, dass meine Position bei Vivera nicht länger eine Herzensangelegenheit für mich ist, bin ich gekommen, als ich ohne Sie in der Wildnis der Mecklenburgischen Seenplatte ums Überleben kämpfen musste.« Fragend zieht er eine Augenbraue hoch, doch ehe er sie jetzt, da sie einmal in Fahrt gekommen ist, unterbrechen kann, fährt sie unbeirrt fort: »Plötzlich hat das alles keinen Sinn mehr gemacht. All diese Dinge, die mir früher nichts ausgemacht haben – aufdringliche Vorgesetzte, das Gefühl, dass ich nicht ich selbst sein kann, der unausgesprochene Anspruch, mein Privatleben so weit zurückzuschrauben, dass ich auch den letzten Funken Energie für meine Arbeit aufwenden kann –, konnte ich plötzlich nicht mehr ertragen. Und das lag nicht an der Großen Maräne, die dieser schamlose Wilfried Jäger mir allen Ernstes zum Entschuppen aufdrängen wollte. Obwohl es natürlich nicht gerade zu Wohlbehagen und Zufriedenheit am Arbeitsplatz beitrug. Oder heißt es Abschuppen? Oder einfach Schuppen?«

»Susanna –«

»Ich weiß jetzt, ich wollte mit meinem Ehrgeiz eine Leere füllen. Das hat Ellie mir immer wieder versucht zu verstehen zu geben, aber ich wollte einfach nicht auf sie hören.«

»Ich stimme Ihrer Freundin zu, sie scheint eine feinfühlige Frau zu sein, doch ich verstehe immer noch nicht, wie ich zu Ihrer Erleuchtung beigetragen habe.«

Susanna atmet ein paarmal tief durch. Jetzt hat sie lange genug um den heißen Brei herumgeredet. Sie muss es sagen. »Ich habe Sie von Herzen verabscheut. Weil ich dachte, Sie wollten sich mit schäbigen Tricks meinen Job unter den Nagel reißen, weil Sie die Kollegen und Vorgesetzten mühelos um den Finger gewickelt haben, weil Sie permanent gute Laune hatten und weil Ihre Krawatten schreiend hässlich waren. Tut mir leid«, fügt sie eilig hinzu, als sie seinen erschrockenen Blick auffängt. »Aber jetzt weiß ich, dass ich diese anfängliche Feindseligkeit nur aufrechterhalten habe, weil Sie etwas in mir ausgelöst haben. Ihre Art, die Arbeit, sich selbst und andere nicht zu ernst zu nehmen, die Priorität auf wichtigere Dinge zu legen, mit Ihrem Leben wirklich etwas zu bewegen und sich für andere starkzumachen, hat mich tief berührt. Erst dadurch habe ich realisiert, dass ich mein halbes Leben lang den falschen Zielen hinterhergejagt habe.«

Sie legt eine Pause ein, in der sie sich mit den Fingerspitzen die Schläfen massiert. Wenn sie nur daran denkt, wie sie alles, aber auch wirklich alles gegeben hat, nicht nur ihre Zeit und Energie, sondern auch ihr Aussehen, ihr Lächeln, ihre Augenaufschläge, um beruflich weiterzukommen, ohne jemals infrage zu stellen, worauf genau ihr Erfolg basiert, wird ihr ganz elend. Sie schluckt schwer, bevor sie mit leiser Stimme fortfährt: »Und Sie haben noch etwas anderes in mir ausgelöst. Lange dachte ich, mein Leben sei komplett, meine beruflichen Triumphe und gelegentlichen privaten Eskapaden« – hier wird sie ein bisschen rot – »erfüllen mich, es sei von Vorteil, allein zu sein, frei und ungebunden, doch Sie und Ihre Weltsicht, Ihr Herz, Ihre Prioritäten haben mich zum Nachdenken angeregt. Mir ist klar geworden, dass man beides haben kann, Erfolg im Beruf und ein ausgefülltes Privatleben. Ich will nicht länger rund um die Uhr arbeiten. Und ich will auch nicht länger allein sein. Ich will mit Ihnen … mit dir –« Sie bricht ab. Eigentlich hat sie sich vorgenommen, nach der hübschen jungen Finnin zu fragen, die die Mädchen zur Jubiläumsfeier gebracht hat und so vertraut mit Friedrich umging, aber das erscheint ihr plötzlich nicht mehr wichtig.

Noch immer sagt er keinen Ton, während sein Gesicht tausend Emotionen widerspiegelt, und sie beginnt schon, ihre vorschnelle Zunge zu verfluchen, als er wortlos über den Tisch hinweg nach ihrer Hand greift. Völlig unvermittelt. Seine Hand, die ihr anfangs viel zu groß für seinen Körper erschien, ist fest und warm und schließt sich entschlossen um ihre Finger.

Ohne ihre Hand loszulassen, steht er auf und kommt um den Tisch herum. »Darauf habe ich so lange gehofft, Susanna. Seit ich dein schönes Herz hinter der oberflächlichen Schale erkannt habe.« Er zieht sie auf ihre Füße. Sie steht jetzt so dicht vor ihm, dass ihre Nasenspitzen sich beinahe berühren. »Ich habe in den letzten Wochen so viel Zeit damit zugebracht, es zu umgehen, meine Gefühle für dich zu benennen, denn ich wusste, es war zu viel. Nach der Jubiläumsfeier hatte ich die Hoffnung aufgegeben, dass jemand wie du sich für jemanden wie mich interessieren könnte.«

Sie hat Schwierigkeiten, ihre Lunge mit ausreichend Sauerstoff zu füllen, als er seine Arme um ihre Taille schlingt und die Hände sanft über ihren Rücken kreisen lässt. »Ich dachte lange Zeit, ich wollte meinen Frieden haben, Ruhe vor all dem Chaos, das die Liebe mit sich bringt«, wispert sie.

»Die Liebe muss kein Chaos bringen.« So zart, dass sie seine Berührung kaum spürt, fährt er mit den Lippen über ihr Ohrläppchen.

Als hätte er nichts gesagt, setzt sie mit wild pochendem Herzen hinzu: »Natürlich wird es schiefgehen mit uns, denn es geht immer schief. Wenn ich der Typ für eine feste Bindung oder eine Familie wäre, wäre ich längst verheiratet.«

»Nichts wird schiefgehen.« Langsam arbeitet er sich von ihrem Ohr über die Wange bis zu ihrem Mund vor. Und als er sie endlich küsst, weiß sie, dass er recht behalten wird. Sie weiß, dass sie ihn endlich gefunden hat, auch wenn ihr so lange Zeit gar nicht klar war, dass sie ihn gesucht hat.

Was hat Ellie an ihm so angezogen? Seine Selbstgefälligkeit? Seine Aufschneiderei? Oder seine Großspurigkeit? Beinahe schämt sie sich für ihn, als er nun vor einer Reihe blutjunger, herausgeputzter Studentinnen, die förmlich an seinen Lippen kleben, viel zu laut von seinen Reisen prahlt – wie er sich einst im vietnamesischen Dschungel verirrte und ihm das Trinkwasser ausging, wie er grundlos in einem venezolanischen Gefängnis gelandet war und rattengroße Kakerlaken abwehren musste, wie er in nur sieben Stunden den Kilimandscharo bezwang, wie er als Jungspund sein Leben riskierte, um nach Tibet einzureisen.

Entnervt klappt Ellie ihr Notebook zu und stopft es zusammen mit Handy und Wasserflasche in ihre Kuriertasche. An der Tür zum Hörsaal blickt sie sich noch einmal um. Der Kreis von Leopold Mooks Jüngerinnen ist dabei, sich aufzulösen, doch eine, die mit dem hochgeschlossensten Outfit und der unaufwendigsten Frisur, hält er mit einer überflüssigen Frage nach ihrem Referatsthema zurück. Hat er auch sie, Ellie, deswegen ausgewählt? Weil sein Ego danach strebt, auszutesten, ob er auch diejenigen ohne offensichtliche Absichten herumkriegen kann? Gerade will sie sich abwenden, als sie seinen Blick auffängt. Und was sie darin liest, jagt ihr einen eisigen Schauer über den Rücken. Kopfschüttelnd macht sie sich auf den Weg zum Parkplatz.

Zu Beginn des Semesters vor wenigen Wochen hat Leopold keine Notiz von ihr genommen, und das war ihr sehr entgegengekommen. Sie hätte es nicht ertragen können, wenn er sie mit wichtigtuerischen Blicken daran erinnern würde, dass er sie fallen lassen hat wie eine heiße Kartoffel. Dass sie dumm genug war, ihre Kinder und ihre Ehe zu verraten für ein paar gestohlene Stunden mit einem Lügenbaron wie ihm. Doch gestern hat er sich plötzlich in letzter Sekunde zu ihr in den Fahrstuhl gedrängt, sie mit einem Blick fixiert, den er zweifelsfrei für aufrichtig und zerknirscht hielt, und ohne Umschweife zu einem Märchen angesetzt, dass er ohne sie in der Nacht keine Sterne mehr sehen würde. Keine Entschuldigung, keine Erklärung. Zum Glück haben sich zwei Stockwerke tiefer erneut die Lifttüren geöffnet, so dass ihr eine Antwort erspart blieb.

Seufzend schließt sie jetzt ihr Auto auf und wirft ihre Tasche mit etwas mehr Nachdruck als notwendig in den Kofferraum.

»Ellie!« Seine tiefe Stimme klingt gewohnt autoritär.

»Leopold!« Unwillkürlich weicht sie einen Schritt zurück. Was will er plötzlich wieder von ihr? Kann er sie nicht einfach in Ruhe lassen? Hat sie ihn in seiner Eitelkeit gekränkt, indem sie seine Zurückweisung scheinbar gelassen hingenommen und nicht um ihn gekämpft hat? Kann sein Stolz nicht verkraften, dass es auf dieser Welt tatsächlich eine Frau gibt, die kein gesteigertes Interesse daran hat, in Professor Leopold Mooks Gunst zu stehen?

»Mama? Da bist du ja endlich! Wir wollen dich überraschen. Aber ich sag noch nicht, wohin es geht. Nur, dass es mit Clowns und Seiltänzern und einem großen Zelt zu tun hat. Wir sind mit der U-Bahn hergekommen. Pauline hat ihre Mütze auf dem Sitz liegenlassen, die grüne von Omama.«

Entgeistert dreht sie sich um. Und ihr gefriert das Blut in den Adern, als sie Emil, Anton und Pauline entdeckt und direkt hinter ihnen Daniel auftaucht, seine Hand auf Paulines Schulter gestützt. Mit verengten Augen starrt er sie an.

»*Das* ist Leopold?« Seine Stimme klingt scharf, fast schon bedrohlich. Die Kinder, schlagartig alarmiert, blicken fragend von ihren Eltern zu Leopold.

»Mögen wir Leopold nicht, Papa?«, will Emil wissen.

»Vielleicht verwechselt euer Vater mich. Vielleicht sind wir uns in der Vergangenheit aber auch mal in die Quere gekommen. Obwohl ich rückblickend nicht mehr sagen kann, warum es dazu gekommen sein könnte.« Das süffisante Grinsen auf Leopolds Gesicht versetzt Ellie einen Stich.

Ohne zu zögern, packt Daniel seinen Kontrahenten am Schlafittchen, so dass der gurgelnd und offensichtlich überrascht die Augen aufreißt. »Niemand beleidigt meine Frau! Auch nicht so ein aufgeblasener Geriatriepatient wie du!«

Hektisch knallt Ellie die Heckklappe zu. »Bitte, Daniel, lass ihn los! Er ist es nicht wert. Du machst den Kindern Angst.«

»Nee, machst du nicht, Papa.«

»Wir mögen Leopold nicht. Hau ihm eins auf die Nase, Papa!«

Die Aufforderung reicht, damit Daniel schwer schnaufend und offensichtlich widerstrebend loslässt. »So etwas sagt man nicht, Emil!«

»Du bist ja gemeingefährlich! Ich werde dich anzeigen!«, fährt Leopold ihn mit hochrotem Kopf an und reibt sich theatralisch den Hals.

»Warum? Hier ist doch gar nichts vorgefallen.« Mit wild klopfendem Herzen blickt Ellie demonstrativ auf den menschenleeren Parkplatz, bevor sie äußerlich gelassen die Autotür aufhält und den drei Kindern bedeutet, auf der Rückbank Platz zu nehmen. Hat Daniel sie gerade wirklich wie ein Ritter in schillernder Rüstung gegen ihren ehemaligen Liebhaber verteidigt?

»Aber wenn du meiner Frau noch ein einziges Mal nachstellst, ihr zu nahe kommst, sie beleidigst oder ihr sonst irgendwie auf die Nerven fällst, komme ich wieder.« Daniel dreht sich noch ein letztes Mal zu Leopold um, bevor er Ellie die Hand hinhält, um ihr galant auf den Beifahrersitz zu helfen.

»Haust du ihm dann eins auf die Nase, Papa?«

»Man haut keine alten Leute, Emil. Auch nicht die bösen.«

Während sie vom Universitätsgelände rollen, diskutieren die Kinder arglos darüber, ob die Späße der Clowns oder die Stunts der Artisten spektakulärer sind. Den Zwischenfall mit dem fremden Mann scheinen sie schon beinahe vergessen zu haben, und Ellie dreht sich nicht noch mal um. Auch Daniel blickt starr geradeaus.

»Danke, Daniel«, murmelt sie leise, als sie an der nächsten Ampel halten.

»Gern geschehen! Du bist schließlich meine Frau.« Er scheint noch etwas hinzufügen zu wollen, überlegt es sich aber im letzten Moment anders.

Lange Zeit sagt niemand ein Wort. Konzentriert mustert Ellie Daniel von der Seite, doch seine Miene gibt nichts preis. »Du gehst freiwillig in den Zirkus?«, fragt sie endlich, obwohl sie eigentlich etwas ganz anderes sagen will.

Daniel grinst beinahe schüchtern, während er den Blinker setzt. »Du hast dir mal gewünscht, dass wir alle gemeinsam bei einem Hochseilakt zusehen und mit angehaltenem Atem darauf hoffen, dass die Tänzer nicht abstürzen. Wie eine ganz normale, glückliche Familie.«

»Das habe ich zu Ava und Susanna gesagt.«

»Und die haben es mir gesagt.«

»Du hast mit ihnen gesprochen?« Überrascht zieht sie eine Augenbraue hoch.

»Susanna brauchte meinen Rat als Banker. Ich sollte ihr vorrechnen, wie lange ihr Geld reicht, wenn sie erst mal für einige Zeit aus dem Berufsleben aussteigt. Es reicht eine ganze Weile.« Er lächelt gutmütig. »Ava kam dazu, und wir haben einen Cider getrunken.«

Einen Cider getrunken? Susanna, Ava und Daniel?

»Und was habt ihr sonst noch so besprochen?«, fragt Ellie und kann nicht verhindern, dass ihre Stimme ein wenig argwöhnisch klingt.

»Unter anderem musste ich eine energische Predigt über mich ergehen lassen, uns bloß keine Gefriertruhe zu kaufen. Was auch immer sie sich dabei gedacht haben.«

Ellie kann sich ein Grinsen nicht verkneifen. »So etwas Ähnliches musste ich mir auch schon anhören.«

»Eigentlich –« Daniel wirft einen Blick in den Rückspiegel, wo die Kinder sich mittlerweile mit Feuereifer damit beschäftigen, sich Aushilfswitze zu überlegen, falls der Clown gleich einen Blackout haben sollte, und senkt verschwörerisch die Stimme. »Eigentlich wollten die beiden nur sichergehen, dass ich aus meinen Fehlern gelernt habe und dich nie wieder hintergehe, alleinlasse und von meinen Gedanken fernhalte. Und das werde ich nicht, Baby, ich verspreche es.«

»Das Krokodil frisst einen Clown und sagt: ›Der schmeckt

aber komisch««, kreischt Emil enthusiastisch von der Rück-bank.

»Das ist aber nicht besonders witzig, Emil«, urteilt Pauline schonungslos.

Daniel legt seine rechte Hand auf Ellies Oberschenkel. »Ich weiß, ich darf nicht mehr so passiv sein. Wir müssen uns wieder mehr und effektiver miteinander auseinander-setzen und austauschen. Gelegentliche Kommunikations-quickies über Klopapierkauf oder Kinderkrankheiten rei-chen nicht, so viel ist mir klar geworden.«

Ellie legt ihre Hand auf seine und umschließt seine Fin-ger. Die Aufrichtigkeit und Leidenschaft in seinen Augen und seiner Stimme lösen eine Welle von Emotionen aus, die sie überrascht. »Ich finde, in den letzten Wochen ist uns das ganz gut geglückt. Du redest mehr, nicht nur in Meetings oder in der Autowerkstatt, und auch ich werde mir Mühe geben, wieder über wichtige Dinge mit dir zu kommunizie-ren, nicht nur mit Ava und Susanna.«

»Sagt ein Magnet zum anderen: ›Ich weiß einfach nicht, was ich heute anziehen soll!‹«

»Auch nicht viel besser, Anton.« Pauline ist unerbittlich.

»Was meint denn der Magnet?«, will Emil wissen, und Anton stößt einen Seufzer aus, ehe er zu einem straffen Vortrag über magnetische Felder ansetzt.

Daniel reibt sich das Kinn, ein untrügliches Zeichen da-für, dass er nervös ist. »Ich wünsche mir nichts sehnlicher, als dass wir wieder eine Einheit sind, Ellie, so wie früher«, flüstert er so leise, dass sie sich weit zu ihm hinüberbeugen muss, um ihn zu verstehen. Die Kinder nehmen keine No-tiz von ihrem Gespräch. »Ich weiß, es ist lange her, aber ich habe es nicht vergessen.«

»Ich habe es auch nicht vergessen«, flüstert Ellie kaum hörbar zurück. Ergriffen starrt sie auf ihre miteinander verflochtenen Finger. Sie weiß, normalerweise verfügen Frauen in ihren Gehirnen über eine sechsspurige Autobahn, um ihre Gefühle auszudrücken, während Männern nur eine schlecht ausgebaute Landstraße zur Verfügung steht, doch im Gegensatz zu Daniel scheinen ihr gerade einfach nicht die richtigen Worte einzufallen. Nach einer kurzen Pause fügt sie leise hinzu: »Und ich wünsche mir ebenfalls, dass wir wieder diese Einheit sein können.«

Ihre Blicke verhaken sich, und ihr kommt gar nicht in den Sinn, dass er mitten im Feierabendverkehr einen Unfall provozieren könnte, weil er nicht länger auf die Straße achtet.

»Bist du sicher? Bitte, Ellie, dann lass mich nicht länger in der Luft hängen. Komm zu mir zurück«, murmelt er schließlich. Ihr läuft ein Schauer über den Rücken.

Tut sie das? Hält sie ihn hin, um Zeit zu gewinnen? Lässt sie ihn zappeln, ohne es zu wollen? Weil sie sich tief im Inneren noch immer nicht vollends klar darüber ist, ob sie nach allem, was passiert ist, noch eine gemeinsame Zukunft haben? Auch wenn sie es sich verzweifelt wünscht? Und auch wenn er sich in den letzten Wochen so viel Mühe gegeben hat, sie zu überzeugen?

»Was ist grün, hat gute Laune und hüpft herum?«, ruft Pauline in voller Lautstärke, um direkt selbst die Antwort hinterherzuschieben: »Eine Freuschrecke!« Emil wiehert vor Lachen.

»Jetzt bist du dran, Papa«, fordert Anton seinen Vater entschieden auf.

Mit einem kurzen, durchdringenden Seitenblick auf Ellie

legt Daniel, ohne zu zögern, los: »Eigentlich wollte ich euch einen Zeitreisewitz erzählen, aber den mochtet ihr nicht. Also erzähle ich euch den Witz von dem alten Ehepaar. ›Schatz, was hältst du davon, wenn wir uns ein schönes Wochenende machen?‹, fragt die Frau am Freitagabend. – ›Gute Idee‹, antwortet der Mann. – ›Schön, dann bis Montag!‹«

Die Kinder prusten los, und auch Ellie kann sich ein überraschtes Lachen nicht verkneifen. Wie oft hat sie sich in den letzten Jahren gewünscht, Daniel würde einen ausgeprägteren Sinn für Humor an den Tag legen. Oder zumindest einen Sinn dafür, dass etwas scherzhaft gemeint ist. Darauf, dass er einen tatsächlichen Witz reißt, hat sie nicht mehr zu hoffen gewagt.

»Jetzt du, Mama!«

Ellie überlegt eine Weile. An einmal gehörte Witze kann sie sich so gut wie nie erinnern. »Es klingelt an der Haustür«, beginnt sie schließlich. »›Guten Abend, wir sammeln fürs Kinderheim. Haben Sie etwas abzugeben?‹ – ›Anton, Pauline, Emil, kommt ihr mal bitte?‹«

Das Gelächter auf der Rücksitzbank lässt beinahe den Wagen erzittern.

»Das meinst du ja gar nicht so, Mama«, schnauft Emil, als er sich wieder einigermaßen im Griff hat. »Du würdest uns nie hergeben. Weil wir eine Familie sind.«

»Stimmt, das würde ich nicht. Zumindest nicht, wenn ihr schlaft.«

Während die Kinder von hinten lautstark protestieren, fügt sie an Daniel gewandt hinzu: »Emil hat recht, wir sind eine Familie. Es tut mir leid, wenn ich dir das Gefühl gegeben habe, dich in der Luft hängenzulassen, weil ich unsicher war, wie es weitergehen soll. Aber ich will, dass wir wieder ein Ganzes werden. Und ich weiß jetzt endlich, ich bin bereit dazu.« Ellie fährt sich durch die Haare. Die Ehe muss nicht wie ein immerwährender Valentinstag sein, so viel ist ihr klar geworden. Sie ist eher wie ein ganz normaler Freitag, der ruck, zuck wieder in Vergessenheit gerät. Aber man ist zusammen.

Die Erleichterung, die sich in Daniels Miene widerspiegelt, ist herzergreifend. »Ich liebe dich, Ellie«, murmelt er mit belegter Stimme. »Und wenn dieser verdammte Leopold dir noch einmal zu nahe kommt, werde ich ihn vermöbeln.«

»Das wird er nicht.« Ellie schließt für einen Moment die Augen. Plötzlich kann sie sich nicht mehr erinnern, warum sie sich in Leopold mit seinen seichten Gefühlen und den anpassungsfähigen Begehrlichkeiten verliebt hat. Und ihr wird klar, dass dieser Mann nicht mehr wichtig ist. Sie hegt keinen Groll mehr gegen ihn, weil er ihr nichts mehr bedeutet. Ihre Wunden sind verheilt, ohne dass es ihr bewusst war.

»Ich weiß noch einen Witz«, poltert Anton dazwischen. »Was ist schlimmer als ein Apfel mit einem Wurm? Ein angebissener Apfel mit einem halben Wurm!«

»Ih, Anton«, kreischt Pauline.

Sie lachen noch immer, als sie in der Abenddämmerung auf die große Wiese vor dem Zirkuszelt rollen, die als Parkplatz umfunktioniert wurde. Ellie betrachtet ihren Mann, der ihr und den Kindern so fremd geworden war und ihr nun, da er, die Arme um die Schultern von Anton und Pauline geschlungen, vor ihr her zum Kassenhäuschen geht, wieder so vertraut scheint.

Jede Beziehung hat ihre Fehler, und auch in der Zukunft werden sie und Daniel wohl nicht in allen Kategorien mit der Note Eins abschließen. Doch sie weiß, sie hat die richtige Entscheidung getroffen. Und plötzlich sieht sie eine Vision von sich selbst, wie durch eine Filmkamera, mit ihrem weißen Laborkittel und einer wonnigen Vorfreude im Gesicht, dass Daniel vor dem Labor auf sie, die graduierte Chemikerin, wartet, und eine Woge von Glück durchfährt ihren Körper.

Sie werden es schaffen, in einem permanenten Pingpong aus Geben und Nehmen ihre gemeinsame Welt wieder aufzubauen. Ihre Wir-Welt.

»Schnell, schalte die Nachrichten ein!«

Schläfrig runzelt Ava die Stirn. »Was ist denn passiert, Hannes?«

»Beeil dich!«

Herr Schmidt, der neben ihr auf dem dunkelgrünen Samtsofa döst, öffnet träge ein Auge, als sie sich ein paar Kekskrümel vom Pyjamaoberteil klopft und verdattert nach der Fernbedienung greift.

Fast fällt ihr das Telefon aus der Hand, das sie noch immer ans Ohr gepresst hält, als sie auf dem großen Bildschirm Max' Gesicht erkennt. Trotz dunkler Sonnenbrille und Basecap ist ihm die Anspannung deutlich anzusehen, während er sich, dicht gefolgt von Thor, durch eine Traube von Kameras und Journalisten, die das Tonstudio in der Neustadt belagern, einen Weg zu seinem Lamborghini bahnt. Ihr entfährt ein gepresster, beinahe gequälter Laut.

»Ava? Bist du noch dran? Hast du das richtige Programm gefunden?«

»Was ist denn passiert? Hannes, was ist mit Max?«

»Es geht um Tiana. Endlich scheint es Neuigkeiten zu geben. Sieh dir einfach den Beitrag an.«

»Ich ruf dich später zurück.«

Mit wild pochendem Herzen und Herrn Schmidts flauschigem Kopf auf ihrem Oberschenkel lehnt Ava sich zurück und dreht die Lautstärke höher. Ein Stockwerk über ihr haben die Rammler wieder mit ihrer allabendlichen Routine losgelegt.

»Jones selbst lässt sich in der Sache heute zu keinem Kommentar hinreißen, so dass wir über den Grund für Perez' Verhalten weiterhin nur spekulieren können«, erklärt die stämmige, direkt vor seiner Haustür postierte Reporterin gerade mit bitterernster Miene, als ginge es um ein folgenschweres Erdbeben in Südostasien. »Über eine Sprecherin lässt Max Jones aber verkünden, er sei gleichzeitig entsetzt, dass seine ehemalige Partnerin zu derartigen Mitteln gegriffen habe, und erleichtert, dass endlich die Wahrheit ans Licht gekommen ist. Aus anderer Quelle wurde verlautbart, dass Jones von einer Anzeige wegen Verleumdung absieht. Dennoch wurde das belastende Videomaterial mittlerweile der Staatsanwaltschaft übermittelt.«

Die Reporterin legt eine bedeutungsvolle Pause ein, in der die Kamera zu Max' um die Ecke brausendem Sportwagen schwenkt. »Was ist denn passiert? Nun sag schon!«, wiederholt Ava ungeduldig. Der kleine Corgi auf ihrem Schoß zuckt zusammen und blickt sie mit seinen großen, dunklen Augen vorwurfsvoll an, bevor er sich kraftlos zum anderen Ende des Sofas schleppt. Dort dreht er sich erst fünfmal im Kreis, um sich dann müde auf Avas geblümtes Lieblingskissen sinken zu lassen.

»Schon vor dem Auftauchen des Überwachungsvideos konnte Jones dank einer höchst erfolgreichen Konzerttournee, seinem neuen Album, das europaweit wie eine Bombe einschlug, und einer Reihe findiger Charity- und PR-Maßnahmen seinen angeschlagenen Ruf wieder kitten, doch einige kritische Stimmen haben nicht aufgehört, an seiner Unschuld zu zweifeln«, fährt die Reporterin energisch fort.

»Welches Video?«, brüllt Ava außer sich. Mit schweißnassen Händen dreht sie die Lautstärke noch höher, ohne auf Herrn Schmidts anklagende Blicke zu achten. Kein Wort will sie verpassen. Die Rammler von oben laufen heute zu Höchstform auf.

»Mit dem neuen Beweismaterial sollten nun aber auch die letzten bösen Zungen zum Verstummen gebracht worden sein. Und damit zurück ins Studio.«

Frustriert klappt Ava ihren Laptop auf. Es dauert einige Zeit, bis sie sich mit zitternden Fingern zu ihrer Lieblings-Promiwebsite durchgeklickt hat.

Es ist der Hauptartikel. *Tiana Perez überführt: Überwachungsvideo beweist Max Jones' Unschuld*, steht in großen roten Lettern auf der Startseite. Darunter blickt ihr eine verstört dreinschauende Tiana mit geschwollenem, tränenüberströmtem Gesicht, dunkelblauem Veilchen und aufgeschlagener Lippe entgegen. Es ist eines der Bilder, mit denen im vergangenen Jahr die Medien im ganzen Land überschwemmt wurden und die Max' Abstieg einläuteten. Die Bildunterschrift lautet: *Die Rolle ihres Lebens: T. Perez schaffte es, die ganze Welt zu täuschen.*

Die Worte verschwimmen beinahe vor Avas Augen. Mit angehaltenem Atem überfliegt sie den Artikel und erfährt, dass einem großen TV-Sender heute Morgen ein Überwachungsvideo aus einem Backstageraum zugespielt wurde, das eine offensichtliche Auseinandersetzung zwischen Tiana und Max dokumentiert und in dessen Verlauf zweifelsfrei belegt wird, dass Max Jones nicht Hand an seine Ex-Freundin gelegt hat. Tiana Perez hat sich ihre Verletzungen selbst zugefügt.

Ava schluckt schwer. Sie greift nach der Weingummitüte, die vor ihr auf dem kleinen Beistelltisch steht, bevor sie sich wieder dem Bericht zuwendet. Es folgen einige Spekulationen über Tianas Beweggründe, sich selbst derartig zuzurichten, und ihre Kaltblütigkeit, mit der sie ihre abgebrühten Anschuldigungen auf die Bühne gebracht hat. Schließlich muss sie gewusst haben, welche Lawine sie mit ihrer oscarreifen Darbietung lostreten und dass sie Max' öffentliches Leben auf lange Sicht ruinieren würde.

Unter dem Artikel macht Ava einen Link zu besagtem Video aus. Anscheinend ist es erst jetzt, beinahe ein Jahr nach seiner Aufzeichnung, aus irgendeiner Schublade hervorgekramt worden, weil Tiana den zuständigen Knaben vom Sicherheitsdienst bisher mit überzeugenden Argumenten davon abgehalten hat, an die Öffentlichkeit zu gehen. Was genau den Wachmann bewogen hat, sein Schweigen zu brechen und das Bildmaterial herauszurücken, ist unklar. Im besten Fall war es sein schlechtes Gewissen.

Angespannt stopft Ava sich eine Handvoll Weingummis in den Mund, ehe sie auf den Link klickt. Max' Anblick versetzt ihr einen schmerzhaften Stich. Er sieht müde aus, ausgezehrt, frustriert. Mit verschränkten Armen lehnt er in einem nüchternen, beinahe sterilen Raum an einer Wand und lässt offensichtlich eine Tirade von Tiana über sich ergehen, die sich direkt vor ihm aufgebaut hat und, ihrer

Mimik und Gestik nach zu urteilen, wutschäumend auf ihn einredet. Nach einer kurzen Weile beginnt sie, mit den Fäusten gegen seine Brust zu trommeln. Abwehrend hebt Max die Hände, doch weil sie nicht aufhört, auf ihn einzuschlagen, hält er ihre Handgelenke fest. Mehr nicht.

Dann formt er vier Worte mit seinen Lippen, die Ava so klar und deutlich versteht, als hätte sie eine Audio-Aufnahme vor sich. Er sagt: »Ich liebe dich nicht.«

Als er kurz darauf den Raum verlässt, steht Tiana der Zorn ins Gesicht geschrieben, aber sie ist bei bester Gesundheit. Wie eingefroren starrt sie auf die Tür, die hinter Max ins Schloss fällt. Minutenlang steht sie da. Bis sie plötzlich, wie aus dem Nichts, ihre Stirn gegen die Wand rammt.

Ava stockt das Blut in den Adern.

Dann nimmt Tiana ein schweres Mikrophon in die Hand, das offensichtlich jemand auf einer kleinen Kommode vergessen hat.

Ava klappt den Laptop zu.

Wie verzweifelt muss Tiana gewesen sein, um so etwas zu tun? Worum ging es bei ihrem Streit? Und warum hat Max im letzten Jahr nie etwas zu seiner Verteidigung vorgebracht?

Noch immer starr vor Schreck sitzt sie wenige Minuten später an ihrem winzigen Küchentisch, in der einen Hand ein randvoll gefülltes Weinglas, in der anderen ihr Handy, und versucht vergeblich, Ellie oder Susanna zu erreichen. Wo stecken die beiden nur wieder? In Gedanken vertieft vergräbt sie ihren Kopf in den Händen.

Er liebt sie nicht.

Und wenn er sie damals nicht geliebt hat, dann wird er sie auch heute nicht lieben. Nicht nach allem, was sie ihm angetan hat. Demnach war aller Wahrscheinlichkeit nach auch der romantische zweite Anlauf, von dem Tiana in diesem unsäglichen Interview herumgetönt hat, das Ava so schwer auf der Seele brannte, nichts als heiße Luft.

Ava nimmt ein paar große Schlucke Cabernet Sauvignon, bevor sie zum ersten Mal seit dem Konzert im August durch die Playlist auf ihrem Handy scrollt. Hannes hat ihr das Album zusammen mit der ersten LP der *Earworms* geschenkt, doch sie hat es noch kein einziges Mal über sich gebracht, es sich anzuhören.

Als die ersten Gitarrenakkorde erklingen, ist es wieder, als stünde die Zeit still, wie schon auf dem Konzert oder damals, in Max' Musikzimmer, als sie »I Found Someone« zum ersten Mal hörte. Für wen hat Max den Song geschrieben, wenn nicht für Tiana? Wer ist der besondere Mensch, der ihm diese Musik zu entlocken vermag und seiner Stimme ein solches Gefühl verleiht?

Sie merkt erst, dass Tränen ihr die Wangen hinunterlaufen, als Herr Schmidt sie anstupst und unzweideutige Winselgeräusche von sich gibt. Als er registriert, dass sie sein Anliegen durchschaut hat, sprintet er in den Flur und setzt sich erwartungsvoll unter die Garderobe, von der seine Leine baumelt.

Seufzend zieht Ava sich ihren dicken Daunenmantel und eine Bommelmütze über. Schon seit Tagen machen ihr, ganz im Gegensatz zu Herrn Schmidt, die arktischen Temperaturen zu schaffen. Draußen haben sie kaum den halben Weg Richtung Park zurückgelegt, als es zu allem Überfluss auch noch anfängt zu nieseln. Der kleine Corgi verschwindet schnüffelnd um die Hausecke.

Noch immer aufgewühlt wägt sie gerade ab, ob es sich

lohnt, ihren Hund zurückzupfeifen und einen Schirm zu holen, oder ob die ohnehin schon kurze Nachtrunde heute einfach noch kürzer ausfallen soll als üblich, als ihr Telefon in der Jackentasche vibriert. Vom Display strahlt ihr Hannes' Gesicht entgegen. »Du wolltest zurückrufen«, sagt er anstelle einer Begrüßung. »Ich dachte schon, du bist eingeschlafen.«

»Tut mir leid, Hannes. Ich hatte gerade andere Dinge im Kopf. Dinge, die mich davon abgehalten haben, einzuschlafen.« Das Handy ans Ohr geklemmt, setzt sie umständlich ihre Kapuze auf und folgt Herrn Schmidt über die dunkle, menschenleere Straße Richtung Park. »Ist es nicht bestürzend, was Tiana getan hat?«

»Jens und ich waren auch fassungslos.«

»Wer ist Jens?«

Als hätte er ihre Frage nicht gehört, erwidert er lapidar: »Immerhin, du hättest Max nicht kennengelernt, wenn sie die Konsequenzen ihrer Borderline-Störung nicht ausgerechnet ihm in die Schuhe geschoben hätte.«

»Du meinst, es hätte Max die schlimmsten Monate seines Lebens erspart, wenn sie es nicht getan hätte. Und mir ein halbes Jahr Arbeit.«

»Nein, ich meine, du hättest die Liebe nicht gefunden«, bekräftigt er nüchtern. »Ava, die Hauptnachricht dieses ganzen Dramas, das in den nächsten Wochen die Revolverblätter beschäftigen wird, scheint nicht bei dir angekommen zu sein: Er ist mit dieser aufgebrezelten, durchgeknallten Schauspieltrulla nicht zusammen, weil er eine andere liebt. Die Inspiration für dieses unglaubliche Album, das in den letzten Monaten vollkommen zu Recht mit so vielen Preisen und Auszeichnungen überschüttet wurde, hat er jemand anderem zu verdanken. Und du warst zu der Zeit Tag und Nacht mit ihm zusammen.«

Schnaubend biegt sie um die Hausecke. Herr Schmidt ist in der Dunkelheit nirgendwo auszumachen. »Hannes, ich habe es dir schon so oft gesagt: Jemand wie er ist eine Nummer zu groß für jemanden wie mich. Auch wenn es schwerfällt, das muss ich akzeptieren.«

»Und ich habe dir mindestens genauso oft gesagt: Schnöder Mammon und beruflicher Erfolg machen einen nicht zu einem nobleren Menschen. Glaub mir, ich weiß, wovon ich rede, Ava.«

»Aber zu einem begehrteren. Max kann jede Frau der Welt haben.«

»Und was, wenn er dich will?«

Der Regen ist inzwischen kräftiger geworden. Fahrig zieht sie die Jacke enger um ihren Körper. »Wie realistisch ist das? Und wenn er mich wollte, hätte er sich längst gemeldet«, ächzt sie leise. Endlich entdeckt sie ihren kleinen Hund, der gerade das Bein an einer Straßenlaterne hebt.

»Aber was, wenn er genauso verunsichert ist wie du, Ava? Schließlich muss er dank deines unüberlegten Kommentars davon ausgehen, dass du wieder mit diesem Oskar angebandelt hast.«

»Max ist nicht unsicher. Er hatte nie einen Grund dazu.«

»Doch, den hatte er. Immerhin hast du aus deinen wahren Gefühlen für ihn ein ziemliches Geheimnis gemacht.«

Ava stößt einen frustrierten Seufzer aus. »Das war reiner Selbstschutz. Ich konnte ihm nicht sagen, was ich für ihn empfinde, wenn ich davon ausgehen musste, nur ein netter Zeitvertreib für ihn zu sein, so wie Hunderte Frauen vor und aller Wahrscheinlichkeit auch nach mir. Ich gehe noch immer davon aus, dass er nichts in mir sah als eine weitere Kerbe in seinem Bettpfosten. Und deswegen hatte er auch keinen Grund zur Unsicherheit, sondern ich war diejenige, die Angst haben musste, dass er mir das Herz bricht.« Sie erstarrt, als sie aus den Augenwinkeln ausmacht, wie am Eingang zum Park ein riesiger schwarzer Hund zwischen zwei kahlen Büschen hervorspringt. Können die Leute ihre Köter nicht anleinen? Und hält dieses monströse Vieh etwa direkt auf ihren kleinen, wehrlosen Schoßhund zu?

»Herr Schmidt!«, brüllt sie über die Straße, doch der Corgi achtet gar nicht auf sie, sondern rennt dem anderen Hund auch noch entgegen. Wie ein buckelndes Pferd hüpft er auf und ab und ist wegen der unerwarteten Begegnung offensichtlich außer sich vor Freude.

Mitten auf der Straße bleibt Ava wie angewurzelt stehen. »Mein Gott, ist das Jim Morrison?« Ihr Herz setzt für ein paar Schläge aus. Beide Tiere rennen jetzt wie besessen umeinander herum.

»Alles in Ordnung bei dir, Ava?« Hannes' Irritation ist nicht zu überhören.

»Wie es aussieht, hat deine dicke Ratte seinen großen Freund genauso vermisst wie er sie«, hört sie eine allzu vertraute, raue Stimme viel zu nah hinter sich. Das Telefon noch immer fest ans Ohr gepresst, dreht sie sich langsam um.

Tunnelblick. Rasender Puls. Schweißperlen auf ihrer Stirn. Beinahe hatte sie vergessen, dass allein sein Anblick ihr Innerstes auf diese Weise aufwühlen kann.

»Hör zu, ich muss jetzt auflegen, Hannes. Wir sprechen morgen weiter«, flüstert sie heiser und lässt das Telefon mit zitternden Händen zurück in ihre Jackentasche gleiten.

Max sieht müde aus, erschöpft, und dennoch geht eine eigentümliche Energie von ihm aus, die ihr unter die Haut geht. Wie eine Irre starrt sie ihn an. Was hat er in diesem Teil der Stadt zu suchen? War er schon immer so verschwenderisch schön, dass es beinahe wehtut, ihn anzusehen? Wie viel hat er von ihrem Telefonat mitbekommen? Auch schon den Teil, in dem sie seinen Namen in Zusammenhang mit den Wörtern »Angst vor einem gebrochenen Herzen« genannt hat? Nervös streicht sie sich eine störrische, regennasse Strähne aus der Stirn und verflucht die unerfreuliche Sachlage, dass sie ungeschminkt ist und sich nicht die Mühe gemacht hat, zumindest ihre ausgebeulte Jogginghose gegen eine gut sitzende Jeans zu tauschen, bevor sie aus dem Haus ging. Mit einer Stimme, die nicht ihre eigene zu sein scheint, murmelt sie einfallslos: »Was tust du hier, Max?«

»Jim und ich haben eine kleine Abendrunde gedreht.« Ohne sie aus den Augen zu lassen, tritt er einige Schritte näher an sie heran. Er steht jetzt so dicht vor ihr, dass sie sich beinahe einbildet, seinen Atem auf ihrem Scheitel fühlen zu können. Im Schein der Straßenlaterne leuchtet das außergewöhnliche Blau seiner Augen, mit denen er sie eindringlich mustert, beinahe noch unnatürlicher als sonst. Angespannt fährt er sich mit den Händen durch die nassen rabenschwarzen Haare. »Eigentlich stimmt das nicht. Wir waren auf dem Weg zu dir.« Seine Stimme ist kaum mehr als ein Flüstern.

Für ein paar Augenblicke vergisst Ava zu atmen. Ihr Herz hämmert hart gegen ihre Rippen. Und plötzlich ist es wieder da, dieses spannungsgeladene Knistern zwischen ihnen, das sie schon so viele Male zuvor aus dem Konzept gebracht hat. Ehe sie sich bremsen kann, hört sie sich wispern: »Wer ist die Frau, über die du singst? Das frage ich mich jeden Tag.«

Am liebsten hätte sie sich auf die vorschnelle Zunge gebissen. Hat sie schon zu viel von ihren Gefühlen preisgegeben? Und woher soll Max überhaupt wissen, wovon sie redet?

»Du«, antwortet er. Mehr nicht. Offenbar war ihm sofort klar, was sie meinte.

»Oh.« Etwas anderes fällt ihr nicht ein. Mittlerweile kann sie ihren Pulsschlag im Hals und sogar in den Ohren spüren.

»Ich dachte, das wusstest du.«

Wie gelähmt durchbohrt Ava ihn mit ihren Blicken. Seine kornblumenblauen Augen, die gerade Nase, seinen leicht geöffneten Mund mit den vollen Lippen und den schneeweißen Zähnen, sein markantes Kinn, seine von Wind und Regen zerstrubbelten Haare. »Ich habe geglaubt, es ging um Tiana«, murmelt sie nach einer Pause. Die beiden Hunde sind inzwischen im dunklen Park verschwunden, wo sie, ihrem aufgeregten Gebell nach zu urteilen, auf einen Fuchs oder Waschbären getroffen sind, doch niemand kümmert sich darum.

»Es ging immer nur um dich«, sagt er heiser. Er wendet den Blick ab, bevor er zögernd fortfährt: »Die Sache mit Tiana war von Anfang an eher lauwarm als heiß. Ich dachte, wir wollten beide nur Spaß haben, aber als sie anfing, von einer gemeinsamen Zukunft zu sprechen, habe ich die Reißleine gezogen. Nie hätte ich mir träumen lassen, dass das Ganze derart eskalieren würde.«

Ava zuckt zusammen. »Darum ging es also bei eurem Streit. Aber warum hast du dich nicht verteidigt? Warum hast du zugelassen, dass die ganze Welt über dich urteilt und mutmaßt, du hättest ihr diese Verletzungen zugefügt und etwas mit ihrem Verschwinden zu tun? Sogar von einem verlorenen Baby war die Rede, Max.«

Seufzend reibt er sich mit den Händen über das Gesicht. »Ich kenne Tiana – fraglos hatte ich eine Vermutung, was tatsächlich passiert ist. Aber wer hätte mir nach diesen herzzerreißenden Bildern und tränenreichen Interviews schon geglaubt? Natürlich habe ich abgestritten, ihr das angetan zu haben, aber das hat niemanden interessiert, solange ich keine Beweise hatte. Ganz im Gegenteil, danach wurde die Berichterstattung sogar noch boshafter. Das hat meine Meinung über die Aasgeier von der Presse nicht gerade ins Positive gewendet.«

»Deswegen warst du auch nicht besonders scharf darauf, mit mir oder den Medien zusammenzuarbeiten.«

»Ich wollte eine Pause von diesem ganzen öffentlichen Affenzirkus.« Er verzieht den Mund. »Um ehrlich zu sein, war ich auch nicht gerade stolz darauf, sie in diese Verzweiflung getrieben zu haben. Ich hätte viel früher erkennen müssen, was sie wirklich empfand.«

»Aber als sie dann wieder auftauchte, nach allem, was zwischen euch war, auf deinem Konzert im August, sah es so aus –« Ava bricht ab und blickt gedankenvoll Richtung Park, wo von den Hunden jetzt nichts mehr zu hören ist.

»Da habe ich ihr gesagt, sie solle ein für alle Mal aus meinem Leben verschwinden. Seither habe ich sie nicht mehr gesehen. Wahrscheinlich versteckt sie sich wieder bei ihrer Schwester in Galizien, wo sie auch in den Monaten ihres ›Verschwindens‹ untergekommen ist.«

Tiana sollte aus seinem Leben verschwinden! Es gab wirklich keine zweite Chance mit Hochzeit und Kindern!

»Wir wussten, es musste ein Überwachungsvideo geben«, fährt er nach einer Weile fort, als sie noch immer nichts sagt. »Nur konnten wir den Sicherheitsmann lange Zeit nicht überreden, es herauszurücken. Tiana muss einfach die überzeugenderen Argumente gehabt haben, es unter Verschluss zu halten. Thor konnte ihn schließlich mit einer gehörigen Stange Geld dazu bewegen, seine Meinung zu ändern. Nach zwölf Monaten.«

Sie kann nicht aufhören, ihn anzustarren. Im Licht der Straßenlaterne sticht dieses winzige Grübchen in seiner Wange besonders hervor.

»Ich konnte keine Songs mehr schreiben, nach dieser Sache mit Tiana. Wie sollte ich über Liebe, Gefühle, Schmerz und Leidenschaft reden, wenn ich nichts mehr spürte? Und als ich aufhörte, solche Lieder zu schreiben, fand ich keine anderen mehr. Erst, als du in mein Leben kamst, habe ich wieder angefangen, die Musik zu fühlen.«

»Aber … Warum habe ich dann drei Monate lang kein Wort von dir gehört?«

Gequält fährt er sich mit der Hand übers Gesicht. »Weil du dich wieder auf Oskar den Verlierer eingelassen hast und ich davon ausgehen muss, für dich nur als Lückenbüßer hergehalten zu haben, bis du und er wieder zueinandergefunden habt.«

Kleine Glücksblasen fangen an, durch ihre Adern zu wandern, doch sie zwingt sich, sich zusammenzureißen. »Hannes hat dich angerufen, richtig? Deswegen bist du ausgerechnet heute zurückgekommen. Weil du jetzt weißt, dass die Sache mit Oskar und mir endgültig vorbei ist und

ich all die Zeit, ohne es selbst zu wissen, die Hoffnung nicht
aufgegeben habe, dass es für dich und mich eine Chance
gibt.«

Zum ersten Mal huscht ein Lächeln über Max' ange-
spannte Miene. »Ich habe seit Wochen nicht mit Hannes
gesprochen, aber du glaubst gar nicht, wie erleichtert ich
bin zu hören, dass du nicht wieder auf diesen Typen rein-
gefallen bist. Und dass du mich noch nicht vergessen hast«,
erwidert er leise und greift nach ihren Händen. Sanft verhaken sich ihre regennassen Finger. »Ava, ich bin ausgerechnet heute zurückgekommen, weil ich es keinen Tag
länger ohne dich ausgehalten habe. Ich konnte mich nie
damit abfinden, dich verloren zu haben, und war darauf
vorbereitet, dir vor seiner Nase meine Liebe zu erklären und
alles daranzusetzen, dich aus seinem eisernen Griff zu be-
freien.«

Seine Liebe?

»Du liebst mich?«, stammelt sie mit wild pochendem
Herzen und glühenden Wangen. Ihr wird heiß, dann kalt,
dann schwindelig. Der leichte Nieselregen hat sich mittlerweile zu einem ausgewachsenen Wolkenbruch entwickelt,
doch keiner von ihnen denkt daran, sich unterzustellen.

Er betrachtet sie mit einer solchen Intensität, dass ihre
Beine sich anfühlen wie Gummi. »Ich liebe dich«, murmelt
er schließlich. »Und es hat mich fast umgebracht, dass du
nur in meinen Gedanken, aber nicht in meinem Leben sein
konntest.«

Kurz kommt ihr der zermürbende Gedanke, dass Max
schon mit unzähligen Frauen zusammen gewesen ist, von
denen so viele so viel schöner waren als sie. Doch als er
wortlos die Arme um ihre Taille schlingt, sich zu ihr hi-

nunterbeugt und sie küsst, sanft und zärtlich, hört sie auf zu denken.

Seine Lippen auf ihren zu spüren, fühlt sich an wie damals beim ersten Mal, in seinem Musikzimmer, und ihr wird klar, wie verzweifelt sie ihn vermisst hat. Ihr Magen dreht sich wie eine Waschmaschine im Schleudergang.

Nur beleuchtet von einer flimmernden Straßenlaterne steht Ava auf Zehenspitzen im strömenden Regen und fühlt die kleinen Glücksblasen, die nun ungebremst durch ihre Adern jagen. Eine Liebe wie die mit Samuel ist ihr erst einmal passiert. Aber sie weiß jetzt, dass es sie noch immer gibt.

Dezember

Höchste Zeit, vor dem hektischen Weihnachtszirkus aus der Innenstadt zu flüchten. Erschöpft, aber zufrieden schultert Susanna die letzte Papiertüte und fragt sich auf dem Weg zum Ausgang des monumentalen Kaufhauses zum tausendsten Mal, warum es nur immer wieder darauf hinausläuft, dass ihr Jahr für Jahr erst dann die besten Geistesblitze und Geschenkideen kommen, wenn es für jeden Versandhandel bereits zu spät ist und sie sich neben panisch dreinblickenden Männern, die ratlos an Parfums riechen und sich unsicher umblicken, ob jemand vielleicht die Figur ihrer Frau hat, mitten ins Getümmel stürzen muss, bis hinter jeden einzelnen Punkt auf ihrer Liste ein Haken gesetzt ist.

Dabei hätte sie dieses Jahr ruhig früher mit der Jagd nach den passenden Geschenken beginnen können, schließlich hat sie schon seit drei Wochen keinen Job mehr, der ihre gesamte Zeit in Anspruch nimmt und sie von den Weihnachtsvorbereitungen hätte abhalten können.

Natürlich weiß sie genau, was sie stattdessen abgehalten hat. Oder besser *wer*. Ihr Herz macht einen kleinen Satz, als sie aus dem Laden tritt und wie verabredet Friedrich, Maaret und Mervi gegenüber an dem kleinen Glühweinstand auf sie warten, mit geröteten Nasen, die eiskalten Finger um eine heiße Tasse Punsch geklammert. Was für eine glückliche Fügung, dass er seinen neuen Job ebenfalls erst im nächsten Frühling antreten wird und ihnen bis dahin massenhaft Zeit für Zerstreuungen aller Art bleibt.

Wer hätte gedacht, dass ihr die Arbeit, das Team, die Anerkennung überhaupt nicht fehlen würden? So viele Jahre hielt sie ihren Job für die wichtigste Sinnquelle ihres Daseins, ihren persönlichen Kick, dabei geht es im Leben um so viel mehr als das. Natürlich freut sie sich auf ihren neuen Job als Pressesprecherin einer Menschenrechtsorganisation, den sie im März beginnen und in dem sie hoffentlich wirklich etwas bewegen wird, doch bis dahin ist sie glücklich darüber, zum ersten Mal überhaupt einfach in den Tag hinein leben zu können.

Unumwunden nimmt Friedrich ihr die Einkaufstüten aus der Hand, gibt ihr einen langen, schmatzenden Kuss, den die Kinder mit einem scherzhaften Augenrollen kommentieren, und bestellt ihr einen Glühwein.

Dabei kann Susanna es eigentlich kaum erwarten, in die gemütliche Wärme von Friedrichs Wohnung zurückzukommen, Pulla zu backen, Futterkugeln mit Sonnenblumenkernen in den Baum im Innenhof zu hängen und die deckenhohe Tanne, die sie letzten Sonntag gemeinsam aus dem Wald geholt haben, mit Kerzen, Lametta, Strohböcken und Himmeli zu schmücken. Der ungewohnte Gedanke lässt sie zusammenzucken.

Normalerweise wäre sie jetzt zu Hause in Hämeenlinna, wo es noch um einiges frostiger und um diese Tageszeit schon stockfinster ist, und würde mit ein paar alten Schulfreundinnen am Ufer des Vanaja-Sees Moltebeerenlikör trinken und bis zum Morgen die Puppen tanzen lassen. Backen und den Baum würde sie lieber ihren älteren Brüdern und deren Kindern überlassen. Ihre Eltern haben ihre Enttäuschung darüber, dass sie dieses Jahr nicht nach Hause kommt, schlagartig überwunden, als Susanna sich den Grund dafür – dass sie jemanden kennengelernt hat, den sie nicht so bald wieder aus den Augen lassen will – aus der Nase ziehen ließ. Sogar ihr stets reservierter, wortkarger Vater hat sich dazu hinreißen lassen, gleich mehrfach nachzuhaken, wann er den *partneri* seiner Tochter denn zu Gesicht bekommen wird, und Susanna hat ihre Eltern nicht langatmig vertröstet, sondern sich zu ihrer großen Überraschung sagen hören: »Wir kommen zu Ostern.« Nur wissen Friedrich und die Mädchen noch nichts davon.

Mit einem gewohnt koketten Wimpernaufschlag – den sie seit Neuestem nur noch für ihn übrig hat – nimmt sie Friedrich ihren Glühwein aus der Hand. »Kein *Glögi*, aber trotzdem nicht übel«, urteilt sie feixend.

»Apropos *Glögi*: Ich dachte, wir können in den Osterferien vielleicht nach Finnland fahren«, steigt er prompt darauf ein. »Ich weiß ja, dass du die Birkenzweige in der Sauna und den Fisch im Schlafrock vermisst, und Toivos Familie fragt auch schon, wann wir endlich mal wieder kommen können.«

Ihr Herz macht erneut einen dieser seltsamen kleinen Hüpfer, an die sie sich in den letzten Wochen noch längst nicht gewöhnt hat, und zufrieden lehnt sie ihren kurzen blonden Bob gegen seine grüne Wollmütze. Wie kann sich ihr Leben innerhalb so kurzer Zeit so drastisch verändert haben? Und wie konnte sie jemals glauben, nicht für die Liebe geschaffen zu sein?

»Wir haben das Grab schön gemacht, während du shoppen warst. Das macht man so zu Weihnachten in Finnland«, informiert sie Mervi, ohne die Miene zu verziehen. Und auch Maarets Anspannung, die sie mit ihren geballten Fäusten verrät, scheint im Nu wieder verflogen.

»Jetzt müssen wir nur noch den Salzhering kaufen, dann haben wir alles für den *Sillisalaatti* und die Weihnachtstage. Oder hast du den in deinen Tüten, Susanna?« Maaret wird von Tag zu Tag redseliger. Erst gestern hat sie Susanna zwar nicht in verschwenderischer Wortfülle, aber immerhin von sich aus aufgeklärt, dass Leon sie in der Schule keines Blickes mehr würdigt, die anderen ihn aber weiterhin wegen seiner angeblichen Schwärmerei für sie aufziehen.

»Den Hering und alle Geschenke. Weihnachten kann also kommen.«

»Aber die Geschenke bringt doch der Weihnachtsmann.« Ein wenig verunsichert sieht Mervi von Susanna zu den verdächtig ausgebeulten Tüten, die neben ihnen auf dem Boden stehen.

Maaret wirft Susanna einen warnenden Blick zu. Himmel, sie ist noch lange kein Profi im Umgang mit Kindern.

»Was Susanna meint, sind die Geschenke für die Erwachsenen. Die gehen ja sonst immer leer aus, weil der Weihnachtsmann nur an die Kinder denkt«, springt Friedrich helfend ein und greift nach Susannas behandschuhter Hand.

»Weil die Erwachsenen nicht artig sind«, scherzt sie und drückt Friedrichs Finger.

Maaret schüttelt den Kopf. »Nein, das liegt daran, dass Erwachsene nicht an den Weihnachtsmann glauben, dabei weiß doch jedes Kind, dass er in Savukoski auf dem Berg Korvatunturi wohnt.«

»Susanna und Onkel Friedi sind immer viel zu sehr mit Küssen beschäftigt, die bekommen sonst nicht viel mit.« Mervi, schon wieder sichtlich beruhigt, schüttelt sich demonstrativ, bevor sie ihre Aufmerksamkeit einem von

Kopf bis Fuß silbern gekleideten und geschminkten Straßenkünstler zuwendet, der sich einige Meter von ihnen entfernt mitten auf dem Gehweg bereit macht, den Passanten als lebende Statue ein Geldstück aus der Tasche zu locken.

Lachend beugt Friedrich sich zu Susanna hinüber. »*Hauskaa Joulua*«, flüstert er ihr mit seinem unterirdischen Akzent ins Ohr. Fröhliche Weihnachten. Und dann: »*Rakastan sinua.*« Ich liebe dich.

Etwas in ihr zieht sich zusammen. Was ihr normalerweise einen hektischen Panikschauer über den Rücken gejagt hätte, sind jetzt die Worte, auf die sie, ohne es zu wissen, am meisten gewartet hat. Nie zuvor hat sie ein solches Gefühl der Sicherheit, des Vertrauens und der Geborgenheit gespürt. Wenn sie schon ihren ersten Silvestervorsatz, als erste Frau den Vivera-Vorstandsposten zu ergattern, nur mit Vorbehalt erfüllt hat, so hat sie doch den zweiten Vorsatz, der ihr plötzlich so viel bedeutsamer erscheint, mit Bravour gemeistert. Sie ist bereit, mit nur noch einem einzigen Mann das Bett und ihr Leben zu teilen, mitsamt seinen Opapullis oder der Einhornschürze. Sie ist sogar bereit, nähen zu lernen, um Steinpilzkostüme für Schulaufführungen zusammenschneidern zu können. Auch wenn sie die vielleicht besser kaufen sollte.

»Ich liebe dich auch. Aber du wirst mir helfen müssen, Friedrich. Ich habe noch nie jemanden geliebt.« Ihre Stimme klingt atemlos. Und sie weiß, die Zeiten, in denen sie ellenlange Eroberungslisten führte, gehören endgültig der Vergangenheit an. Sie schaut ihrer Zukunft nicht mehr allein entgegen.

»Um die Zehn Gebote zu schützen, gebe ich nach. Wo muss ich unterschreiben?«

Wutschnaubend zückt Leopold seinen Montblanc, während Ellie ihm äußerlich gelassen Ihren Schein hinhält. Es war ein Schock, als er ihr vor ein paar Tagen mit überlegener Miene beiläufig im Gang eröffnete, sie sei in Quantenchemie II durchgefallen, während sie in Quantenchemie I, damals noch in seiner Gunst, mit einer Eins geglänzt hatte. Das hätte bedeutet, dass sie den Kurs wiederholen und ihre Masterarbeit um ein Semester verschieben müsste.

Es gehörte nicht viel dazu, den Grund für die miserable Beurteilung ihres Referats zu wittern: Leopold konnte nicht verschmerzen, dass sie ihm nicht noch mal auf den Leim gegangen war und seine neuerlichen Avancen verschmäht hatte. Und dass Daniel ihn in seine Schranken gewiesen hatte.

Mit beinahe übermenschlicher Selbstbeherrschung hat sie zunächst versucht, an seinen Anstand zu appellieren, doch er hat sie nicht mal zu Wort kommen lassen. Es brauchte einiges gutes Zureden von Ava und Susanna – Daniel konnte sie nichts davon erzählen, er wäre aller Wahrscheinlichkeit nach straffällig geworden –, bis sie sich schließlich mit wild klopfendem Herzen überwinden konnte, ihm zu drohen, ihn im Dekanat zu verpetzen, wenn er ihre Note nicht korrigierte: Sie wäre bereit, öffentlich zuzugeben, dass sie mit ihrem doppelt so alten Professor eine Affäre hatte, ihm zu unterstellen, dass er sie mit seiner Notengebung schikanierte, und auszuplaudern, dass er auch anderen Studentinnen nachsteigt. »Und falls du glaubst, ich bluffe: Ich habe mich natürlich vorbereitet und zwei Frauen gefunden, die meine Geschichte Wort für Wort bestätigen«, bluffte sie und wurde kaum rot dabei.

Und nun macht er also mit unverhohlenem Unwillen aus der Fünf eine Drei und legt seine Hände auf dem Blatt ab. »Ich hätte mehr von dir erwartet, Ellie. Dass du mal zu solchen Mitteln greifen würdest –«

»Frohe Weihnachten, Leopold«, unterbricht sie ihn betont freundlich und zieht den Schein unter seinen Pranken hervor, bevor sie explodieren kann. Auf dem gefüllten Gang vor seinem Büro, wo andere Studenten auf unbequemen Chromstühlen ausharren und auf ihren Termin warten, dreht sie sich noch mal um und streckt den Kopf zur weit geöffneten Tür herein: »Und mach dir bitte keine Sorgen, die ganze Geschichte bleibt natürlich unser Geheimnis. Wir wollen ja nicht, dass du in Schwierigkeiten gerätst.«

Das Letzte, das sie sieht, ist der entgeisterte Ausdruck im Gesicht einer seiner Jüngerinnen, die mit den hochgeschlossenen Outfits und unaufwendigen Frisuren. Die junge Frau steht einfach auf und geht.

Ellie kann sich ein selbstzufriedenes Grinsen nicht verkneifen, als sie sich, übermütig ihren Schein schwenkend, in den überfüllten Fahrstuhl quetscht. Sie hat es geschafft. Sie wird bis Februar alle Credit Points zusammenhaben, sie hat einen Betreuer für ihre Masterarbeit gefunden und für die Semesterferien auch schon einen Praktikumsplatz in trockenen Tüchern. Im nächsten Sommer wird sie ihr Studium tatsächlich abgeschlossen haben und sich einen richtigen, sinnvollen Job suchen können.

Als sie zwei Stunden später, den Kofferraum voll beladen mit letzten Weihnachtseinkäufen, die Einfahrt zu ihrem Haus hinaufrollt, ist sie noch immer in Hochstimmung. Bis sie Renates silbernen Mazda sieht, der ihren Parkplatz blockiert. Was will ihre Schwiegermutter denn schon wieder hier? Reicht es nicht, dass sie sich für Heiligabend selbst eingeladen hat?

Schnaubend lässt Ellie den Wagen mitten auf dem schmalen Weg stehen, greift sich ein paar Einkaufstüten aus dem Kofferraum und schließt, auf das Schlimmste gefasst, die Haustür auf.

Sie sieht sofort, dass Daniel nicht da ist. Dabei wollte er eigentlich heute früher Feierabend machen, die Kinder aus Schule und Kindergarten abholen und mit ihnen einen Baum aussuchen. Stattdessen sitzt Renate mit Pauline am Küchentisch und versucht, ihr einzuschärfen, dass Kinder, die viel fernsehen, Lernschwierigkeiten haben und aggressiv werden.

»Omama ist da. Sie hat wieder Möhrensalat für uns gemacht.« Pauline springt auf, sobald sie ihre Mutter sieht, um die günstige Gelegenheit zu nutzen, sich aus dem Staub zu machen. Sie schnappt sich einen Spekulatius aus Ellies Tüte und beißt hungrig hinein. »Darf ich *Löwenzahn* gucken, Mama?«

»Ich predige tauben Ohren«, murmelt Renate anstelle einer Begrüßung mit einem vorwurfsvollen Blick in Ellies Richtung. Sie trägt heute eine festliche dunkelbraune Seidenbluse und eine Tonne Haarspray in der aufwendig gestylten Frisur. »Zucker ist für die kindliche Entwicklung ebenso schädlich wie fernsehen.«

»Ich brauche deine Tipps zur Kindererziehung nicht. Schließlich habe ich eines deiner Kinder geheiratet und weiß, du hast es vergeigt«, will Ellie stöhnen, doch stattdessen erklärt sie betont ruhig: »Das weiß ich, aber Pauline hatte Hunger, und ich bin überzeugt, ein kleiner Keks wird weder ihre Synapsen noch die Zähne nachhaltig beeinträchtigen.«

Schwerfällig stemmt Renate ihren Körper von der Küchenbank hoch und beginnt, das Geschirr vom Tisch zu räumen und die nicht unerheblichen Reste Karottensalat von den Tellern zu kratzen. Sie kann niemals untätig herumsitzen. Und sie kann nicht lockerlassen. »Man muss als Mutter hart bleiben können. Das Kind hat seine Mahlzeit nicht aufgegessen, da gehört es sich nicht, dass es mit Süßigkeiten belohnt wird. Wo kämen wir denn da hin, wenn sich Jammern und Beschweren für die Steppkes auszahlen würden?«

»Sie hat weder gejammert noch sich beschwert, Renate.« Ellie kann sich gerade noch davon abhalten, mit einem vielsagenden Blick auf Renates Mittagessen hinzuzufügen: »Obwohl sie allen Grund dazu gehabt hätte.« Stattdessen lenkt sie, bevor ihre Schwiegermutter auch noch anfängt, über den überquellenden Mülleimer zu nörgeln, in den sie kein labberiges Möhrenstück mehr quetschen kann, mit demonstrativer Munterkeit in der Stimme ab: »Wo sind eigentlich die anderen?«

Ächzend beugt Renate sich zur Geschirrspülmaschine herunter, die ebenfalls übervoll, aber definitiv nicht sauber ist. »Emil steht neben der Toilette, um herauszufinden, wohin das Wasser verschwindet, wenn man spült, und Anton versucht, Vorbereitungen für eine Meerschweinchenzucht in seinem Zimmer zu treffen.«

»Und Daniel?«

Verständnislos blickt Renate sie an. An ihren Zähnen klebt korallenroter Lippenstift. »Der ist noch mal weggefahren.«

»Und wohin?« Ungeduldig lädt Ellie ihre Einkäufe auf dem Tisch ab und beginnt, die Lebensmittel in den Schränken zu verteilen.

»Das hat er nicht gesagt. Vielleicht wollte er noch etwas einkaufen.« Guckt sie schuldbewusst? Weiß sie mehr, als sie zugibt, und wendet sich deswegen schnell wieder ab, um warmes Wasser ins Spülbecken zu füllen?

Gerade will Ellie ihr auf den Zahn fühlen, als sich der Schlüssel in der Haustür dreht. Ein paar Sekunden später steht Daniel in der Küche, mit geröteter Nase und leeren Händen. »Was für ein Chaos auf der Einfahrt. Ich habe auf der Straße geparkt.«

Seufzend lässt Renate ein paar Tropfen Spülmittel und die Teller ins Spülbecken gleiten. Sie stemmt die Hände in die feisten Hüften. »Daniel, ich habe deiner Frau gerade versucht zu erklären, welche schädigenden Auswirkungen es auf Kinder hat, wenn sie nicht ausreichend in ihre Schranken verwiesen werden.«

Federnd schlingt Daniel den Arm um Ellies Taille. »Pfeif auf das Internet, Baby, deine Schwiegermutter weiß es besser!«, lacht er und gibt ihr einen Kuss. Renate erstarrt mitten in der Bewegung und greift sich theatralisch an die Brust. »Wir haben übrigens eine Spülmaschine, Mama. Die schont die Hände.«

»Die Maschine ist voll. In diesem Haus werden Ordnung und Haushaltsführung offenbar nicht besonders großgeschrieben.«

Ellie grinst noch immer, als sie einige Zeit später gemeinsam mit Daniel und den Kindern in der Revierförsterei Niendorfer Gehege in ungewöhnlicher Eintracht einen riesigen, formvollendeten Tannenbaum auswählt. Es ist noch nie vorgekommen, dass Daniel sie verteidigt und sich gegen seine Mutter gestellt hat. Ellie wusste nicht, wie grandios sich das anfühlt. Ihre Hand fest in seiner, schlendert sie neben Daniel her, während sie gemeinsam ihre Kinder beobachten, die sich zwischen den Tannen verstecken. »Werdet bloß nicht so schnell erwachsen!«, flüstert sie Emil ins Ohr, als er zu ihnen zurückkommt, um sich zu vergewissern, dass sie noch da sind.

Erst abends im Bett denkt sie wieder an Daniels Gesichtsausdruck, als er die Küche betrat, und sie fühlt ihr Herz schneller schlagen. Er hat definitiv etwas zu verbergen.

»Wenn wir mal darüber nachdenken, ist es ja nicht so, als würden wir hier ein Medikament gegen Krebs entwickeln.« Mein Gott! Sie hat es gesagt. Avas Herz hämmert wild gegen ihre Rippen, und sie ist kurz davor, zu hyperventilieren. Gleichzeitig fühlt sie sich so gut, dass sie am liebsten einen kleinen Luftsprung gemacht hätte.

Alle Farbe weicht aus Stalins Gesicht. »Du meinst wohl, weil du in diesem Jahr zum ersten Mal überhaupt den *Medienrummel-Contest* gewonnen hast, bist du für diese Firma nun unersetzlich geworden und kannst dir deine Arbeitszeit frei einteilen?«

Ruhig bleiben. Die Wogen glätten. Ava holt tief Luft. »Nein, eigentlich denke ich eher, dass man so kurz vor Weihnachten nicht bis tief in die Nacht arbeiten sollte, wenn die Familie mit dem Abendessen auf einen wartet und endlich den neuen Freund kennenlernen will.«

Stalin läuft jetzt puterrot an, und die Adern an seinem Hals treten ungesund hervor. Der finstere Blick, mit dem er sie fixiert, hätte sie normalerweise dazu gebracht, sofort zurückzurudern, aber nicht heute. Und das nicht etwa, weil Stalin heute Mittag vor versammelter Mannschaft ihren

Namen als Siegerin des diesjährigen Contests verkündet hat – den Ausdruck auf Timons Milchbubigesicht wird Ava ihr Lebtag nicht vergessen –, sondern weil sie es jemandem versprochen hat.

»In einer Stunde liegen Besetzungsvorschläge für die neue Kampagne auf meinem Tisch, hörst du?«

Sie antwortet nicht: »Eine unglaubwürdige Kampagne wird durch ein prominentes Aushängeschild nicht glaubwürdiger, sondern nur teurer«, obwohl es eigentlich das Naheliegendste wäre. Stattdessen erklärt sie mit fester Stimme: »Darum kümmere ich mich nächste Woche, über die Weihnachtstage können wir ohnehin niemanden kontaktieren. Ich muss jetzt wirklich los. Fröhliche Weihnachten, Robert.«

Mit offenem Mund und, wenn überhaupt möglich, einer noch ungesünderen Gesichtsfarbe starrt Stalin ihr hinterher. Auf dem Weg zum Fahrstuhl winkt sie Elif verschwörerisch zu und erkennt aus den Augenwinkeln, dass ihre Lieblingskollegin nach einem demonstrativen Blick auf die Uhr ebenfalls aufsteht und nach ihrem Mantel greift. Nach Luft ringend, tritt sie eine Minute später auf die Straße und blickt sich suchend um.

Er steht im Schutz der Dunkelheit neben Thors unauffälliger Familienkutsche, mit aufgestelltem Kragen und tief ins Gesicht gezogener Wollmütze. Sein Anblick nimmt ihr den Atem.

Blitzend treffen sich ihre Augen, als sie beinahe neben ihm steht. »Wann bist du so schön geworden?«, fragt Max und zieht sie stürmisch in seine Arme.

»Es hat geklappt«, flüstert sie. Ihre Stimme klingt atemlos, wie immer, wenn er in ihrer Nähe ist. »Ich habe Stalin einfach sitzenlassen. Nur stehe ich jetzt kurz vor einem Herzinfarkt, fürchte ich.« Befreit presst sie ihr glühendes Gesicht an Max' Brust.

»Ich bin stolz auf dich.« Max war es, der ihr gesagt hat, sie solle nicht überall im Büro ihren »verdammten Feenstaub« verstreuen, sondern auch mal an ihre eigenen Interessen denken. Im Klartext bedeutete das, dass sie auch als Mannschaftsspielerin nicht erst nach zwölf Stunden Feierabend machen muss, an den Wochenenden einfach ihr Handy ausschalten und Stalin auch mal die Stirn bieten darf.

Ava stellt sich auf die Zehenspitzen und presst ihre Lippen auf seine, bis Herr Schmidt und Jim Morrison, die auf der Rücksitzbank warten, anfangen, ungeduldig an der Scheibe zu kratzen.

»Diese Plagegeister. Wo soll das erst hinführen, wenn noch zwei, drei Kinder hinzukommen?« Lachend hält Max ihr die Beifahrertür auf, während Ava sich beschwingt auf den weichen Sitz sinken lässt. Hat er gerade Pläne zu ihrer Familienplanung aufgestellt?

»Vielleicht fangen wir erst mal mit einem an«, schlägt sie mit wild pochendem Herzen vor.

Auf der Fahrt zu ihren Eltern wächst Avas Aufregung, je näher sie ihrem Ziel kommen. Alle werden da sein und ihren neuen Freund beäugen. Ihre Mutter wird in Ohnmacht fallen, wenn sie ihn erblickt – und natürlich glauben, dass es ausnahmsweise kein reines Phantasieprodukt irgendeines überengagierten Schreiberlings war, als den beiden von der Regenbogenpresse schon vor Monaten eine Liebschaft angedichtet wurde. Natürlich wird sie sich wundern, dass zwischenzeitig wieder Tiana ins Spiel gekommen ist, aber dazu wird sie heute hoffentlich keine unangenehmen Fragen stellen. Alfi und Thomas werden Max entweder nicht erkennen, und daher nicht verstehen, was es mit all dem Aufruhr auf sich hat, oder an einen Scherz glauben. Thea wird sich an ihr Gespräch aus dem September erinnern, als Ava gestand, dass sie jemanden gefunden hat, der zu perfekt für sie ist. Die Zwillinge werden außer sich sein vor Aufregung, gemeinsam mit ihrem Idol am Tisch mit dem alten geblümten Wachstuch zu sitzen und Omas Krautstrudel zu essen. Und Hannes wird aus dem idiotischen Grinsen gar nicht mehr herauskommen.

»Morgen findet diese Filmpremiere in Berlin statt. Ich denke, da sollten wir hingehen. Es sei denn, du willst lieber zur Charity-Gala nach Paris?«, reißt Max sie aus ihren Gedanken.

Ava verdreht die Augen. Er weiß genau, dass sie noch nicht bereit ist für das große Rampenlicht. Vielleicht wird sie es nie sein. Aber das macht nichts, denn Max ist ein Meister der Tarnung, so dass sie auch inkognito allen Aktivitäten nachgehen können, nach denen ihnen der Sinn steht.

Viel zu schnell kommt Max hinter Theas C-Klasse zum Stehen. »Mach dir keine Sorgen, ich werde mich schon benehmen«, meint er, während er ihr im Schein der Straßenlaterne völlig unbefangen die Autotür aufhält. Herr Schmidt und Jim Morrison springen begierig aus dem Wagen, um an allen verfügbaren Zaunpfählen, kahlen Büschen und Bäumen ihre Duftmarken zu setzen. Ava kann förmlich die Blicke ihrer Familienmitglieder im Nacken spüren, die sich dicht hinter dem Vorhang zusammengedrängt haben, um heimlich und ungeniert den neuen Mann an ihrer Seite zu begutachten. Und sie kann es ihnen nicht mal verdenken, denn nach Samuel hat sie keinen Mann mehr mit nach Hause gebracht.

Auf dem Weg zur Haustür greift Max ungezwungen nach ihrer schweißnassen Hand und scherzt in unangemessener Lautstärke: »Ich kann es kaum erwarten, dass wir später deinen Rammler-Nachbarn wieder zeigen, wie man das richtig macht. Oder wollen wir heute Nacht lieber zu mir?«

Entrüstet schnappt sie nach Luft. »Bist du sicher, dass du kein Megaphon willst?« Doch er hat sein Ziel erreicht, denn zumindest hat Ava sich wieder so weit entspannt, dass sie munter draufloslächelt, als Leni ein wenig übereifrig die Haustür aufreißt. Hinter ihr im Flur lauert Thea und gibt sich alle Mühe, unbeteiligt auszusehen. Und nicht vor Schreck laut aufzuschreien, als ein riesiger schwarzer Rottweiler dicht an ihr vorbei hinter Herrn Schmidt Richtung Wohnzimmer stürmt.

Es ist offensichtlich, dass sie Max sofort erkennen. »Sie sind doch … Das ist ja …«, stammelt Leni ungewohnt redescheu und blickt dann Hilfe suchend zu ihrer Tochter, während sich hektische rote Flecken an ihrem Hals bilden.

»Darf ich vorstellen? Max, Leni, Thea«, kürzt Ava die Vorstellungsrunde ein bisschen nervös ab und schiebt Max dann in den Hausflur, um dem eisigen Dezemberwind zu entkommen.

»Das ist ja eine Überraschung.« Thea setzt das, was sie vermutlich für ihr offenstes Lächeln hält, auf, doch es wirkt fahrig und angespannt.

Und auch Leni fehlen, vielleicht zum ersten Mal überhaupt, die Worte. »Danke, dass Sie gekommen sind«, bringt sie schließlich lahm hervor.

»Ich danke Ihnen, dass ich hier sein darf. Und dass Sie Ava nicht an den Zirkus verkauft haben. Mir ist bewusst, dass das manchmal sehr verlockend gewesen sein muss.« Max nimmt Lenis Hand in seine und schenkt ihr sein spitzbübisches, jungenhaftes Lächeln, bei dem in seinen Wangen ein winziges Grübchen entsteht, und Ava kann förmlich spüren, wie die Nervosität von ihrer Mutter und ihrer Schwester abfällt und durch unverzügliche Verbundenheit, Zuneigung und Hingabe ersetzt wird.

Lachend und voller Erleichterung hängt Ava ihre Mäntel auf. Wie macht er das nur immer?

»Sie sind also der Mann, den Ava uns so lange vorenthalten hat. Jetzt verstehe ich ihre Gründe. Ehrlich gesagt habe ich schon langsam an ihren Worten gezweifelt, dass es überhaupt jemanden gibt.« Leni kichert wie ein kleines Mädchen, während Ava beschämt zusammenzuckt.

Thea weist den Weg ins Wohnzimmer, das, ebenso wie der Rest des Hauses und des Gartens, wie jedes Jahr üppig mit Tannengirlanden, Lichterketten, Weihnachtspyramiden und einer überdimensionierten Krippe geschmückt ist. Ginge es nach Alfi, würde er in der Weihnachtszeit lediglich eine hellere Glühbirne in die Fassung schrauben, doch Leni schafft es immer wieder, dass er Anfang Dezember mit einer Lichterkette zwischen den Zähnen über Leitern und Dachpfannen balanciert. »Alma und Florentine sind gerade mit Stine auf dem Dachboden, um nach alten Fotoalben zu suchen, aber sie werden ganz außer sich sein, Sie zu sehen. Sie hören Ihr neues Album rauf und runter«, erklärt Leni gerade.

»Stine ist hier? Mit Samuel?« Ava kann ihren Schreck nicht verbergen und wirft Max einen entschuldigenden

Blick zu. Natürlich ist er über die düstere Geschichte von ihrer Schwester und ihrem Ex-Verlobten im Bilde. Seit ihrem Telefonat mit Stine im September haben die Schwestern sich regelmäßig herzliche, ungezwungene Nachrichten geschickt, doch sie wusste nicht, dass Stine über die Weihnachtstage nach Hause kommen würde.

»Samuel kommt Heiligabend nach.«

»Nur wenn du keine Einwände hast«, beeilt sich Thea zu ergänzen.

Als sie endlich im warmen Wohnzimmer vor dem ein wenig übereifrig geschmückten Weihnachtsbaum stehen, der den halben Raum einnimmt, haben sich Avas Nerven wieder beruhigt, so dass sie Max ihrem Vater und ihrem Schwager vorstellen kann. Und Alfi und Thomas haben sich so weit im Griff, dass sie keine Fragen stellen. Wahrscheinlicher ist aber, dass sie tatsächlich keine Ahnung haben, wer Max ist. Hannes kommt wie immer zu spät.

Die Blümchentapete aus vergangenen Tagen, der abgenutzte Esstisch, der Sprung im Kaffeebecher – in Avas Augen sieht heute alles noch verschlissener und kleinbürgerlicher aus als sonst, als sie sich auf die altersschwachen Holzstühle setzen, doch Max schenkt dem keine Beachtung. Souverän bringt er eine Unterhaltung über die halbresonante Gibson von B. B. King und die Schuluniform von Angus Young in Gang. Und schafft es wie immer, dass alle in seiner Umgebung sich pudelwohl fühlen. Selbst Herr Schmidt und Jim Morrison haben sich eng aneinandergekuschelt wie Geschenke unter den Weihnachtsbaum gelegt und schlummern zur Abwechslung mal ruhig und entspannt vor sich hin.

»Soll das heißen, du bist Musiker?« Alfi kann sein Glück kaum fassen. Innerhalb der ersten Sätze, die er mit Max getauscht hat, ist er zum Du übergegangen. »Und dieses Lied mit den großartigen Gitarrenriffs, das im Radio rauf und runter gespielt wird, ist von dir?«

»Das Lied und das gesamte neue Album habe ich Ava zu verdanken. Die Musik, die ich davor gemacht habe, war nicht authentisch. Unecht, erfunden, künstlich, melodramatisch.«

»Wenn ich Leni gerade richtig verstanden habe, hast du aber schon haufenweise Preise für deine Musik eingeheimst.«

»Musikalisch sind die alten Alben okay. Es sind die Inhalte, die unecht sind. Aber die Liebe zu eurer Tochter hat mir die Augen geöffnet.«

Mit vor Rührung glühend heißen Wangen und wild klopfendem Herzen steht Ava auf und folgt Thea in die Küche, um Weingläser zu holen.

»Die Serie ist offenbar vorbei«, stellt Thea lapidar fest, während sie ihren pastellfarbenen Bubikragen zurechtrückt.

»Welche Serie?«

»Die Serie der unperfekten Männer und emotionalen Distanz.« Seit ihrem Geständnis vor einigen Wochen, dass der äußere Schein auch bei ihr nicht immer den Tatsachen entspricht, hat sie es sich zur Angewohnheit gemacht, viel offener mit Ava zu sprechen.

Ehe Ava darauf eine passende Antwort einfällt, strecken unvermittelt Stine und die Zwillinge die Köpfe zur Küchentür herein. Thea räuspert sich leise. Während Alma und Florentine mit einem knappen Gruß an Ava vorbeirauschen, schwer beladen mit Fotoalben aus Avas Kindheit, bleibt Stine wie angewurzelt stehen.

Fast drei Jahre haben sie sich nicht mehr gesehen. Ava fühlt ihr Herz schmerzhaft schneller schlagen, weil sie sich plötzlich mit jeder Faser ihres Seins wünscht, es könnte zwischen ihnen wieder wie früher sein. Und vielleicht kann es das auch. Weil sie Stine – mit den gleichen dunkelblonden, störrischen Locken, den gleichen grünen Augen, der gleichen leicht schiefen Nase und den gleichen chaotischen Einfällen – nicht nur verziehen hat, sondern zu guter Letzt bereit ist, endgültig mit der Vergangenheit abzuschließen. Endlich neu anzufangen.

In drei großen Schritten hat Ava die Distanz zwischen ihnen zurückgelegt. Wie zwei Ertrinkende klammern Stine und sie sich minutenlang aneinander fest, gleichzeitig schluchzend und ächzend und lachend. Erst als Hannes neben ihnen in der Küche auftaucht, an der Hand einen hochgewachsenen, gut aussehenden Fremden, und gut gelaunt erklärt: »Ich wollte euch Bohdan vorstellen«, lassen sie widerstrebend voneinander ab.

Verstohlen wischt Ava sich die Tränen der Rührung aus den Augen, während sie zuerst Hannes und Bohdan zulächelt, dann ihren Blick zu Thea und Stine und schließlich weiter ins Wohnzimmer wandern lässt, wo Alfi gerade vollkommen ungeniert dazu übergegangen ist, sein berühmt-berüchtigtes »Ganz in Weiß« zum Besten zu geben, während Leni sich dazu im Takt wiegt. Doch wie durch ein Wunder scheint Max die Ruhe zu bewahren und die ganze Szenerie sogar zu genießen. Vielsagend grinsend zwinkert er ihr mit seinen kornblumenblauen Augen zu.

Und sie weiß, die Zeiten des Misstrauens und der Angst vor zu viel Nähe und Gefühl sind vorbei.

Silvester

»Halb zwölf, Zeit für die Bucket-List!« Susanna greift Ava und Ellie schwungvoll am Arm und zwängt sich an den dicht aneinandergedrängten Tanzwütigen vorbei von der fußballfeldgroßen Tanzfläche in den überfüllten Barbereich, wo sie sich eine Flasche Champagner aus einem der überdimensionierten Kühlschränke schnappt, Ava drei Gläser in die Hand drückt und ihre Freundinnen die offene Treppe hinauf auf die ellenlange Galerie schiebt.

»Los, Mädels, Tradition ist Tradition!«, lacht sie, gerade als die ersten Klänge von »Funky New Year« von den Eagles aus den mannshohen Boxen ertönen. Alle drei lassen sich ein wenig abseits von den anderen auf ein ausladendes cremefarbenes Ledersofa fallen. »Was sind die Dinge, die wir im nächsten Jahr getan haben müssen?«

Ellie nimmt Susanna die Flasche aus der Hand und löst die Agraffe, ohne daran zu denken, den Korken zu sichern. Ava und Susanna springen kreischend von der Couch auf.

»Zuerst müssen wir anstoßen. Auf alles, was wir im vergangenen Jahr erreicht haben«, erklärt Ellie noch immer atemlos und mit Lachtränen in den Augen, nachdem sie sich das Gesicht nach der unfreiwilligen Veuve-Clicquot-Dusche notdürftig mit einem Taschentuch getrocknet hat. Übermütig füllt sie die Gläser bis zum Rand und fügt mit lauter Stimme, um die Musik zu übertönen, hinzu: »Wie jeder weiß, geben die meisten Menschen ihre guten Vorsätze schon Mitte Januar auf. Das hat auch Aristoteles gesagt, wenn ich mich recht erinnere. Wir hingegen haben unsere Silvestervorsätze nicht nur mustergültig erfüllt, sondern teilweise sogar übertroffen, auch wenn uns das vielleicht erst später klar geworden ist.« Sie erhebt ihren Champagnerkelch und nimmt einen kräftigen Schluck. »Du, Ava, hast es zuwege gebracht, dich gegen diese ganze Musterschülerkonkurrenz durchzusetzen und den *Medienrummel-Contest* für dich zu entscheiden, und auch wenn du damit vielleicht nicht unbedingt Stalins Herz erobert hast, so scheint er seither doch zumindest zu respektieren, dass du nicht länger als seine Leibeigene herhältst. Außerdem hast du zwar Oskar den Verlierer nicht wie ursprünglich geplant für dich gewonnen, aber wie wir jetzt wissen, war das gar nicht erstrebenswert. Viel besser war dein neuer Vorsatz, unerwiderter Liebe für immer abzuschwören und deinen Traummann zu finden. Und mit Max hast du tatsächlich die einzig wahre Liebe gefunden und endlich die Geister der Vergangenheit bezwungen.«

Ava, mit karmesinroten Wangen und stolzer Miene, streicht sich eine störrische Locke hinters Ohr und scannt die Menge unter ihnen, bis sie Max' Gesicht entdeckt. Gerade prostet er sich neben der Bar gut aufgelegt mit seinem Drummer, Thor, Hannes, Bohdan, Daniel und Friedrich Thomsen zu und beginnt dann ebenfalls, mit seinen Blicken die Menschenmassen auf der Tanzfläche zu durchkämmen. Natürlich hat Ava sich wieder viel zu spät um eine passende Silvester-Location gekümmert, wie schon im letzten Jahr und in all den Jahren zuvor. Sie war schon versucht, erneut in ihre handtuchgroße Wohnung einzuladen, weil weit und breit keine bezahlbare Räumlichkeit mehr zu finden war, als Max ihr zu Hilfe eilte. Er kannte jemanden, der jemanden kannte, und schon stand ihnen eine perfekte Location zur Verfügung, die sie noch nicht einmal bezahlen mussten. Nur eine beiläufige Bemerkung von Max in einem seiner nächsten Interviews, dass er hier den Jahreswechsel gefeiert hat, wird nötig sein. Natürlich fällt das Fest in diesem Jahr größer aus als sonst, obwohl Max nur seinen »engsten« Freundeskreis eingeladen hat, und alle tragen surrealistisches Make-up und großformatigen Schmuck, aber an solche Nebensächlichkeiten wird Ava sich schon noch gewöhnen.

»Okay, ich mache weiter«, beginnt sie, nachdem sie Max mit Mimik und Gestik zu verstehen gegeben hat, dass er heute nicht um einen Tanz mit ihr herumkommt, und dreht sich wieder zu ihren Freundinnen um. »Susanna, du hast uns wahrscheinlich am meisten überrascht. Du wärst die erste Frau im Vivera-Vorstand geworden, wenn du nur gewollt hättest, doch dein neuer Plan, zu kündigen und beruflich einen Gang zurückzuschalten, um mehr Zeit zum Leben zu haben, ist noch viel mutiger und großartiger. Und, was noch unglaublicher ist, du hast tatsächlich deine wilde Matratzenkarriere aufgegeben und dich auf eine monogame Beziehung eingelassen. Mit einem phantastischen Mann, der, ganz anders als deine früheren Bekanntschaften, weder ein Dandy noch ein eitler Geck noch ein Sportfanatiker ist. Ich könnte nicht stolzer auf dich sein.«

Susanna wischt sich ungewohnt bescheiden einen Fussel von der Schulter. »Ich hätte nicht geglaubt, dass ich solche Gefühle in mir habe«, sagt sie schlicht und wendet sich dann Ellie zu. »Du, liebe Ellie, hast uns aber auch in Erstaunen versetzt. Mit deiner Energie und der Willensstärke, mit der du deinen ersten Vorsatz, dein Studium zu beenden, angegangen bist. Und mit deiner Geduld, der Sanftmut und dem Durchhaltevermögen, mit denen du trotz aller Widrigkeiten und ein paar Umwegen« – hier zieht sie bedeutungsvoll die Augenbrauen hoch – »deine müde Ehe gerettet hast und damit als Einzige von uns beide ursprünglichen Vorsätze hundertprozentig in die Tat umsetzen konntest.«

»Daniel hat sich als weit weniger närrisch entpuppt, als sein Name nahelegte«, grinst Ava und benutzt zum ersten Mal nicht seinen wenig schmeichelhaften Spitznamen. Mit einem fragenden Blick in Ellies Richtung setzt sie hinzu: »Es sei denn, er ist zwischenzeitlich wieder in alte Verhaltensmuster zurückgefallen.«

»Es war nur eine Haushaltshilfe.«

»Wie bitte?«

»Deswegen ist er kurz vor Weihnachten noch mal klammheimlich und ohne Erklärung verschwunden und hat so geheimnisvoll getan. Er hat eine Haushaltshilfe engagiert, damit ich mehr Zeit fürs Studium habe. Sein Weihnachtsgeschenk. Und ich dachte schon, er hätte wieder etwas zu verbergen.« Ellie schüttelt den Kopf. Die Zeiten der Geheimnisse zwischen Daniel und ihr sind hoffentlich endgültig vorbei. Und auch wenn bei ihr noch immer täglich das Murmeltier grüßt, ihre Küche auch weiterhin permanent nach Fischstäbchen riecht und die drei kleinen Quälgeister nicht plötzlich damit aufgehört haben, vor einer Herausforderung zurückzuschrecken, weiß sie, dass sie einen großen Teil ihrer »Verspanntheit, Frustration und Desillusionierung«, wie Susanna es vor einem Jahr so schonungslos genannt hatte, abgelegt hat. Weil Daniel ihr jetzt mit den immer gleichen Wäschebergen, den Gesprächen beim Rektor und dabei, sich nicht allein zu fühlen, hilft. Weil er sie wieder zum Lachen bringt. Und weil sie eine berufliche Perspektive hat, die sie beflügelt.

»Jedenfalls kann sich unsere Bilanz aus diesem Jahr durchaus sehen lassen. Und deswegen denke ich –« Susanna legt eine bedeutungsschwere Pause ein.

»... dass wir es im nächsten Jahr etwas ruhiger angehen können«, beendet Ava den Satz für sie.

Susanna legt den Kopf schief. »Eigentlich wollte ich sagen, dass wir im nächsten Jahr ähnlich ehrgeizige Vorsätze fassen sollten. Ich habe das Gefühl, wir haben gerade einen Lauf.«

»Zumindest brauchen wir dringend neue Vorsätze, denn die alten sind, ganz im Gegenteil zu denen aus den Vorjahren, nicht mehr unberührt.« Ellie nimmt Susanna das leere Glas aus der Hand und füllt es wieder bis zum Rand. »Los, Susanna, du machst den Anfang.«

Nachdenklich wuschelt Susanna sich durch die blonden Haare, die beinahe wieder kinnlang sind. »Nun, eine Rhinoplastik steht zumindest nicht mehr auf meiner Liste.« Sie legt eine kleine Pause ein und meint dann wie nebenbei: »Vielleicht eine eigene Familie gründen. Solange noch Zeit bleibt.«

Ellie verschluckt sich beinahe an ihrem Schampus. »Ich dachte, Kinder werden krank, machen Dreck, werden in der Schule gemobbt, rauchen und trinken heimlich, werden mit vierzehn schwanger, verschlingen Unsummen an Kosten? Mein Gott, wenn ich nur daran denke, was wir neben der ganzen Zeit schon alles in die Kinder investiert haben: Essen, Kleidung, Vergnügungen, Vitamine, Fahrräder, Fahrradhelme, Versicherungen, Schwimmkurse –«

»Ganz zu schweigen von dem, was noch kommt: künstlerische und physische Ausbildung, kieferorthopädische Behandlungen, noch mehr Fahrräder, Studium –«, wirft Ava hilfsbereit ein und kann sich ein schelmisches Grinsen nicht verkneifen. »Deine Worte, Susanna!«

Susanna lässt ihren Blick durch den Raum unter ihnen schweifen, bis er an Friedrich hängenbleibt, der gerade mit Daniel in eine lebhafte Diskussion vertieft scheint. Wie von selbst verzieht sich ihr Mund zu einem entrückten Lächeln. »Ich will nicht länger das Ende einer Kette sein. Natürlich ist ein Kind ein Wagnis, aber doch auch ein Wunder und mit keinem Abenteuer auf der Welt zu vergleichen. Und ist es nicht erfrischend, wenn jemand sich wie verrückt über einen Lolli freuen kann?«

»Das geht schnell vorbei«, stellt Ellie trocken fest. »Und dann freuen sie sich nur noch über ein eigenes Pony. Aber warte nur ab, bald wirst du genau wie ich!«

Susannas Augen verhaken sich mit Friedrichs. Abwesend fügt sie hinzu: »Und ich nehme mir noch etwas vor: dass ich den neuen Job, auch wenn er so viel sinnvoller ist als der alte, nicht wieder über mein ganzes Leben bestimmen lasse.«

Ava erhebt ihr Glas, bis sie registriert, dass es schon wieder leer ist. Also greift sie nach einer Schale mit Erdnuss-Blätterteigstangen, die jemand auf dem kleinen Beistelltisch abgestellt hat. »Das Gewissen ist eine Schwiegermutter, deren Besuch nie endet«, lacht sie und schiebt sich eine Handvoll der fettigen Stangen in den Mund, bevor sie mit ernsthafterer Miene hinzufügt: »Ich finde deine Vorsätze großartig, Susanna. Wie sollen Ellie und ich denn da mithalten?«

»Oder willst du unsere Ideen etwa schon wieder in den Schatten stellen, Susi?« Ellie checkt die Flasche, aber auch die gibt nur noch ein paar klägliche Tropfen her.

»Noch eine Viertelstunde«, quietscht Elif ein paar Meter von ihnen entfernt und gibt ihrem Freund Arvid zu verstehen, dass sie sich besser schnell in die Schlange vor den Toiletten einreiht, um pünktlich um Mitternacht wieder zurück zu sein.

»Beeilt euch lieber mit euren Vorsätzen, sonst ist es zu spät.« Selbstzufrieden lässt Susanna sich in die weichen Polster sinken.

Ellie starrt gedankenverloren aus dem Fenster, wo die Dunkelheit schon seit einiger Zeit von den ersten bunten Silvesterraketen erleuchtet wird. »Zuerst einmal nehme ich mir vor, nach meinem natürlich sehr guten Abschluss einen Job zu finden, mit dem ich wirklich etwas bewirken kann, zum Beispiel im Umweltschutz.« Sie beginnt langsam zu lallen. »In direktem Zusammenhang dazu steht der Vorsatz, hin und wieder die Zähne zusammenzubeißen und mich mit Renate, dem Ungeheuer, gut zu stellen, damit ich auf eine Babysitterin zurückgreifen kann, wenn ich diesen Job auch tatsächlich antreten will.« Ellie ächzt theatralisch. Zum Glück sieht Daniel das Ganze inzwischen ein bisschen mehr aus ihrer Perspektive. Erst gestern Abend hat sie ihm gesagt, dass sie manchmal so zornig auf Ihre Majestät, die Schwiegermutter ist, dass sie ihn glatt noch mal heiraten würde, nur, um Renate zu ärgern. Daraufhin hat Daniel ihr vorgeschlagen, seiner Mutter zum Geburtstag einen Diesel zu schenken, damit sie nicht mehr zu ihnen in die Stadt kommen kann. Sie sind vor Lachen beinahe vom Sofa gefallen. »In Bezug auf meine Ehe und die Kinder wärme ich dieses Jahr auch wieder meine üblichen Vorsätze auf: weise sein wie Buddha, gütig sein wie Buddha, geduldig sein wie Buddha. Nur, dass ich sie mir diesmal auch zu Herzen nehme. Du bist dran, Ava.«

»Ich finde deine Pläne toll, Ellie.« Ava drückt Ellies Hand, bevor sie sich eine weitere Erdnuss-Blätterteigstange in den Mund schiebt. Nachdenklich kauend fährt sie fort: »Vor einem Jahr hatte ich das merkwürdige Gefühl, mein Leben würde kopfstehen und wäre voller Fragezeichen, sowohl beruflich als auch privat. Jetzt, da alle Fragezeichen aus dem Weg geräumt sind, denke ich, ich kann es im neuen Jahr etwas ruhiger angehen lassen. Daher –« Sie bricht ab und greift nach einer neuen Stange.

Susanna gibt ein ungeduldiges Räuspern von sich und wirft einen demonstrativen Blick auf ihre Omega. »Sechs Minuten, Ava. Und fang jetzt nicht wieder von To-do-Apps und Einweg-Trinkbechern an.«

Ava setzt ihr unwiderstehlichstes Lächeln auf. Zwei erwartungsvolle Augenpaare hängen an ihren Lippen. »Daher nehme ich mir nur vor, Timon auszustechen und im neuen Jahr befördert zu werden, das ist nach meinem Sieg beim *Medienrummel-Contest* nur recht und billig. Außerdem will ich daran arbeiten, eine gesunde Beziehung auf Augenhöhe zu führen, zum ersten Mal überhaupt.«

Ellie springt auf und stößt dabei die Schale mit den Erdnussstangen um. »Darauf stoßen wir an, Mädels!«

»Wieder mit Wodka, wie letztes Jahr. Weil es so viel Glück gebracht hat.«

»Zwei Minuten«, ruft in dem Moment der bärtige DJ ins Mikrophon. »Höchste Zeit, eure Gläser aufzufüllen, Leute.«

In fliegender Hast stürzt Ava, dicht gefolgt von Ellie und

Susanna, die Treppe hinunter und bahnt sich durch die nach draußen strömenden Menschenmassen einen Weg zum Kühlschrank.

»Neun, acht, sieben –«, dröhnt es von der Straße und aus allen umliegenden Räumen, gerade, als sie hektisch ihre drei Champagnergläser bis zum Rand mit Beluga Vodka füllt. Die Hälfte landet auf den Granitfliesen.

Draußen gehen Dutzende Böller und Raketen in die Luft, während aus hundertfacher Kehle ein markerschütterndes »Frohes neues Jahr!« durchs Haus schallt.

Alle drei erheben ihre Gläser. »Auf uns! Und unsere Vorsätze! Geben wir auch dem neuen Jahr wieder die Chance, das schönste unseres Lebens zu werden!«, beginnt Ava und schließt ihre beiden Freundinnen fest in die Arme.

»Mit so viel Glück, wie der Regen Tropfen hat, und so viel Liebe, wie Sterne am Himmel stehen«, fügt Susanna mit blitzenden Augen hinzu.

»Mit weniger To-dos und viel mehr Tadas!« Ellie kippt den Wodka hinunter und schüttelt sich. »Jetzt suchen wir mal unsere Männer, die werden uns sicher schon vermissen. Und dann wird es höchste Zeit, noch eine Flasche Champagner zu köpfen und auf den Tischen zu tanzen!«

»Auf ein unvergessliches neues Jahr und alles, was uns erwartet!«

ENDE

Liane Wilmes
Hinter den Wolken leuchtet ein neuer Tag
Roman
384 Seiten. Klappenbroschur
ISBN 978-3-7466-3817-1

Zeit, die Füße im warmen Sand zu vergraben und über die Liebe nachzudenken

Beziehung, Job, Wohnung – alles futsch. Als Fee ihren Freund ausgerechnet mit ihrer verhassten Chefin erwischt, gibt sie Tom den Laufpass und kündigt fristlos. Da kommt die Idee ihres Vaters gerade recht, den Sommer über zurück an die Nordsee zu ziehen, um bei der Eröffnung des neuen Meereskunde-Museums auszuhelfen. Der Haken: Seit zwölf Jahren war Fee nicht mehr in Süderbüll, dem nordfriesischen Dörfchen, in dem sie aufgewachsen ist. Und warum sie damals überhastet alle Zelte abgebrochen hat, wird ihr wieder schmerzhaft bewusst, als sie plötzlich Jasper gegenübersteht, ihrer großen Liebe von damals.

Eine so humorvolle wie bewegende Geschichte über Liebe, Freundschaft und die Suche nach dem Quäntchen Glück

Regelmäßige Informationen erhalten Sie über unseren Newsletter.
Jetzt anmelden unter: www.aufbau-verlage.de/newsletter

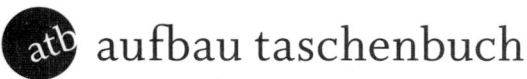

Liane Wilmes
Erst der Regen verzaubert das Licht
Roman
368 Seiten. Klappenbroschur
ISBN 978-3-7466-3839-3

Wie uns die Liebe das Leben malt

Nizza, 1989. Lilith verbringt unbeschwerte Tage am Strand und bummelt durch die Museen der Stadt, ehe sie nach dem Urlaub Pius heiraten will, die Liebe ihres Lebens. Doch kurz vor ihrer Abreise begegnet sie dem mysteriösen Alex, und ihr Herz weiß plötzlich nicht mehr, was es will. Verunsichert kehrt sie nach Hamburg zurück, und beim Wiedersehen mit Pius wird ihr klar: Es gibt nur eine richtige Entscheidung.
Zehn Jahre später hat Lilith sich den Traum einer eigenen Kunstgalerie erfüllt. Als ihre beste Freundin jedoch ihren neuen Freund vorstellt, steht Liliths Leben plötzlich kopf. Denn den Mann an Bines Seite hat sie schon einmal getroffen …

Berührend, feinfühlig, lebendig – Liane Wilmes erzählt Geschichten, wie sie das Leben schreibt

Regelmäßige Informationen erhalten Sie über unseren Newsletter.
Jetzt anmelden unter: www.aufbau-verlage.de/newsletter

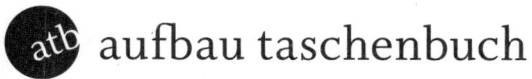

aufbau taschenbuch